DIE APFELSTRUDELMISERE

Beate Ferchländer wurde 1961 in Scheibbs, Niederösterreich, geboren. Als Lehrerin verschlug es sie ins Weinviertel, wo sie bis heute mit ihrem Mann lebt. Da sich dort die spannenden Fragen ausschließlich um den Wein drehen, lässt sie seit einiger Zeit biedere Heldinnen das Idyll mit Leichen aufmischen. Mit »Die Apfelstrudelmisere« setzt sie nicht nur diese Tradition, sondern auch »Das Nussstrudelkomplott« fort.

Dieses Buch ist ein Roman. Handlungen und Personen sind frei erfunden. Ähnlichkeiten mit lebenden oder toten Personen sind nicht gewollt und rein zufällig.

BEATE FERCHLÄNDER

DIE APFELSTRUDELMISERE

Kriminalroman

emons:

Bibliografische Information der Deutschen Nationalbibliothek
Die Deutsche Nationalbibliothek verzeichnet diese Publikation
in der Deutschen Nationalbibliografie; detaillierte bibliografische
Daten sind im Internet über http://dnb.d-nb.de abrufbar.

© Emons Verlag GmbH
Alle Rechte vorbehalten
Umschlagmotiv: shutterstock.com/Joe Gough
Umschlaggestaltung: Nina Schäfer, nach einem Konzept
von Leonardo Magrelli und Nina Schäfer
Umsetzung: Tobias Doetsch
Gestaltung Innenteil: DÜDE Satz und Grafik, Odenthal
Lektorat: Uta Rupprecht
Druck und Bindung: CPI – Clausen & Bosse, Leck
Printed in Germany 2021
ISBN 978-3-7408-1117-4
Originalausgabe

Unser Newsletter informiert Sie
regelmäßig über Neues von emons:
Kostenlos bestellen unter
www.emons-verlag.de

Dieser Roman wurde vermittelt durch
die Verlagsagentur Lianne Kolf, München.

Für meine treuen Freund*innen

Bügle deine Freunde nicht, streichle ihre Falten!

1. Nachwehen

Will man der Statistik Glauben schenken, dann sank für Chef-inspektor Moravec das Risiko eines vorzeitigen Todes um vier-undzwanzig Prozent, als ich ihm das Jawort gab. Andersherum betrachtet stieg seine Lebenserwartung um volle sieben Jahre.

Man sollte sich nicht zu sehr auf die Statistik verlassen. Sie hatte schon meinem ersten Mann nichts genützt, und ein zweiter war in meinen Lebensplänen nicht vorgesehen. Weiß der Him-mel, warum sich dieser Idiot einbildete, ich wäre die Richtige für ihn und es wäre zum Vorteil aller Beteiligten, wenn ich ihn zum Manne nähme. Von mir hatte er gewiss keinerlei Ermutigung erfahren, abgesehen vielleicht von ein paar der Notwendigkeit geschuldeten Augenaufschlägen.

»Helene! Du hast mein Herz schneller schlagen lassen, seit ich dich zum ersten Mal sah. Ich habe es mir nicht leicht gemacht und mir diesen Schritt lange überlegt. Wie du dir denken kannst, gibt es ja auch einige Argumente, die gegen eine Verbindung zwischen dir und mir sprechen. Immerhin gehe ich damit auch beruflich ein großes Risiko ein.«

Oja, dachte ich, die Liste der Gegenargumente ist auch mei-nerseits lang. Angeekelt musste ich zusehen, wie er sich mit einem Stofftaschentuch, dessen mangelnde Sauberkeit mir nicht verborgen blieb, den Schweiß von der Stirn tupfte, während er sich aus seiner knienden Position emporhievte.

Und dann knallte er mir diese fette Mappe hin. Das Konvolut, das gnadenlos Terezas und meine Missetaten dokumentierte. »Sag Ja, Helene, und diese Akte hat niemals existiert!«

Was blieb mir anderes übrig?

Dabei hatte meine Witwenschaft so vielversprechend begonnen. Ich war hochschwanger, als meine wieder beste Freundin Alma nach der Geburt ihres Söhnchens zu uns in die Villa ins Helenen-tal zog. Ich hatte ihr großzügig verziehen, dass sie sich meinen

Mann gekrallt hatte und sich auch noch von ihm schwängern ließ. Immerhin hatte Hermann auch sie sitzen lassen. Und so einte uns nicht nur der gemeinsame Groll gegen ihn, sondern auch der frische Nachwuchs. Um ehrlich zu sein, ein bisschen plagte mich auch das schlechte Gewissen, weil Alma durch den vorzeitigen Tod meines Gemahls, an dessen Ableben ich ja nicht ganz unschuldig war, keine Alimente für ihr Söhnchen bekam. Hermann konnte seine Vaterschaft schlecht posthum anerkennen, und sie konnte keinen Vaterschaftsnachweis erbringen – hatte ich doch alle genetischen Spuren des vermeintlichen Kindsvaters wohlweislich verschwinden lassen. Aber davon ahnte sie ja nichts. Für Alma war ich die großzügige Freundin, die sie trotz des missbrauchten Vertrauens mit offenen Armen wieder aufgenommen hatte. Außerdem profitierten wir beide von dem Arrangement. In Ermangelung von Vätern, denen man die Verantwortung über den gemeinsamen Nachwuchs zumindest zeitweise übertragen konnte, halfen wir uns gegenseitig aus, wenn eine von uns sich nach Freiraum sehnte oder Erschöpfungszustände zeigte.

Für den Löwenanteil unseres Wohlbefindens zeichnete allerdings Tereza, meine tschechische Perle von Haushälterin, verantwortlich. Sie sorgte für ein behagliches Zuhause, verwöhnte uns kulinarisch nach Strich und Faden und machte sich als Leihoma unentbehrlich. Die männliche Überwachung unserer kleinen Goldschätze übernahm mein erwachsen gewordener Pitbull Draco.

Ich war also, im Gegensatz zu meiner Mutter, eine äußerst zufriedene Witwe – zumindest, was meinen gattenlosen Zustand betraf. Hermann selbst fehlte mir nicht im Mindesten. Wenn er eine Lücke hinterlassen hatte, dann allenfalls eine finanzielle. Womit ich nämlich nicht gerechnet hatte, war die ungünstige Erblage. Die Villa hatte mir ja schon vor seinem Ableben gehört, daran gab es nichts zu rütteln, aber Hermanns übriges Vermögen ging nur zu einem Drittel an mich. Auf die restlichen zwei Drittel würde meine Tochter Emma – als einziges von ihm anerkanntes Kind – erst nach Vollendung des achtzehnten Lebensjahres zugreifen können. Und so musste ich mit läppischen dreitausend

Euro Witwenpension monatlich das Auslangen finden. Kein Wunder, dass ich mein Konto chronisch überzog.

Der Bankbeamte war freundlich, aber bestimmt. Ich müsse mich einschränken, wenn ich die Villa behalten wollte, warnte er, denn auch das Wertpapierkonto schmolz dahin wie die Gletscher der Antarktis.

Allein das Wort »einschränken« erweckte in mir ein Kindheitstrauma. Mama war ja niemals müde geworden, ständig auf ihre prekäre Lage hinzuweisen, nachdem Papa die Scheidung eingereicht hatte. Und neuerdings fing sie zu jammern an, wer ihr wohl die Alterspflege finanzierte. Mit mir durfte sie nicht rechnen, ich musste selbst sehen, wie ich über die Runden kam.

Aus finanzpolitischen Überlegungen und frei nach dem Motto: »Strenge Rechnung, gute Freunde«, legte ich Alma eines Tages einen Mietvertrag vor.

»Spinnst du?«, rief Alma entsetzt. »Die Miete für mein Atelier und die Galerie im ersten Bezirk kostet ohnehin schon ein Vermögen!«

»Wann hast du eigentlich dein letztes Bild verkauft, sag?«, stichelte ich.

»Da sieht man wieder, dass du vom Kunstgeschäft keine Ahnung hast. Ein gutes Bild wartet auf seinen finanzkräftigsten Liebhaber.«

»Vielleicht solltest du deine Preispolitik neu überdenken und deine Kunst auch fürs gewöhnliche Volk zugänglich machen?« Ein Argument, das die Künstlerin in ihr verlässlich beleidigte.

»Ich verschleuder meine Bilder doch nicht für ein Butterbrot!«, blaffte sie zurück.

»Genau darum geht's, liebe Alma. Ums Brötchenverdienen. Fakt ist, dass du hier schon über zwei Jahre gratis Vollpension genießt und dein Balg rund um die Uhr betreut wird, damit du dich deiner Kunst widmen kannst. Rechne dir aus, was dich das in Wien kosten würde.«

»Sprich nicht so despektierlich über meinen Sohn, er ist kein Balg!«, rief sie. »Er ist Hermanns Sohn! Genau genommen wäre *er* der rechtmäßige Erbe.«

»Tja, Alma. Das sagst *du*. Vor dem Gesetz ist es meine Emma. Sein einziges ehelich gezeugtes Kind.«

»Wenn sie denn überhaupt von Hermann ist, ha! Ich sage nur: Latin Lover!«

Verdammt! In diesem Moment bereute ich es bitter, Alma in einem Anfall von Mitteilungsbedürfnis gestanden zu haben, dass Emma auch das Ergebnis einer Liebesnacht mit Armando, Hermanns unehelichem Sohn aus Guatemala, sein konnte.

Ich schüttete Alma den Rest meines Kaffees ins Gesicht. War eh schon kalt. Woraufhin sie »Ich werde eine Vaterschaftsklage bei Gericht einbringen! Und dann werden wir ja sehen, wer hier erbt!«, schrie, sich ihr Kind schnappte und nach Wien verschwand.

»Kommen wir auch zu dritt gut zurecht«, tröstete uns Tereza, als sie Emma und mich um die Wette heulend auf dem Wohnzimmerteppich vorfand. Sie hatte den Streit natürlich dank der Durchreiche, die wir seinerzeit vom Wohn-/Esszimmer in die Küche durchbrechen ließen, hautnah mitbekommen.

In Wirklichkeit weinte ich nicht aus Trauer, weil Alma mich verlassen hatte, sondern aus Wut – und Angst. Was, wenn sie ihr Vorhaben wahr machte? Brächte es Emma tatsächlich um ihr Erbe, wenn sie nicht von Hermann war? Konnte Alma doch noch beweisen, dass Hermann der Vater ihres Sprosses war?

»Kannst du kurz auf Emma aufpassen? Ich muss schnell was checken!«, bat ich Tereza.

»Check nur, Helene. Emma und ich werden gehen in Kiche und schauen wie geht Kuchen!«

Emmas Tränen versiegten augenblicklich. Ohne sich noch einmal umzudrehen, lief sie Tereza nach. Ihre schwarzen Löckchen wippten im Takt ihrer Fußtrittchen. Ach, mein Schätzchen! Du wirst zu deinem Recht kommen, das schwöre ich!

Panisch lief ich von Zimmer zu Zimmer, ob sich nicht doch irgendwelches verräterisches Material finden ließ, das Hermanns DNA gespeichert haben könnte. Aber seine Klamotten hatten wir der Caritas zukommen lassen. Bettzeug, Handtücher und Geschirr, alles, was er benutzt hatte, war garantiert tausendmal gewaschen worden. Auch im Badezimmer würde man nichts mehr finden. Kämme, Duftwässerchen und Rasierzeug hatte Tereza entsorgt, als Hermann noch nicht einmal dem Feuer übergeben worden war. Drei Jahre war das nun her. Schon damals hatte sie in weiser Voraussicht jede Spur des Ehebrechers aus meinem Umfeld entfernt. Erleichtert ließ ich mich auf dem Badewannenrand nieder. Wir hatten nichts vergessen.

Überhaupt gratulierte ich mir wieder einmal zu dem genialen Entschluss, Hermanns sterbliche Überreste einäschern und zu Diamanten pressen zu lassen. So konnte man seine Leiche nicht mehr exhumieren. Dennoch fragte ich mich, ob das bisschen Asche, das nach der Prozedur von ihm übrig geblieben war, vielleicht doch noch verwertbare Genspuren enthielt?

Ich lief ins Schlafzimmer und zog mein iPad aus der Ladestation.

»In menschlicher Asche ist die DNA meist unbrauchbar«, fand ich in einem Artikel über 9/11 und die Probleme der Identifizierung der Leichen. Das hörte sich schon mal beruhigend an. Ich betrachtete die edle Urne, die ich in einer extra dafür angefertigten Nische des Zimmers platziert hatte. Da spross ein Gedanke in mir, der mich lächeln ließ. Selbst wenn man damit genetisch noch etwas anfangen konnte – diese Asche war nicht sortenrein und konnte Emma nicht gefährlich werden. Schließlich hatten Tereza und ich auch Armandos Leiche in Hermanns Sarg geschmuggelt, Vater und Sohn waren gemeinsam dem Feuer übergeben worden. Und ich hatte für meine Ohrringe extragroße Diamanten bekommen. Die Asche von Emmas Vater war unter Garantie in dieser Urne, egal, ob Hermann oder Armando ihr Erzeuger war. Alma hatte also nichts gegen sie in der Hand!

Längere Zeit hörte ich nichts von meiner vormals besten Freundin, bis sie eines Tages mit einem Beau an der Seite auftauchte, um ihre Sachen zu holen.

»Das ist Wolfgang«, stellte sie ihn vor. »Wir werden in seine Villa in Neustift am Walde ziehen. Mit Blick auf die Weinberge!« Der Ton, in dem sie das sagte, sollte mich wohl neidisch machen.

Als sie mit Packen fertig war, servierte Tereza uns Kaffee und Kuchen auf der Terrasse, während die Kinder um uns herumtobten. Wir plauderten höflich, hauptsächlich über die lieben Kleinen. Über eine etwaige Vaterschaftsklage ließ sie nichts verlauten. Als der kleine Hermann – ja, sie hatte ihn tatsächlich nach seinem Vater selig getauft – zu quengeln begann, war die Zeit des Abschieds gekommen. Wolfgang schleppte eine Menge Kisten ins Auto, dann umarmte mich Alma so überschwänglich, als würde sie nach Australien auswandern. Ich bin überzeugt, ohne den Neuen an ihrer Seite wäre unser Lebewohl deutlich unterkühlter verlaufen. Das bewies auch der letzte Zwist vor ihrem endgültigen Abgang.

Sie war gerade im Begriff, zu ihren Liebsten ins Auto zu steigen, als Tereza wild mit den Armen fuchtelnd aus dem Haus gelaufen kam und mir etwas ins Ohr flüsterte.

»Moment mal, Alma!«, rief ich.

»Was gibt's?«, fragte die Heuchlerin.

»Das Bild bleibt hier!«

»Welches Bild denn, Schätzchen? Ich hab nur mitgenommen, was mir gehört.«

Ich öffnete zornig den Kofferraum und deutete auf das Corpus Delicti. »Du weißt genau, welches ich meine. Das da!« Es war ein Aquarell, das Alma in ihrer ganzen nackten Schönheit zeigte. Ein prominenter Kollege hatte es für sie gemalt. Ich hatte das Bild von Anfang an gehasst, weil Hermann es mir ins Haus brachte, als ich über ihr Verhältnis bereits im Bilde war. Aber es war ziemlich teuer gewesen, deswegen wollte ich es Alma nicht so ohne Weiteres überlassen.

»Ach! Das gehört nicht mir?«

Dieses scheinheilige Biest!

»Nur, weil es dich darstellt? Du weißt genau, dass Hermann es dir seinerzeit abgekauft hat. Als du mit diesem 3-D-Künstler zusammen eine Ausstellung hattest.«

Alma schlug sich an die Stirn. »Natürlich, Schätzchen, wie konnte ich das vergessen! Das war doch diese tolle Vernissage mit deiner großzügigen Nussstrudel-Spende, nicht wahr?« Ungerührt über meine Empörung zog sie sich die schicke Bluse glatt und warf den Kofferraumdeckel wieder zu. Ihre Miene war unergründlich, ein merkwürdiger Kontrast zu ihrem Lächeln. Ich fixierte die roten Lippen, die sich mir drohend näherten. Kurz bevor sie mir ihren gewohnten Lippenstift-Stempel aufdrückte, zischte sie mir ins Ohr: »Ich behalte es als Pfand, Schätzchen. Zur Erinnerung an dein kleines Nussstrudelkomplott.«

Ein Gefühl eisiger Kälte bemächtigte sich meiner. Alma war der Wahrheit eines Tages tatsächlich gefährlich nahegekommen, als sie mich verdächtigte, ihr den Nussstrudel für die Vernissage in böser Absicht gespendet zu haben. Nämlich, damit sie den gegen Nüsse hochallergischen Hermann danach ins Nirvana küsste. Ich hatte mich dumm gestellt und vorgegeben, von ihrem Verhältnis mit Hermann damals nichts gewusst zu haben. Außerdem hatte der Plan ja ohnehin nicht geklappt, und ich musste Hermann den tödlichen Kuss letztlich selber verabreichen. Doch weil die Polizei dann eine Großfahndung nach dem vermeintlichen Mörder Armando einleitete, hatte sich auch Alma von meiner Unschuld überzeugt gezeigt. War das nur aus Kalkül geschehen, um mich später schamlos auszunutzen? Musste ich nun, da ich sie mehr oder weniger hinausgeworfen hatte, mit Rache rechnen?

Instinktiv fasste ich an die Diamantohrringe, die ich zur Feier des Tages angelegt hatte. Hätte ein Experte vor drei Jahren genauer hingesehen, er hätte sich vermutlich gewundert, wie viel Asche Hermann hinterlassen hatte. Aber niemand hatte nachgewogen oder -gerechnet. Die Klunker konnten mir nicht mehr gefährlich werden.

Aber verflixt, was wusste diese Kanaille über deren Vorgeschichte? Dieses »Nussstrudelkomplott«-Gewäsch, das klang mir doch recht deutlich nach einer Drohung.

Ich wischte den Gedanken beiseite. Du siehst Gespenster, Helene! Sie kann es nicht wissen. Und beweisen schon gar nicht.

Rückblickend gesehen war die Gefahr, die von Alma ausging, in der Tat ein Klacks im Vergleich zu der Bedrohung, die der nächste Besucher darstellte. Nur ahnte ich das damals nicht, sonst hätte ich ihn nicht höflich hereingebeten und ihm auch noch Kuchen angetragen.

1.1 Vergangenheitsbewältigung

Zur selben Zeit spielt sich, keine hundert Kilometer nördlich ihrer eleganten Villa, im beschaulichen Weinviertel eine Szene ab, die nur vermeintlich nichts mit Helene zu tun hat. Es geht dabei zunächst ja auch um einen ganz anderen Fall. Und doch werden die Folgen dieser Auseinandersetzung, deren Zeugen wir sogleich werden, Helenes Leben ordentlich aus den Fugen heben. Weder sie noch der Protagonist des folgenden Wortgefechts haben auch nur im Entferntesten eine Ahnung, was das für sie beide bedeuten wird. Und das ist auch besser so!

»Spinnst du komplett, Kastner? Jetzt, wo ich so knapp dran bin, soll ich den Fall abschließen? Das kann doch nicht dein Ernst sein!«

Die Tür, die den Staatsanwalt von den Kriminalbeamten trennt, wackelt bedrohlich, nachdem der Hartinger sie hinter sich zugeschlagen hat.

»Mäßige dich«, sagt der Kastner. »Und setz dich hin.«

Der Hartinger schnappt sich den Stuhl und lässt sich darauf niederkrachen.

»Was willst denn noch, Hartinger? Wir haben ein Geständnis. Die Leute sind zufrieden. Die Statistik passt.«

»Ich scheiß auf deine Statistik! Das Geständnis ist nichts wert, Kastner. Ich kann's dir beweisen!« Der Hartinger springt auf, dass der Stuhl mit einem lauten Polterer nach hinten fällt. Unsanft stellt er ihn wieder auf.

Er ist ja so was von angefressen, der Chefinspektor Norbert Hartinger. Die Welt. Das System. Der ganze Polizeiapparat geht ihm auf den Keks. Im Besonderen aber der Herr Staatsanwalt ihm gegenüber in seinem Bobo-Chefsessel. Dass der ihn nicht ausstehen kann, das stört ihn weniger. Dem Hartinger ist das ja grundsätzlich wurscht, ob ihn wer mag oder nicht. Aber dass dieser arrogante Mensch die Antipathie gegen seine

Person ausgerechnet auf einen seiner kniffligsten Fälle überträgt, das stößt ihm sauer auf. Echtes Sodbrennen verursacht ihm das, wie ein fettes Martinigansl. Er versteht überhaupt nicht, warum er den Fall zu den Akten legen soll. So knapp vorm Ziel! Drei Schwestern und ihre todkranke Mutter. Jede Menge Männerleichen in ihrem direkten Umfeld. Und das soll alles Zufall sein? Geh, bitte! Gut, die Exhumierung der alten Leiche hat außer Spesen nichts gebracht. Aber deswegen soll er das Handtuch werfen?

»Jetzt hör mir endlich auf mit den angeblichen Schwarzen Witwen!« Dem Kastner reißt jetzt langsam der Geduldsfaden. »Du verbeißt dich da in was, Hartinger. Der Gruber sagt das auch.«

»Der Gruber ist ein Trottel. Der lässt sich mit Kuchen bestechen. Aus dem wird nie ein objektiver Ermittler.«

»Red nicht so respektlos von deinem Assistenten. Das ist ein guter Mann. Du bist derjenige, der nicht objektiv ist. Besonders, wenn es um Frauen geht. Ich mein, Hartinger … Ist ja auch nicht verwunderlich, wenn die eigene Mutter …«

»Lass meine Mutter aus dem Spiel, verdammt! Das ist beinahe vierzig Jahre her. Bis jetzt hat's dir ja auch gepasst, meine Arbeit, oder? Trotz meiner Mutter.«

»Bis jetzt hast mir ja auch nur männliche Mörder serviert, Hartinger.«

»Weil Männer ganz einfach zehnmal öfter morden als Frauen. Daher.«

»Siehst du. Auch die Statistik spricht gegen deine Theorie mit den mordenden Frauen.«

»Aber dass Frauen ihre Taten besser verschleiern können und die Dunkelziffer ziemlich hoch ist, davon hast schon mal was gehört, Herr Staatsanwalt, oder? Und die Dunkelziffer wird wieder steigen, wennst mich nicht weiterermitteln lässt.«

»Der Fall ist abgeschlossen und aus. Und du schau, dass du dein Frauenproblem in den Griff bekommst.«

Und da sieht der Hartinger jetzt endgültig rot. »Ich hab kein Frauenproblem, verdammt noch mal!«, brüllt er, dass es die

Kollegen bis in die Kantine einen Stock tiefer hören können. »Wenn einer von uns beiden ein Frauenproblem hat, dann du. Mäuschen hin, Schätzchen her. Weiß doch jeder, wer bei euch Kastners die Hosen anhat.«

»Raus!« Jetzt plärrt auch der Herr Staatsanwalt. Mehr sagt er lieber nicht. Weil, er nimmt ja keine niveaulosen Wörter in den Mund. Obwohl ... ihren Weg in sein politisch korrektes Gedächtnis hätten da schon so einige gefunden.

Die Tür kann zwar nichts dafür, aber sie muss es gleich doppelt büßen, wie es im Hartinger drinnen aussieht. Nachdem er sie kraft seines Adrenalinspiegels olympiareif hinter sich zugeworfen hat, reißt er sie noch einmal auf und hebt sie dabei fast aus den Angeln. »Und dem Gruber!«, schreit er. »Dem Mastdarmakrobaten. Dem kannst ausrichten, dass wir zwei uns nichts mehr zu sagen haben. Alles klar?« Und abermals richtet sich seine Wut direkt gegen die arme Tür.

Peng!

Ein Glück, dass der Kastner kein Sportler ist. Der bleibt lieber sitzen, Aufregung hin oder her. Atmen tut er trotzdem so schnell wie der Eliud Kipchoge beim Zieleinlauf nach seinem Rekordmarathon in Wien.

Bloß Pech für den Hartinger, dass der Kastner vom Naturell her nachtragend ist und seine Rache ebenso unsportlich ausfällt wie seine Reaktion. Denn am nächsten Tag packt er ihm einen Cold-Case-Fall hin.

»Die Kollegen aus Mödling haben uns gebeten, ob wir da mal nachforschen könnten. Sache von vor zwanzig Jahren. Eine potenzielle Schwarze Witwe. Wie für dich gemacht.«

»Was willst mit dem alten Schmarren? Warum kümmern die sich nicht selber drum?«

»Synergien bündeln, Hartinger. Außerdem. Grabst ja eh gern alte Leichen aus, oder?«

»Arschloch«, murmelt der Hartinger. Schreien bringt in dem Fall nichts, so viel weiß er schon. Ein Rudiment sozialer Kompetenz steckt ja doch noch in ihm drin.

»Jetzt kriegst endlich die Chance, eine Schwarze Witwe zu

Fall zu bringen, und dann passt's dir wieder nicht?« Der Kastner grinst spöttisch.

»Aber den Gruber kannst dir behalten«, faucht der Hartinger.

»Ich red kein Sterbenswörtchen mehr mit dem Idioten.«

»Dann wirst schriftlich mit ihm kommunizieren müssen, Hartinger«, sagt der Kastner und schließt sorgsam die Tür, bevor sie wieder dem hartingerschen Temperament zum Opfer fällt.

Der rauscht an den Kollegen vorbei. Wirft dem Gruber einen finsteren Blick zu. »Außendienst«, sagt er und lässt seinen Azubi mit offenem Mund stehen.

Zu Hause macht er sich ein Bier auf und überfliegt die erste Akte aus dem Stapel, den ihm der Kastner so provokant hingeworfen hat.

Nach einem Bier ist er durch Teil 1.

Es geht im Wesentlichen um den Tod eines gewissen Ignaz Vinzenz aus dem Jahr 1998. Bauer in der Nähe von Laa/Thaya an der tschechischen Grenze. Laut Totenschein an Herzversagen gestorben. So weit, so uninteressant. Es gab aber auch das Gerücht, aufgebracht durch die Schwestern des Verstorbenen, die Ehefrau hätte beim Herzversagen nachgeholfen. Laut Nachbarn und Hausarzt haltlose Beschuldigungen. Die Frau sei äußerst tüchtig gewesen und habe den um Jahre älteren Gatten hingebungsvoll gepflegt.

Haus und Hof erbt die hingebungsvolle Witwe, aber weil die Schwägerinnen ein Wohnrecht auf Lebenszeit zugesprochen bekommen, zieht sie es vor, wegzugehen.

Grantig wirft der Hartinger die Mappe auf den Couchtisch und holt sich noch ein Bier. Was soll der Scheiß? Öder geht's ja nimmer. Das hat der Kastner als Strafe für ihn eingefädelt. Die sich aufopfernde Ehefrau, der niemand was Böses zutraut. Ein Klassiker. Und nachweisen kann man ihr selbstredend auch nichts. Und jetzt, nach zwanzig Jahren, soll er die Suppe auslöffeln, die ihm ein unfähiger Kollege damals eingebrockt hat? Na bravo!

Außerdem. Wen kratzt das nach der langen Zeit? Diesmal

macht er sich nicht zum Trottel, das schwört er sich. Dienst nach Vorschrift. Nachschauen. Den Gruber ein bisserl herumschnüffeln – und vor allem das Protokoll schreiben lassen. Nichts finden. Fertig, und ab die Post zurück nach Mödling.

Der Eifer ist enden wollend, als er den nächsten Schnellhefter zur Hand nimmt. Plötzlich stockt er. Fährt ruckartig hoch aus seiner lethargischen Sofaposition.

Bearbeitender Beamter: Chefinspektor Anton Moravec, LKA Mödling.

Geh, schau her, der Moravec! Von dem hat er ja eine Ewigkeit nichts mehr gehört. Dabei waren sie so gut miteinander, damals, in der Polizeischule.

Ein Lächeln umspielt seine Lippen, als sich der Hartinger in sein speckiges Ledersofa zurückfallen lässt, die Hände hinter dem Kopf verschränkt und Erinnerungen an alte Zeiten heraufbeschwört.

Eigentlich wäre er ja nicht sein Typ gewesen, der Toni. Aber der Kreuzer, Klassensprecher und gewaltig arrogantes Arschloch, der hat den Toni sekkiert bis aufs Blut. Vor der ganzen Klasse vorzugsweise. Weil er Bügelfalten gehabt hat in seinen Jeans. Und geschweißelt hat in seinen Hawaiihemden. Drum wollt sich dann keiner hinsetzen zu ihm. Aber nicht nur aus olfaktorischen Gründen, auch, weil sich's mit dem Kreuzer keiner verscherzen wollt. Da hat er nicht zuschauen können, der Hartinger. Wenn du als Kind erfahren musst, was es heißt, ein Außenseiter zu sein, dann wirst du entweder selber ein Kreuzer – oder ein Hartinger, der sich zum Moravec setzt. Selbst wenn das mit dem unangenehmen Geruch nicht ganz aus der Luft gegriffen ist.

Dieser Akt der Solidarität hat sich dann wider Erwarten für beide als guter Griff erwiesen. Als Team waren sie unschlagbar. Der Hartinger hat vom Stucken nicht viel gehalten, da war der Moravec zäher, aber vom Verständnis her, da war der Hartinger wiederum Kaiser. Beim Schummeln waren sie sowieso beide eins a.

Mit den Frauen, da hat sich der Moravec allerdings schwergetan, wohingegen dem Hartinger die Mädels zugelaufen sind wie die Groupies. Schon mit vierzehn hat er sich mittels Vokuhila-Schnitt und einer geilen Lederjacke in die Herzen der Mädels gestylt. Auf der Polizeischule hat er sich dann zusätzlich ein paar blonde Strähnen mèchen und einen »Oliba« oder »Mischna« stehen lassen, wie die Wiener den klassischen Schnauzer kurz genannt haben. Haarschnitt und Oberlippenbart sind natürlich lange passé, aber an der Lederjacke hält er bis heute konstant fest.

Erst hat der Hartinger ja versucht, den Spezi modisch ein bisserl zu beraten. Aber der durfte sich nicht einmal das Gewand selber kaufen, geschweige denn sich eine Manta-Matte stehen lassen. »Solange deine Füß unter unserm Tisch stehen, machst, was wir sagen«, hat er sich von zu Hause anhören müssen. Und vom Duschen hat er selber, aus ökonomischen Gründen, nicht viel gehalten. Wenigstens einen Rexona-Spray hat er sich dann einreden lassen.

Einmal war er ja ein Wochenende dort beim Moravec, in seinem Elternhaus in Baden. Zum gemeinsamen Lernen. Ununterbrochen hat sie ihnen was zum Essen hingestellt, seine Mutter. Toast Hawaii. Nudelsalat. Gebackener Camembert. Zwischendurch Erdnusslocken und Soletti. Vom Kuchen ganz zu schweigen. Der Hartinger hat mindestens zwei Kilo zugenommen in der kurzen Zeit. Der Vater vom Moravec hat praktisch das ganze Wochenende nichts gesagt, das hat ihn auch fasziniert. Manchmal genickt. Nur einmal hat er sich kurz beschwert, weil das Salz nicht am Tisch gestanden ist. Ein Umstand, der von seiner Gattin umgehend korrigiert wurde. Und in die Kirche haben sie gehen müssen am Sonntag, da fährt die Eisenbahn drüber.

Wie sich der Toni dann entschuldigen wollt für seine Eltern, da hat ihn der Hartinger ordentlich zurechtgestutzt. »Das mag schon alles stimmen, Toni, dass deine Leute spießig sind und in mancherlei Hinsicht streng. Aber ich sag dir eins: Sei froh, dass du Eltern hast, die sich um dich kümmern. Um mich hat sich nie einer geschert.«

Und da hat der Moravec begriffen, dass eine funktionale

Familie nicht selbstverständlich ist, und nie mehr was Abschätziges über seine Alten gesagt.

Jetzt setzt sich der Hartinger rasch wieder auf. Weil, seine Gedanken driften in eine Richtung, die er lieber nicht weiterverfolgt. Wenn es um dysfunktionale Familien geht, da läuft er Gefahr, ins Schleudern zu geraten.

Wann haben wir uns das letzte Mal gesehen, der Moravec und ich?, fragt er sich stattdessen. Muss an die zwanzig Jahre her sein. Da hat vielleicht gerade diese böhmische Trutschen ihren Alten hingebungsvoll gepflegt, wie der Moravec als Streifenpolizist in Wiener Neustadt angefangen hat und er selber in Mistelbach.

Erleichtert wirft der Hartinger die Mappe wieder auf den Tisch. Die durchzuackern, das erspart er sich. Da ruft er lieber seinen alten Spezi persönlich an und lässt sich von ihm briefen. Um was es geht. Und ob es sich überhaupt lohnt, da genauer nachzubohren.

2. Vorboten

Unangekündigten Besuchen haftet ja oft etwas Leidiges an. Aus schwer nachvollziehbaren Gründen verspürt der potenzielle Gast ein Verlangen nach einer spontanen Wiedervereinigung mit dem ahnungslosen Gastgeber. Dessen Freude ist meist eher getrübt. Man ist nicht gerüstet!

Ebendieses Gefühl überkam mich, als ich – noch immer leicht erschüttert durch Almas kryptische Andeutungen über mein »Nussstrudelkomplott« – dem nächsten Besucher die Tür öffnete.

Es war Chefinspektor Moravec, der schon nach Hermanns Tod hier in der Villa herumgeschnüffelt hatte. Da er in der Nähe wohnte, waren wir uns auch später noch ab und zu über den Weg gelaufen, hatten einander zugelächelt oder an der Tankstelle gezwungenermaßen miteinander geplaudert. Diesmal sah er recht amtlich aus.

»Oh! Ich störe ungern beim Kaffeekränzchen, Frau Winter«, sagte er. Tereza und Emma waren soeben emsig dabei, den Tisch abzuräumen.

»Sie stören doch nicht«, erwiderte ich höflich. »Die Gäste sind gerade gegangen, aber Tereza bringt Ihnen gerne noch eine Tasse Kaffee und einen Kuchenteller.«

Moravec verweigerte den Kuchen, er sei auf Diät, meinte er, aber einen schwarzen Kaffee ließ er sich aufdrängen. Tereza blickte ihn zwar nicht so reizend an wie meine kleine Emma und ich, machte sich aber sofort auf den Weg in die Küche. Ich opferte mich für das Stück Kuchen, das der Polizist verweigert hatte.

Dann reichte er uns ein Foto mit der Frage, ob uns dieser Mann bekannt sei. Ich verneinte, denn ich hatte ihn tatsächlich noch nie gesehen, aber Tereza gab zu, dass er einmal hier gewesen war. »Er hat gefragt nach die junge Herr, was bei uns gewohnt hat, bevor Herr Winter Läffel abgegeben. Sie wissen ja.«

Jetzt fiel es mir wieder ein. Es war dieser Pater, Armandos Lover aus Guatemala. Ich hatte ihn bei seinem Kurzbesuch nur von hinten gesehen, wohl aber durch die Durchreiche das Gespräch zwischen ihm und Tereza mit angehört. Er hatte sich über den Verbleib seines Schützlings José erkundigt. In Guatemala hieß Armando ja José. Tereza hatte ihn mit Ausreden und Apfelstrudel abgespeist. Ich entsann mich, dass ich mich furchtbar geärgert hatte, weil sie dem Unbekannten auch noch ein Stück Strudel mit auf den Weg gab, wo doch Emma und ich noch nicht einmal eine Kostprobe davon abbekommen hatten. Deshalb war ich dann auch gleich in die Küche gelaufen, um mir ein Stück zu holen. Für mich absolut unverständlich, hatte Tereza mir den Teller wütend aus der Hand geschlagen. Ich würde langsam fett vom vielen Zucker, hatte sie geschimpft und mir ein klitzekleines, ungezuckertes Stück auf einen frischen Teller gelegt. Ich war total beleidigt, deshalb konnte ich mich jetzt auch wieder so gut an die Begebenheit erinnern.

»Haben Sie ihn bewirtet?«, fragte Moravec, als könnte er meine Gedanken lesen.

»Sind wir ja häfliches Haus. Sicher ich hab ihm angeboten Kaffee oder Wasser, was weiß ich.«

»Essen auch? Kuchen zum Beispiel?«

»Meine Giete, kann gut sein«, sagte Tereza. »Aber kann ich nicht sagen – muss her sein … Wie lange? Ein Jahr sicher.«

»Ein Jahr und neun Monate, konkret«, verbesserte Moravec.

»Kinder, wie Zeit vergeht«, seufzte Tereza.

»Könnte es vielleicht ein Apfelstrudel gewesen sein?«

Dieser Inspektor ließ nicht locker.

»Gut möglich«, fuhr Tereza ihn an. »Haben wir Äpfel in Garten von Juni bis November. Aber haben wir auch andere Obst und Nisse.«

»Warum wollen Sie das alles wissen, Herr Inspektor?« Die Fragerei kam mir höchst suspekt vor.

»Chefinspektor. Ach was! Sagen Sie einfach Moravec zu mir«, sagte Moravec. Er hüstelte verlegen in seine Faust. »Sehen Sie«, fuhr er fort, »dieser junge Mann. Der ist damals einfach verschwunden. Wie vom Erdboden verschluckt. Der Freund sucht ihn also.«

»Der vom Foto?«

»Ja, genau der.«

»Und? Hat er ihn gefunden? Ich meine, nicht dass mich Armando noch interessiert, aber natürlich würde ich immer noch gerne wissen, ob er am Tod meines Mannes schuld war.«

Ich tupfte mir ein paar Krokodilstränen aus den Augenwinkeln. Ich war zwar schon eine geraume Zeit Witwe, aber um einen geliebten Gatten trauert man ja ewig.

»Eben nicht«, seufzte Moravec. »Ganz im Gegenteil. Er ist auf mysteriöse Weise im Zug von Wien nach Prag gestorben. Nach dem Genuss eines Apfelstrudels. Die Obduktion hat ergeben: Vergiftung durch Digitalis.«

»Was? Armando ist tot?« Ich sprang auf, nicht mehr Herrin meiner Gefühle. Zumindest scheinbar. Ich wusste ja aus todsicherer Quelle, dass Armando nicht mehr lebte. Auch seine Reste baumelten gelegentlich an meinen Ohren.

»Nicht der junge Mann. Der andere. Dieser Priester.«

»Nein!«, rief ich und ließ mich wieder auf den Stuhl fallen.

»Gut und schän«, warf Tereza ein. »Aber was gäht uns an? Hat ein paar Tage bei uns geläbt junge Mann, mäglich er hat umgebracht seine Vater und jetzt auch noch Freind aus Guatemala. Glauben Sie, dass wir verstecken eine Märder? Nur weil schaut gut aus?«

»Aber nein!« Moravec lockerte seinen Kragen. Schweißperlen sprossen auf seiner Stirn. »Die Kollegen in Guatemala haben Nachforschungen betrieben. Ich weiß ja nicht, wie gut Sie den jungen Latino kannten …« Moravec räusperte sich wieder betreten. »Dieser Freund … Der war nicht nur ein *Freund*. Er war sein Geliebter.« Er zückte ein Taschentuch, um sich den Schweiß von der Stirn zu wischen.

Das gab mir genügend Zeit, echte Überraschung zu mimen. »Nein! Armando schwul? Aber ich – er – wir hatten doch …«

Das mit dem Rotwerden habe ich noch nie verstanden. Es kommt immer dann, wenn man es am wenigsten braucht, aber wenn es vonnöten wäre, lässt es sich bitten. Ich versuchte, unauffällig die Luft anzuhalten, wie Klein-Emma das manchmal tat. Leider mit null Erfolg. Dafür zog Moravec kräftig Farbe auf – was ja auch hilfreich war. Er erinnerte sich also an mein Geständnis der Untreue in der Nacht, als Hermann starb. Daher machte es auch Sinn, gleich noch eins draufzusetzen.

»Wäre ich damals nicht zu ihm in den Keller … Hermann könnte noch leben!«

Dieser Gedanke ließ mich – nunmehr gänzlich ungekünstelt – hysterisch dreinschauen.

Moravec beugte sich zu mir herüber und tätschelte mir freundschaftlich den Oberarm. »Er war durchtrieben, dieser José – oder Armando, wie Sie ihn nennen. Er wollte sich in besagter Nacht wohl ein Alibi verschaffen. So sah es zumindest damals aus.«

Die letzte Bemerkung ignorierte ich geflissentlich. »Woher haben Sie denn das? Ich meine, dass er schwul war?«, hauchte ich.

»Na ja. Es ist da etwas aufgetaucht im Zuge der Ermittlungen um den Tod des Paters. Und das ist eigentlich der Grund, warum man mich jetzt hergeschickt hat.« Er rutschte nervös auf dem Stuhl hin und her.

Ich schenkte ihm ein aufmunterndes Lächeln. Terezas Gesicht spiegelte hingegen Missbilligung wider. Sie wandte sich ab und kümmerte sich lieber um Emma.

»Und zwar hat man interessante Mails zwischen ihm und seinem jungen Freund rekonstruiert, die in den Zeitraum fallen, als er sich hier bei Ihnen aufhielt.« Moravec kramte in seiner Tasche und legte mir einen Packen Papier vor. Ich hob ihn auf und versteckte mich dahinter. Jetzt war die verräterische Gesichtsfarbe da, unnötig wie ein Kropf, denn ich wusste genau, was da drinstand. Tereza und ich hatten deswegen sogar den Laptop entsorgt, auf dem Armando die Mails getippt hatte. Ich überflog sie, so schnell ich konnte. Die meisten hatte ich noch gut in Erinnerung. Wir hatten sie ausführlich studiert, Tereza und ich.

Die früher datierten Schriften bedeuteten keine Gefahr für uns, sie beinhalteten banale Urlaubsgrüße und Schwülstigkeiten zwischen den Liebenden. Dann wurde es brisant, als Armando dem Pater den wahren Grund seines Besuches gestand. Er machte kein Hehl aus seinem Vorhaben, den nunmehr gefundenen verhassten Vater Hermann Winter zu töten. So weit, so gut für uns. Als er allerdings wütend davon berichtete, dass ihm jemand zuvorgekommen sei, sah es schon nicht mehr so rosig aus. Er deutete zunächst an, dass Tereza dahinterstecken könnte. Er hatte sie aus Hermanns Zimmer kommen sehen. Später hatte er uns beide im Verdacht, gemeinsame Sache gemacht zu haben.

Mein Gehirn lief trotz des Stresses auf Hochtouren. Wie interpretierte der Polizist wohl diese E-Mails? Reichten sie aus, um den Fall wieder aufzurollen? Was hatte der Tod dieses Paters mit Hermanns Ableben und Armandos Verschwinden zu tun?

Eine Viertelstunde später legte ich den Packen Papier zur Seite. Ich war wohl etwas blass um die Nase, wie Tereza später bestätigte, aber ich schaffte es, diesem Moravec fest ins Auge zu blicken.

»Herr Moravec. Was ich hier lese … das macht mich ganz sprachlos. Aber es beweist ja wohl eindeutig, dass Armando Hermann auf dem Gewissen hat. Oder glauben Sie etwa das Märchen, dass *wir* …?«

Ich rammte die Gabel in meinen Kuchen, als wäre er eine Voodoo-Puppe, und spülte mit Kaffee nach, der in der Zwischenzeit, während meiner langen Lesesession, leider kalt geworden war. Ein bitterer Nachgeschmack, der sich auch in meinem Blick manifestierte.

Moravec enthielt sich einer Äußerung, also musste ich weiter meine Unschuld untermauern. »Das ist doch völlig absurd, was der da behauptet. Tereza und ich hätten meinen Mann zu zweit gefesselt, schreibt er, um ihm dann Nüsse einzuflößen. Mein Gatte, Herr Moravec, war ein kräftiger Mann im besten Alter. Wie hätten wir ihn fesseln sollen, ohne ihn vorher zu betäuben? Dass er keinerlei Narkotikum intus hatte, haben die Gerichtsmediziner ja eindeutig festgestellt. Und Nüsse einflößen. Wie soll das gehen, bitte? Mit Schnaps? Im Bett? Flößen Sie einmal jemandem gegen seinen Willen eine Flüssigkeit ein, ohne Spuren zu hinterlassen.«

Ich schnappte kurz nach Luft. Moravec überflog den Text, den ich ihm hingeknallt hatte, während Tereza versuchte, Emma zu beruhigen. Das arme Kind bezog meinen Zornesausbruch anscheinend auf sich. Das würde ich hinterher ausbügeln müssen, aber zuerst musste ich diesen Polizisten loswerden.

»Ich sag Ihnen was, Herr Inspektor«, fuhr ich mit meiner vermeintlichen Entlastungskampagne fort. »Sie können sich doch sicherlich an den Tag erinnern, an dem Sie mir den Bescheid für den Bestatter vorbeibrachten. Wir waren zusammen in Armandos Zimmer, wissen Sie noch?«

Moravec nickte. »Der Knall im Garten zuvor«, murmelte er. »Was?«

Das hätte er lieber nicht ohne Triggerwarnung gesagt. Denn das Minifilmchen, das die Erwähnung dieses Knalls in mir abspulte, beschwor garstige Erinnerungen herauf: Es ist Abend. Draußen am Pool. Armando richtet seine Pistole auf mich. Draco, mein tapferer Pitbull, springt ihn von der Seite an. Ein Schuss fällt. Alle beide gehen zu Boden. Blut läuft unter ihnen hervor. Tropft ins Schwimmbecken. Sekunden der Panik. Dann rappelt sich Draco wieder auf. Schüttelt sich. Er ist blutverschmiert, aber unverletzt. Doch Armando ist tot!

Ich brachte meine Atmung nur mit Mühe unter Gewalt. Dieser Inspektor hatte ein verdammt gutes Gedächtnis. Ich musste das Gespräch so schnell wie möglich von dieser verfänglichen Begebenheit ablenken.

»Sie hatten mich damals gebeten, Armando zu Ihnen zu schicken, sobald er bei mir auftaucht«, fuhr ich fort, ohne auf den Knall einzugehen. »Das habe ich, als er am Abend nach Hause kam, auch unverzüglich getan. Er hat mir versprochen, gleich am nächsten Morgen seine Meldung zu machen. Das war dann übrigens das letzte Mal, dass ich ihn – ähm – gesehen habe«, sagte ich. Ich musste kurz innehalten. Beinahe hätte ich »lebend« gesagt. So nahe waren mir die Ereignisse jenes Nachmittags wieder!

Ich schnaufte kurz durch. »Als ich zum Frühstück runter-
kam, war er nämlich schon weg«, ergänzte ich. »Der hat kalte
Füße bekommen, jede Wette. Der ist getürmt, glauben Sie mir.
Womöglich schon in der Nacht.«

»Das liegt nahe«, gab Moravec zu. »Das dachten wir zunächst
ja auch. Allerdings erlauben diese E-Mails nun halt auch andere
Interpretationen.« Er fixierte Tereza, an der sein Blick abprallte
wie ein Eishockey-Puck an der Bande.

Mir hingegen wurde nun richtig mulmig. Ich werde dich jetzt
sicherlich nicht nach diesen Interpretationen fragen, dämlicher
Bulle, sagte ich mir und lächelte ihn an.

»Herr Inspektor. Wenn ich gewusst hätte, wie durchtrieben
dieser Mensch war – ich hätte diesen Betrüger niemals ins Haus
gelassen«, entrüstete ich mich. Und das war ja nun nicht mal
geflunkert. »Gelogen hat er von der ersten Minute an. Sich mit
einer falschen Identität bei jemandem einzuschleichen und dessen Gastfreundschaft zu missbrauchen! Einfach niederträchtig!
Aber auch in diesen Mails hier lügt er, dass sich die Balken biegen. Ein weiteres Beispiel, Herr Moravec, bitte schön.«

Ich blätterte nach und legte dem Polizisten die entsprechende
Seite vor. »Schauen Sie, hier: die Szene am Pool. An die kann ich
mich noch gut erinnern. Das ist so ähnlich auch wirklich passiert,
aber eben nur so ähnlich. Es stimmt zwar, dass Draco Armando
ungestüm begrüßt hat und der junge Mann dadurch ins Wasser
gefallen ist. Dummerweise konnte er nicht schwimmen, auch
wenn er das hier leugnet. Dass Alma beinahe ertrunken wäre,
ist völliger Blödsinn, und schon gar nicht hat er sie gerettet. Ein
unheimlicher Angeber, dieser Armando. In Wirklichkeit war es
genau andersherum. Er hatte sich in seiner Panik an sie geklam-
mert und sie nach unten gezogen. Deswegen hat ihm Tereza eine
mit dem Kescher übergebraten, und dann haben wir ihn aus dem
Becken gezogen. Alma wird das bezeugen können.«

Moravec hörte gespannt zu und machte sich Notizen. »Alma.
Das ist diese Künstlerin, nicht wahr?«

»Und Hermanns damalige Geliebte, wie wir nunmehr wissen«, seufzte ich. »Sie haben Alma übrigens gerade verpasst«,

ergänzte ich. »Schade eigentlich, sonst hätten Sie sie gleich zu dem Ereignis im Schwimmbecken befragen können.«

»Am besten Sie rufen an gleich auf Handy«, sagte Tereza. »Sonst behauptet Polizei nachher, wir haben – wie sagt man – Zeige beeinflusst?«

Das war meine Tereza. Kein Wort zu viel, aber wenn, dann das rettende.

Ich gab Moravec Almas Handynummer. Er nahm sein Telefon und ging damit auf den Gang.

Nach ein paar Minuten kehrte er strahlend zurück. »Ich hab sie erwischt«, sagte er. »Das Telefonat war ein wenig schwierig. Ihr Sohn hatte was dagegen, dass die Mama das Handy selber braucht. Aber dann hat sie mir genau dieselbe Version erzählt, wie Sie es mir gerade geschildert haben, Frau Winter.«

»Na, sehen Sie«, kommentierte ich erleichtert. »Der Typ lügt in seinen E-Mails genauso wie im echten Leben. Er wollte seinen Liebhaber beruhigen, bevor er nach Hause zurückkehrte. So er denn überhaupt nach Hause wollte.«

Moravec nickte zufrieden, bedankte sich herzlich für den Kaffee und packte seine Sachen zusammen. An der Haustüre zögerte er. »Wissen Sie, Frau Winter«, stammelte er. »Ich dachte so etwas Ähnliches ja auch, dass der Kerl eben durchtrieben sei. Immerhin gibt er ja auch zu, dass er Sie mit bösen Absichten dazu gebracht hat, seine Pistole anzufassen. Damit Ihre Fingerabdrücke draufkommen.«

Er legte mir die Hand auf die Schulter, nachdem es mich beim Gedanken an diese Pistole erneut beutelte.

»Beruhigen Sie sich, Frau Winter. Aber wir müssen natürlich jedem Hinweis nachgehen. Die Kollegen von der Interpol werfen uns sonst Schlamperei vor, und das wollen die hohen Herren in Wien natürlich nicht hören. Drum schauen sie uns bei internationalen Fällen besonders genau auf die Finger.«

»Sie haben auch wirklich einen schweren Job«, heuchelte ich. »Immer mit Kriminellen zu tun zu haben, das muss schrecklich sein!«

»Dafür ist es andererseits sehr befriedigend, wenn man sie

hinter Gitter bringen kann«, erwiderte er. Ich versuchte, meinem Lächeln Zustimmung einzuhauchen, was in diesem Fall echt schwierig war.

»Sie haben abgenommen, stimmt's?«, sagte ich aus einer Eingebung heraus.

Jetzt strahlte er. »Das haben Sie bemerkt?«

Natürlich wäre mir nichts dergleichen aufgefallen, wenn er zuvor nicht seine Diät erwähnt hätte, aber das war ja nicht der Punkt. »Sofort, als Sie zur Türe herein sind«, sagte ich mit Nachdruck.

Er schüttelte mir zum Abschied kräftig die Hand und versenkte seinen Blick in den meinen. Ich hielt ihm tapfer stand und lächelte.

Drinnen war Tereza gerade beim Aufräumen.

»Tereza! Was war in dem Apfelstrudel?«, stellte ich sie zur Rede.

»Äpfel«, sagte sie und verschwand in die Küche.

2.1 Telefonat unter Kollegen

»Hartinger? Bertl? Echt jetzt?« Der Moravec kriegt sich gar nicht ein vor lauter Freude, dass ihn sein alter Spezi anruft. Dienstlich hin oder her. Für ihn ist es klar: Es ist ein Wink des Schicksals, dass der Fall ausgerechnet auf dem Schreibtisch vom Hartinger gelandet ist. Der Hartinger glaubt nicht an Schicksal, aber das muss der Moravec ja nicht wissen. Auch nicht, wo seine Akte wirklich liegt. Von Schreibtisch keine Rede. Und vom fetten Einwickelpapier daneben, von der Leberkässemmel, die er beim Lesen verdrückt hat, verrät er lieber auch nichts. Der Moravec war ja immer so ein penetrant ordnungsliebender Mensch. Hemden gebügelt hat der wie ein Profi. Aufgestapelt Kante an Kante. Sein Bett überzogen wie beim Bundesheer. Wie der das geschafft hat, dass kein Zipfel vom Leintuch rausgerutscht ist, das kann der Hartinger bis heute nicht verstehen. Wo man damals von einem Spannleintuch noch nicht einmal geträumt hat.

»Und, was meinst zu dem Fall?«, unterbricht der Moravec seinen geistigen Ausflug ins Internat.

Der Hartinger gesteht, dass er erst Teil 1 durchhat. »Wenn du mir kurz zusammenfasst, worum es geht, wär ich dir dankbar. Wer interessiert sich denn für den Herztod eines alten Bauern von vor zwanzig Jahren, bitte?«

»Für den interessiert sich eh keiner«, gibt der Moravec zu. »Es geht um seine Witwe, diese Tschechin Hurniková. Vielmehr um ihre Glaubwürdigkeit. Vielleicht ist ja gar nichts an dem Gerücht dran, dass sie ihre Ehemänner umgebracht hat.«

»Na prack! Ehemänner? Wie viele sollen es denn gewesen sein?«

»Eh nur zwei. Neben dem alten Weinviertler noch dessen Vorgänger. Ein Tscheche. Auch ein Bauer, allerdings ein wesentlich jüngerer. Ist bei einem Motorradrennen in Brünn ums Leben gekommen. Bremsversagen. Und die junge Witwe hat sich vertschüsst, sobald sie vom Tod des Gemahls erfahren hat.«

»Das schaut mir jetzt aber recht wie ein Schuldbekenntnis aus, oder?«

»Ja und nein. Die tschechischen Kollegen haben sehr wohl nachgefragt damals, zumal die Bremsen manipuliert gewesen sind.«

»Das auch noch? Und da zweifelt noch jemand? Geh, bitte!« Der Hartinger nimmt einen Schluck aus der Flasche und verdreht die Augen.

»Eindeutig ist gar nichts in dem Fall. Erstens gab es einen Hauptverdächtigen, einen Konkurrenten beim Rennen. Den will ein Zeuge vor dem Rennen beobachtet haben, wie er unbefugt an der Maschine des Opfers herumhantiert hat. Aber der junge Mann hat das vehement abgestritten, und später hat sich herausgestellt, dass der Zeuge betrunken war. Darum hat man dann doch im familiären Umfeld des Opfers nachgeforscht. Aber ausnahmslos alle Befragten haben – unabhängig voneinander – ausgesagt, dass die arme junge Frau geflohen ist, weil auch der alte Bauer, also der Schwiegervater, hinter ihr her war. Und überhaupt sind die Männer auf dem Hof laut Zeugenaussagen nicht zimperlich umgegangen mit ihren Frauen. Das hatte dort anscheinend traurige Tradition.«

»Arm hin oder her, Moravec. Das ist ein selbsterklärendes Mordmotiv, oder?«

»Ja freilich. Ausschlaggebend, dass man die Frau in Ruhe gelassen hat, war letztlich ausgerechnet die Aussage vom Vater des Opfers, dem angeblich gewalttätigen Schwiegervater. Er hat es definitiv ausgeschlossen, dass so ein dummes Weib wie seine Schwiegertochter überhaupt eine Ahnung gehabt haben könnte, wie man so was macht. ›Die weiß ja nicht einmal, wo die Bremsen sind bei so einer Maschine‹, hat er ausgesagt. ›Die Schwiegertochter war es nie und nimmer.‹«

»Na, ich weiß nicht«, sagt der Hartinger. »Ich hätt da schon ein wenig nachgebohrt. Hat man die Frau denn nie verhört?«

»Es scheint zumindest nichts auf. Wahrscheinlich haben die tschechoslowakischen Kieberer damals gerade andere Probleme gehabt. Mit der Grenzöffnung und so.«

»Und wie kommt die Frau dann nach Österreich?«

»Sie ist als Kellnerin in Höflein gelandet. Das ist gleich an der tschechischen Grenze.«

»Ich kenn Hevlin, Moravec. Weiter?«

»Sie hat dort in einem Wirtshaus gearbeitet, wo sie dann ihren späteren Mann kennengelernt hat. Der war fast zwanzig Jahre älter als sie, aber er hatte einen großen Bauernhof. Wird wohl keine Liebesheirat gewesen sein.«

Das glaubt der Hartinger dem Moravec sofort. Damals sind ja auf einmal die hässlichsten Mannsbilder zu so feschen Blondinen gekommen, dass man sich nur gewundert hat. Aber der Schilling war eben was wert. Und sehr viel anders als die Damen vom Gürtelstrich haben die oft auch nicht ausgeschaut, die Ostbräute. Geschminkt wie im Fasching, Glitzer und Gold. Und alle haben sie Schlapfen angehabt, daran kann er sich noch gut erinnern. Hochhackig, aber eben Schlapfen. Im Unterschied dazu haben die Ladys am Gürtel immer diese wahnsinnslangen Stiefel getragen. Bis praktisch zu den Schamlippen. Da sind sie als Jugendliche extra mit der Stadtbahn gaffen gefahren. Nutten zählen.

»Hartinger? Bist du noch dran?«

»Ja sicher. Bei der Vernunftehe sind wir stehen geblieben. Das erklärt immer noch nicht, warum man sich jetzt plötzlich wieder für die Frau interessiert. Will s' einen Politiker heiraten, oder was?«

»Jetzt red net so blöd daher, Bertl. Horch zu. Da gibt es eventuell eine Verbindung zu einem Fall, den ich vor drei Jahren bearbeitet hab. Ein Diplomat stirbt zu Hause im Bett. An einer Nussallergie.«

»Oha! Das war die Ehefrau. Jede Wette!« Für so was hat der Hartinger ein Gespür.

»Ja, das war damals auch meine erste Vermutung. Aber sie hatte so was wie ein Alibi.«

»Was soll das jetzt wieder heißen, Moravec? So was wie?«

»Sie war angeblich zur fraglichen Zeit mit dem Gast des Hauses, einem schneidigen Latino, im Bett.«

»Geh, Moravec. Das hast jetzt aber nicht aus den ›Vorstadt-weibern‹, oder?«

Der Moravec lacht. »Nicht ganz, aber vom Drehbuch her hätt's schon gepasst. Der Latino. Hat sich dann herausgestellt, dass der ein unehelicher Sohn dieses Diplomaten war. Ich bin letztlich zum Schluss gekommen, dass er seinen Vater umgebracht hat.«

»Und was hat dich zu dieser Annahme verleitet?«

»Erstens hat er sich unter falschem Namen und mit einem gefälschten Pass dort im Haus des Vaters eingeschlichen. Und wie der dann tot war, ist er plötzlich verschwunden. Die Spur führt nach Prag und endet dort in einer Schwulenbar. Und aus. Wie vom Erdboden verschluckt.«

»Also untergetaucht?«

»So hat es zumindest lange ausgeschaut.«

»Und jetzt kommt der Zusammenhang zu der Tschechin, was?« Der Hartinger braucht eine kurze Pause, um sich noch ein Bier zu holen.

»Noch nicht ganz«, sagt der Moravec. »Ein Jahr, nachdem ich den Fall abgeschlossen hab, stirbt ein Pater aus Guatemala im Zug von Wien nach Prag. Was zunächst wie ein normales Herzversagen aussieht, stellt sich bei der Obduktion als Digitalisvergiftung heraus. Die tschechischen Behörden ermitteln. Der Typ dürfte sich auch im Schwulenmilieu herumgetrieben haben. Man schickt in Guatemala City die Polizei in sein Stammkloster, um herauszufinden, was der Pater in Prag beziehungsweise Wien zu suchen hatte. Aber dort gibt man sich verschlossen. Auf die Schwulenszene angesprochen, reagiert man empört. Man wünscht von offizieller Stelle, dass der Fall nicht weiter untersucht wird, also werden die sterblichen Überreste des Paters in die Heimat überführt.«

»Das war wann?«

»Vor zwei Jahren etwa.«

»Und wieso gräbt man das jetzt doch wieder aus? Trotz klerikaler Sabotage?« Langsam beginnt der Hartinger sich für den Fall zu interessieren. Die Sache scheint komplexer als ursprünglich gedacht.

»Weil es in dem Kloster, wo dieser Pater gewirkt hat, Vorwürfe sexueller Belästigung gibt. Und, du wirst es nicht glauben, auch gegen den verstorbenen Pater. Man beschlagnahmt diverse Computer, und auf dem Laptop des Verblichenen rekonstruiert die Kripo einen E-Mail-Verkehr zwischen besagtem Pater und dem Latino aus meinem Fall. Und es tauchen interessante Details auf, die ein völlig neues Licht darauf werfen. Die Tschechin, über die du was rausfinden sollst, die ist nämlich damals bei dem Diplomaten im Dienst gewesen.«

»Dem mit der Nussallergie.«

»Genau dem. Und der junge Mann erwähnt in einem E-Mail, dass er sie in der Mordnacht aus dessen Zimmer hat kommen sehen.«

Jetzt pfeift der Hartinger gar. »Und das genügt nicht für eine Festnahme, Moravec?«

»Wahrscheinlich schon. Aber es ist halt die Aussage eines Betrügers und schwer zu verifizieren. Ich will auf Nummer sicher gehen. Schließlich muss ich dann ja auch einen groben Ermittlungsfehler im Mordfall Nussallergie zugeben. Aber aus damaliger Sicht hatte diese Person überhaupt kein Motiv. Darum würde ich dich bitten, die E-Mails möglichst unvoreingenommen zu lesen. Sie sind in der dritten Mappe. Was dieser Latino da verzapft, ist nämlich auch nicht gerade stimmig. Wirst sehen. Deshalb wollte ich jemand Unbeteiligten, der sich die Frau ohne Vorurteile anschaut. Also nicht die Frau selber, aber ihre Vergangenheit. Ich freu mich ehrlich, dass du den Fall gekriegt hast. Da kann ich offen reden.«

»Aber sicher«, sagt der Hartinger. »Ich schau mir die Frau vorurteilsfrei an.« Wenigstens einer, der mir das zutraut, denkt er, und sein Blick verfinstert sich gleich wieder. Gut, dass der Moravec das nicht sehen kann.

»Der Latino, sag. Ist der wiederaufgetaucht?«

»Das nicht.«

»Aber?«

»Na ja. Ich bin mir nicht sicher, ob der noch lebt, Bertl. Das muss jetzt bitte auch unter uns bleiben, weil bloße Vermutung.

Ich hab damals kurzfristig den Verdacht gehabt, dass die junge Witwe den Latino beseitigt haben könnte. Ich komm eines Tages zufällig vorbei, bring ihr die Nachricht, dass die Leiche ihres Mannes zur Bestattung freigegeben ist. Diese Tschechin führt mich in den Salon und geht hinaus, die Frau holen. Und da hör ich einen Schuss aus dem Garten. Zumindest hab ich mir das eingebildet.«

»Und warum bist du dem nicht nachgegangen?«

Dem Hartinger kommt die Pause, die sich der Moravec für die Beantwortung der Frage nimmt, verdächtig lang vor.

»Die junge Frau hat mir den Schuss glaubhaft erklärt. Ihr Hund hat im Garten eine Katze gejagt, und dabei ist eine Champagnerflasche detoniert.«

»Und das hast du ihr abgenommen?«

»Ich weiß, das war ziemlich dämlich. Zumal ich später draufgekommen bin, dass sie kurz darauf das Schwimmbecken weggerissen und ein neues darübergebaut hat.«

»Oh-oh! Und darunter modert vielleicht eine hübsche männliche Leiche?«

»Kann sein, Hartinger. Aber du weißt genau, dass eine bloße Vermutung dem Staatsanwalt nicht genügt, um eine Bewilligung zum Graben auszustellen.«

»Die Kosten, die Kosten. Ich weiß«, stöhnt der Hartinger. »Und wie kann ich dir jetzt helfen – außer, diese Mappe vorurteilsfrei durchzusehen?«

»Das Bauernhaus, das diese Hurniková geerbt hat. Wenn du dich da mal ganz unverbindlich umschauen könntest. Vielleicht findest ja irgendwas, was auf eine Verbindung zu meinem Fall mit dem Diplomaten hindeuten könnt. Adresse steht in der Akte.«

»Besser noch, ich grab die Leiche von dem Latino aus, was?«

»Hartinger, wenn dir das gelingt – dann lass ich ein Fass Bier springen!«

»Na, da ist meine Motivation gleich viel höher!« Der Hartinger lacht. »Ich meld mich!«

Champagner! Dass ich nicht lache, denkt sich der Hartinger.

Und überhaupt. Wieso trinkt die Witwe Champagner, noch bevor der Gatte unter der Erde ist?

Moravec, Moravec. Den Weibern darfst du nicht trauen. Ihm wäre das nicht passiert, da ist sich der Hartinger sicher.

3. Überrumpelt

Von da an brachte ich den Moravec nicht mehr los. Die Häufung der »zufälligen« Treffen in der Fußgängerzone, in der Nähe der Hundeschule oder vor dem Kinderspielplatz wäre der doofsten Tussi aufgefallen. Die Sache war glasklar, er suchte meine Nähe. Abgesehen von dem schmeichelhaften Gefühl, begehrt zu werden, dachte ich keine Sekunde daran, ihn zu ermutigen, geschweige denn zu erhören. Ich scherzte sogar mit Tereza darüber. Diese gab sich unüblich knapp und meinte, ich sollte ihn höflich, aber bestimmt abblitzen lassen. Die Polizei dürfe man weder vergrämen noch fahrlässig ins Haus holen. Als er sich dann eines Tages mit seinem nigelnagelneuen Rennrad vor der Villa einbremste, schrillten selbst bei mir die Alarmglocken. Nicht nur, weil ich an seiner Radlerhose eindeutige Ausbuchtungen erspähte, die er schnellstens mit seinem neonfarbenen Fahrradhelm verdeckte.

Was musste er auch in aller Herrgottsfrüh erscheinen, während ich noch in meinem Nachthemdchen war? Tereza war mit Emma zum Einkaufen und ich erwartete ein Päckchen von Zalando. Sonst hätte ich ihm gewiss nicht in diesem Aufzug geöffnet. Trotzdem bat ich Idiotin ihn herein. Höflichkeit ist ja etwas, das einem in der Erziehung eingebläut wird wie eine Religion, man bekommt sie einfach nicht wieder los. In dieser Hinsicht hat meine Mutter ganze Arbeit geleistet.

Da ich gerade auf der Terrasse beim Frühstück saß und die Tageszeitung schon durchhatte, bot ich ihm einen Kaffee an. Er wählte schwarz wie gehabt. Wegen der Diät. Essen wollte er nichts. Mein Croissant verdrückte ich trotzdem neben ihm, es war soeben frisch duftend aus dem Backofen gekommen. Da wollte ich es nicht unbeachtet lassen, bloß damit der arme Mensch sich nicht leid sah, weil er verzichten musste. So ausgeprägt war meine Höflichkeit dann doch wieder nicht. Hätte er früher weniger gegessen, wäre ihm diese Diät nun erspart geblieben.

Die Butter schmolz beim Aufstreichen auf dem warmen Gebäck, und Terezas duftende Erdbeermarmelade klebte mir mollig an den Mundrändern. Ich tupfte sie mit den Fingern weg und schleckte sie genüsslich ab, dann ermunterte ich mein Gegenüber, sein Anliegen vorzubringen. Moravec verschlang mich – oder mein Croissant, das war nicht eindeutig ersichtlich – mit seinem Blick. Erst plauderte er scheinbar ungezwungen über sein Hobby, das Radfahren. Er trainierte gerade für einen Polizeiwettbewerb. Stolz zeigte er mir auf seinem Smartphone die tolle Runde, die er soeben gedreht hatte. Ich war mächtig beeindruckt von seiner phänomenalen Leistung. Weniger allerdings von der meine Intimsphäre verletzenden Nähe, die das Herzeigen seiner Wegstrecke auf dem Handy nun mal bedingte. Sein abschweifender Blick in mein Dekolleté störte mich dabei nicht so sehr wie der unangenehme Körpergeruch, den er verströmte. Die Vorzüge von Funktionswäsche hin oder her, die Geruchsbakterien lieben dieses Kunstfasermilieu. Ein Grund mehr, anstrengende Sportarten zu meiden. Draco schnüffelte interessiert an ihm. Ich zog ihn dezent weg und hieß ihn, Platz zu gehen. Peinlich war es natürlich trotzdem.

»Möchten Sie noch einen Blick auf meinen Garten werfen?« Ich musste ihn langsam in Richtung Ausgang manövrieren.

Zuerst bewunderte er mein neues Schwimmbecken mit der Glasabdeckung. Was denn da darunter sei, wollte er wissen. Ich sah ihn verdattert an. »Beton vermutlich. Und jede Menge dieser riesigen Kiesel. Wie sagt man gleich dazu?«

»Rollschotter.«

»Genau. Ein ganzer Lastwagen davon wurde da reingekippt, soviel ich mich erinnere. Warum interessiert Sie das?«

»Ach«, sagte der Inspektor. »Ich überlege gerade, ob ich mir auch so was zulege.«

»Tun Sie das«, riet ich ihm. »Nach einem ausgiebigen Training ist Schwimmen sicher ein exzellenter Ausgleich.«

Dann schlenderten wir gemütlich durch den Nutzgarten. Ich erläuterte Terezas Gemüsebeete, die Obstbäume erklärten sich um diese Jahreszeit großteils ja von selbst.

»Mein Garten ist im Vergleich dazu recht klein«, seufzte Moravec. »Meine Mutter hat Paradeiser und Salat angebaut, aber ich komm ja nicht dazu.«

»Ohne meine Perle würde ich das auch nicht schaffen«, gab ich unumwunden zu.

»Ihre Putzfrau ist außer Haus?«, fragte er.

»Haushälterin«, verbesserte ich streng. »Tereza ist mit Emma einkaufen. Sollte aber bald zurück sein.« Ich verstärkte meine Aussage mit einem demonstrativen Blick auf die Uhr. Vielleicht würde ihn das endlich zum Gehen animieren. Leider nein.

»Seit wann steht diese Frau denn in Ihren Diensten, Frau Winter?« Die Fragerei ging mir langsam auf die Nerven.

»Lassen Sie mich nachdenken. Aus Argentinien sind wir 2012 zurück, dann waren wir kurz in Wien. In die Villa sind wir 2013. Also sind es ungefähr fünf Jahre. Davor hat sie zehn Jahre in der tschechischen Botschaft geputzt. Warum interessiert Sie das?«

Moravec blieb mir die Antwort schuldig.

»Kann es sein, dass ihr ein Bauernhaus im Weinviertel gehört?«, bohrte er weiter.

»Da müssen Sie sie schon selber fragen«, wich ich aus. »Was sie vor ihrer Anstellung bei der Botschaft gemacht hat, darüber bin ich nicht informiert. Hat mich auch nie interessiert. Der Botschafter hatte sie uns ausdrücklich empfohlen, und Tereza hat sich in jeder Hinsicht als Glücksgriff erwiesen. Sie kocht, bäckt und putzt hervorragend und ist zu hundert Prozent loyal. So jemanden müssen Sie erst einmal finden! Ich würde meine Perle nie freiwillig hergeben, wenn Sie das im Schilde führen sollten.«

»Und mich missten Sie herausspiegeln aus diese Haus. Wäre ich Idiot, so eine Stelle zu lassen«, sagte Tereza mit einem zufriedenen Lächeln im Gesicht. Keine Ahnung, wie lange sie schon hinter uns gestanden hatte. Emma lief auf mich zu, musterte Moravec und versteckte ihr Köpfchen hinter meinen Beinen.

»Na, dann werd ich mal«, sagte Moravec endlich und setzte seinen Fahrradhelm wieder auf.

»Haben Sie gefunden Ihre Giftmärder?«, fragte Tereza.

»Wir verfolgen eine heiße Spur im Weinviertel«, sagte er, während er sich den Riemen des leuchtenden Helms zuklippste. »Mehr darf ich nicht sagen. Laufende Ermittlungen. Begleiten Sie mich noch hinaus, Frau Winter?«

Sein tolles Rennrad lehnte am Gartentor. Ah, dachte ich. Das musst du noch bewundern. Vielleicht hat der Fahrradcomputer noch irgendwelche Rekorde vorzuweisen? Leider ging Moravec' Anliegen deutlich weiter.

»Helene«, sagte er. »Ich darf Sie doch hoffentlich so nennen?«

Ich nickte huldvoll. Blieb mir ja auch nichts anderes übrig.

»Ich wollte Sie eigentlich fragen, ob Sie vielleicht am Freitag mit mir Essen gehen wollen?«

Diese Einladung traf mich dann doch unvorbereitet. Schnell spielte ich alle Pros und Contras im Kopf durch. Emotional schlug der Zeiger eindeutig in Richtung NEIN aus, die Vernunft war sich nicht sicher. »Schlag niemals eine Einladung zum Dinner von einem einflussreichen Mann aus«, hörte ich in meinem Unterbewusstsein ein Flüstern, das sich verdächtig nach meiner Mutter anhörte.

»Bist du verrickt. Mit eine Kieberer ausgehen?«, sagte eine andere, mir wohlbekannte Stimme.

»Brat ihn dir ein, damit er nicht auf dumme Gedanken kommt«, meinte meine eigene.

»Ja gerne«, hörte ich mich sagen. »Wo soll's denn hingehen?« Schließlich musste ich meine Garderobe anpassen. Eine Frau von Welt sollte weder under- noch overdressed auftreten.

»Das soll eine Überraschung werden«, sagte Moravec. Er war wohl noch nie mit einer Dame von Welt ausgegangen. Na egal. Ich würde etwas Schlichtes wählen, um ihn nicht zu kompromittieren.

Tereza tippte sich mit dem Finger an die Stirn, als ich ihr von meinem Date erzählte. »Was holst du Kieberer in Haus? Haben wir nicht schon gehabt genug Probläme mit Polizei?«

»Um genau diese Probleme abzufangen, hab ich zugesagt«,

retournierte ich beleidigt. »Sag mir lieber, seit wann du ein Bauernhaus im Weinviertel besitzt?«

»Wer sagt das? Kieberer?«

»Er hat mich zumindest danach gefragt. Und?«

»Hab ich dir nicht erzählt von meine zweite Mann? Ignaz?«

»Doch, ja. Das war der mit den zwei Schwestern, oder?«

»Genau. Hab ich Haus zwar geerbt, aber diese zwei Trampel haben gehabt Wohnrecht – wie sagt man – lebenslänglich?«

»Auf Lebenszeit«, verbesserte ich.

»Härt sich nicht besser an. Egal. Wollte ich verkaufen Haus, aber wer kauft alte Hitte mit zwei Bissgurn drinnen? Hab ich mir gedacht, auch egal. Wartest du, bis beide tot. Vielleicht brauchst du ja irgendwann Platz zum Wohnen in Rente.«

»Und leben deine zwei Schwägerinnen noch?«

»Kann ich nicht sagen. Aber hab ich gehärt, ist Haus schon länger frei, weil Schwestern sind in Pflägeheim.«

»Wo genau ist denn das? Sollen wir mal hinfahren und uns die Bude ansehen?« Emma würde das sicher gefallen, einen alten Bauernhof zu erkunden. Und ich hatte sowieso schon immer eine romantische Ader bezüglich alter Bauwerke. Ich stellte mir eine Art Dornröschenschloss vor.

»Ist ein paar Kilometer weg von Laa. Direkt an Grenze zu Tschechien. Heißt Rotstaudenhof. Misste ich vorher einmal hinfahren alles putzen, und glaub ich, lohnt sich nicht.«

»Auch gut«, sagte ich. »Was gibt's zu Mittag?«

»Palatschinken«, sagte Tereza.

»Tschinken!«, jubelte Emma.

Ich beobachtete Tereza heimlich, wie sie sich die Schürze umband. Mir hatte sie erzählt, sie habe das Haus verkauft, da war ich mir sicher. Warum hatte sie mich belogen? Welche Leichen hatte sie noch im Keller?

3.1 Ein alter Bauernhof

Kurzfristig hat der Hartinger ja überlegt, ob er mit dem Gruber nur mehr schriftlich verkehren soll. Per SMS zum Beispiel. Sturheit ist ja eine seiner positiven Eigenschaften, zumindest empfindet er selbst das so. Die ist schließlich in vielen Fällen für seine phänomenale Aufklärungsquote verantwortlich. Aber jetzt, wo der Hartinger gerade fünfundvierzig geworden ist, schleicht sich auch die Bequemlichkeit durchs Hintertürl ein. Und der ist es geschuldet, dass er dennoch – wenn auch kurz angebunden und schroff – einige Worte an seinen Assistenten richtet. Er hält ihm einen Zettel mit der Adresse von diesem Bauernhof unter die Nase.

»Gruber. Finden S' heraus, ob dort noch jemand wohnhaft ist. Wenn ja, rufen S' an und fragen S', ob wir kurz vorbeikommen dürfen.«

»Und wenn nein?«, stottert der Gruber.

»Dann rufen S' am Meldeamt an und fragen S', wie wir dort reinkommen. Was schauen S' denn so? Finden S' heraus, ob zum Beispiel eine Agentur mit dem Verkauf betraut ist, die Besitzerin bei einer Nachbarin den Schlüssel hinterlegt hat, oder, oder. Sie wollten doch zur Kripo. Jetzt ermitteln S' halt endlich!«

In der Zwischenzeit schaut sich der Hartinger die Immobilie einmal in Google Earth an. Manchmal kann er dem neumodischen Klumpert sogar etwas abgewinnen.

Gar nicht so klein, das Gehöft, denkt er sich. Das Haupthaus scheint halbwegs intakt. Die Nebengebäude befinden sich in recht unterschiedlichen Stadien des Verfalls, soweit man das auf dem Satellitenbild erkennen kann. Rechtwinkelig zum Hauptgebäude schließt ein kleineres Wohn- oder Wirtschaftshäuschen an. Das Dach ist renoviert worden, aber nur zum Teil. Das erkennt der Hartinger an der Farbe der Dachziegel. Beim länglichen Gebäude vis-à-vis handelt es sich vermutlich um den Stall. Etwas im Abseits findet sich ein Stadl, der schon recht ramponiert wirkt.

Ein perfektes Versteck, so abgelegen. Überhaupt das ganze Ensemble. Rund um den Komplex nur Bäume, Gestrüpp und Felder. Mindestens zwei Kilometer weg vom Schuss, abseits jeglicher Zivilisation.

Am Strahlen vom Gruber erkennt der Hartinger gleich, dass er mit seiner Recherche erfolgreich war. »Die Frau, die zuletzt dort gewohnt – oder laut Gemeindesekretärin eher gehaust – hat, ist jetzt im Pflegeheim. Sie sollte einen Schlüssel haben, mit etwas Geschick müssten wir ihr den abluchsen können, sagt sie.«

Der Hartinger schüttelt irritiert den Kopf über diese Aussage, aber im Altersheim versteht er dann, was die Frau gemeint hat. Eine Pflegerin führt sie in die Aula, vorbei an ein paar sterilen Tischen, an denen ein paar Heimbewohner bunte Fläschchen mit lustigen Aufklebern versehen. Die alte Bäurin sitzt im Rollstuhl vor einer großen Glaswand und stiert hinaus.

»Frau Vinzenz!«, schreit die Pflegerin. »Die Herren sind von der Polizei. Sie möchten gerne Ihr Haus besichtigen. Dazu bräuchten sie Ihre Erlaubnis.«

»Und den Schlüssel, wenn's geht«, ergänzt der Gruber.

Die Alte reagiert nicht. Starrt weiterhin ins Leere, wobei schwer zu sagen ist, ob ihr Unverständnis an einer Hörschwäche oder an der Demenz liegt.

»Sie hat einen schlechten Tag«, seufzt die Pflegerin. »Was suchen S' denn in dem Haus? Soweit ich weiß, schaut es dort fürchterlich aus. Wie ihre Schwester gestorben ist, hat man die Frau Vinzenz völlig verwahrlost und verwirrt vorgefunden und per amtlichem Beschluss hierhergeschickt. Bei uns wird sie wenigstens gefüttert und gewaschen!«

Der Hartinger dreht den Rollstuhl zu sich, sodass ihm die alte Frau in die Augen schauen muss, und brüllt sie an: »Der Schlüssel!« Er versteht nicht, warum die Frau sich dann die Hände vors Gesicht schlägt und schreit. Die Pflegerin war ja auch nicht gerade leise.

Verärgert und auch ein bisserl hilflos tritt er zurück. Der Gruber und die Pflegerin sind schon beim Trösten.

»Ich probier's noch einmal«, sagt der Gruber, nachdem sich die Alte beruhigt hat, und kniet sich vor den Rollstuhl.

»Bist du der Ignaz?«, fragt sie unvermutet. Schnappt nach der Hand vom Gruber. Ein Lächeln poppt in ihrem zerfurchten Gesicht auf. Der Gruber bleibt cool und nickt. »Ich brauch den Schlüssel zum Haus, ähm … Wie heißt die Frau Vinzenz mit Vornamen?«, flüstert er der Pflegerin zu.

»Hedwig«, sagt die.

»Hedwig. Den Schlüssel zum Haus?« Der Gruber drückt ihre Hand. »Kann ich den haben?«

»Ja freilich, Ignaz. Nimm ihn nur«, murmelt sie. Und dann lässt sie den Kopf zurückfallen. Der Mund geht auf. Und sie schnarcht.

»Sie wissen nicht zufällig, wo die Frau Vinzenz ihre Schlüssel aufbewahrt?«, fragt der Gruber und schenkt der Pflegerin ein unwiderstehliches Lächeln, bevor er sich wieder aufrichtet.

»Ich schau mal in ihren Spind im Zimmer. Viel hat sie ja eh nicht mit. Warten S' einen Moment.«

Freilich hätte der Hartinger den Gruber loben können, als die Frau ihm den Schlüssel in die Hand drückt. Aber dazu kann er sich nicht überwinden. Er will nicht wahrhaben, dass man auch mit Einschleimen Erfolg haben kann. Wenigstens bei der Pflegerin bedankt er sich. »Wir bringen ihn zurück, sobald wir dort fertig sind.«

Das letzte Stück des Weges müssen sie zu Fuß gehen, weil der Feldweg immer schlechter wird. Über einen Steg kommen sie zum Gartentor. Das ist nicht verschlossen.

»Waren S' schon einmal in einer Messiwohnung, Gruber? Wenn nicht, dann halten Sie sich jetzt lieber die Nase zu.« Mit Grauen erinnert sich der Hartinger an eine Wohnung, in der sie eine mumifizierte Leiche entdeckt hatten. Der Geruch haut ihn allein beim Gedanken daran fast um.

Die Angst hätte er sich sparen können. Kein Leichengeruch schlägt ihm entgegen. Auch vom angedeuteten Messichaos ist nichts zu sehen. Alt und muffig, ja. Aber der Steinboden im Vorhaus ist picobello gewischt worden. Staubig halt. Selbst in der Stube gibt es nichts zu beanstanden, kein überdimensionaler Dreck. Das Geschirr ordentlich eingeräumt. Keine verkrusteten Becher und sonstige Überraschungen in der Spüle. Frisch ausgemalt hätte natürlich schon vor Jahren gehört, der Verputz bröckelt an mehreren Stellen, und unter der Eckbank haben es sich Spinnen diverser Gattungen gemütlich gemacht. Das Muster der Vorhänge ist ausgebleicht, aber sie stehen nicht vor Dreck. Hier hat wer sauber gemacht. Ist zwar schon eine Weile her, aber doch.

»Schauen Sie sich in den Wirtschaftsräumen um. Wenn S' was Interessantes sehen, machen S' auf jeden Fall ein Foto. Ich nehm mir das Wohnhaus vor.«

»Was genau suchen wir denn?«, will der Gruber wissen.

Gute Frage, denkt sich der Hartinger. »Irgendetwas, was gefährlich aussieht. Oder einfach nicht in ein altes Weinviertler Bauernhaus passt. Und sei's eine Leiche«, sagt der Hartinger. Der Gruber seufzt und macht sich an die Arbeit.

Jetzt hat der Hartinger wenigstens seine Ruhe. Fast wird er ja ein bisserl sentimental hier herinnen. Zu sehr erinnert ihn das Haus an die Großmutter. Ein Ausbund an Herzlichkeit war sie ja nicht gerade. Wie auch, wenn dir neben der Arbeit auf so einem Hof, der sowieso nichts einbringt, auch noch ein Kind aufgebürdet wird. Aber gekümmert hat sie sich dann schon um ihn. Alt hätt s' halt nicht sein dürfen. Alte Leute sterben nun einmal.

Schnell schiebt der Hartinger die Rührseligkeiten beiseite und zieht sich seine Handschuhe über. Die Küchenkasteln und die Laden hat er flugs durch. Da ist nichts Ungewöhnliches. Dasselbe gilt fürs Schlafzimmer. Hier modert es allerdings doch ein bisserl mehr. Die Matratzen untersucht er zuerst, da verstecken die Leute gerne etwas. Aber außer Mäusekot entdeckt er nichts. Der führt allerdings dazu, dass er jetzt das dringende Bedürfnis nach Frischluft verspürt. Am offenen Fenster zieht er sich erst einmal eine ordentliche Portion Sauerstoff rein. Schaut in den Hof, wo der Gruber gerade in dem Gebäude mit dem sanierten Dach verschwindet. Hoffentlich ist dieser Mensch der Aufgabe gewachsen und kann die Spreu vom Weizen trennen.

Nach einer guten Stunde ist der Hartinger mit den oberen Zimmern durch. Jede Lade, alles hat er durchstöbert und absolut nichts gefunden, was dem Moravec in irgendeiner Form dienlich sein könnte.

Als Nächstes nimmt er sich den Dachboden vor. Der kommt einer Messiwohnung schon näher. Der strenge Geruch rührt von diversen Losungen her. Mäuse und Marder. Taubenkot. An die Dachluke kommt er leider nicht heran. Wird er den Mief wohl aushalten müssen.

Über Kübel und Drähte, Plastiksackerl und Kisten muss er steigen, um an die verstaubten Kästen zu gelangen. Dabei stochert er ganz nebenbei in diversen Gebinden herum. Sogar das Kamintürl macht er auf. Wusch! Da kommt ihm gleich ein Schwarm Fliegen entgegen. Das war einmal eine Selchkammer, schließt er sofort. Der spezifische Rauchgeruch hängt noch immer in der Luft, und auch ein paar feststoffliche Elemente sind anscheinend noch im Kamin. Genug Nahrung für die Fliegen auf jeden Fall. Aber die Leichenteile, die einmal da drinnen gehangen sind, die waren nicht menschlichen Ursprungs. Sus scrofa domesticus. Das Hausschwein. Ja. Der Hartinger hat im Gymnasium auch Latein gelernt. Und Biologie. Schnell drückt er das Türl wieder zu. Bei Maden graust es ihm noch immer, da könnt er gleich in den Kamin hineinspeiben.

Nach einer Stunde wischt er sich die Spinnweben aus dem Haar und den Schweiß von der Stirn. Fehlt nur noch der Keller, denkt er sich, während er die Falltreppe wieder hinunter ins Haus steigt. Da, wo die wahren Leichen begraben sind. Der Hartinger schmunzelt über seinen eigenen Witz. Aber Keller sind ihm definitiv sympathischer als Dachböden. Das trifft auch hier hundertprozentig zu. Weil, es ist zwar kein Weinkeller in dem Sinn, wo er jetzt steht. Aber an der Rückwand befindet sich ein Regal aus alten Maurerziegeln, in dem noch ein paar Flaschen lagern. Ob der Wein allerdings noch was taugt?

Der Hartinger nimmt eine Flasche zur Hand und studiert das Etikett. 1973. Genauso alt wie er. Na, den kannst vergessen! Die Mär, dass Männer und Weine mit dem Alter besser würden, trifft zumindest auf den Wein nicht zu, das weiß er aus Erfahrung. Aber auch auf den Wahrheitsgehalt der anderen Aussage würde er nicht viel geben.

Als er die Flasche zurück ins Regal legt, kommt ihm das Geräusch seltsam vor. Glas auf Ziegel hört sich anders an. Nicht so blechern. Er schiebt den Ziegel ein Stück nach vorne und langt nach hinten. Zieht ein Hofersackerl hervor. Interessant!

Dem Hartinger entfährt ein Pfiff. Eine Pistole! Wenn das die Knarre ist, von der der Moravec erzählt hat, dann ist die Frau fällig. Sicher. Waffen auf einem Bauernhof sind per se nichts Aufregendes. Aber dem Bauern seine Waffe ist die Schrotflinte. Und die steht im Waffenschrank. Eine Handfeuerwaffe, die im Weinkeller versteckt wird, ist ein anderes Kaliber.

Der Hartinger reibt sich die Hände, als er in den Innenhof tritt. Mal sehen, ob auch der Gruber was Verwertbares gefunden hat. Das erfordert nämlich Instinkt. Mit Schleimen kommt man da nicht weit.

4. Mütter und Söhne

Ich kann mich nicht erinnern, jemals so viel am Stück gelogen zu
haben wie bei meinem ersten Date mit Chefinspektor Moravec.

Während des Essens kam die Konversation zunächst nicht
über Small Talk hinaus. Er hatte mich in ein gutbürgerliches
Wirtshaus geführt. An die erstklassigen Restaurants, die ich mit
Hermann besuchte, kam es natürlich nicht heran, aber das war
auch nicht zu erwarten gewesen. Der Zander auf Saltimbocca-
Art, den ich mir bestellt hatte, war in Ordnung, und das Schnitzel
in Hanfpanier hing dem Moravec über den Teller, was für ihn
wohl das Qualitätskriterium Nummer eins war. Er äußerte sich
zumindest lobend über die Portionsgrößen in diesem Lokal.
»Nicht wie diese teuren Häuser, wo man danach zum Würstel-
stand muss«, meinte er.

Ich tippte mir gerade die Lippen sauber, um an meinem Weißburgunder zu nippen, als er mit dieser verfänglichen Frage da-
herkam. Ob ich denn jemals daran gedacht hätte, mich wieder
zu verheiraten.

»Och«, sagte ich und stellte mein Glas wieder hin. »Ich glaube
nicht, dass ich über den tragischen Verlust meines Gatten schon
hinweg bin.«

Er ergriff meine Hand über den Tisch. Ich entzog sie ihm
blitzschnell und nahm nun doch einen großen Schluck aus meinem Glas.

»Ausgezeichneter Weißburgunder«, sagte ich. »Fällt schön
in den Mund. Toller Abgang.«

»Von Wein versteh ich leider nicht so viel«, sagte Moravec.
»Wenn, dann trink ich lieber Bier.«

In der Schnelle wollte mir leider kein belangloses Thema ein-
fallen, und so riss er das Gespräch wieder an sich und rührte
weiter in meinem Privatleben herum. Ob mir dieses große Haus
nicht zu viel sei. Auch finanziell. Schließlich müsste ich ja auch
die Angestellte mitfinanzieren.

»Jaja«, meinte ich. »Mit einer kleinen Witwenpension schwer zu stemmen. Ich hab natürlich schon daran gedacht, mir einen Job zu suchen. Aber meine Emma ist einfach noch zu klein. Ich will sie noch nicht in fremde Hände geben.«

»Da bin ich ganz bei Ihnen«, sagte er. »Eine Mutter gehört zu ihrem Kind.« Seine Hand wanderte wieder gefährlich über den Tisch. Ich ergriff mein Glas mit beiden Händen und hielt es wie der Priester seinen Kelch bei der Wandlung. In der Folge musste ich mir anhören, wie großartig seine Hausfrau-Mutter gewesen war, in deren Obhut er sich bis zu ihrem Tode befunden hatte. Ein nicht enden wollender Sermon über die Vorzüge der perfekten Hausfrau brauste über mich hinweg.

Mein Geist driftete ab. Ich malte mir aus, was wohl aus mir geworden wäre, hätte ich mich nicht schon in jungen Jahren der Obhut meiner Mutter entzogen. Ein nervliches Wrack war noch die harmloseste Variante, die meine Phantasie mir anbot.

Wortfetzen wie »Selbstaufgabe für die Familie. Sauber bis in den hintersten Winkel. Keine Wollmäuse unterm Bett« schafften es bis in mein Bewusstsein.

Ich nickte zustimmend. »Ja. So sind sie, unsere geliebten Mütter.«

»Die beste Köchin der Welt war sie auch«, schwärmte Moravec. »Können Sie kochen, Helene?«

Ich schrak hoch. »Selbstverständlich!«, log ich, ohne rot zu werden. »Ein wenig aus der Übung bin ich natürlich schon«, räumte ich ein. »In einem Diplomatenhaushalt gibt es dafür üblicherweise Angestellte. Für die vielen Bankette.«

»Nun gut. So etwas kann ein einfacher Beamter natürlich nicht bieten«, seufzte er. »Aber eine Frau erhalten. Das könnte ich selbstverständlich.«

»Davon bin ich überzeugt«, sagte ich. Die Einschränkung, dass es wohl auch auf die Frau ankäme, behielt ich lieber für mich.

»Wissen Sie, was mir neulich aufgefallen ist?«, sagte er plötzlich, wobei er mir einen fragenden Blick zuwarf.

»Nein«, erwiderte ich höchst interessiert und wartete gespannt auf seine Antwort.

»Meine Mutter. Sie ist vor drei Jahren gestorben. Wie Ihr Mann. Wir sind also ungefähr gleich lang einsam.«

»Ja«, seufzte ich, »die Einsamkeit. Ist schon schwer, damit fertigzuwerden.«

»Dagegen könnte man ja …« Er wischte sich mit seiner Serviette, mit der er sich gerade zuvor den Mund abgetupft hatte, über die Stirn.

Die kurze Pause ergriff ich, um schnell auf die Uhr zu blicken und »Ach! So spät schon!« auszurufen. »Ich sollte jetzt wirklich zurück zu meinem Kind, wo ich als Mutter schließlich hingehöre.«

Dafür hatte Moravec Verständnis. Er bezahlte und fuhr mich schweigend nach Hause. Leider hielt ich mich an die Gebote der Höflichkeit und lud ihn auf einen Absacker ein. Nach einem Glas Whisky trug er mir das Du an.

»Ich bin der Anton«, sagte er mit belegter Stimme. Beinahe hätte ich geantwortet, dass ich aber nicht sein Pünktchen sein wolle. Aber, wie gesagt, die Höflichkeit ist ja fester Bestandteil meines Persönlichkeitsprofils. Kam mit der Programmierung in der Kindheit, so wie diese vorinstallierten Programme auf den PCs, die du einfach nicht mehr loswirst.

»Helene«, brummte ich, als ob er nicht wüsste, wie ich hieß, und stieß mit ihm an.

Der besiegelnde Kuss war sehr feucht. Als er mir auch noch die Zunge hineinschob, wusste ich, dass ich in ernsthaften Schwierigkeiten war.

Ein Scheppern aus der Küche erlöste mich von meinen Qualen. Im selben Moment stand Tereza im Bademantel in der Tür.

»Entschuldigung. Hab ich gehärt Geraische. Hätte ja sein kännen Einbrecher. Bin ich gleich wieder weg.« Hastig zog sie die Tür hinter sich zu. Bloß wusste ich genau, dass sie in der Küche ihr Ohr an die Durchreiche legen würde. Wer weiß, wie lange sie schon in ihrer Lauschstellung verharrt hatte.

Moravec war die Lust auf Schmusen gottlob vergangen. Er drückte mir noch einen kurzen Kuss auf den Mund, und ich begleitete ihn zur Türe.

»Ich finde, du lässt dir von deiner Putzfrau zu viel gefallen, Helene«, sagte er draußen.

»Wie kommst du denn auf so einen Unsinn, Anton?«

»Ihr seid immerhin per Du. Ist das so üblich in deinen Kreisen?«

»Das hat sich ergeben, als mein Mann … Sie war mir eine große Stütze.«

»Inwiefern?«

So etwas konnte auch nur ein Mann fragen. Was wusste der schon von weiblicher Psyche.

»Wenn dein Leben plötzlich den Bach runterläuft, da brauchst du halt Trost. Zuwendung. Meine Mutter war nicht erreichbar. Dann komme ich dahinter, dass meine beste Freundin ein Tête-à-Tête mit meinem verstorbenen Mann hatte und noch dazu von ihm schwanger ist. Da hilft Frauensolidarität eben.«

»Wusstest du, dass sie zweimalige Witwe ist?«, fuhr er unbeirrt fort.

»Ja, natürlich weiß ich das. Umso mehr Verständnis brachte sie mir in meiner Situation entgegen.«

»Ihre beiden Männer sind unter ungeklärten Umständen gestorben. Und dann auch deiner. Ein seltsamer Zufall, oder?«

Diese Bemerkung hatte Moravec sehr beiläufig hingemurmelt. Trotzdem fixierte er mich wie ein Habicht.

»Ich habe keine Ahnung, woran ihre Männer gestorben sind. Was willst du damit andeuten, Anton?« Gut, dass es schon finster war und er meine Durchblutungsstörung nicht bemerken konnte.

»Gar nichts, Helene. Die Frau ist mir schlicht suspekt. Und dass sie dich so vereinnahmt. Aber es geht mich natürlich nichts an.«

»So ist es, Anton«, sagte ich und wandte mich zum Gehen.

»Ich darf auf eine Wiederholung hoffen, Helene?«, bettelte er. »Vielleicht bei mir zu Hause das nächste Mal?«

»Wir werden sehen«, sagte ich und zog die Tür hinter mir zu, bevor er mir neuerlich einen Abschiedskuss aufzwingen konnte.

Im Wohnzimmer hatte Tereza uns in der Zwischenzeit zwei Whisky eingeschenkt.

»Hab ich nicht gesagt, du sollst lassen Finger von Polizist?
Jetzt hast du Salat.«

»Es war ein netter Abend«, sagte ich patzig. Tereza benahm
sich wie eine eifersüchtige beste Freundin im Teenageralter.

»War Emma brav?«, fragte ich.

»Lenk nicht ab von Thema. Wenn du brauchst Mann, dann
such wenigstens schäneres Exemplar oder mit viel Geld.«

»Das sagst ausgerechnet du? Du hattest einen brutalen Schönen und einen hässlichen Alten. Beide nach deinen Schilderun-
gen keine Prachtexemplare, oder? Und damit qualifizierst du
dich zur Männerkennerin?«

»Diese Kieberer, Helene, er kennt deine Geschichte. Ist nicht
gut.«

»Nicht gut? Für dich oder für mich?«

»Für ieberhaupt.« Tereza knallte ihr leeres Whiskyglas auf den
Tisch. »Wenn du gehst nächstes Mal aus mit ihm, dann kannst
du suchen andere Babysitter.«

Sie schnürte ihren Bademantel fester und stampfte davon wie
ein japanischer Sumoringer.

Na bravo. Jetzt hatte ich einen ungeliebten Verehrer am Hals,
den ich vermutlich nicht mehr losbrachte. Auf der anderen Seite
ließen mich die Menschen, die mir nahestanden, im Stich. Erst
Alma. Und jetzt drohte noch Tereza widerspenstig zu werden.
Was für eine Verschwörung war da im Gange?

Als ich mich grantig ins Bett aufmachen wollte, sprang mir das
Blinklicht meines Anrufbeantworters ins Auge. Ich wusste, dass
das mit neunzig Prozent Sicherheit meine Mutter gewesen sein
musste. Sie war die Einzige, die auch privat immer das Festnetz
wählte. Seufzend drückte ich die Taste der Sprachbox.

»Wo bist du denn schon wieder, Kind!«, eröffnete sie ihre
Rede ins Nichts. »Hast du vergessen, dass du eine Mutter hast?
Stell dir vor, deine Tochter würde sich wochenlang nicht bei dir
melden! Apropos Emma. Liselotte hat sich nach ihr erkundigt,
und da musste ich zugeben, dass ich sie schon seit Wochen nicht
zu Gesicht bekommen habe. Weißt du, wie peinlich mir das war?
Ich hab ihr dann gesagt, dass ich morgen – auf deine Einladung

hin – eine Erholungsphase auf dem Land einschieben würde. Ein paar Tage Sommerfrische mit dem Enkelkind genießen. Und jetzt halte dich an. Du brauchst mich auch nicht vom Bahnhof abzuholen. Liselotte hat mir angeboten, mich zu fahren! Sie findet die Badener Gegend total schön, überhaupt im Sommer. Was gibt es Schöneres, als in dieser Idylle zu flanieren wie dieser Schriftsteller, sagt sie. Ich glaub, es war Albert Schnitzerl, oder? Egal. Liselotte ist ja so was von gebildet. Theater, Oper. Ich hab sie eingeladen, bei uns zu übernachten. Es macht dir doch nichts aus, Kind? Du hast ja jetzt Platz genug, wo Alma ausgezogen ist. Und Liselotte ist so ein positiver Mensch, du wirst sehen. Ach ja. Wir würden am Nachmittag auftauchen. Zum Kaffee. Damit du nicht zu überrumpelt bist und Tereza noch genügend Zeit hat, Kuchen zu backen. Bis morgen dann!«

»Schnitzler, Mama. Arthur Schnitzler«, sagte ich in den toten Telefonhörer und legte in Vorahnung der kommenden Tage erschöpft auf.

Diese Liselotte Moller hatte Mama auf Hermanns Begräbnis kennengelernt. Sie war mir bei einem Diplomatenheurigen über den Weg gelaufen. Dort hatte ich einen fürchterlichen Streit mit Hermann, und daraufhin legte sie mir ihre professionelle Hilfe als Energetikerin, insbesondere ihre Klopftherapie, ans Herz. Ich persönlich bin ja keine Freundin der Esoterik, aber Mama war das ideale Opfer für Frau Moller. Endlich jemand, der ihr zuhörte und ihre Probleme verstand! Und so befruchteten sich die beiden Frauen gegenseitig in idealer Weise. Mama wurde mit allerlei Firlefanz beschäftigt und erweckte dadurch ihre inneren Energien zu neuem Leben, während Liselotte ihre Geldbörse auflud. Und dank dieser Freundschaft musste ich mich nicht mehr ständig um Mamas Zustände sorgen. Aber weder brauchte ich hier bei mir eine energetisch aufgedröselte Mutter noch eine Esoterikerin, die mich missionieren wollte. Ich musste nicht beklopft werden, meine derzeitige Situation war bescheuert genug!

Der Besuch der alten Damen verlief dann unkomplizierter als befürchtet. Ja, ich muss zugeben, ich genoss ihre Gesellschaft sogar. Sie sorgten für Abwechslung und unterhaltsamen Gesprächsstoff, nachdem Tereza es vorgezogen hatte, nur noch dienstlich mit mir zu kommunizieren. Mama hielt sich in Gegenwart ihrer Freundin angenehm zurück. Ich bezweifelte, dass sie sonst so kulant reagiert hätte, als Emma ihr Mitbringsel, eine handgestrickte Maus mit roter Mütze und abnehmbarem Rucksack, nicht ausreichend goutierte, zumal Letzterer noch dazu leer war.

»Aber Kind«, sagte sie enttäuscht. »Ich wäre in deinem Alter überglücklich gewesen über so ein Geschenk.«

Dafür hatte Frau Moller eine Bernsteinkette für Draco dabei, die er sich partout nicht umhängen lassen wollte.

»Draco ist nicht sehr eitel, wissen Sie«, entschuldigte ich mich für das Tier.

»Er wird jetzt aufgeregt sein. Probieren Sie es unbedingt später noch einmal. Sie werden sehen, dann fängt er sich nie wieder eine Zecke ein. Und sein Fell wird glänzen wie ein Silberling.«

»Nicht möglich!«, rief ich. »Wie schafft der Bernstein denn das Wunder? Ich ziehe ihm praktisch täglich so ein grausliches Ungeziefer aus dem Fell.«

»Das geht auch nicht mit jedem Stein«, betonte Frau Moller. »Nur mit natürlichen und ungeschliffenen. Sonst kann sich der Bernstein nicht genügend aufladen.«

»Elektrisch? Heißt das, Draco wird dabei elektrisch aufgeladen? Bekomme ich dann einen Stromschlag, wenn ich ihm ins Fell fasse?«

»Keine Angst«, beruhigte Frau Moller. »Durch die Reibung am Fell entsteht quasi ein Ring um ihn herum, und sollte sich so ein böser Parasit nähern, bekommt er einen kleinen Schlag und weg ist er. Sie kennen das ja sicher, wenn Sie aus dem Auto steigen und eine Türklinke angreifen.«

»Also ich weiß nicht, ob meinem Hund das gefallen wird.« Ich stellte mir Draco mit einer Aura vor, wie er so durch den Wald lief und die Zecken in Scharen von ihm davonstoben.

Beide Geschenkprobleme lösten sich kurz darauf ganz von selber, denn Emma wollte unbedingt die schöne Kette haben und bot Draco dafür ihre Maus an. Der hatte das Innere des gestrickten Monsters herausgepult, bevor Mama noch einen Einwand aussprechen konnte. Resigniert wandte sie sich an ihre Freundin: »Liselotte. Wird meine Enkelin jetzt auch elektrisch?«

»Puh! Da bin ich ehrlich überfragt«, sagte Liselotte. »Aber nachdem sie kein Fell hat, wird ja auch keine Reibung entstehen, nicht wahr? Ich denke, die Kette ist unbedenklich. Ziehen Sie dem Kind zur Sicherheit keine Polyestersachen an, Helene.«

»Was denken Sie von mir!«, entrüstete ich mich. »Ausschließlich Bio-Baumwolle aus zertifiziertem Anbau und nachhaltiger, fairer Herstellung.«

Auch die nächsten Tage gestalteten sich recht angenehm. Nach dem Frühstück machten die Damen Ausflüge zum Semmering und zur Rax und kehrten erst am Nachmittag wieder. Die lauen Abende ließen wir auf der Terrasse mit Prosecco ausklingen. Erst am Freitag zogen Wolken am Himmel auf, und die beiden kündigten ihre Abfahrt an. Leider braute sich nicht nur am Wetterhimmel ein Gewitter zusammen.

Pünktlich zum Kaffee stand Moravec vor dem Haus. Meine Mutter bekam Stielaugen, als er mich zur Begrüßung küsste, und Tereza schickte Blicke wie tödliche Pfeile in meine Richtung.

»Das ist der Anton. Meine Mutter, Frau Moller«, stellte ich die Herrschaften vor.

»Chefinspektor Moravec.« Artig reichte er den Damen die Hand. »Wir hatten schon einmal die Ehre«, sagte er zu Mama. »Beim Begräbnis Ihres Schwiegersohns, falls Sie sich noch erinnern.«

»Du meine Güte. Natürlich erinnere ich mich«, erwiderte Mama, wobei nicht klar war, ob sie ihre Begegnung oder die Trauerfeier meinte.

Wie auch immer. Die drei begannen sich sogleich angeregt über den tragischen Tod meines Mannes zu unterhalten, was mich fluchtartig in die Küche trieb. Als ich nach geraumer Weile wieder ins Wohnzimmer zurückwollte, verstellte Tereza mir den Weg.

»Brauche ich dringend Urlaub«, sagte sie brüsk.

»Wozu brauchst du Urlaub?«, entfuhr mir ein Schreckensschrei.

»Wozu brauchen Laite Urlaub? Erholung? Private Angelegenheit? Ist gestorben Schwiegermutter von meine Kusine finf-
ten Grad in Brinn? Was geht dich an, Helene? Hab ich offen
noch mindestens zwei Jahre.«

»Schon gut, schon gut«, lenkte ich ein. »Wann willst du weg?«

»Morgen. Muss ich raus sehr frieh. Finf Uhr. Musst du machen Friehstick fir Gäste alleine. Kannst du Weichei kochen,
oder?« Das sagte sie mir ins Gesicht, ohne mit der Wimper zu
zucken.

»Und wann kommst du wieder?«, stotterte ich.

»Kann ich nicht sagen genau in Moment. Vielleicht in zwei
Wochen?«

Ich schluckte. Zwei Wochen ohne meine Perle? Wie sollte
ich das überleben?

Sie erriet wohl meine Gedanken, denn sie erklärte: »Essen
fir paar Tage ist in Kiehlschrank. In Tiefkiehltruhe du findest
viele fertige Speisen. Liste klebt an Truhe. Vielleicht du känntest
ausstreichen, was du nimmst raus. Macht Suche leichter später.«

Mit hängendem Kopf ging ich ins Wohnzimmer zurück. Man
hatte Hermanns tragisches Ableben jetzt durch. Tereza räumte
noch das Geschirr ab und verabschiedete sich dann von allen.

Insgeheim musste ich dem Moravec ja recht geben. Sie nahm
sich für eine Angestellte allerhand heraus. Zumindest, was ihren
Ton betraf. Andererseits überfiel mich das schlechte Gewissen.
Urlaub. Freie Tage. Seit Emma auf der Welt war, hatte sie darauf
verzichtet. Einmal darauf angesprochen, hatte sie gemeint: »In
Familie man hat keine Urlaub, wenn Kinder sind klein. Hat Zeit
fier später.« Und so hatte ich mich einfach daran gewöhnt.

Dieses »später« war nun also gekommen. Ach was, dachte
ich. Vielleicht würde eine kleine Auszeit uns beiden guttun.

Moravec zeigte sich sichtlich enttäuscht, weil ich ihm mit
großem Bedauern absagen musste, als er mich für den nächsten
Abend zu einem Date einlud. Er wollte für mich kochen!

»Tut mir aufrichtig leid«, log ich. »In den nächsten zwei Wochen ist das nicht drin. Tereza hat sich Urlaub genommen, und einer Fremden kann ich meine Emma noch nicht anvertrauen.«

»Aber Kind! Natürlich wirst du ausgehen. Dann bleiben Liselotte und ich eben noch einen Tag länger. Es macht dir doch nichts aus, Liselotte?«

Ich wurde zur Sicherheit gar nicht gefragt, und so war es beschlossene Sache, dass ich am nächsten Tag um sieben beim Moravec klingeln sollte.

»An Hermann reicht er natürlich nicht heran«, meinte Mama, als er weg war. »Aber in deinem Alter und mit einem Kind, da kann man nicht wählerisch sein. Er bekommt garantiert einmal eine schöne Beamtenpension.«

4.1 Alte Fälle in neuem Licht

»Am ergiebigsten war der Stadl, der hinter dem Haus steht«, berichtet der Gruber, als die beiden Ermittler wieder im Büro sind. »Dort lagert das Gift. Herbizide, Pestizide, Düngemittel. Von DDT bis Roundup alles dabei, Chef.«

Sein Chef schaut ihn fragend an. »Das sagen S' mir jetzt? Vielleicht hätten wir was sicherstellen müssen.«

Der Gruber wird gleich wieder nervös. Weichei, denkt sich der Hartinger, den das duckmäuserische Getue seines Azubis mindestens genauso nervt wie das lässige Gehabe, das er bei ihrem ersten gemeinsamen Fall an den Tag gelegt hat. Dabei sollte er mittlerweile kapiert haben, dass er ihm nicht den Kopf abreißt, nur weil er die Stimme ein bisserl erhebt.

»Hab ich eh alles dadrauf«, stottert er und hält ihm sein supercooles neues Smartphone hin. Eins-a-Bildqualität, das muss der Hartinger zugeben. Die Dosen sind rostig, die Schachteln vergilbt, man kann nicht mehr alles entziffern, aber das liegt nicht an den fehlenden Pixeln, sondern am Verfall.

»Und von dem Stadl, da hab ich einen 3-D-Walkthrough gemacht«, sagt der Gruber stolz.

Wahnsinn, was es alles gibt! Fasziniert marschiert der Hartinger virtuell durch die Wirtschaftsgebäude. Zoomt sich die Aufschriften von Säcken und Packungen heran.

»E 605! Ich scheiß mich an. Das steht da völlig frei herum? Kennen S' das, Gruber? ›Schwiegermuttergift‹ hat man dazu gesagt.«

»Yep«, sagt der Gruber. »Das hab ich gegoogelt. Hat schon das eine oder andere Mal mörderisch gut gewirkt. Im Energydrink. Im Pilz-Omelett. Glauben S' nicht, dass man das entsorgen sollte, Chef? Ich mein, wenn da Kinder beim Spielen drangehen?«

»Da haben S' prinzipiell recht, Gruber. Aber das ist Privatgrund, und fremde Kinder haben da nichts zu suchen. Eigentlich geht es niemanden was an, was dort rumsteht. Das allerdings …«, er hält dem Gruber das Hofersackerl hin, »das geht ans Labor. Und wenn da was rauskommt, können wir immer noch eine Hausdurchsuchung beantragen und das restliche Zeug ganz legal beschlagnahmen.«

Der Gruber zeigt sich beeindruckt. Weniger begeistert ist er, dass er das jetzt alles protokollieren soll.

»Machen S' mir den Bericht gleich fertig«, sagt der Chef. Wenigstens zeigt er ihm noch, welche Fotos er beilegen soll. »Die restlichen Aufnahmen und die coolen Panoramafilme hauen S' auf einen Stick und legen ihn dazu.«

Der Moravec wird schon auch ein Opfer haben, dem er das zur Durchsicht aufhalsen kann, denkt er sich. Aber das sagt er dem Gruber natürlich nicht.

Die Ergebnisse vom Labor, die gehen sowieso direkt nach Mödling, das wird er gleich veranlassen, was da herauskommt, interessiert den Hartinger nicht mehr. Und das Protokoll, das bringt er dem Moravec persönlich vorbei. Das lässt er sich jetzt nicht nehmen.

Zwei Stunden später hat der Hartinger ein picobello Protokoll in seinem Auto und schmeißt sich damit über die Südosttangente nach Baden. Der Polizeicomputer hat ausgespuckt, dass der Toni immer noch im Haus seiner Eltern wohnt. Auch interessant!

Eine weitere Stunde später parkt er sich vor dem Haus ein. Ein richtiges Déjà-vu ist das für ihn. Nichts, aber auch schon gar nichts hat sich hier verändert.

Chefinspektor Anton Moravec öffnet persönlich. In einer Schürze mit Blumenmotiv.

»Bertl!«, ruft er aus.

»Komm ich ungelegen?«, fragt der Hartinger pro forma.

»Also, ja, um ehrlich zu sein. Ich koch gerade. Aber komm einmal rein. Für ein kurzes Plauscherl hab ich sicher Zeit – wenn es dich nicht stört, dass ich nebenher ein bisserl schnippsel?«

Karger ist es geworden in dem Haus, und dadurch fällt die peinliche Ordnung doppelt auf. In diesem Haushalt hängt alles exakt an seinem Platz. Bug an Bug die Kleiderhaken. Schuhe parallel. Und dass hier keine Frau residiert, das merkt er auch sofort. Keine zierlichen Schuhe. Keine Grünpflanzen. Im Wohnzimmer dasselbe Bild wie früher. Alles beim Alten. Selbst der Bezug der Sofalandschaft ist noch derselbe. Undefinierbares Entenscheißgrün. Keine eingerahmten Fotos von Kindern oder anderen Verwandten. Nur auf dem kleinen Regal in der Schrankwand stehen die Bilder der Eltern, daneben ein paar Hummelfiguren.

Mit dem Kopf deutet er auf die Fotos.

»Der Papa ist schon vor fünfzehn Jahren gestorben. Krebs. Die Mama hat mich vor drei Jahren verlassen«, seufzt der Moravec, klappt das Türl von der Hausbar nach unten, und das Licht geht an. »Whisky?«

Der Hartinger nickt. Einer geht schon.

»Wennst mit mir in die Küche kommst, können wir weiterplaudern.«

»Wo soll ich das hintun? Akte Tereza Hurniková im Weinviertel. Wirst staunen!«

»Was? Bist schon fertig damit? Leg's einfach auf den Couchtisch da. Darum kümmer ich mich später. Irgendwelche brisanten Ergebnisse?«

Der Hartinger erklärt dem Freund im Schnellverfahren, was er in den Unterlagen finden wird, während der sich über ein paar Zwiebeln hermacht.

»Vom Labor wirst auch noch was kriegen. Die Analyse von der Pistole!« Ein wenig Triumph ist schon zu hören aus dem Hartinger seiner Stimme.

»Nein, echt? Die Pistole hast gefunden? Glaubst, sind da noch verwertbare Spuren drauf?«

»Also im Plastiksackerl verwahrt. Auf glattem Metall, da sollten sich diverse Abdrücke halten. Die Chancen stehen nicht schlecht.«

»Dann halt mir die Daumen. Weil, wenn da genetisches Material von dieser Hurniková drauf ist …« Der Moravec hält kurz inne und fährt sich mit dem Handrücken über die tränenden

Augen. »Dann ist sie dran«, ergänzt er und schnippelt fleißig weiter.

»Wozu brauchst denn so viel Zwiebel, Toni?«

»Chili con Carne. Altes Rezept von der Nachbarin ihrer Mutter.«

»Kriegst hohen Besuch?«, fragt der Hartinger neugierig, weil, das interessiert ihn, für wen der Moravec da so hingebungsvoll kocht.

Der legt das Messer zur Seite und kriegt einen völlig verklärten Blick. Alles klar. Fragt sich nur, warum er ausgerechnet ein Chili kocht für ein romantisches Date? Er sagt jetzt lieber nichts, sonst wird der arme Toni noch nervöser, als er ohnehin schon ist.

»Du, Bertl. Das ist die Frau meines Lebens. Sie ist … also, einfach eine Traumfrau. Witwe mit Kind. Drum denk ich, dass ich vielleicht sogar eine Chance hab bei ihr.«

»Pass auf, dass d' dich nicht in den Finger schneidest.« Der Hartinger lacht. »Kann ich dir irgendwie zur Hand gehen? Ich bin zwar kein Haubenkoch, aber niedere Dienste kann ich gerne verrichten.«

Während er den Karfiol putzt für die Suppe, erzählt er dem Toni, dass er persönlich mit den Frauen abgeschlossen hat. Zwei Ehen, das reicht ihm.

»Ist halt schwierig für die Frau, wenn der Mann im Polizeidienst ist«, sagt er. »Die unregelmäßigen Arbeitszeiten und die gefährlichen Einsätze. Das zehrt.«

Obwohl, daran sind seine Ehen nicht gescheitert. Das ist pure Ausrede, das weiß er selber auch, der Hartinger. Aber das geht den Toni nichts an.

»Wenn deine Holde das Alleinsein eh gewöhnt ist – als Witwe, mein ich. Dann wird das schon klappen«, fügt er schnell hinzu, nachdem ihn der Moravec so verzweifelt anschaut.

Einen Kaffee lässt er sich noch aufdrängen vom Moravec, weil mit noch einem Whisky im Blut will er nicht mehr fahren. Da hat er schon genug Elend gesehen, wie er noch Streifenpolizist war. Schnaps und Autofahren. Die beiden vertragen sich schlicht und einfach nicht.

Während er dem Toni so zuschaut beim Umrühren und Werken, versucht er sich vorzustellen, wie diese Traumfrau wohl aussieht. Wer passt schon in ein Siebziger-Jahre-Haus? Weder seine Veronika noch die Birgit hätten sich hier wohlgefühlt. Oder alles komplett ausgetauscht. Na ja. Wird wohl so ein Hausmütterchen sein, das ihm die Mama ersetzen soll. Wenn der Toni es bis jetzt nicht auf eine Ehefrau gebracht hat, dann wird die sicher auch keine Lollobrigida sein.

Es ist auch nicht die Gina Lollobrigida, die ihm dann entgegenkommt auf dem Kiesweg vom Gartentürl zum Haus. Mehr eine Mischung aus Grace Kelly und Gwyneth Paltrow. Da bleibt dem Hartinger die Spucke weg. Wie kommt der Moravec zu so einer Frau, bitte schön?

Der steht schon erwartungsvoll mit zwei Gläsern Sekt vorm Haus. Geh, Toni! Hab ich dich jetzt vom Duschen abgehalten? Was sagst denn nichts? Außerdem. Wenigstens diese scheußliche Schürze hättest abnehmen können!

Beim Gartentürl dreht er sich noch einmal um. Der Moravec wirft ihm einen fragenden Blick zu. Der Hartinger drückt den Daumen hoch. Der Freund grinst und umarmt seine Angebetete. Viel Glück, denkt sich der Hartinger. Das wird er brauchen bei der Frau.

5. Der Mund und die Stunde der Wahrheit

Es war eine typische Siedlung aus den siebziger Jahren. Alle Häuser waren komplett analog konzipiert, und die meisten sahen noch immer gleich aus. Mit rotem Giebeldach, die Wetterseite mit Holzschindeln verkleidet, grober gelblicher Mauerverputz mit weiß eingerahmten Holzfenstern. Davor ein Holzgartenzaun auf einem niedrigen Mauersockel. Lediglich die Gartenbepflanzung war dem Geschmack der Eigentümer überlassen worden. Aber alles in allem hielt sich der Individualismus auch hier in Grenzen. Ein Hausbäumchen. Hecke als Sichtschutz. Ich fuhr im Schritttempo durch die Siedlungsstraße. Bevor ich die richtige Hausnummer erreicht hatte, sah ich schon seinen Wagen stehen.

Ich parkte mich dahinter ein und holte einmal tief Luft. Liselotte hatte mir noch ein paar Atemübungen mit auf den Weg gegeben, gegen die Nervosität.

Was soll ich sagen? Ich war nervös! Diese Sache hatte ich schlichtweg nicht im Griff. »Du schaffst das!«, murmelte ich und drückte die Klingel.

Zuerst dachte ich ja, ich hätte mich im Haus geirrt, als mir dieser athletische Typ entgegenkam. Coole Lederjacke, ausgebeulte Jeans. Kurzhaarschnitt, aber volles Haar. Aufrechte Haltung. Aber der Moravec erschien gleich hinter ihm in der Tür. Schade eigentlich, dass es nicht umgekehrt war. Der Kerl hatte das gewisse Etwas, das dem Moravec jedenfalls fehlte. Schäm dich, Helene, sagte die Stimme meiner Mutter in mir.

Wir lächelten uns zu, auf halbem Weg zum beziehungsweise vom Haus. Er verströmte einen herben Duft, Zitrus und was Erdiges. Zum Reinbeißen!

Anton wartete wie angewurzelt vor der Tür, in jeder Hand ein Glas Prosecco. Er umarmte mich ein klein wenig zu stürmisch und verschüttete ein paar Tropfen davon. Glücklicherweise nur auf seine Schürze, die praktischerweise zu hundert Prozent abwaschbar war, wie er mir versicherte. Mit Sonnenblumenmotiven. Die würden aber dranbleiben, stand zu befürchten.

Ich nahm ihm ein Glas ab, damit ich ihm meinerseits mein Gastgeschenk, einen edlen Weißburgunder aus der Südsteiermark, in die Hand drücken konnte.

»Das wäre doch nicht notwendig gewesen«, stammelte er.

Das hoffte ich natürlich auch, dass er selber über ein vernünftig bestücktes Weinregal verfügte, aber sicherheitshalber hatte ich eben vorgesorgt. Von Bier war ich ja kein Fan.

»Wer war denn das?«, fragte ich.

»Ein Kollege aus dem Weinviertel. Alter Studienfreund«, sagte er. »Hat mir Unterlagen vorbeigebracht.« Ungelenk schob er mit dem Ellbogen die Tür hinter mir zu.

Im Vorzimmer standen rosarote Frotteepantoffeln für mich bereit. Er selber trug braun karierte Filzpatschen. Ein Pantoffelheld also! Die Nervosität fiel langsam von mir ab.

Neugierig sah ich mich um. Die Wandtapete, große Blumen auf beigem Hintergrund, war dezent im Vergleich zum knalligen Schwarz-Orange der Garderobenwand. Dafür war der Teppichboden in extrafadem Beige gehalten. Über alldem hing ein Duftgemisch aus Essig und Kohl. Die derbe Essignote entstammte wohl einem Putzmittel, der Kohlduft schlich aus der Küche, an der Anton mich geschickt vorbeilotste. Trotzdem konnte ich einen kurzen Blick erhaschen. Gelbe Resopalplatten mit weißen Seitenteilen und Griffleisten aus Alu. Eine Beleidigung fürs Auge auch die gelb-orangefarbenen Blumenfliesen dahinter. Siebziger-Jahre-Klassiker. Über vierzig Jahre, überschlug ich im Kopf, hatte hier also aufdringliche Fröhlichkeit dominiert und keinem Bewohner die Chance gelassen, depressiv zu werden.

Das erledigte dafür das Wohnzimmer. Finstere Eiche, die in den Jahren noch nachgedunkelt war. Wenigstens Echtholz. Nicht so wie die glatten Türen aus undefinierbarem Holzfurnier.

Anton schenkte mein Sektglas noch einmal voll, bevor er sich in die Küche zurückzog.

Ich ließ mich auf dem Sofa nieder und versuchte, der Farbe des Sitzbezugs einen Namen zu geben. Beige, grün, ocker, Melange mit Schimmelnote? Immerhin war es bequemer, als es aussah. Meine Oma hatte so ein Ding in Rot gehabt. Darauf durfte ich manchmal schlafen. Man klappte erst die Rücklehne nach vorne. Wie durch Zauberhand war beim Zurückklappen aus dem Sofa ein Bett geworden. Ich war ja in Versuchung, das Zauberkunststück auch an Antons Sofa zu probieren, aber wer weiß, welche Schlüsse er ziehen würde, wenn ich schon das Bett gerichtet hätte.

Der Flachbildfernseher an der Wand gegenüber war das einzig Moderne in dem Zimmer. Dafür hatte anscheinend ein Teil der Einbauwand weichen müssen. Vielleicht ein Bücherregal, denn zum Lesen konnte ich nichts entdecken.

So hauste also ein alleinstehender Chefinspektor? Plötzlich wurde mir bewusst, dass ich schon immer angenommen hatte, dass Moravec ein Single war. Wie eigenartig, dass Körpersprache oder Kleidung eines Menschen so etwas wie Frauenlosigkeit verrät. Der Typ vorhin, der war geschieden, hundertpro. Ob ich eigentlich wie eine Witwe aussah?

Der Duft aus der Küche wurde stärker, auch die Geräusch- kulisse schwoll an. Es schepperte, um konkret zu sein. Ich stand auf und schlenderte zum Esstisch hinüber, der direkt am Fenster platziert war. Moravec hatte schon gedeckt. Weißes Leinentisch- tuch. Weiße Teller mit Goldrand. Servietten mit Blumenauf- druck. In der Mitte des Tisches stand eine Vase mit frisch ge- schnittenen roten Rosen. Meine Nervosität kroch leise zurück.

Die Suppe servierte er in Schalen, die auf die Fleischteller passten. Karfiolcremesuppe mit Käsecroûtons. Nicht gerade ein leichter Einstieg. Geschmacklich war nichts zu meckern, bei Schlagobers sag ich sowieso nie Nein. Allerdings war ich nach der Suppe praktisch satt.

»Ich hoffe, du magst mexikanisch«, sagte er, nachdem er die Schalen abserviert hatte.

»Wollen wir vielleicht mit dem zweiten Gang noch ein wenig warten?«, fragte ich. Meine Verdauung hatte bereits eingesetzt.

Mit dieser Frage brachte ich sein ganzes Konzept durchein- ander. Er zögerte etwas, dann lief er zurück in die Küche.

»Ich hab den Herd heruntergeschaltet. Zwanzig Minuten sollten kein Problem sein. Möchtest du meinen Garten sehen?«

»Ja gerne«, sagte ich. Etwas Frischluft konnte ja nicht schaden. Mehr als das konnte der sogenannte Garten auch gar nicht bieten. Im Vergleich dazu war meiner ein Schlosspark. Ich stand vor einem handtuchgroßen Stück Rasen, der wie mit einem Rasierer auf ein Minimum getrimmt war. Flach wie ein Fußballplatz. Drum herum ein Gartenzaun. Zur Straße hin eine Hecke, zum Nachbarn eine Zeile Johannisbeersträucher, dahinter Buchsbaum. Fertig. Hinter dem Haus anstelle der Ribisel ein paar blühende Sträucher. Ich hatte keine Ahnung, wo er da noch ein Schwimmbecken unterbringen wollte. Da konnte er sich bestenfalls eine Fußbadewanne hinstellen.

»Und woher hast du die wunderschönen Rosen auf dem Esstisch?«, fragte ich, um ihm ein wenig zu schmeicheln.

»Die Rofen find von mir. Daf gampfe Arranfment. Inklufive Fervietten«, ließ mich eine pfeifende Stimme aus dem Nichts zusammenfahren. Aus dem nachbarlichen Grenzgebüsch tauchte eine weibliche Gestalt auf. In meinem ganzen Leben hatte ich noch nie jemanden mit so einem hässlichen Gebiss gesehen. Ich dachte ja erst, es käme noch eine Bemerkung, weil die Frau den Mund noch offen stehen hatte, bis ich feststellte, dass er nicht weiter zuging. Zwischen ihrem oberen Gebiss und den Unterlippen hätte meine ganze Hand hineingepasst, so wie in die berühmte Bocca della Verità, den Mund der Wahrheit, die einem Lügner seine Hand wegbeißt. Vor Jahren, als ich Hermann einmal nach Rom begleitet hatte, sollte ich es Audrey Hepburn gleichtun, die im Film »Ein Herz und eine Krone« Gregory Peck von ihrer Aufrichtigkeit überzeugen will. Selbst mir, die ich kaum abergläubisch bin, waren die Haare zu Berge gestanden, als Hermann mich dazu aufforderte, mein Händchen hineinzuhalten – zumal ich davor beim Preis für die eben erstandene Gucci-Tasche ordentlich geflunkert hatte. Er hatte mich dann fürchterlich ausgelacht und erklärt, dass diese sagenumwobene »romantische« Marmorscheibe in Wirklichkeit ein Kanaldeckel von der nahe gelegenen Cloaca Maxima gewesen war.

»Hallo, Gabi«, sagte Moravec. Mein Blick wanderte von Gabis Zähnen in Richtung Moravec, blieb jedoch fasziniert an ihrem phänomenal großen Busen hängen. Mindestens Körbchengröße E! Anton war anscheinend meinem Blick gefolgt, denn er wurde wieder einmal ordentlich rot. Warum, wäre interessant gewesen. Aber wie gesagt, aus diesem Überbleibsel unserer Urinstinkte konnte ich nicht schlau werden. Warum hatte die Natur uns mit diesem verräterischen Farbbekenntnis ausgestattet? Wem sollte das etwas nutzen?

»Daf ift alfo deine Verlobte?«, sagte Gabi und musterte mich von oben bis unten.

Ja, Gabi, ich weiß. Körbchengröße B maximal!

Dann wischte sie sich die Hand in ihre Schürze und streckte sie mir über den Zaun entgegen. Ich ergriff sie höflich.

»Helene«, sagte ich und zwang mich zu einem Lächeln. »Dass wir verlobt wären, das ist mir allerdings neu«, ergänzte ich. Moravec neben mir schrumpfte um einige Zentimeter. Hätte er Gabi seine Finger in den dauergeöffneten Mund gesteckt, sie hätte sie garantiert weggebissen. Und recht wäre ihm geschehen. Wie konnte er es wagen!

»Wir sollten dann wieder ins Haus«, sagte ich nach ein paar peinlichen Minuten des Schweigens. »Dein mexikanisches Gericht verbrennt sonst noch, mein Verlobter!«

»Die Repfepte hat er auch von mir«, stieß Gabi zwischen den Zähnen hervor. »Wohl bekomm'f!« Dann tauchte sie wieder ab in ihr Gebüsch.

Der Appetit auf meine Verlobungsbohnen war mir ordentlich vergangen. Der Karfiol rumorte ohnehin bereits in meinen Gedärmen, aber in meinem Gehirn brodelte es noch viel heftiger.

»Es tut mir leid«, stammelte Moravec. »Das mit der Verlobung. Das hat sie sich zusammengereimt.«

Ich warf ihm einen giftigen Blick zu. Was für eine billige Ausrede!

»Ich hab sie um Rat gebeten, was sie mir für ein romantisches Dinner empfehlen könnte. Sie ist eine ausgezeichnete Köchin. Da muss sie interpretiert haben, dass wir …«, stotterte er.

Das romantische Chili con Carne hatte sich schon etwas am Topf angelegt und schmeckte leicht verbrannt. Dazu gab es Knoblauchbaguette. Davon musste ich reichlich zu mir nehmen, denn mit der feurigen Würze hatte er nicht gespart. Wollte er mich damit scharfmachen? Wäre, neben dem Knoblauch, auch nicht gerade das Mittel meiner Wahl gewesen, um eine Frau zu erobern.

Langsam rührte sich in mir ein Verdacht. Diese Gabi. Auch wenn man dazu neigt, den IQ eines Menschen an seinem Äußeren zu messen – die war womöglich ein abgefeimtes Luder. Sie hatte dem ahnungslosen Moravec eine ziemlich deftige Speisenfolge empfohlen, damit eine romantische Stimmung erst gar nicht aufkam. Eifersucht? Ein neidisches Frauenzimmer kann mitunter ordentlich intrigant sein, das wusste ich aus eigener Erfahrung.

Allein, das machte meine Situation um nichts einfacher. Wohl entlastete es den Moravec ein wenig, der sichtlich unter der Situation litt. Vielleicht hatte Gabi ihn mit der Verlobungsansage absichtlich blamiert? Der Schweiß quoll meinem Möchtegernverlobten jedenfalls aus allen Poren. Er dauerte mich, deshalb ließ ich mich herab und half ihm sogar beim Tischabräumen.

»Wo ist denn der Geschirrspüler?«, fragte ich.

»Hab ich keinen«, sagte er. »Meine Mutter hat lieber mit der Hand abgewaschen. Und mein Vater hat abgetrocknet. Ganz traditionell. Stell die Teller einfach in die Spüle. Das mach ich dann morgen.«

Eine Küche ohne Geschirrspüler? In mir stieg ein wenig romantisches Bild hoch. Meine Hände in der Abwasch und Moravec mit dem Geschirrtuch daneben. In dieser hässlichen gelben Resopalküche. Hastig eilte ich ins Wohnzimmer zurück.

Wenigstens der Wein war ausgezeichnet.

»Spätburgunder?«

Anton nickte anerkennend. Er konnte ja auch nicht ahnen, dass ich zuvor aufs Etikett gelinst hatte. Immerhin hatte er sich beim Kauf des Weines ordentlich beraten lassen und sicher ein hübsches Sümmchen für die Bouteille berappt.

Durch die hohe Weinqualität beruhigte sich meine angespannte Stimmung von Glas zu Glas. Ich fotografierte mir sogar das Etikett. »Könnte Einzug in meinem Weinkeller halten«, sagte ich.

Anton strahlte. Leider legte er daraufhin eine schnulzige CD ein, die haarscharf zum Ambiente der Wohnung passte: »Ballade pour Adeline« von Richard Clayderman! Keine Ahnung, was Menschen an diesem nichtssagenden Klaviergeklimper romantisch finden. Auf mein Nervenkleid wirkte es alles andere als beruhigend.

»TA TAA. TA TA TAA TAA TATATATA TAATA, DUM DA-DUM.«

Die Intention war jedenfalls eindeutig, denn Anton dimmte auch das Licht.

»Bevor wir zum Dessert kommen«, sagte er, »hätte ich da noch etwas, was dich interessieren könnte.« Er ging zum Couchtisch und winkte mich zu sich. Ich nahm mein Rotweinglas und setzte mich zu ihm. Er schlug eine Mappe auf und zeigte mir Fotos von einem alten Gehöft.

»Kennst du diesen Hof?«, fragte er. Ich schüttelte den Kopf. »Sollte ich?«

Ich beugte mich weiter vor und hielt das Bild unter die Hängeleuchte über dem Couchtisch. Wegen des schummrigen Lichts konnte man ja kaum etwas erkennen.

Der Hof hatte schon bessere Tage gesehen, aber wenn man die wilde Botanik rundherum etwas zurechtstutzte, würde ein prächtiges Anwesen zutage treten.

»Er gehört deiner Putzfrau.«

»TATLTATLTATLTATLTALTATLTATL TIMPLTIMPLTIM-PLTIMPLT TIMP!«, legte Herr Kleidermann seinen Lauf mit ungebrochenem Enthusiasmus hin.

»Haushälterin«, sagte ich barsch. Das könnte er sich jetzt wirklich schon gemerkt haben.

Moravec räusperte sich. »Die Weinviertler Kollegen haben sich dort ein wenig umgesehen. Die tschechischen Behörden sind da an was dran.«

»TA TAA. TA TA TAA TAA TATATATA TAATA, DUM DA-DUM.«

»Ich weiß, wo sie dran sind, Anton«, unterbrach ich ihn ungeduldig. Bei Clayderman schaffte ich das leider nicht. »An dem Fall des Paters aus Guatemala. Wir hatten darüber ausführlich gesprochen. Du brauchst jetzt nicht so herumzudrucksen. Worum geht's?« Wenn er mit dem Thema die romantische Stimmung forcieren wollte, dann war er kräftig auf dem Holzweg.

Wenigstens der Kleidermann bog in die Zielgerade ein. »TIDLTIDLTIDLTIDL DUM!«

Daraufhin legte Moravec mir kommentarlos ein weiteres Foto vor.

»Unter anderem ist ihnen dies hier untergekommen.«

Mir gefror sprichwörtlich das Blut in den Adern. Das Chili con Carne begann genauso zu revoltieren wie mein Kreislauf. Das Bild zeigte eine Pistole, die mir durchaus bekannt war. Ich hatte sie vor nicht allzu langer Zeit persönlich in Händen gehalten.

»Gut versteckt im Weinkeller des Hauses«, fügte er hinzu. »Die Kollegen haben sie natürlich untersuchen lassen. Die Waffe ist nicht registriert, stammt aus dem Balkan und ist vermutlich in Wien illegal erstanden worden. Mexikoplatz, Praterstern, Flohmarkt.«

»Mach's kurz, Anton«, sagte ich. »Ihr vermutet, dass es die Waffe aus Armandos E-Mails ist?«

»Wir vermuten es nicht nur. Es gilt als gesichert. Es konnten noch DNA-Partikel und Fingerabdrücke identifiziert werden.«

»Hattet ihr denn Armandos Fingerabdrücke genommen?«, fragte ich erstaunt.

»Natürlich. Bei der ersten Zeugenbefragung. Das klappt eigentlich immer auf freiwilliger Basis, weil sich die Person andernfalls ja verdächtig macht. Aber um seine Fingerabdrücke geht es gar nicht. Es waren auch deine drauf …«

Scheiße! Das sagte ich natürlich nicht, aber die Panik war mir garantiert ins Gesicht geschrieben, augenfällig wie Harry Potters Narbe.

»Erinnere dich, Anton«, stammelte ich. »Das hat Armando so eingefädelt. Um mir den Mord an Hermann anzuhängen.«

»Jaja. Du brauchst keine Angst zu haben, das hab ich schon mitbekommen.« Moravec tätschelte mir tröstend den Arm, als ob ich ein Hund wäre. Dann schaute er mir in die Augen. »Aber sag mir: Wie kommt die Waffe in den Besitz deiner Putzfrau?«

Haushälterin! Diesmal verzichtete ich allerdings darauf, ihn zu korrigieren. Lieber zog ich eine Runde durchs Wohnzimmer. Schaute zur Terrassentür hinaus. Es war in der Zwischenzeit finster geworden. Bei Gabi brannte bereits das Licht.

»Tereza wird die Waffe beim Aufräumen gefunden haben«, sagte ich. »Sie hat sie versteckt, weil Waffen gefährlich sind, Anton.«

»Sie hätte sie dir aushändigen müssen – oder der Polizei, Helene. Mach dir nichts vor. Aber was macht sie? Fährt damit ins Weinviertel und versteckt sie in einem tiefen Keller. Und dort soll die Pistole nun bleiben, bis – tja – bis sie wieder gebraucht wird?«

»Vielleicht wollte sie das Stück später verkaufen, so was hat doch einen Wert, oder?«

»Hör auf, sie zu schützen, Helene. Ich sag dir, was Sache ist. Diese Frau ist eine Serienmörderin.«

»Spinnst du, Anton?«

»Es spricht alles dafür, tut mir leid. Ihre beiden Ehemänner mussten weg, weil sie entweder brutal oder lästig waren. Dann dein Mann und sein Latino-Sohn. Sie muss diese E-Mails gekannt haben. Daraufhin hat sie die Chance ergriffen, deinen Gemahl umzubringen. Der Mord konnte ja mit Hilfe der E-Mails dem Latino in die Schuhe geschoben werden. Aber dann musste er auch daran glauben, weil er sie dabei ertappt hat.«

»Aber warum hätte sie das tun sollen, Anton?« Meine Temperaturkurve hätte jedem Börsianer missfallen. Ein beständiges Auf und Ab.

»Eifersucht«, beantwortete Moravec meine Frage. »Ein klassisches Mordmotiv. Sie liebt dich, Helene. Du bist wahrscheinlich der erste Mensch gewesen, der so freundlich zu ihr war, zu

71

einer ausländischen Putzfrau. Ihr seid sogar per Du. Die kleine Emma ist wie ein Enkelkind für sie. Ich bin mir sicher, sie betrachtet sich als Teil der Familie. Und dieser Pater, der hätte ihr Glück noch gefährden können. Also weg mit ihm. Hat ja schon ein paarmal anstandslos geklappt. Aber diesmal macht sie einen Fehler. Ich habe mir erlaubt, einen Apfel aus deinem Garten zu stibitzen, als du mich so freundlich durchgeführt hast. Die chemische Analyse hat es bewiesen. Der Apfelstrudel war aus ihrer Hand. Sie hat es aus Liebe zu dir getan.«

Ich schlug die Hände vors Gesicht. Grob gesehen hatte er ja recht. Tereza hatte aus Solidarität mit mir gehandelt. Auch wenn der Mord an Hermann allein auf meinem Mist gewachsen war. Sie hatte es gewusst und mir bei der Vertuschung und Entsorgung geholfen. Armandos Tod war ein Unfall gewesen, wenn auch ein von uns durchaus gewollter. Bloß der Anschlag auf den Priester ging zu hundert Prozent auf ihre Kappe. Was hatte sie sich nur dabei gedacht, ihm vergifteten Apfelstrudel mit auf den Weg zu geben!

Und noch etwas war klar: Tereza würde alles auf sich nehmen und ohne Murren auch für meinen Mord ins Gefängnis gehen.

»Hast du nichts davon, wenn wir gehen beide hinter Gitter«, hörte ich sie schon sagen. »Und wie erklärst du Kind, dass Mutter ist eine Märderin? Besser, bähmische Putzfrau geht in Knast. Kommst du mich manchmal besuchen und bringst du mit Emma. Besser fir alle.«

Tränen schossen mir in die Augen. Allein der Gedanke an ein Gefängnis hätte schon für eine Panikreaktion ausgereicht, jetzt auch noch mit Tereza mittendrin! Vermutlich lebenslänglich? Und ich? Im besten Fall auf Besuch! Ich ließ mich kraftlos aufs Sofa fallen.

Plötzlich kniete sich Moravec vor mich hin und nahm meine Hand. Wenigstens tätschelte er sie nicht.

»Helene!«, stammelte er. »Du hast mein Herz schneller schlagen lassen, seit ich dich zum ersten Mal sah. Ich habe es mir nicht leicht gemacht und mir diesen Schritt lange überlegt. Wie du dir denken kannst, gibt es ja auch einige Argumente, die gegen eine

Verbindung zwischen dir und mir sprechen. Immerhin gehe ich damit auch beruflich ein großes Risiko ein.«

Diese Sätze hatte er garantiert einstudiert. Dann zog er dieses grausige Taschentuch hervor und wischte sich damit den Schweiß von der Stirn.

Ich muss ihn dermaßen entsetzt angesehen haben, dass er es mir gleichtat und zu zittern begann.

»Du musst dich nicht sofort entscheiden, Helene«, stieß er hervor, während er sich erhob, um seine Unterlagen ordentlich auf einen Stoß zu schlichten. »Ich kann die Beweise verschwinden lassen oder entkräften, Helene. Ich weiß, es ist nicht rechtens, und ich habe lange mit mir gekämpft. Aber ich kann Tereza auch ein bisschen verstehen. Sie hat es aus Liebe zu dir getan. Ich würde es auch aus Liebe zu dir tun. Wie ich alles für dich tun würde.«

Ich saß einfach da und heulte. Brachte kein Wort heraus. Ließ mir von ihm sogar die Tränen trocknen. Mit diesem grauslichen Stofftaschentuch. Und mich küssen. Diesmal war er sehr sanft, anders als beim letzten Mal. Dann rappelte er sich wieder hoch und verschwand in die Küche.

Ich blieb noch eine Weile wie gelähmt sitzen, dann nahm mein Körper langsam seine Tätigkeiten wieder auf, und ich musste aufs Klo. Die wunderhübschen beige-braunen Kacheln und die grüne Klomuschel machten es mir leicht, mich zu übergeben. Alles musste raus. Karfiolsuppe, Bohnen und Baguette. Es roch abscheulich nach Knoblauch und Schwefelwasserstoff. Leider konnte ich das Fenster nicht kippen, zumindest kapierte ich den Mechanismus nicht. Aber unter der Waschmuschel, versteckt hinter einem geblümten Rüschenvorhang, stand verlässlich ein Duftspray. Dann roch es eben, als ob jemand in den Wald gekotzt hätte.

Moravec war noch mit Dessert-Vorbereitungen beschäftigt, als ich mich mit schwachen Beinen wieder aufs Sofa setzte. Wie konnte der Mensch in dieser Situation an Essen denken?

Mein Blick fiel auf die Akten, die er so ordentlich gestapelt hatte. Kurz erfasste mich das wilde Verlangen, den Stoß zu packen und damit zu fliehen. Das verräterische Material in Flammen aufgehen zu lassen oder in die Schwechat zu schmeißen. Am besten gleich mit dem Anton zusammen. Natürlich wusste ich, dass es sinnlos war. So dumm war der Moravec nicht, es gab garantiert Kopien und digitale Aufzeichnungen, die auch anderen Kollegen zugänglich waren. Ich zappelte in der Falle. Wenn ich ihn abblitzen ließ, würde Tereza für immer ins Gefängnis wandern – und ich vielleicht mit.

Ich strich ein wenig über die Mappen. Die Beweise, die er da drinnen gesammelt hatte, waren garantiert hieb- und stichfest. Nur Moravec' Interpretation war falsch. Hatte er die Möglichkeit, dass auch ich ein Teil dieser Verbrechen sein konnte, absichtlich übersehen? Oder war er vor Liebe blind?

Wie auch immer. Er war kein schlechter Mensch, dieser Moravec. Er würde mich auf Händen tragen. Und er würde mich nicht betrügen. Seufzend erhob ich mich und ging hinüber zum Esstisch, wo ich wenigstens nicht die ganze Zeit diese Akten vor Augen hatte.

Nach einer Weile kam er mit dem Dessert zurück. »Schokovulkan«, sagte er. Es war ein Brownie, aus dem warme Schokoladensoße quoll, sobald man ihn anstach. Dazu Schlagobers und eine Kugel Beereneis. Mein Magen lehnte dankend ab, aber ich zwang mich dazu, das herrlich duftende Ding zumindest zu probieren. Ich würde heute Nacht ohnehin kein Auge zutun, da war diese Zuckerbombe auch schon egal. Schokolade tröstet ja bekanntlich. Was soll ich sagen? Ich verputzte den ganzen Vulkan samt Lava. Das Beste vom heutigen Abend.

Nach einer Tasse Kaffee – leider aus der Thermoskanne – machte ich mich auf den Weg. »Ich finde allein hinaus«, sagte ich, um einer Abschiedsschmuserei zu entgehen.

»Darf ich hoffen?«, flüsterte er.

Meine Entscheidung war längst gefallen, aber ich musste ihn einfach ein wenig zappeln lassen. »Wir werden sehen«, sagte ich und ging, ohne mich umzudrehen.

Bei Gabi war es finster.

6. Ein Ring, sie zu knechten ...

»Wo ist der Ring?«, fragte Mama beim Frühstück.

»Du darfst ihr nicht so einen Druck machen«, schalt Liselotte, während sie mehrfach an ihr weiches Ei klopfte. Es war mir wohl doch etwas zu hart geraten. Sie bekrittelte es mit keinem Wort.

»Ich muss es mir noch überlegen«, murmelte ich. Meine Kaffeetasse schepperte bedrohlich auf dem Unterteller. Ich biss einmal in meinen Marmeladetoast und legte ihn wieder zur Seite. Rien ne va plus! Nichts in mir signalisierte Bedarf nach Essen. Nicht einmal der Espresso schmeckte mir.

»Und mein Goldschatz war brav?«, fragte ich, nachdem ich endlich den Bissen Toast hinuntergewürgt hatte.

»Emma brav!«, gab sie selbst Antwort. Ihr Strahlen ließ durchblicken, dass sie einen schöneren Abend gehabt hatte als ich.

»So ein liebes Kind!«, zeigte sich Liselotte ebenso begeistert. »Wir haben gemalt und ein bisschen Kinderyoga gemacht.«

Ich sprach Frau Moller meine große Hochachtung aus und regte an, ob sie nicht einen Elternratgeber schreiben wollte. Sie zeigte sich äußerst interessiert.

»Danke, Helene. Das ist eine wunderbare Idee. Ich werde mich zu Hause unverzüglich dranmachen.«

»Aber Liselotte! Du wolltest mir doch zuerst bei meinem Vorhaben helfen!« Mama zog eine Schnute, wie ich sie nur von Emma kannte. Hoffentlich plante Liselotte ein Kapitel über das Trotzen mit ein. Ihre Tipps und Tricks könnte sie dann an Mama austesten.

»Selbstverständlich, Carla. Ich geb dir die Einschulung wie versprochen. So geschickt, wie du dich bei allem anstellst, wird der Kurs nicht lange dauern. Bald wirst du dein Schicksal selber in die Hand nehmen können.«

»Klopftherapie?«, fragte ich.

»Nein, die beherrsche ich ja schon. Was mit dem Computer.

Internet«, sagte Mama. Mit einer wegwerfenden Handbewegung wollte sie mir wohl andeuten, dass es nicht von Belang war – oder mich nichts anging.

Auf jeden Fall musste es sich um etwas sehr Dringliches handeln, denn kaum dass sie mit dem Frühstück fertig waren, machten sie sich auf den Weg. Nicht einmal ihr Geschirr trugen sie in die Küche zurück!

Zum ersten Mal seit Jahren war ich völlig auf mich gestellt. Freilich war Hermann öfters außer Haus gewesen, aber ich hatte immer Dienstboten um mich herum gehabt und musste vor allem keine Verantwortung für irgendjemanden tragen. Emma und Draco belasteten mich keineswegs über Gebühr, aber ich konnte die beiden nie aus den Augen lassen. Nicht einmal aufs Klo mochte ich alleine gehen. Am Ende des Tages fragte ich mich, was so anstrengend gewesen war, dass ich schon zur Primetime vor dem Fernseher einschlief. Wenn ich am Morgen schlaftrunken in die Küche tapste, schrie mich das schmutzige Geschirr an, dass ich es wenigstens in die Spülmaschine räumen sollte. Tiefkühltruhe und Mikrowelle wurden zu meinem wichtigsten Überlebenskit.

Das ging eine gute Woche so, dann waren wir mit Terezas Vorräten durch, und nun musste ich wohl oder übel selbst für warme Mahlzeiten sorgen.

Supermarkt mit Kind im Trotzalter – auch so eine Sache, der ich nicht gewachsen war. Wie hatte Tereza das nur ausgehalten? Die beiden waren immer total ausgelassen vom Einkaufen zurückgekommen. Und ich irrte verloren durch das Regal-Labyrinth, während Emma mir beständig den kleinen Einkaufswagen in die Kniekehlen rammte.

Die Dame an der Kasse fragte uns, ob denn die Oma krank sei.

»Urlaub«, sagte ich. »Wir haben beide Urlaub. Ich fürs Kind und sie zur Erholung.«

»Jaja. Kind und Karriere. Das ist halt nur mit einer solchen Oma möglich.« Dann steckte sie Emma einen Schlecker zu. So was Süßes hätte mir zur Beruhigung auch gutgetan.

Als ich zu Hause meinen Einkauf in Speisekammer und Kühlschrank verstaut hatte, fiel mir auf, dass die Frau an der Kasse die einzige erwachsene Person gewesen war, die in dieser Woche mit mir gesprochen hatte. Nicht einmal angerufen hatte mich jemand!

Ich stellte die Fertiglasagne in den Ofen und ging mit Draco Gassi, um meiner aufsteigenden Depression entgegenzuwirken. Emma brüllte, weil sie müde war und nicht mehr mitwollte, aber ich zog sie mit nach draußen. Dafür war sie nach dem Essen streichfähig und schlief ein, so wie ich sie zugedeckt hatte. Am liebsten hätte ich mich gleich zu ihr ins Bett gelegt.

Draco lehnte sich an mich und leckte mir die Hand. Neigte seinen Kopf und schenkte mir einen liebevollen Blick. Wenigstens einer, der mich nicht verließ! Ich streichelte ihm dankbar den Kopf. Er drehte sich einmal um die Achse und kuschelte sich in sein Kissen am Fußende von Emmas Bett.

Zurück in der Küche beschloss ich, das Geschirr bis morgen ruhen zu lassen. Wenigstens stellte ich es ins Spülbecken und ließ heißes Wasser darüberlaufen. Denn das hatte ich schon gelernt, dass mit verkrustetem Geschirr nicht einmal mein sündteures Miele-Gerät klarkam. Dafür öffnete ich mir eine Flasche Zweigelt und fläzte mich vor den Fernseher, um eine neue Folge der »Vorstadtweiber« zu genießen.

Der attraktive Krankenpfleger Milo machte gerade seinen Sixpack frei – da klingelte es an der Tür. Wer wollte um diese Tageszeit etwas von mir? Normalerweise bedeutete später Besuch nichts Gutes, und dementsprechend groß war mein Unbehagen, als ich öffnete.

Es war Moravec. Er versteckte sein Gesicht hinter einem riesigen Strauß Astern.

Gute Güte! Den hatte ich völlig aus meinem Gedächtnis verbannt.

»Darf ich reinkommen?«, fragte er.

Im Vorzimmer schlüpfte er automatisch aus seinen Schuhen, die Filzpatschen, die ich ihm antrug, lehnte er ab, er habe frische Socken an. Er hätte mein Angebot annehmen sollen. Bereits nach wenigen Schritten waren die Socken garantiert nicht mehr frisch, außerdem trat er auf einen von Emmas Duplosteinen und heulte auf.

Ich nahm ihm die Blumen ab und legte sie auf den Couchtisch. Am Esstisch klebten die Reste der Fertiglasagne, dorthin konnte ich die Blumen auf keinen Fall legen, sonst musste ich sie später abspachteln.

Im Fernseher machte Milo sich gerade über Caro her. Ich kramte hastig nach der Fernbedienung, fand sie endlich unter Dracos Schmusedecke und schaltete das Gerät ab.

»Ich komme wohl ungelegen?« Moravec setzte sich vorsichtig auf die Sofakante.

Ich raffte notdürftig Emmas Kleidungsstücke zusammen und warf sie in den überfüllten Wäschekorb, den ich am Fußende der Treppe stehen hatte.

»Sorry. Ich hatte einen schlechten Tag. Emma ist gerade erst eingeschlafen, und ich wollte noch etwas entspannen, bevor ich Wohnzimmer und Küche auf Zack bringe.«

»Ich helfe dir«, sagte er und stand auch schon neben mir. Verstohlen zupfte er ein paar Tierhaare von seiner Hose.

»Wenn du das Spielzeug übernehmen könntest, dann mach ich uns den Tisch sauber, und wir können danach gemütlich ein Gläschen trinken.« In die Küche konnte ich ihn unmöglich lassen, da hätte den Saubermann der Schlag getroffen.

»Und wie war dein Tag?«, fragte ich ihn, als wir schließlich zusammen an der Bar saßen. Was Besseres fiel mir nicht ein. Wie das Wetter war, wusste ich ja selbst. Herbstlich schön halt, wie es sich gehörte, darüber konnte ich nicht klagen.

Dem Moravec kam die Frage über seine Arbeit gar nicht ungelegen, da bewegte er sich auf sicherem Terrain. Er erzählte mir ein wenig über seine breit gefächerten Aufgaben als Kriminalbeamter, was ich stellenweise sogar ganz spannend fand. Nicht, wie er es erzählte. Das dramatische Gespür fehlte ihm ein wenig, und auch das Beamtendeutsch war manchmal etwas mühselig. Aber die Sache an sich hörte sich recht abwechslungsreich an. Im Nu war die Flasche leer.

»Ich sollte eigentlich nicht so viel ... Immerhin muss ich noch fahren«, wandte er ein, als ich die zweite Flasche öffnen wollte.

»Ach was. Die Kollegen werden dir schon nicht den Schein zwicken«, meinte ich mit einem Augenzwinkern.

»Das nicht. Aber ... Ach, egal!« Sein Gesicht, das mir vorhin so blass erschienen war, zeigte schon eine leichte Röte, als er mir zuprostete.

»Auf uns!«, rief er.

»Auf uns!«, erwiderte ich mit deutlich geringerem Enthusiasmus.

Mein Herzschlag erhöhte sich bedenklich, als er seinen Blick in meinen versenkte.

»Hast du ... Helene, hast du es dir schon überlegt?«

Die Stunde der Wahrheit war gekommen.

Rückblickend gesehen war wohl auch der Alkohol schuld, dass mir die Antwort so leicht über die Lippen ging, vielleicht war es auch die Einsamkeit gewesen. Auf jeden Fall war der Moravec so überwältigt von meinem Ja, dass er mich in die Höhe riss, ungeachtet der Hundehaare aufs verdreckte Sofa warf und sofort über mich herfiel. Seine Küsse waren leidenschaftlich. Ich streifte mein Sweatshirt nach oben und die Hose nach unten. BH trug ich zu Hause sowieso keinen. Der Anblick meines nackten Busens machte ihn so an, dass er es mit knapper Not schaffte, seine Jeans und meinen Slip runterzuziehen. Peng, rein und fertig!

Es ging alles so schnell. Tat zwar nicht weh, aber ich fühlte – einfach gar nichts. Anton keuchte noch ein wenig. Und dann tat er etwas, das ich nie vergessen werde: Er weinte!

Ich glaube, das war der einzige Moment in unserer Beziehung, in dem ich ihn liebte.

Wir tranken noch die angebrochene Flasche leer, bevor wir ins Schlafzimmer übersiedelten, wo wir uns noch einmal liebten. Diesmal nahm sich mein Verlobter mehr Zeit, was aber höchstens für ihn einen ersehnten Aufschwung bedeutete. Ich konnte mich des Eindrucks nicht erwehren, dass er seine Leistungsfähigkeit unter Beweis stellen wollte. Vielleicht hatte er auch wo gelesen, dass eine Staccato-Penetration die Erfüllung für jede Frau bedeutete, denn er fragte mich anschließend, völlig verschwitzt, ob er gut gewesen sei und ob ich es schön gefunden hätte.

Medaille hatte ich keine bei der Hand, und eine Lüge wollte ich ihm nicht schon wieder auftischen, darum war ich froh, dass ihm mein Lächeln genügte. Er drückte mir noch einmal seine feuchten Lippen auf den Mund, rollte auf »seine« Seite und schlief augenblicklich ein. Eine Tatsache, um die ich ihn stundenlang beneidete. Aber mein Hirn konnte einfach nicht abschalten.

Hatte ich soeben den größten Fehler meines Lebens begangen?

Aber hatte ich denn eine Wahl gehabt?

Am Morgen, kaum dass ich ein paar Minuten Tiefschlaf gefunden hatte, fielen sie praktisch gleichzeitig über mich her. Moravec machte mit einem kurzen Morgenritt auf mir den Anfang. Die Schuld für diese komprimierte Vorstellung traf ihn diesmal allerdings nicht alleine. Draco und Emma stürmten – vermutlich herbeigelockt durch die ungewohnte Geräuschkulisse – ins Schlafgemach und gaben Laut, als sie den Moravec auf mir herumturnen sahen.

Nachdem ich alle drei wieder beruhigt hatte, schickte ich zuerst den Verlobten ins Badezimmer, mit der Begründung, dass Emma und ich es dann länger belegen würden.

Ich fand ihn völlig aufgelöst vor der Spüle, in der sich die großen Töpfe stapelten.

»Ich kapituliere!«, sagte er und ließ den Wettex fallen. Er hatte den Frühstückstisch decken wollen und in meinem Chaos natürlich nichts finden können.

»Dazu bin ich gestern ja leider nicht mehr gekommen«, seufzte ich mit Blick auf das Durcheinander. Sollte er doch ruhig ein paar Schuldgefühle entwickeln. Dann beugte ich mich zum Geschirrspüler, drückte ihm ein paar Tassen und Teller in die Hand und schickte ihn damit ins Wohnzimmer.

»Emma, Schatz«, sagte ich zu meiner Tochter. »Kannst du dem Anton beim Aufdecken helfen, bitte?«

»Nein«, sagte Emma und lief davon. Anton lächelte verwirrt und trug das Geschirr ohne kindliche Unterstützung ins Wohnzimmer.

Höflichkeitshalber verdrückte er ein paar Cornflakes, man konnte ihm deutlich ansehen, dass er gerne etwas Nahrhafteres zwischen die Zähne bekommen hätte. Leider hatte ich nicht mehr zu bieten. Das Toastbrot war schimmlig geworden, und Käse und Schinken ohne Brot war ja auch keine Option. Ja, Anton, man kann nicht alles haben im Leben!

Pflichtschuldig wollte er sein leeres Schüsselchen in die Küche tragen.

»Lass stehen«, sagte ich. »Ich kümmere mich später darum.« Wo hätte er es auch hinstellen sollen?

Zum Abschied umarmte er mich noch einmal leidenschaftlich und versprach mir, am Abend wiederzukommen. Das hatte ich schon befürchtet. Wenigstens würde jemand mit mir plaudern, tröstete ich mich, und ich konnte die Supermarktkassiererin in Ruhe lassen.

Der Trost mutete allerdings recht mau an in Anbetracht des Handlungsnotstands, auf den mich ein Blick in die Küche hinwies.

Frische Luft! Draco forderte ohnehin seine morgendliche Gassirunde ein. Emma war nicht begeistert, schon wieder spazieren zu gehen, aber da musste sie durch. Ich wählte eine unüblich große Runde, es zog mich einfach nicht zurück in meinen Saustall. Draco genoss es, aber Emma gab nach einiger Zeit w.o. und wollte getragen werden. Völlig erledigt kehrten wir nach zweieinhalb Stunden zurück. Ich musste mir wohl oder übel eine Pizza liefern lassen, um genug Energie zum Saubermachen zu tanken.

Draco bemerkte es schon, bevor ich die Haustüre aufsperrte, und wedelte freudig mit dem Schwanz. Kaum hatte ich die Tür offen, schoss er ins Haus und in die Küche. Ein herrlicher Duft nach Sauerkraut umschmeichelte meine Nase.

»Tessa, Tessa!«, rief Emma. Sie sprang von mir herunter und eilte Tereza entgegen. Plötzlich konnte sie wieder tadellos laufen.

81

Tereza hob sie hoch und drückte ihr einen dicken Schmatz ins Gesicht. »Hab ich gebracht kleine Geschenk fir Emma«, sagte sie und trug sie in die Küche. Draco, der schon zufrieden an einem Leckerli kaute, trabte hinterdrein. Nur mich strafte sie mit Nichtbeachtung. Das tat weh.

Zerknirscht folgte ich der Prozession in die Küche. Der Sauerkrautduft mischte sich hier mit Schweinsbratenaromen. Knoblauch, Majoran, Kümmel. Auf dem Herd stand ein brodelnder Topf mit Knödeln. Mir lief das Wasser im Mund zusammen. So gut gerochen hatte es in diesem Haus schon viel zu lange nicht mehr. Auch von meinem Chaos war nichts mehr zu sehen. Die Küche erstrahlte in ihrem alten Glanz.

»Es tut mir leid«, sagte ich. »Ich wollte putzen, sobald wir …«

»Red nicht Blädsinn, deck lieber Tisch«, unterbrach sie mich. »Gibt es Schweinsbraten und Knedel. Sauerkraut ist von Bähmen. Ganz frisch.«

»Es riecht phantastisch«, flüsterte ich und nahm eilig ein paar Teller aus dem Schrank.

Mit großem Appetit ließ ich mir den Schweinsbraten auf der Zunge zergehen, und auch Emma schmatzte zufrieden. Tereza freute sich sichtlich, dass es uns schmeckte. Nach dem Essen setzte ich Emma vor den Fernseher und half Tereza beim Abräumen. Sie wollte gleich mit dem Saubermachen beginnen, aber ich bat sie, noch einen Kaffee mit mir zu trinken.

Zuerst schwiegen wir uns peinlich berührt an, dann ergriff ich das Wort. »Du hast uns so gefehlt, Tereza!«

»Hab ich gemerkt in Kiche«, sagte sie und grinste. Meine Hoffnung wuchs, dass das Eis zwischen uns brechen würde.

»Und sonst?«, fragte sie und bohrte ihren Blick in meine Augen. »Was ist mit Kieberer?«

»Och, der Anton …« Ich rang nach Worten. Wie sollte ich ihr möglichst schonend beibringen, dass er bald Teil dieses Haushalts sein würde?

»Anton macht Hoppereiter auf Mama«, sagte Emma, ohne den Blick vom Fernseher zu nehmen.

»Also doch«, sagte Tereza. »Bist du nicht zu retten.« Sie

stürzte ihren Kaffee hinunter und schlich gebeugten Hauptes zurück in die Küche.

Am Abend kam Moravec mit einem Ring daher und besiegelte damit unser aller Verderben.

»Emma will Ring! Emma will Ring!«, rief Emma entzückt. Natürlich hatte er nicht daran gedacht, auch für meine Kleine etwas mitzubringen. Von Kindern hatte er also auch keine Ahnung. War ja nicht anders zu erwarten bei einem Menschen, der sich tagein, tagaus mit Verbrechern abgab. Ich konnte nur hoffen, dass Frau Moller bald mit ihrem Ratgeber fertig war.

Meinetwegen hätte Emma den Ring gerne haben können, so wie Liselottes Bernsteinkette, gerne auch ohne Tauschobjekt. Aber die Höflichkeit zwang mich, Freude zu heucheln. Ich bedankte mich bei meinem nunmehr offiziellen Verlobten mit einem pflichtbewussten Kuss.

»Es ist der Verlobungsring meiner Mutter«, sagte er mit Tränen in den Augen. Ganz schön nah am Wasser gebaut für einen Polizisten, fand ich, aber dann hatte er sich wieder im Griff und schob mir das Monster über den Finger. Seine Mutter musste Fleischerin gewesen sein. Der Ring war mir um Nummern zu groß, nicht nur von der Weite her. Auch der Stein, ein böhmischer Granat, war viel zu wuchtig für meine schmalen Hände.

»Wir können den Ring sicher verkleinern lassen«, sagte Moravec. Sein Blick verriet Enttäuschung.

»Ich werde ihn nur zu besonderen Anlässen tragen«, antwortete ich, »damit ich ihn nicht unabsichtlich abstreife.« Ich wollte ihn gerade vom Finger beuteln, als Tereza mit einer Flasche Sekt aus der Küche auftauchte. Ich deutete ihre Aufmerksamkeit vorsichtig optimistisch, dass sie sich langsam mit dem Gedanken meiner Verehelichung anfreundete.

»Wir haben uns verlobt«, sagte Moravec und strahlte Tereza an. Aber nicht so, wie er mich normalerweise anstrahlte. Und es war auch nicht die pure Freude, sondern Triumph, der aus seiner Stimme klang. Und dann war da auch noch so ein Unterton, den ich von ihm nicht kannte und der mein Missfallen erregte.

Er signalisierte eindeutig, dass sich die Besitzverhältnisse quasi zu seinen Gunsten geändert hätten. Die Putzfrau würde keine Macht mehr über mich haben.

»Kann man nur gratulieren«, sagte Tereza und setzte das Tablett mit den Gläsern vor uns ab, dass es klirrte.

»Hol dir bitte auch ein Glas«, bat ich Tereza. »Wir müssen zusammen darauf anstoßen.«

»Vielen Dank«, sagte sie. »Hab ich heite Migräne. Missen wir nachholen später zu zweit.« Wortlos schenkte sie uns die beiden Flöten voll, steckte die Flasche zurück in den silbernen Eimer mit den Eiswürfeln und wünschte uns eine gute Nacht.

»Findest du das nicht ein bisschen übertrieben?«, fragte Moravec, als sie über die Treppe nach oben verschwunden war.

»Was meinst du mit übertrieben?«

»Na, dass du sie einlädst, mit uns zusammen auf unsere Verlobung anzustoßen.«

»Hör mal«, fuhr ich ihn an. »Tereza ist Teil dieses Hauses. Ich finde es selbstverständlich, dass man ihr auf Augenhöhe begegnet – und sie nicht als Putzfrau, wie du sie immer so abschätzig bezeichnest, abkanzelt. Deine Mutter hat schließlich auch geputzt, und du hast sie trotzdem nicht so von oben herab behandelt. So hoffe ich zumindest.«

»Aber das ist doch etwas ganz anderes!«, versuchte er sich zu verteidigen.

»Ist es nicht!«

»Komm, lass uns nicht am Tag unserer Verlobung streiten«, lenkte er ein.

Er zog mich an sich und küsste mich, wieder einmal einen Deut zu flüssig für meine Begriffe. Wo hatte er nur diese feuchte Lippe her? Meine bisherigen Männer waren diesbezüglich deutlich trockener ausgestattet gewesen.

»Wann wirst du es ihr sagen?«, fragte er, während ich mir heimlich mit dem Handrücken die nasse Stelle wegwischte, bevor ich einen Schluck Sekt nahm.

»Was sagen? Du hast die frohe Botschaft doch soeben verkündet.«

»Dass sie sich etwas anderes suchen muss, natürlich.«

»Was soll sie sich denn suchen, um Himmels willen?« Für mich war das, was er da andeutete, so absurd, dass es nicht in mein Hirn hineinwollte.

»Sie wird eine neue Stelle brauchen, Schatz, das ist doch klar, oder?« Mir schien, als wäre er ebenso verblüfft wie ich.

»Anton!« Ich sprang erregt auf. »Ich kann doch unmöglich dieses große Haus ohne sie managen. Wie stellst du dir das vor? Den riesigen Garten und alles!«

»Deswegen werden wir ja auch in mein Haus ziehen. Es ist kompakt, praktisch eingerichtet, und den Garten kann ich machen, wenn es dir zu viel wird. Die alte Bude kannst du ja verkaufen oder vermieten.«

Ich schnappte nach Luft. Die Wände der Villa begannen zu wackeln. Ein Erdbeben! Ich wäre am liebsten unter den Tisch gekrochen, hatte aber nur noch die Kraft, mich auf den Stuhl plumpsen zu lassen, wo ich mich an der Tischkante festhielt. Ich stürzte den Sekt hinunter und goss mir mit zitternden Händen noch ein Glas voll. Im Geiste sah ich mich mit einer geblümten, zu hundert Prozent abwaschbaren Schürze, wie ich Berge von Geschirr per Hand spülte, während er draußen den Rasen mähte. Über der Wäschestange hing ein Teppich, den ich mit einem geflochtenen Rattan-Pracker bearbeitete. Pum, pum, pum! Ich konnte es direkt hören. Doch dann kapierte ich, dass es mein Herzschlag war, nicht der Teppichklopfer, den ich so laut hörte.

»Nein!«, rief ich. »Du kannst meinetwegen zu mir ziehen, aber ich geh nicht in dieses Haus. Davon war nie die Rede.«

»Aber das ist doch selbstverständlich, dass die Frau dem Mann ins Haus folgt«, sagte er forsch, als ob er mit einem Delinquenten spräche. Sie haben die Sperrlinie überfahren, das macht fünfzig Euro auf die Hand.

»So? Ist es das?« Ich sah ihn provokant an, was ihn augenscheinlich etwas verunsicherte.

»Komm, Schatz. Mach es mir nicht so schwer«, bettelte er. Erbärmlich!

»Wer macht es wem schwer, bitte? Und nenn mich nicht dauernd Schatz. Ich heiße Helene!«

Wupps!, war das Sektglas erneut leer. Dem musste abgeholfen werden. Seines war immer noch halb voll – oder leer?

»Jetzt werd nicht gleich so emotional«, schimpfte er. Seine rote Gesichtsfarbe verriet mir, dass auch sein Blutdruck langsam Fahrt aufnahm.

»Sieh's doch einmal von der praktischen Seite. Ich müsste jeden Tag früher aufstehen, um in die Arbeit zu kommen. Im Winter ist es hierherauf ganz schön glatt. Auf den Serpentinen kann man da gefährlich ins Schleudern geraten. Und wenn die mit dem Schneeräumen in der Früh säumig sind, muss ich womöglich auch noch Ketten anlegen.«

»Nicht mein Problem«, konterte ich. Er wollte mich heiraten, nicht umgekehrt. Dafür musste er eben Opfer bringen.

»So? Nicht dein Problem? Und hast du dir auch schon überlegt, was mit Emma sein wird? Wie alt ist das Kind? Bald wird es in den Kindergarten gehen, und du müsstest – wie ich – jeden Tag etliche Kilometer mit dem Auto zurücklegen. Von meinem Haus bist du in knapp zehn Minuten beim Hort – und zwar zu Fuß. Auch Billa und Hofer sind fußwegig erreichbar.«

»Wie schön! Und du kannst in der Mittagspause vorbeikommen und mit uns zusammen essen, ist es das, was dir vorschwebt?«

»Genau das. Und was ist daran jetzt so schrecklich? Viele Familien würden sich das wünschen.«

»Ich bin aber nicht viele Familien!«

Moravec stand auf und trat ans Fenster. Seine Hände hielt er auf dem Rücken verschränkt, wobei er die Finger ständig auf- und zuklappte. Hatte er seinen Entschluss, mich zu ehelichen, schon bereut? Durfte ich doch noch hoffen?

Der Ausdruck in seinem Gesicht, das er mir nach einigen Minuten der Einkehr wieder zuwandte, belehrte mich eines Besseren. Er trat ganz nahe an mich heran, hielt sich an den Stuhllehnen fest und beugte sich über mich. Ich konnte seinen schlechten Atem riechen. Vademecum! Ich musste ihn unbedingt dazu überreden, nach dem Essen einen Kaugummi zu nehmen!

»Helene. Wenn du es dir anders überlegt hast, dann sag es jetzt. Wir blasen die Sache ab. Aber du weißt, was das bedeutet.« Seine Stimme war eiskalt. »Deine Putzfrau bist du in jedem Fall los. Frage ist nur, wo sie landen wird. Bei einem neuen Dienstgeber oder im Gefängnis.«

»Du willst mich erpressen?«

»Nein, Helene. Ich liebe dich. Deshalb lasse ich dir die Wahl. Das ist ein Entgegenkommen meinerseits. Du hast es in der Hand, was mit ihr geschieht.«

»Und alles andere entscheidest du?«

»Zumindest, wo wir wohnen werden. Und das wird in meinem Haus in Baden sein!«

Er stürmte hinaus. An der Tür drehte er sich noch einmal um. »Es ist ganz einfach, Helene. Ich oder Tereza!«, schrie er und warf die Haustüre hinter sich zu.

Einen Augenblick blieb ich wie betäubt sitzen.

»Gäh ich freiwillg, Helene. Kann ich nicht in Weg stehen deine Glick«, sagte eine Stimme hinter mir. »Brauch ich wenigstens nicht auspacken.«

»Aber nein«, rief ich verzweifelt. »Ich spreche noch einmal mit ihm. Er wird ein Einsehen haben.«

»Glaubst du doch selber nicht, oder? Kieberer war deitlich. Er oder ich.«

Ich starrte sie an. Zum ersten Mal bemerkte ich, dass sie älter geworden war. Ihre Narbe unter dem Auge trat durch die vielen Falten noch deutlicher hervor. Sie wirkte schrecklich müde.

»Ach, Tereza«, seufzte ich. »So war das alles nicht geplant. Ich …«

»Du hast gewählt, Helene. Polizist und ich haben nicht Platz in selbe Haus, basta.«

»Es ist nicht so, wie du denkst«, stotterte ich.

»Bemieh dich nicht. Bin ich gewähnt Kummer. Gäh ich besser gleich zeitig in Frieh, damit Emma nicht merkt. Viel Glick fier Ehe!«

Das war das Letzte, das ich für viele Wochen von Tereza hörte.

6.1 Liebe ist ein Geheimnis

Das hätte sich der Hartinger nicht gedacht, dass der Moravec doch noch unter die Haube kommt. Noch dazu mit so einer scharfen Braut! Und dass ausgerechnet er den Beistand machen darf, das freut ihn schon einmalig. Nicht, dass er von Trauungszeremonien und dergleichen viel gehalten hätte. Aber dass der Moravec die Freundschaft gleich mit so einem Vertrauensvorschuss wieder aufleben lassen will, das rührt ihn schon ein wenig. Da macht er sich sogar Gedanken, was er anziehen soll. Probiert die alten Anzüge durch. Knapp, knapp! Entscheidet sich dann doch für einen Neukauf. Daran kann man erkennen, wie wichtig ihm die Sache ist. Und sogar zum Friseur geht er. Aber wie ihm die Friseurin die Haare tönen will, da hört es sich auf für den Hartinger. Die grauen Stellen an den Schläfen, die stören ihn nicht. Heißt ja, dass die einen Mann erst interessant machen. Weil, dass er immer noch volles Haar hat, darauf ist er sich schon stolz. Natürlich weiß er, dass das nicht sein Verdienst ist, aber ausschauen tut es verdammt noch mal besser als zum Beispiel dem Kastner sein Bemühen, die schütteren Stellen mit längeren Haaren zu überdecken. Das hat er nicht notwendig, der Hartinger.

Dass sich die Investition in sein Aussehen dann auch noch in puncto Sexualleben auszahlen wird, damit hat er allerdings nicht gerechnet. Aber dazu später.

Anlassen tut sich die Hochzeit ganz klassisch. Der Moravec ist nervös wie ein Zitteraal. Beim Aussuchen von seinem Anzug, da muss die Braut ein Wörtchen mitgeredet haben. Richtig schneidig schaut er damit aus. Und dass er noch so eine gute Figur hat, um das beneidet ihn der Hartinger sowieso. Radfahren tut er, der Toni. Und Krafttraining, wie er ihm verrät. Und, unter vorgehaltener Hand: Diät! Fünfzehn Kilo Abnahme mit den Weight Watchers, aber bitte nicht weitersagen. Vielleicht sollte er es auch wieder einmal mit Sport versuchen, denkt sich der Hartinger und fährt sich heimlich mit der Hand über den Ranzen.

»Der Erfolg lässt sich jedenfalls sehen, Toni«, lobt er ihn. »Ist doch scheißegal, wie er zustande kommt.«

Der Toni strahlt. Noch heller leuchtet sein Gesicht, gleich wie ein ganzer Christbaum, als Helene an der Kirchentür erscheint. In Ermangelung eines Vaters oder einer väterlichen Ersatzfigur, die die Braut in die Kirche führen könnte, hat der Pfarrer eine Abholung an der Tür vorgeschlagen. Da stehen sie beide mit offenem Mund da, die Kiebererfreunde, als Braut und Brautjungfer auftauchen.

Das weiße Kleid der Braut ist an edler Schlichtheit kaum zu überbieten. Betont ihre Zartheit. Das blonde Haar hat sie aufgesteckt. Ihr einziger Schmuck sind Diamantohrringe. Die Frau hat einfach Klasse. Genauso wie ihre Trauzeugin, diese Alma. Vom Stil her hat sie ihr Outfit dem der Braut angepasst – Jugendstil, wie sie dem Hartinger später erklärt, und dass sie es natürlich zusammen ausgesucht hätten. Aber sie hat anders, als wie man es von einer konventionellen Brautjungfer erwartet hätte, kein Kleid gewählt, sondern einen schwarzen Hosenanzug. Sie ist eben nicht gewöhnlich, signalisiert sie damit. Lässig darübergeworfen das eigentliche Glanzstück: ein langer Mantel mit Ornamenten in Schwarz, Weiß und Gold. Dazu ihre rote Mähne, locker mit einer Perlenkette hinten zusammengebunden. Klimt hätte sie sofort gemalt, da ist sich der Hartinger sicher, obwohl er von Kunst wenig versteht, nur das Gängige halt. Mehr als der Moravec zumindest, dem hat der Aufzug der angeblichen Künstlerin, wie er sie etwas abwertend nennt, nicht gefallen. Überspannt halt, was auch immer der Moravec darunter versteht. Extravagant hätte der Hartinger dazu gesagt.

Am Kleid der Braut hat der Freund aber nichts auszusetzen. Da ist ihm der Inhalt dann doch wichtiger. Und wie der Hartinger sich dann vorstellt, dass der Toni in der Nacht das süße weiße Paket auswickeln darf, da wird er direkt ein wenig neidisch. Deswegen ist es dann auch passiert, vermutet er im Nachhinein. Da war er hormonell bedingt eben empfänglich.

Bis zum krönenden Abschluss dieser Hochzeitsfeier ist es aber noch ein weiter Weg. Schon der Einzug will nicht enden. Zu den bekannten Wagnerschen Orgelklängen marschieren die vier Musketiere – Braut, Bräutigam und die Beistände – den Mittelgang des Kirchenschiffes hinunter. Eher greulich geführt als treulich, wenn der Hartinger ehrlich ist, weil, der Organist hat das Instrument nicht im Griff – oder vielmehr im Tritt. Der Bass immer ein Eutzerl zu spät. Lähmend.

Drinnen wartet schon die Hochzeitsgesellschaft auf sie und darauf, dass das Orgelgedudel aufhört. Allzu viele Leute sind es eh nicht, aber der Hartinger hat sie mit geübtem Auge sofort in drei Partien aufgeteilt. Nicht nur anhand der Sitzordnung.

Erstens: die Kieberer. Klar. Von denen kennt er sogar einige von der Ausbildung her. Am liebsten hätt er sich ja gleich zu ihnen gesetzt, drei ganze Bankreihen haben sie belegt. Aber er hat ja ganz vorne Platz nehmen müssen, dem Moravec beistehen, die Ringe im richtigen Moment hervorzaubern und seriös wirken. Was tut man nicht alles!

Gruppe zwei: Helenes kleiner Kreis Geladener. Ein bunter Haufen, der so gar nicht zusammenpassen will. Die Mutter ein verrücktes Huhn, an der Schwiegermutter wird der Moravec noch zu kiefeln haben. Ihr stetes Geplapper ist schwer zu ertragen. Man merkt ihr an, dass sie das Bourgeoise im Blut hat und ein bisserl auf das Kleinbürgertum vom Moravec hinunterschaut. Der ist aber eh nicht so feinfühlig, dass er das merken tät. Außerdem scheint die Frau dem Toni gewogen, und das ist ja die Hauptsache. Ihre männliche Begleitung passt zu ihrer eleganten Erscheinung wie die Faust aufs Auge. Gibt sich bemüht distinguiert, der Nadelstreif war sicher teuer, aber die Schuhe verraten ihn. Die hätt er vorher putzen müssen. Der ist kein wahrer Gentleman. Außerdem. Der Hartinger hat einen guten Blick fürs Verstellen. Berufsbedingt. Er hätte den Typen eher dem Strizzimilieu zugeordnet. Das Haargel zum Beispiel. Und das Armkettchen! Das ist vom Klischee her fast so wie das Tascherl bei den Praterhuren.

Und dann ist da noch die Freundin der Schwiegermutter, die

mit dem Halstuch. Teures Kostüm, keine Frage. Trotzdem ein völlig anderer Background. Geschäftsfrau, hätte er geraten. Wacher Blick, als ob sie heute noch ein paar Aktien an den Mann oder eine glättende Gesichtscreme an die gutgläubige Frau bringen wollte.

Last, but not least: Die Gäste vom Moravec, zu denen er leider auch gerechnet wird und entsprechend an der Hochzeitstafel zum Sitzen kommt: durchgehend Biedermänner und -frauen. Sieht man gleich am zu pompösen Outfit. Preis- oder Markenschild schaut beim Kragen hintenraus. Weniger wäre mehr gewesen, denkt er sich nicht nur einmal. Ganz besonders schlimm findet er die Nachbarin vom Toni, diese Gabi. Gut, dass sie hässlich ist, dafür kann sie nichts und dass sie keinen Geschmack hat. Trotzdem. Wer trägt heute bitte noch ein Rüschenkleid? Wie ein Zuckerl schaut sie aus, aber eins, das keiner lutschen will. Er hofft inständig, dass die Kieberer nicht auf die Idee kommen, dass sie zu ihm gehört, weil er neben ihr sitzt und sie ihm auch nach der Tafel nicht von der Pelle rückt. Richtig skurril wird es, als Helene den Brautstrauß wirft. Gabi packt ihn an der Hand, er muss mit, ob er will oder nicht. Sie stellt sich in Position und wirft ihm flirtende Blicke zu beziehungsweise das, was sich eine Frau im Rüschenkleid halt darunter vorstellt. Wie ein Tormann hechtet sie nach dem Strauß – und dann? Wupps! Die Mutter von der Helene schnappt ihn ihr weg. Einfach so. Legt ihn triumphierend in die Hände ihres seltsamen Galans. Gabi bricht in Tränen aus. Die Frau ist über vierzig, bitte! Wenigstens kümmert sich die Dame mit Halstuch rührend um sie und bringt sie nach Hause.

Nach dem Kuchen wird es dann endlich gemütlicher, es geht an die Bar. Die Spezis von der Polizei sind recht trinkfest. Die meisten ohne ihre Frauen gekommen. Kinder zu Hause und so.

»Da haben Sie aber noch einmal Glück gehabt«, sagt eine sonore Stimme neben ihm.

Es ist Alma. Jetzt trägt sie ihr Haar offen. Milva, sein erster Gedanke. Die italienische Ikone hat ihm schon damals gefallen, in den Achtzigern. Optisch zumindest. Musikmäßig war er eher auf die rockige Fraktion fixiert.

»Glück inwiefern?« Der Hartinger rückt zur Seite und bedeutet Alma, sich zu ihm zu setzen.

»Der Brautstrauß. Wenn Ihre Tischdame ihn gefangen hätte,
wären Sie jetzt erledigt.« Die Rothaarige steigt elegant auf den
Barhocker, und die Kollegen schauen neidisch zu, wie sie mit
dem Hartinger flirtet.

»G'fangt und g'schluckt, sagt man da bei uns im Weinviertel.«
Der Hartinger grinst und winkt den Barkeeper herbei. Nach
einem Gin sind sie per Alma und Norbert. Nach dem nächsten
sagt der Hartinger, der ja schon ein paar Runden Whisky intus
hat, unvorsichtigerweise: »Ich tät dich ja gerne zum Tanzen auf-
fordern, aber Polka und Marsch, das ist nichts für mich.«

Der Hartinger hat eigentlich immer gerne getanzt, aber mit
wachsender Leibesfülle hat er die Freude daran verloren. Auf
der Tanzfläche kommt er so leicht ins Schwitzen. Und dann
stinkt er. Und wenn er sich schon selber nicht riechen mag, wer
soll es dann können?

»Was tanzt er denn gerne, der Herr Chefinspektor?«, fragt
Alma und schaut ihn dabei kokett an. Dann hält sie ihm den
Mund zu, wie er gerade sagen will, dass er lieber noch eine Runde
ausgeben tät.

»Halt! Lass mich raten.« Sie lässt ihn aufstehen und mustert
ihn von oben bis unten. Läuft in den Tanzsaal und kehrt ohne
ihren Mantel wieder. Das füllige Haar fällt ihr übers Top und
betont ihre festen Brüste. Dazwischen blitzt es weiß hervor. Jetzt
schwitzt der Hartinger schon ganz ohne Tanzschritt. Auch dann
noch, als sie ihm das Sakko auszieht. Den Hemdkragen lockert
und die Krawatte. Bei der packt sie ihn dann. Schleppt ihn in
den Ballsaal, wo gerade die ersten Takte eines Tangos erklingen.
»Liebe ist ein Geheimnis«, singt die Sängerin.

Der Hartinger hört, wie ihm die Spezis nachpfeifen. Die ersten Schritte sind noch etwas zögerlich, aber nach ein paar Takten
ist er wieder drinnen. Wie dreißig fühlt er sich, wie er so durch
den Saal fliegt mit der Wahnsinnsfrau, mit der er sich um die
Tanzführung rittert. Nach ein paar Runden kommt es ihm vor,
als würden nur mehr sie beide tanzen. In Wahrheit kommt es

ihm nicht nur so vor. Die spärliche Tänzerschar, die sich noch auf dem Parkett herumgetrieben hat, ist Paar für Paar zur Seite gewichen, um dem Traumpaar zuzusehen, wie es sich kippt und umschlingt. Wie ihre Körper unsichtbaren Signalen folgen. Wie es knistert zwischen den beiden.

Als dann der Applaus einsetzt, ist es ihm peinlich, dem Hartinger. Nicht, weil er schwitzt, aber dass er sich so vergessen hat. Erst recht, als er in die traurigen Augen der Braut blickt, die gelangweilt neben ihrem frisch Angetrauten sitzt.

Der Moravec hat sich schon als Jugendlicher vorm Tanzen gedrückt. Und beim Hochzeitswalzer hat man auch gesehen, warum. Sosehr sich die Helene auch bemüht hat, ihn zu führen. Wenn einer Schweinsohrwascheln hat, dann ist Hopfen und Malz verloren. Alle beide sind sie erleichtert an ihre Plätze zurückgekehrt, als der Walzer verklungen war. Und jetzt spielt die Band wieder einen Walzer zum Abschluss. Einen langsamen. Der Hartinger überlegt, ob er die Helene holen soll. Ihr Blick verfängt sich in seinem, verrät ihm die Sehnsucht. Aber er ist um den Bruchteil einer Sekunde zu langsam, und Alma hat ihn schon wieder beim Krawattl.

»When I Need you«, stimmt die Polizeikapelle an. Tja. Mit Leo Sayer hat er noch jede geschafft. Schon vor zwanzig Jahren. Auch wenn die Sängerin nicht an das Original herankommt. Die Stimmung passt, und der Hartinger wird später nie wieder dieses Lied hören können, ohne an die folgende Nacht zu denken. Hammer!

7. Auf immer und ewig

Rückblickend könnte ich nicht sagen, welcher Tag der glücklichste in meinem fast vierzigjährigen Leben war. Eines ist jedoch gewiss: Der Tag meiner zweiten Hochzeit war es unter Garantie nicht.

Dabei hatte ich mir ohnehin nichts Großartiges erwartet. Im Gegenteil. Ich wollte die Angelegenheit so schnell wie möglich hinter mich bringen. Kurz hatte ich sogar gehofft, einer öffentlichen Vermählung ganz zu entkommen, denn die praktische Frau Moller hatte mich rechtzeitig darauf aufmerksam gemacht, dass ich meine Witwenpension verlor, wenn ich mich wieder verheiratete.

Aber da hatte ich nicht mit Antons moralischen Bedenken gerechnet.

»Die Ehe ist mir heilig. Ich bin doch bei der CPV!«, rief er konsterniert, als ich ihm vorschlug, doch in wilder Ehe zusammenzuleben.

»Klärst du mich auf, was die CPV ist, bitte?«

»Die Christliche Polizeivereinigung.«

»Ach! So was gibt's? Und was macht ihr da?«

»Wir vernetzen uns im christlichen Glauben, unterstützen uns gegenseitig. Und auch die Hinterbliebenen«, sagte er, leicht irritiert.

»Mit Geld?«

»Auch. Aber hauptsächlich im Gebet.«

Na gut. Ich war schon in Panik gewesen, dass wir von seinem Gehalt auch noch einen Haufen Obdachloser mitfinanzieren mussten, denn ein kurzer Vergleich zwischen unseren Gehaltszetteln ließ mich erblassen. Immerhin überzeugte ihn die Diskrepanz unserer monatlichen Einkommen, wo ich eindeutig die Nase vorne hatte, dass wir uns das Jawort wohl vor dem Herrn, nicht aber vor einem Standesbeamten geben würden.

Einzig die Tatsache, dass ich mich mit Alma versöhnte, ließ

eine gewisse Vorfreude auf das Fest in mir aufkommen. Was mir diese bevorstehende Verehelichung nämlich schmerzlich vor Augen geführt hatte, war mein Mangel an Freundinnen. Ich hatte schon in der Schule nie viele gehabt, die ewigen Streitereien, wer wessen beste Freundin war und wer bloß die zweitbeste, ging mir auf die Nerven. Alma und ich waren auf derselben Wellenlänge, das war genug. Wir ergänzten uns auch vom Charakter her prächtig. Während sie immer die Mutigere gewesen war, die auf Regeln pfiff, war ich mit Diplomatie ausgestattet, was ihr abging.

Um ehrlich zu sein: Auch wenn wir im Streit auseinandergegangen waren, sie fehlte mir schrecklich. Keine Neuigkeiten aus der Großstadt. Keine unterhaltsamen Gespräche über Kunst, Mode oder Männer. Das hatte auch Tereza nicht kompensieren können.

Ich brauchte drei Anläufe, bis ich den Mut fand, sie anzurufen.

»Hallo, Schätzchen. Wie geht's?«, sagte sie, als ob nie etwas zwischen uns gestanden hätte.

»Geht so, ja. Und du?«

»Auch so. Du weißt ja. Eine feste Beziehung ist halt nicht nur Honigschlecken.«

»Wem sagst du das«, seufzte ich. »Apropos feste Beziehung. Ich werde wieder heiraten.«

Sie war völlig von den Socken, überhaupt, als sie mitbekam, wen ich zu ehelichen gedachte. »Du solltest ihn eigentlich kennen«, sagte ich. »Es ist der Kriminalinspektor, der Hermanns Tod untersucht hat, weißt du noch?«

»Was? Dieser untersetzte Kerl mit dem schlechten Atem?«

»Du, der hat mächtig abgenommen«, schwärmte ich. Das stimmte ja auch. Krampfhaft dachte ich nach, mit welcher von Antons Eigenschaften ich noch bei Alma punkten konnte. Aussehen und Vermögen würden sie nicht beeindrucken können. Was hatte mein Verlobter denn für Vorzüge?

»Er ist ein ganz lieber Kerl«, sagte ich. »Trägt mich auf Händen. Und er wird mich nicht betrügen.«

»Ist ja auch was wert«, sagte Alma wenig begeistert. Dennoch war sie Feuer und Flamme, als ich sie bat, mir die Brautjungfer zu geben.

»Ist doch klar, Helene. Ich wäre beleidigt gewesen, wenn du eine andere gewählt hättest.«

Ich freute mich riesig auf ein Wiedersehen. Alma würde die Hochzeitsgesellschaft ordentlich aufmöbeln. Außerdem war ich unendlich froh, dass sie mir nicht mehr grollte. Mit keinem Wort hatte sie Absichten bezüglich einer Vaterschaftsklage erwähnt. Mit einem betuchten Anwalt an ihrer Seite hatte sie das ja auch gar nicht mehr nötig.

Dass Alma mir dann bei meiner eigenen Hochzeit die Show stehlen würde, konnte ich ja nicht ahnen. Wobei ich ihr das gar nicht groß vorwerfen will. Sie war nicht die Einzige, die mir die Stimmung vermasselte.

Da war zum Beispiel dieser schreckliche Mensch, den Mama mir ohne Vorwarnung am Morgen meiner Hochzeit präsentierte.

»Es macht dir doch nichts aus, dass ich einen Begleiter mitgebracht habe«, sagte sie mit ihrem mir so verhassten Lächeln, das mir ohnehin keine Alternative ließ. So musste ich für diesen Drazen Persilovic, oder wie immer er hieß, die Tischordnung komplett umkrempeln und den armen Hartinger, den ich an meiner Seite vorgesehen hatte, zu Gabi setzen. Auf den einzigen Platz, der frei geblieben war, weil ihr Rollstuhlvater kurzfristig abgesagt hatte. Und nun musste sich der Hartinger mit einer sabbernden Tischdame abplagen, und ich hatte einen höhensonnengebräunten Prolo neben mir sitzen, der sich für den größten Casanova auf Gottes Erdboden hielt und Mama und mir abwechselnd Honig ums Maul schmierte. Mama genoss es sichtlich, während ich mich für Honig noch nie hatte erwärmen können, egal, ob in feststofflicher oder verbaler Form.

Sie hatte diesen vermeintlichen Haupttreffer in einer seriösen Partnervermittlung für Singles mit Niveau gewonnen. Mit Liselottes Hilfe hatte sie ein phänomenales Profil erstellt, sodass sie sich seither vor Verehrern kaum mehr retten konnte. Warum sie sich dann ausgerechnet für diesen aufgeblasenen Heini entschieden hatte, konnte ich nur schwer nachvollziehen. Vermutlich war es die Tatsache, dass er ein Hotel in Dalmatien besaß und dazu noch eine Yacht, auf die er uns im nächsten Sommer einladen wollte.

Ein weiterer Punkt, der mich auf die Palme brachte, war die Musik. Anton hatte, ohne meine Zustimmung einzuholen, eine Polizeikapelle engagiert, welche uns dann diverse Märsche blies. Einzig die Sängerin, eine Leihgabe aus der Musicalszene, brachte ab und zu angenehmere Töne in das Gedudel.

Trotzdem hätte ich am Abend gerne getanzt, denn im Grunde genommen war mir da vorne in meiner Poleposition schlicht und einfach langweilig. Emma, mit der ich ein paarmal im Takt gehüpft war, hatte ich bereits zu Bett gebracht, sie wurde von Liselotte gesittet. Eine Aufgabe, die eigentlich meiner Mutter zugedacht war. Aber die hatte ja nun ihren Gigolo, der sie schwülstig über das Parkett schwang und dabei sowohl ihr als auch mir die Farbe ins Gesicht trieb – aus verschiedenen Gründen. Neben der Höflichkeit ist ja auch das Fremdschämen eine Eigenschaft, die ich höchstens in einer langwierigen Psychotherapie loswerden könnte.

Während die fröhlicheren Gäste das Tanzbein schwangen, musste ich mit meinem frisch Angetrauten zum Tisch der christlichen Polizisten, wo man mir einstimmig zu meiner großartigen Wahl gratulierte und einen Einblick in das karitative Werk des Vereins gewährte.

Besonders fesselnd fand ich die Geschichte eines weiblichen Mitglieds der Truppe, das einem todkranken Nachbarn völlig selbstlos eine Niere gespendet hatte. Kurz darauf erkrankte jedoch die Tochter der Frau an Leukämie und blickte nach einem Nierenversagen dem Tode ins Auge. Wie gerne hätte sie dem armen Kind ihre zweite Niere gegeben! Daraufhin setzte der wieder genesene Nachbar alle Hebel in Bewegung, organisierte mithilfe der CPV einen Nierenspender für das Kind und konnte sich so für das großzügige Geschenk revanchieren. Mit den Worten: »Da kann man sehen, wie der liebe Gott wahre Menschlichkeit tausendfach zurückzahlt«, beendete die Dame ihre beeindruckende Geschichte einer Wanderniere. Anton applaudierte.

»Der Herr hat's gegeben, der Herr hat's genommen«, sagte ich, um auch etwas Religiöses beizutragen, und gähnte unauffällig.

Als dann noch Alma mit dem Hartinger eine Tanzshow abzog, reichte es mir. Es hätte mein Tag werden sollen, und wer war im Mittelpunkt gestanden? Erst Mama und ihr Galan. Dann Gabi, als sie einen hysterischen Anfall kriegte, weil Mama den Brautstrauß fing und nicht sie. Und zum Schluss Alma und Norbert. Die beiden hätten auch ohne Training die »Dancing Stars« gewonnen. Selbst der letzte Walzer meines »schönsten Tages« gehörte Alma. Warum hatte mir der liebe Gott seinerzeit nicht diesen begnadeten Tänzer zum Ermitteln geschickt statt dieses Weicheis, das an meiner Seite klebte und meine Hand nicht mehr losließ? Eng umschlungen walzten die beiden das Fest bis zur Neige aus. Und mein Gatte interessierte sich für Nierenspender.

War es da verwunderlich, dass ich am nächsten Morgen etwas ruppig reagierte, als Alma rosig zum Frühstück erschien? Wir hatten uns alle gleich im selben Gasthaus einquartiert, um das Fest nicht zu abrupt enden zu lassen.

»Na, Schätzchen, wie war die Hochzeitsnacht?«, fragte sie.

»Wie soll sie schon gewesen sein?«, antwortete ich patzig. »Himmlisch natürlich.«

»Dann haben wir ja was gemeinsam«, sagte sie, während sie ihr weiches Ei löffelte. Ihr Lächeln war eindeutig zweideutig.

»Was sagt denn dein Wolfgang dazu?«

Alma ließ sich ihre gute Laune nicht verderben. »Der wird es nicht erfahren, Schätzchen. Seitensprünge können außerdem eine eingetrocknete Beziehung beleben. Also wird auch er davon profitieren«, erklärte sie und biss kräftig in ihren Kornspitz.

Aha! Wie lange war sie mit diesem Typen zusammen? Ein knappes Jahr? Und schon war ihre Beziehung eingetrocknet? Meine Erfahrungen bezüglich Seitensprüngen hatten mich außerdem etwas anderes gelehrt. Immer wenn Hermann eine Neue hatte, war ich die Einzige, die in der Folge austrocknete.

Überhaupt war Hermann an allem schuld. Hätte er seinen

aushäusigen Sexualtrieb besser gezügelt, wäre uns allen diese Situation erspart geblieben! Leider konnte ich ihn nicht mehr umbringen – und den Moravec nicht genug hassen. Er war einfach zu verliebt! Nach dem offiziellen Vollzug unserer christlichen Ehe erklärte er mir mit geröteten Wangen, dass ich mir keine Sorge machen müsse, er habe auf die Morgengabe nicht vergessen, sie warte zu Hause auf mich.

Ich wollte keinen Stellvertreterkrieg mit Alma beginnen, jetzt, wo wir uns wieder vertrugen, also nahm ich mich zusammen, als die Männer im Frühstückssaal erschienen und sich zu uns setzten. Beide machten einen höchst zufriedenen Eindruck. Alma grinste Norbert an. Der vermied es, mir ins Gesicht zu schauen. Anton befeuchtete meine Lippen mit einem Kuss. Bei ihm würde ich nie austrocknen, kam es mir in den Sinn. Sonderlich tröstlich war dieser Gedanke auch nicht.

»Ihr müsst mich unbedingt einmal im Weinviertel besuchen kommen«, sagte Norbert, der es schon eilig hatte, nach Hause zu kommen. Ob wohl auch so eine ausgetrocknete Beziehung auf ihn wartete?

War ja auch egal. Einer nach dem anderen verließen sie mich, und am Ende des Tages stand ich wieder alleine da. Mit Emma und dem Moravec. Und mit Gabi.

8. Jenseits der Schwelle

Anton bestand darauf, mich über die Schwelle zu tragen. Draco bellte, und Emma weinte, weil sie nicht verstand, was los war. Und auch nicht, warum wir nicht nach Hause fuhren.

»Wir sind jetzt hier zu Hause«, sagte ich und versuchte dabei, einen Seufzer zu unterdrücken. Sie akzeptierte die Erklärung sowieso nicht. Kein Wunder. Ihr Zimmer war nichts weiter als eine Abstellkammer zwischen unserem Schlafzimmer und dem Bad. Nicht einmal für Draco war genug Platz dort. Den musste ich ins Wohnzimmer verbannen, wo er vor der Terrassentür ein Eckchen zugesprochen bekam. Ich sah dem schon jetzt skeptisch entgegen. Bei jedem Vögelchen, das sich in die Nähe des Fensters bewegte, würde er anschlagen. Von einer Katze gar nicht zu reden. Aber überall sonst wären wir über seinen großen Korb gestolpert. Für Emmas Spielsachen musste Antons DVD- und Videosammlung weg. »Wir werden eben streamen müssen wie andere moderne Menschen«, sagte ich. »Aber mein Kind ist nicht Harry Potter. Wenn Emma schon in einer Besenkammer schlafen muss, dann soll sie wenigstens zum Spielen einen angemessenen Platz in der Familie bekommen. Ein Kind muss sich entfalten können!«

Das sah Anton immerhin ein. »Aber jeden Abend wird aufgeräumt!«, grummelte er. Das soll dann derjenige erledigen, den die Unordnung am meisten stört, dachte ich bei mir, behielt den Gedanken aber besser für mich.

»Komm, wir gehen in den Garten«, sagte Anton aufmunternd zu seinem Stiefkind. »Die Mama kocht uns in der Zwischenzeit einen Kaffee.« Er zwinkerte mir zu und lotste Emma in den Garten. Draco trottete neugierig hinterher.

Ich schleppte mich also enthusiastisch in diese leuchtend gelbe Traumküche, überlegte kurz, ob ich hier herinnen vielleicht eine Sonnenbrille tragen sollte, dann suchte ich die Kaffeemaschine. Da fiel es mir wieder ein, dass man in diesem Hause ja Filterkaffee bevorzugte. Eine ordentliche Espressomaschine, mit der man per Knopfdruck zu seinem Wunschkaffee kam, das war das Erste, was ich anschaffen musste. Wenigstens wusste ich noch aus Studentenzeiten, wie man Filterkaffee zubereitete. Es dauerte eine Weile, bis ich checkte, dass ich einen Topf mit Wasser dafür aufsetzen musste, denn ich entdeckte weder eine Filtermaschine noch einen Wasserkocher.

Endlich hatte ich das Wasser zum Kochen gebracht, da hörte ich Dracos aggressives Bellen und Emmas Schreckensschrei. Panisch lief ich nach draußen. Anton hatte Draco am Halsband gepackt, und Emma versteckte sich hinter seinen Beinen. Er redete beschwichtigend auf jemanden ein, aber nicht auf Emma, wie ich zunächst vermutet hatte, sondern auf Gabi, die auf ihrer Seite des Zauns stand und mit den Armen fuchtelte.

»Was ist los?«, rief ich.

Emma lief mir weinend entgegen. »Kokodil. Da. Kokodil!« Sie zeigte auf Gabis Kopf, der zwischen den Buchsbaumpflanzen durchschaute. Trotz der Aufregung musste ich grinsen. »Das ist kein Krokodil, Schatz. Das ist eine ganz gewöhnliche Frau, unsere Nachbarin. Sie war sogar auf unserer Hochzeit. Schon vergessen? Wir müssen ihr Guten Tag sagen.«

Emma wollte partout nicht mit an den Zaun.

»Die Frau tut dir nichts, sie ist nicht gefährlich«, flüsterte ich. Dass das nicht stimmte, konnte ich zu diesem Zeitpunkt ja noch nicht ahnen.

»Ist Gabi eine Hexe?«, flüsterte Emma. Auch hier sollte Emmas kindlicher Instinkt recht behalten. Aber ich naive Mutter sagte: »Nein, Kind. Hexen gibt es nur in Märchen. Sie sieht nur so aus.«

Emma schüttelte den Kopf, ging aber schließlich doch mit bis zum Zaun.

»Draco, sitz!«, befahl ich meinem Hund, der sich von Anton nur schwer bändigen ließ.

»Hallo, Gabi!«, sagte ich höflich und streckte ihr meine Hand entgegen, was sie unhöflich ignorierte.

»Der Hund muff weg!«, fauchte sie. Ihre Stimme zitterte mit ihrem Kopf synchron mit.

101

»Er tut nichts«, sagte ich irritiert und zog meine Hand zurück, um Draco zu streicheln. Dieser hatte sich brav zu meinen Füßen niedergelassen, wie ich es ihm befohlen hatte. »Er ist abgerichtet«, betonte ich.

Gabi ignorierte mich daraufhin komplett und richtete ihre Worte exklusiv an Anton.

»Du läfft ein Monfter in dein Hauf, Morli?«, sagte sie. »Daf ift ein Kampfhund. Der wird unf alle inf Unglück ftürpfm. Wenn er meinen Hühnern pfu nahe kommt, mach ich ihm den Garauf. Dann beifft er inf Graf!«

Ich musste mich kurz abwenden, um ihr nicht ins Gesicht zu lachen, denn unglücklicherweise sprang meine plastische Phantasie an und zeichnete mir ein Bild, in welchem Gabi ihre Krokodilszähne ins Gras grub.

»Du hältst Hühner?«, fragte ich, um von meiner munteren Stimmung abzulenken. »Ich wusste gar nicht, dass man in so kleinen Siedlungen Nutzvieh halten darf.«

»Fwampfig Ftück«, sagte sie stolz. »New Hampfhire.«

Mein scheinbares Interesse ließ ihr Zittern langsam abklingen. »Willft du fie fehen?«

»Besser ein anderes Mal«, mischte Anton sich ein. »Wir sind gerade erst angekommen. Möchtest du vielleicht einen Kaffee mit uns trinken, Gabi?«

Ich sah ihn vorwurfsvoll an. An unserem ersten Tag im gemeinsamen Heim schon Gäste? Auch so einer, der sich das Leben durch falsche Höflichkeit erschwerte.

Immerhin wusste Gabi, was sich gehörte, und lehnte dankend ab. Sie müsse sich um ihren Vater kümmern.

Der Dampf schlug uns schon entgegen. Verdammt! Ich hatte völlig auf das Wasser vergessen. Anton schnappte sich einen Lappen und zog den Topf vom Herd.

»Den kannst du vergessen. Vierzig Jahre hat er gehalten«, murrte er. Die Hitze hatte ein Loch in den hübschen Emailtopf gebrannt.

»Wenigstens hast du nicht gleich die ganze Küche abgefackelt«, meinte er erleichtert. Ich äußerte mich nicht zu diesem

Thema. Weder am geblümten Geschirr noch an der Resopalküche war mir viel gelegen.

»Hast du sie schon entdeckt?«, fragte Anton plötzlich. Sein besorgter Gesichtsausdruck war einem Strahlen gewichen.

»Was hab ich entdeckt?«

»Deine Morgengabe!«

Ach ja. Darauf hatte ich komplett vergessen. Hermann hatte mir die Perlenkette schon in der Hochzeitsnacht umgehängt.

»Nein, hab ich nicht«, sagte ich und schenkte ihm ein erwartungsvolles Lächeln. »Wo ist sie?«

»Du stehst doch direkt davor, Schatz«, sagte er.

Es brauchte noch eine Weile, bis ich schnallte, dass er den Geschirrspüler meinte. Nicht, dass ich nicht froh gewesen wäre, mir in Zukunft das händische Spülen zu ersparen, aber als Morgengabe hätte ich mir schon ein etwas persönlicheres Geschenk, etwa in Form von Geschmeide, erwartet. Ich unterdrückte meine Enttäuschung und umarmte ihn, damit er mein Gesicht nicht sehen konnte. Immerhin war Anton Kriminalist und ein geschulter Verhörtechniker, der sich mit Mimik eigentlich auskennen sollte.

Dafür übernahm er das Kaffeekochen. Vermutlich, damit nicht noch ein hübsches Töpfchen draufging.

»Na, Morli«, sagte ich, als wir uns den Filterkaffee mit ein paar Keksen, die wir von der Hochzeit gerettet hatten, erträglicher machten. »Warum hast du mir deinen hübschen Kosenamen verschwiegen?«

Anton wurde rot. »Ach, so haben mich meine Eltern genannt. Und nachdem Gabi oft bei uns war, hat sie das halt beibehalten.«

»War die immer schon so hysterisch?«

»Meine Güte«, sagte Anton. »Sie ist eine arme Haut. Die bedrückende Situation mit ihrem gelähmten Vater. Diese Bürde trägt sie praktisch seit ihrer Kindheit mit sich rum.«

»Seit wann sitzt er denn im Rollstuhl?«

»In meiner Erinnerung schon ewig. Gerlinde – also Gabis Mutter – wollte gerade wieder arbeiten gehen. Das hat sie dann vergessen können. Du kannst dir vorstellen, dass die Stimmung in dem Haus nicht gerade prickelnd war. Deswegen war Gabi auch viel lieber bei uns. Tja, und dann stirbt ihr auch noch die Mutter viel zu früh weg, und sie muss die Pflege übernehmen. Es fällt halt nicht jeder auf die Butterseite des Lebens, Helene«, beendete Anton seine Predigt.

Gut. Ich war redlich zerknirscht und würde von nun an Mitleid mit Gabi haben, versprach ich.

Dieses Versprechen einzuhalten, war mir dann, als unsere nachbarlichen Beziehungen sich vertieften, leider nicht dauerhaft möglich, weil ich meine mangelnde Kochexpertise bald nicht mehr verschleiern konnte.

Anfänglich nahm Anton mir die Ausrede ja noch ab, dass Emma halt am liebsten Fischstäbchen aus dem Rohr oder Lasagne aus der Mikrowelle wollte. Ich stellte auch immer vorsorglich ein Schüsselchen Salat mit auf den Tisch, wegen der Vitamine. Grünzeug gab es ja vorgewaschen und geschnitten im Supermarkt, meist gleich mit der passenden Salatcreme dazu. Voilà!

Als er jedoch einmal dezent anfragte, ob ich nicht mehr im Repertoire hätte, tat ich gekränkt. »Warum isst du nicht in der Kantine wie die meisten Kollegen?«

»Ach, Schatz«, seufzte Anton. »Mein Job bringt es ja mit sich, dass ich von vorneherein sehr oft weg bin. Das gemeinsame Mittagessen – wenn ich mich denn überhaupt freimachen kann – wäre halt eine super Gelegenheit, sich öfters zu sehen. Wozu wohne ich praktisch um die Ecke?«

Ja, wozu?

Ich persönlich fand, dass Anton über reichlich Freizeit verfügte. Durch ein komplexes Wechseldienstschema war er zwar mal länger am Stück im Dienst, aber dann hatte ich ihn auch wieder zwei Tage en suite am Hals. In den Fernsehkrimis sind die Ermittler ja praktisch nie zu Hause, was auf ihn leider nicht zutraf.

»Wir sind halt alle Gewohnheitstiere«, rechtfertigte er sich. »Und so bin ich es eben gewöhnt, mittags nach Hause zu fahren, so oft es geht. Früher hat Mama gekocht, und als sie starb, bin ich dann zu Gabi rüber.«

Na, dann geh doch zu deiner Gabi, wollte ich schon sagen, als ein plötzliches Aufstrahlen in seinem Gesicht mich davon abhielt. Ich konnte ihm direkt ansehen, dass er eine Eingebung hatte. Wäre ich religiös gewesen wie er, hätte ich an eine Erleuchtung gedacht. Leider wollte er sich nicht mitteilen, und so kam er dann ein paar Tage später mit dieser Überraschung daher, die mir echt sauer aufstieß.

»Das ist von Gabi. Sie wünscht dir gutes Gelingen.«

Er drückte mir eine Ringmappe aus Zirbenholz in die Hand und strahlte.

»Was ist das?«, fragte ich verdattert.

»Gabi hat eine Haushaltsschule gemacht, und ich hab sie gefragt, ob sie da nicht was hat, was man schön nachkochen kann. So detailliert beschrieben in kleinen Schritten.«

»Damit es selbst eine Idiotin wie ich auf die Reihe kriegt? Deppensicher quasi?«

Mein Puls schnellte in die Höhe. Gleich würde ich explodieren, das kannte der Morli jetzt schon von mir.

Was hab ich nur wieder falsch gemacht, sagte sein unglücklicher Gesichtsausdruck. Der Mann war so ein Einfaltspinsel!

»Anton! Wie kannst du mit Gabi meine Kochkünste diskutieren! Weißt du, wie erniedrigend das für mich ist? Nächstens beschwerst du dich bei ihr, dass ich am Abend zu müde bin oder Migräne habe?«

Aua! Morli zog ein tiefes Gesichtsrot auf. Er würde doch nicht tatsächlich …?

»Aber wo denkst du hin, Schatz«, stotterte er. »Ich dachte, ich mache dir eine Freude. Ich hab Gabi erklärt, du kannst nur so elitäres Zeug kochen. Was man so isst in deinen Kreisen. Aber ich hab halt lieber Hausmannskost. Ebensolche Sachen, die sie so gut beherrscht. Da hat sie sich wahnsinnig gefreut und mir versprochen, dass sie meine Lieblingsrezepte für dich zusammenstellt. Da ist doch nichts Böses dran, Schatz.«

Etwas versöhnt warf ich einen Blick auf die Rezepte. Fein

säuberlich geordnet nach Suppen, Salaten, Fleisch, Geflügel und so fort. Mit genauen Maß- und Zeitangaben versehen. Sogar Einkaufszettel waren angehängt. Das war ja mal cool. Da würden wir nicht eine Woche lang Reis essen müssen, weil ich mich beim Abmessen etwas verschätzt hatte. Es mutete wirklich alles recht einfach an. Mit schematischen Zeichnungen und Tipps, wie man etwa Zwiebeln schneiden sollte, welche Messer wofür geeignet waren, welcher Topf für welches Gericht.

»Na gut«, sagte ich willig. »Ich werd es versuchen.«

Ich hätte wissen müssen, dass von Gabi nichts Gutes kommt!

9. Desperate Housewife

Und so band ich mir von nun an täglich eine von Antons hübschen Schürzen um und machte mich ans Werk. Sogar eine Waage mit Grammeinteilung legte ich mir zu, um ja die richtigen Mengen der Zutaten hinzukriegen. Ein Apotheker hätte seine Freude an mir gehabt. Und doch wollte das mit dem Kochen nicht so richtig klappen. Mal war eine Suppe so versalzen, dass ich nach jedem Löffel ein Glas Wasser nachspülen musste. Der Spinat tropfte noch aus dem Strudel, als ich ihn servierte, und der Teig ließ sich nur mit viel Zungenakrobatik vom Gaumen lösen. Ein andermal war das Fleisch roh, obwohl ich es auf Zentimeter genau abgemessen und auf die Sekunde genau aus der Pfanne gefischt hatte. Mit einer Zange, damit ich mit den brutalen Zinken einer Fleischgabel nicht die zarten Fasern verletzte. Anton schluckte alles ohne Murren, wenn auch mit deutlicher Anstrengung hinunter. Wenn ich meiner Verzweiflung Ausdruck gab, meinte er nur: »Das wird schon, Schatz. Es ist noch kein Meister vom Himmel gefallen.«

Eines Nachmittags kam Gabi mich besuchen. Sie hatte einen Schokokuchen dabei, deshalb ließ ich sie herein. Den armen Draco musste ich einstweilen ins Schlafzimmer verbannen, allein seine Anwesenheit verursachte ihr Gesichtszuckungen. Das konnte ich weder verantworten noch ertragen, denn dann flippte Emma aus, die noch immer nicht sicher war, ob Gabi nicht doch ein Krokodil oder eine Hexe war. Der Hund bekam dafür später ein tröstliches Leckerli und Emma und ich einen himmlischen Kuchen.

»Und wie geht'f dir mit dem Kochen?«, fragte sie, nachdem ich ihr voller Stolz einen Cappuccino aus meinem brandneuen Kaffeevollautomaten serviert hatte, der eine Barista vor Neid hätte erblassen lassen.

»Sehr gut, ehrlich. Mein Mann ist begeistert. *Fast* so gut wie bei dir, sagt er.« Solche kleinen Lügen glitten mir ja seit meiner

Diplomatenehe wie Butter von den Lippen. Bei Gabi erreichten sie allerdings nicht die gewünschte Wirkung wie im diplomatischen Corps. Statt eines erwarteten Strahlelächelns warf sie mir einen verdutzten Blick zu, was wiederum mich irritierte. Was hatte sie denn erwartet? Dass ich ihr auf die Nase binden würde, dass mit meinem hausfraulichen Gefühl was nicht stimmte? Hatte ich mich nicht überschwänglich genug für die Rezeptsammlung bedankt? Diese einfach gestrickte Frau gab mir Rätsel auf.

Da ich es mir nun mal in den Kopf gesetzt hatte, dass Gabi mir leidtat, versuchte ich es noch einmal mit einer Schmeichelei.

»Das ist so ziemlich der beste Kuchen, den ich je gegessen habe!«, zeigte ich mich begeistert. In diesem Fall musste ich ja auch nicht einmal extrem schummeln, höchstens ein klein wenig übertreiben. Seit Terezas Zeiten hatte ich nicht mehr so köstliches Gebäck auf der Zunge gehabt. Ich seufzte bei jedem Bissen.

Gabis Oberlippe rutschte nach oben. Das sollte wohl ein Lächeln sein. »Fachertorte«, sagte sie. »Kein gewöhnlicher Fokokuchen.«

»Das Rezept. Finde ich das auch in deiner Sammlung?«

»Nein«, sagte Gabi. »Daf ift auf dem Grofen Facher-Kochbuch. Ift ein ziemlicher Wälpfer, aber ein echter Klaffiker, fag ich mal. Hat fon meine Mutter drauf gekocht.«

»Schade, ich bin sicher, der Morli wäre begeistert davon.«

»Ich laff dir fowiefo ein Ftück da für ihn. Aber natürlich kann ich dir ein Foto ficken von der Repfeptur, auf Whapfapp, wenn du möchteft. Nur die Glafur. Die mach ich nicht felber. Pfiemliche Herumpampferei. Kriegft du aber in jedem Fupermarkt.«

So weit war es also schon gekommen mit mir. Ich tauschte mit meiner Nachbarin Kuchenrezepte aus!

Am Abend hatte sie es auch schon gepostet. Gleich am nächsten Tag spuckte ich in die Hände. Wär doch gelacht, wenn ich dem Anton nicht auch einmal einen himmlischen Kuchen auftischen könnte. Das nachbarliche Vergleichsstück, das für ihn bestimmt gewesen war, hatten Emma und ich schon verdrückt, bevor er zu Hause war.

Wie bei all den anderen Gerichten zuvor konnte die Kopie dem Original leider nicht das Wasser reichen. Die Torte war steinhart, wenig süß und außen stellenweise stark verbrannt. Nur die Fertigglasur war einwandfrei.

»Vielleicht liegt es am Ofen?«, versuchte ich mich zu rechtfertigen.

»Der Kuchen ist genießbar«, sagte Anton, während er die verkohlte Kruste abkratzte. »Mit ein wenig Schlagobers rutscht er auch tadellos hinunter. Die Schokoglasur ist auch lecker. Der Wille steht fürs Werk!«

»Tut er nicht!«, rief ich zornig. Seine mitleidigen Tröstungsversuche frustrierten mich ebenso wie die Tatsache, dass ich es einfach nicht hinbekam. Mein Essen sollte nicht nur genießbar sein, es sollte schmecken!

Ich begann bereits wieder damit zu liebäugeln, meinem Mann Fertiggerichte unterzujubeln. Doch dann, ein paar Tage später, kam mir der Zufall zu Hilfe.

Ich hatte eine Verabredung mit Alma im Café Bräunerhof, auf die ich mich schon sehr freute. »Schätzchen, wir sollten uns endlich wieder einmal in Wien treffen und abhängen wie in alten Zeiten. Bräunerhof. Klamotten kaufen«, hatte sie vorgeschlagen.

Es war ein bisschen wie Heimkommen. Ich blieb kurz in der Tür stehen, um den Duft des ehrwürdigen Gemäuers einzusaugen. Draco verkrümelte sich unter dem Tisch, wie er es von früher gewöhnt war. Emma war wenig beeindruckt vom Altwiener Flair. Sie stritt heftig mit mir, weil sie sich nicht ausziehen wollte. Nach ein paar vergeblichen Versuchen, ihr die Haube abzunehmen, ließ ich es bleiben. Vom Nebentisch erreichten mich schon Bemerkungen über meine inadäquaten Erziehungsmethoden.

»Das ist aber schön, dass ich Sie noch einmal sehe, bevor ich in Pension gehe«, sagte der Ober. »Immer noch Melange mit Apfelstrudel?«

»Pfuh!« Allein das Wort ließ mich erschaudern. »Die Zeiten

ändern sich«, sagte ich mit einem Augenzwinkern. »Cremeschnitte. Heute ist mir nach Cremeschnitte. Melange wie gehabt.«

Er lächelte. »Und die junge Dame?«

»Magst du einen Kakao, Emma? Oder lieber ein Eis?«

»Eis!«, rief Emma und zappelte aufgeregt mit den Beinchen.

»Tut mir leid«, sagte der Ober. »Eis gibt es hier nur für Kinder,
denen nicht kalt ist.«

»Ist nicht kalt!«, protestierte Emma.

Der Ober deutete auf ihre Haube. Emma riss sie sich augenblicklich herunter und zog sich die Jacke aus.

»Sind Sie in der Pension als Leihopa zu haben?«, fragte ich
hoffnungsvoll.

»Bedaure«, sagte er. »Voll verplant. Weltreise.« Stolz erho-
benen Hauptes ging er zur Kuchentheke.

Alma rauschte eine Viertelstunde später ins Lokal. Warf ihre
Tasche auf die Bank und ließ sich vom Ober den Mantel abnehmen. »Klein, schwarz. Kein Kuchen!«, sagte sie.

Dann musterte sie mich von oben bis unten. »Du lässt dich
gehen, Schätzchen«, sagte sie. »Wann warst du das letzte Mal
beim Friseur?«

Ich schluckte. Vor lauter Kochen hatte ich ganz auf mein
Aussehen vergessen. Aber wozu sich für den Anton stylen? Was
kümmerte mich ein bisschen Spliss, wenn nur er meine Haare
zu sehen bekam? Und meine rissigen Fingernägel, die zeugten
ja nur von meiner hausfraulichen Tätigkeit. Mein Mann wollte
das doch so, oder? Ich versteckte meine Hände verschämt unter
dem Tisch.

»Der Haushalt«, murmelte ich und erzählte ein wenig von
meinen wenig erbaulichen Kocherfahrungen.

»Es geht nicht an, dass er dich so versklavt«, sagte Alma bestimmt.

»Musst du denn nicht kochen?«

»Ich bin Künstlerin, keine Hausfrau«, rief sie empört. »Das
hat Wolfgang aber von vornherein akzeptiert. Wir haben eine
Haushaltshilfe. Kann ich dir nur empfehlen.«

»Ich weiß nicht, ob ich eine farbenblinde Kraft finden kann, die meine Küche aushält«, meinte ich wenig optimistisch. »Wo ist eigentlich Hermann? Wird der auch von der Haushaltshilfe betreut?«

»Nö«, sagte Alma. »Eine Tereza ist sie leider nicht. Aber er geht jetzt in den Kindergarten. Tut ihm total gut. Und mir auch. Solltest du dir für Emma auch überlegen. Ein Kind braucht Kinder um sich.«

»Ach, ich weiß nicht so recht«, meinte ich. »Für sie ist ohnehin alles neu. Und ich will sie eigentlich auch noch gar nicht hergeben.«

»Wie du meinst«, sagte Alma. »Aber dann hättest du wieder Zeit für den Friseur – und wir könnten ungestört unseren Kaffee trinken.« Sie sprang hektisch auf. Emma hatte mein Glas umgeworfen. Das Wasser ergoss sich direkt über Almas Hose.

»Sorry. Damit müssen wir die Shoppingtour auf ein andermal verschieben«, sagte Alma. »Ich muss aus dem nassen Zeug heraus.« Sie drückte mir einen Kuss auf die Wange und schnappte sich Mantel und Tasche.

»Übrigens«, sagte sie, während sie in den Mantel schlüpfte. »Das hab ich dir noch gar nicht erzählt. Wir fahren in die Karibik. Drei Wochen!«

»Oh! Viel Spaß!«, stammelte ich. Ich war garantiert käseweiß vor Neid. Karibik! Warum konnte mich nicht ein stinkreicher Anwalt erpressen? Nein. Es musste dieser spießbürgerliche Polizist mit der feuchten Lippe sein!

»Gib sie in den Kindergarten«, rief Alma mir über die Schulter zu und winkte.

Statt mit Alma die Innenstadtboutiquen unsicher zu machen, ging ich übel gelaunt mit Emma in den nächsten Buchladen, um ihr Buntstifte zu besorgen. Die Malutensilien waren ganz hinten im Geschäft, und so musste ich an diversen Bücherregalen vorbei. Mit Erstaunen stellte ich fest, dass die Abteilung der Kochbücher gigantisch war. Waren eigentlich alle außer mir Kochfreaks? Ich ließ meinen Blick abschätzig durch die Regale wandern. Doch halt! Was sah ich da stehen? Das Große Sacher-

111

Kochbuch! Noch dazu im Angebot. Wenn das kein Wink des Schicksals war. Schwupp wanderte das schwere Ding in meinen Einkaufskorb. Mein erstes selbst erworbenes Kochbuch. Ich wusste nicht so recht, ob ich darauf jetzt stolz sein sollte oder nicht.

Mein Mann war jedenfalls hocherfreut, als ich es ihm am Abend präsentierte. Endlich hast du was Vernünftiges gekauft, las ich in seinen Augen.

Während er sich im Fernsehen eine packende Sendung über Aktien anschaute, blätterte ich im Kochbuch, vor allem wegen der ansprechenden Bilder. Auch Gabis Schokokuchen – Pardon: Sachertorte – war abgebildet, daneben das mir bekannte Rezept. Doch dann stutzte ich. Erst fünfzehn Minuten bei offenem Rohr. Das passte. Das hatte ich genauso gemacht. Mit einem eingeklemmten Kochlöffel. Dann bei geschlossener Backofentür weitere fünfundfünfzig bis sechzig Minuten. Bei hundertachtzig Grad auf der mittleren Schiene, stand hier. Ich hatte die Torte noch weitere hundertfünfundfünfzig Minuten im Rohr gehabt, nicht fünfundfünfzig, da war ich mir sicher. Weil ich Probleme hatte, die Zeitschaltuhr auf über zwei Stunden zu stellen. Sicherheitshalber hatte ich zusätzlich den Handywecker programmiert. Ich schnappte mein Smartphone und verglich das Rezeptfoto, das Gabi mir geschickt hatte, mit dem Original. Und da begannen die Zahnrädchen in meinem Hirn zu rattern. Denn nicht nur die Zeitangabe war falsch, auch die Angaben zur Menge von Backpulver und Zucker wichen wesentlich vom Original ab. Ich zoomte das Bild näher heran. Dieses Biest hatte tatsächlich das Rezept manipuliert. Der Kuchen sollte mir gar nicht gelingen. Das hatte System! Ich hatte zwar kein Vergleichskochbuch, aber es war klar wie Kloßbrühe: Sie hatte mich über Wochen hin verarscht, diese Schlampe. Aber ich, Helene Winter, musste ja Mitleid haben mit der armen Gabi!

»Scha-hatz!«, sagte ich. »Da stimmt was nicht mit Gabis Rezepten.«

»Muss das jetzt sein, Schatz? Es ist gerade äußerst interessant.«

»Gabi gibt mir absichtlich falsche Rezepte, Anton. Die können gar nicht gelingen, weißt du.«

Anton riss irritiert den Blick vom Fernseher. »Helene. Warum muss immer irgendjemand anders schuld sein? Du wirst es schon noch lernen. Auch Rom ist nicht in einem Tag erbaut worden.«

Es war sinnlos. Gabi war sakrosankt. Er würde mir nicht glauben, selbst wenn ich ihm die beiden Rezepte direkt unter die Nase hielt.

Na gut, Gabi, sagte ich mir. Wenn du Krieg willst, sollst du ihn haben!

10. Zickenkrieg

Am nächsten Vormittag legte ich mich auf die Lauer. Ich wusste, dass Gabi pünktlich um zehn Uhr zum Einkaufen fuhr, und so war es auch an diesem Tag. Dann durfte mein treuer Hund ran. Ich setzte Emma ganz unpädagogisch vor den Fernseher und schlich mich mit Draco über die Terrasse aus dem Haus. Ein Blick auf die Straße: Bahn frei. Ich öffnete Gabis Gartentür und ließ meinen Pitbull ins Paradies. Er brauchte nicht lange, um genug Unheil zu stiften. Die glücklichen Hühner gackerten so hysterisch wie ihre Besitzerin und stoben in alle Richtungen davon. Ich wusste, dass Draco keinem Vieh etwas zuleide tun würde, aber ein wenig Federn lassen mussten sie natürlich schon. Obendrauf hinterließ Draco garantiert hübsche Spuren in Gabis tollen Blumenrabatten.

Nach ein paar Minuten pfiff ich meinen braven Hund zurück, gab ihm ein paar Leckerli und lobte ihn überschwänglich. Dann zog ich Emma an, und zu dritt schlenderten wir seelenruhig durch die Siedlung hinaus ins Feld, den Hund vorbildlich an der Leine. Ich lobte ihn mehrmals, weil er so verlässlich war. Und es stimmte ja auch. Der Hund, den ich ursprünglich abgelehnt hatte, weil er mir von Hermann als Kindersatz aufgezwungen worden war. Der verhasste Pitbull, der mir später das Leben rettete. Er war eine der wenigen Konstanten in meinem derzeitigen Leben. Zärtlich kraulte ich ihm immer wieder seine Lieblingsstelle zwischen den Ohren. Meine Liebesbezeugungen schwappten auch auf Emma über, sodass sie ihn mehrmals umarmte. Der Hund war selig!

Am Abend bekamen wir die Rechnung serviert, mein Lieblingshund und ich. Sie hatte noch abgewartet, bis Anton vom Dienst nach Hause kam, dann stand Gabi auf der Matte. Draco musste auf die kalte Terrasse, während wir im Wohnzimmer eine hitzige Debatte führten. Gottlob war Emma schon im Bett und musste nicht hören, wie ihre Mutter sich unflätiger Worte bediente, nachdem sie von der Hexe als Hexe beschimpft worden war.

Was soll ich sagen. Mein Mann waltete seines Amtes und rügte mich auch noch vor dieser Kanaille, statt zu seiner Gattin zu stehen. »Wenn so etwas noch einmal passiert«, meinte er, »dann muss der Hund weg.«

Gabi fletschte triumphierend ihre Zähne.

»Nur über meine Leiche!«, rief ich erzürnt. »Dieser Hund ist Teil meiner Familie. Sein Status ist nicht diskutierbar.«

»Er ist ein Kampfhund und gefährlich. Wenn du ihn nicht im Griff hast, dann muss ich etwas dagegen tun«, sagte Anton und versuchte dabei sachlich und dienstlich zu wirken. »Außerdem behauptet Gabi, du hättest ihn absichtlich in den Garten gelassen. Ihr Vater hätte es durchs Fenster beobachtet.« Gabi nickte zustimmend.

Scheiße. Daran hatte ich wieder nicht gedacht, dass die Hexe ja nicht allein lebte in ihrem Kabäuschen. Leugnen zwecklos. Also Angriff nach vorne.

»Ja. Ich war zornig, weil Gabi die Rezepte, die sie mir ach so großzügig zusammengestellt hat, sabotiert hat, Anton. Die Gerichte sollten mir absichtlich misslingen. Wir essen seit Wochen ungenießbaren Schmarren, weil sie es so arrangiert hat.«

»Daf ift nicht wahr!«, flennte Gabi. »Fie lügt, Morli. Fo waf würde ich nie tun!«

Ich lief in die Küche, holte mein Sacher-Kochbuch und hielt ihr mein Smartphone unter die Nase. »Aha. Fo waf würdeft du nicht tun?«

Daraufhin versuchte Gabi, mir ins Gesicht zu spucken. Klassisches Eigentor. Durch ihren ungünstigen Vorbiss sabberte sie sich das Zeug auf die eigene Brust, wo es kein Durchkommen gab.

»Ich haffe diefe Frau und ihr frecklichef Humpfieh!«, rief sie und lief heulend davon. Anton hinterher.

Ich ließ Draco wieder herein, er gab mir etwas an Sicherheit zurück.

Ich hatte mich wieder halbwegs im Griff, als Anton eine halbe

Stunde später zurückkam. »Ich geh in die Villa zurück. Es hat keinen Sinn«, sagte ich so ruhig wie möglich.

»Du wirst nirgendwo hingehen, Helene. Ich dachte, das Thema hätten wir abgehakt.«

»Ich passe einfach nicht in diese Umgebung, Anton. Kapierst du das nicht?«, schrie ich. Mit der Ruhe war es schon wieder vorbei.

»Das ist eine Willensfrage, Helene. Du musst dich eben anpassen. Wo ein Wille ist, ist auch ein Weg.«

»Hör auf mit deinen dämlichen Sprüchen. Dein Wille geschehe? Stellst du dir so eine Ehe vor? Außerdem. Ich bin keine Hausfrau, Anton. Ich pack das hier nicht!«

»Ich hab das gerade geregelt«, sagte er stolz.

»Was hast du geregelt?«

»Dass du nicht mehr kochen musst, Schatz.«

»Aha?«

»Sie will es wiedergutmachen, Helene.«

»Du sprichst in Rätseln, Anton.«

»Ab jetzt wird Gabi für uns kochen. Was sagst du nun?« Sein Gesichtsausdruck erinnerte mich an den Tag, als ich meiner Mutter meinen ersten selbst gestrickten Schal zum Präsent machte. Voller Erwartung, dass sie mir vor Dank gleich um den Hals fallen würde.

Erst war ich sprachlos. Dann bekam mein schwachsinniger Gemahl sein Fett ab.

»Du hast sie ja nicht alle, Anton! Diese Frau kommt mir nicht in die Küche.«

»Das ist auch gar nicht nötig. Wir werden drüben essen. Immerhin ist da ja auch noch ihr Vater mit seinem Rollstuhl. Bei uns ist es nicht barrierefrei.«

»Anton. Ich will mit Gabi nichts mehr zu tun haben. Vergiss es! Du kannst gerne zu ihr essen gehen. Ohne mich!« Wenn er eine sabbernde Gabi meiner Gesellschaft vorzog – bitte gerne.

»Aber Schatz«, warf er enttäuscht ein. »Ich dachte, das wäre eine Win-win-Situation für uns alle.« Er reagierte mindestens genauso gekränkt wie ich damals, als Mama meinen Schal nicht

116

tragen wollte, weil er nicht gleichmäßig genug gestrickt war und nach Mottenkugeln roch.

»Wir kriegen frische Hausmannskost, du müsstest weder Einkauf noch Abwasch erledigen, und die beiden bekommen die Gesellschaft, die sie so dringend brauchen. Denk doch mal darüber nach. Es war doch sehr anständig von Gabi, mir das anzubieten, findest du nicht? Nachbarschaftshilfe nennt man das, Helene«, sagte er und streichelte mir die Hand. »Komm schon. Was ist so schlimm daran? Du sagst doch selbst, wie ungern du in der Küche stehst.«

Langsam fiel mein Blutdruck in versöhnlichere Gefilde. Die Sache mit der sauberen Küche, in der lediglich Frühstücksgeschirr gespült werden musste und das Schneidbrettchen für die abendliche Brotzeit, hatte ja etwas Verlockendes. Ob ich dafür Gabi und ihren Rollstuhlvater ertragen konnte, da war ich mir nicht so sicher. Während meiner minutenlangen Abwägung der Vor- und Nachteile eines solchen Arrangements fuhr mir Anton unentwegt mit der Hand über den Unterarm. Ich musste mich zu einer Entscheidung durchringen, bevor er mich bis zur Elle durchscheuerte.

»Na gut«, sagte ich gnädig. »Ich werde es zumindest versuchen.«

Beinahe wäre der Deal noch an Emma gescheitert. Als ich sie beim Frühstück fragte, ob sie in Zukunft gerne bei Gabi essen wollte, fing sie zu weinen an. »Hexe vergiftet Schneewittchen!«, schluchzte sie. Ihre schwarzen Löckchen bebten, während sie an meinem Busen schluchzte.

Ich zuckte mit den Schultern. Vielleicht war sie ja wirklich noch zu jung für Grimms Märchen, oder hatte sie einen sechsten Sinn?

Anton war sichtlich enttäuscht. »Wir können jetzt nicht mehr zurück, Helene. Ich hab Gabi schon zugesagt. Wie steh ich denn da!«

Da fiel mir Almas Idee mit dem Kindergarten ein. »Emma-Schätzchen«, sagte ich. »Möchtest du in den Kindergarten gehen wie Hermann? Dort kannst du spielen und malen und das Essen ist garantiert nicht giftig. Außerdem findest du dort sicherlich viele Freundinnen«, betonte ich.

Anton war von dem Vorschlag ebenso begeistert wie Emma.

»Und für dich ergeben sich vielleicht auch nette Bekanntschaften, Helene«, wandte er sich väterlich an mich. »Ihr Mütter habt doch sicher viele gemeinsame Gesprächsthemen.«

Ja, dachte ich. Kochrezepte vielleicht? Aber er hatte ja auch recht. Man konnte nicht genug Freundinnen haben. Zur Absicherung, falls wieder mal eine flöten ging.

11. Auf Augenhöhe

Es war tatsächlich ein Klacks, über den Kindergarten Bekanntschaften mit anderen Müttern zu schließen. Kaum dass ich
Emma ein paar Tage lang dort hingebracht hatte, wurde ich
auch schon zu einer Tupperparty eingeladen. Die junge Mutter
sah mich verdattert an, als ich sie fragte, ob es einen Dresscode
gebe. Als sie mir dann die Uhrzeit nannte, sechzehn Uhr, und
mir anbot, Emma mitzubringen, war mir sofort klar, dass es
sich nicht um eine Cocktailparty handeln konnte. Obwohl es
dann sogar eine Bowle gab. Allerdings erst nach einem länglichen Vortrag über die Vorteile von Plastikschneidbrettern und
Knoblauchpressen im neuen Design. Trotzdem schlug ich kräftig zu, als es ums Bestellen ging. Knoblauchstar und die praktische Minions-Snackbox wanderten genauso auf meine Liste
wie das Kochbuch »Köstliches aus der Mikrowelle«, von dem
ich mir einiges versprach. Die Vortragende überzeugte mich
blitzschnell, dass ich dazu passendes Mikrowellengeschirr, am
besten gleich im Set, erstehen sollte, und ein paar klassische
Rührschüsseln mit integrierter Messskala dazu. »Sie werden es
nicht bereuen«, versprach sie. Meine Gastgeberin war jedenfalls entzückt, weil ihr Umsatz durch meine Käufe so hoch
war, dass sie sogar einen Twist 'n' Shake zusätzlich zu ihren
Gastgeschenken bekam.

In der Folge wurde ich von einem Schwarm Muttis bedrängt,
zu ihren Tupperpartys zu kommen, sodass mein Terminkalender
bald voll war wie der eines Spitzenmanagers. Ich wusste nach
wenigen Wochen zwar kaum noch, wo ich die vielen praktischen
Rührlöffel und Vorratsdosen unterbringen sollte, aber so gelangte ich via Schneeballsystem in Windeseile zu einer großen
Schar an Bekanntschaften. Freundschaften entwickelten sich
daraus keine. Die Gespräche ödeten mich an, ich hatte keinerlei
Ambitionen, Vorzugsschülerin im Fach Haushalt und Familie
zu werden.

Dafür fand ich einen Freund, wo ich es am wenigsten erwartet hätte – ausgerechnet bei Gabi.

Ich hatte mir ihren Vater als einen verbitterten, griesgrämigen Alten vorgestellt, denn zu meiner Schande muss ich gestehen, dass sich unsere bisherige Kommunikation auf hingemurmelte Grußworte auf der Gasse beschränkt hatte. Dass er seine optischen Gene nicht an die Tochter weitergegeben hatte, war bedauerlich. Trotz seines Alters und des fortschreitenden Muskelschwunds konnte man deutlich sehen, dass er einmal ein attraktiver Mann gewesen sein musste. Er steckte auch nicht, wie ich vermutet hatte, in einem ausgebeulten Jogginganzug, sondern trug eine graue Flanellhose, ein weißes Hemd mit zartem Muster und eine graue Strickjacke.

»Das ist also die Hühnermörderin«, sagte er zur Begrüßung und streckte mir zittrig seine Hand hin. Seine Finger waren kalt, aber der Händedruck war fest. Sein rechter Mundwinkel hob sich dezent. Aus seinen grauen Augen blitzte der Schalk.

»Sie brauchen sich vor mir nicht zu fürchten«, sagte ich. »Ich lege selten selber Hand an. Ich hatte einen Auftragskiller.«

Er lachte schallend. Gabi und Anton fanden weder seine noch meine Bemerkung sonderlich witzig.

»Ich bin der Karl und kein Sie. Wusstest du nicht, dass man im Rollstuhl automatisch zum Kind degradiert wird, Helene?«

»Ich hatte bis dato wenig mit Menschen im Rollstuhl zu tun«, sagte ich. »Vielleicht liegt es daran, dass man sich zu ihnen hinunterbeugen muss?«

Er wiegte bedächtig den Kopf hin und her. »Das wäre die freundlichste Erklärung. Also nimm Platz, dann sind wir auf Augenhöhe.« Er bedeutete mir, dass ich mich zu ihm setzen sollte.

»Daf ift mein Plapf!«, fauchte Gabi.

»Entschuldige bitte!« Ich sprang erschrocken auf. »Ich will hier nicht die angestammte Sitzordnung durcheinanderbringen.«

Doch Karl bestand darauf. »So vergönn mir doch auch einmal eine charmante Tischdame, Gabi«, sagte er und packte mich am Unterarm, damit ich nicht weglaufen konnte. Ich warf Anton einen fragenden Blick zu. Der sah mich böse an und deutete unmissverständlich auf den freien Stuhl an seiner Seite. Also ließ ich mich wieder neben Karl nieder, schenkte meinem Mann ein trotziges und Karl mein bezauberndstes Lächeln. Gabi ignorierte ich sowieso. »Na, wenn der Hausherr darauf besteht, dann will ich nicht unhöflich sein«, sagte ich.

Anton lief rot an. Er kochte innerlich, das konnte jeder sehen. Für einen Polizisten hatte er seine Gefühle recht wenig im Griff. Aber ich wusste auch, dass er mir hier, vor Gabi, keine Szene machen würde.

»Gut«, sagte Gabi. Ihre Oberlippe war gefährlich nach oben gerutscht. »Dann darfft du ihm auch fein Fnipfl kleinfneiden und den Mund abwiffen, wenn er wieder fabbert.«

»Kein Problem«, sagte ich. »Ich habe ein Kleinkind zu Hause, da hat man das automatisiert.« Zu Karl meinte ich mit einem Augenzwinkern: »Das geht auch auf Augenhöhe, da bin ich mir sicher.«

»Na, wo sind jetzt die Schnitzel, Gabi?«, bellte Karl. Sie drehte sich abrupt um und stampfte in die Küche.

Bevor ich meinem neuen Freund aber sein Schnitzel schneiden durfte, wurde ich Zeuge eines seltsamen Rituals. Gabi stellte erst den Salat, dann die einzelnen Teller ein. Ich wollte mich schon daranmachen, Karls Fleisch bissgerecht herzurichten, da hob er die Hand. »Schiebst du mir bitte Gabis Teller herüber?«, sagte er.

»Papa!«, rief Gabi und stürzte in die Küche.

Unbeirrt bestand Karl darauf, dass ich seinen mit Gabis Teller tauschen sollte, dann erst bat er mich, das Schnitzel zu zerkleinern.

Gabi kam mit hochrotem Gesicht und einer Karaffe Wasser mit bunten Steinchen darin aus der Küche zurück.

»Papa glaubt, ich vergifte ihn«, schnaufte sie.

»Man kann nicht vorsichtig genug sein, Helene«, sagte er. »Das hat schon ihre Mutter probiert, aber sie hat erkennen müssen: mit mir nicht!«

Daraufhin wurde wiederum Anton böse, schnappte sich

Gabis Teller und schob ihr seinen hinüber. »Ich vertraue Gabi blind!«, sagte er.

»Morli, daf haft du fön gefagt«, seufzte sie, und so konnten wir endlich glücklich und zuversichtlich in unsere Schnitzel beißen.

Zu Hause fragte ich Anton, was es mit dieser seltsamen Vergiftungsgeschichte auf sich hatte.

»Ach, das ist eine traurige Sache«, erklärte er. »Ich hab dir ja erzählt, dass Gabis Mutter so früh ums Leben gekommen ist. Sie hat sich vergiftet. Und Karl hat damals behauptet, das Gift wäre für ihn bestimmt gewesen. Seitdem spinnt er, was das Essen angeht.«

»Und war da was dran?«

»Völliger Blödsinn!«, brauste Anton auf. »Sie hat die Situation nicht mehr ausgehalten. War ja nicht das erste Mal, dass sie es versucht hat. Davor hat sie sich die Pulsadern aufgeschnitten. Aber da hat Gabi sie noch rechtzeitig gefunden.«

»Und bei der Vergiftung kam sie zu spät?«

»Da war Gabi gerade auf Schulung. Drum bin ich mir ja sicher, dass Gerlinde den Suizid geplant hat.«

»Und warum behauptet Karl dann, der Anschlag hätte ihm gegolten?«

»Schätze, er wollte es nicht wahrhaben. Weil, zumindest indirekt war er ja an Gerlindes Misere mit schuld. Gerade als die Kleine aus dem Gröbsten heraus ist, da hat er diesen schweren Unfall. Ein Reh ist ihm ins Motorrad gesprungen. Von heute auf morgen sitzt sie im Haus fest, mit einem Krüppel am Hals, der Tag und Nacht gepflegt werden muss. Das ist hart. Null Perspektive. Und er weiß das.«

»Krüppel? Findest du das nicht ein bisschen krass, Anton?«

»Okay, okay. Politisch korrekt ist es nicht. Aber es war ja nicht nur seine Körperbehinderung. Er war oft garstig zu ihr. Das hab ich selber erlebt.«

»Du, wenn man von einem Tag auf den anderen plötzlich völlig abhängig ist von anderen Menschen, da muss man doch grantig werden, oder?« Ich musste einfach Partei für Karl ergreifen.

»Ich weiß nicht, Helene. Ein bisschen mehr Dankbarkeit hätte er seinen Frauen gegenüber schon zeigen können, meinst du nicht? Du hast doch selber gesehen, wie er Gabi behandelt.«

Ich ließ das heiße Thema lieber fallen. Anton war voreingenommen – und ich auch. Irgendwo dazwischen lag wohl die Wahrheit.

Gabis Verhältnis zu ihrem Vater war jedenfalls komplex. Sie tat zwar alles für ihn, ob er wollte oder nicht, aber mit wenig Liebe. Zumindest sah es nicht danach aus. Für mich machte es eher den Eindruck, sie erachtete es als ihre Pflicht. Trotzdem – oder vielleicht gerade deswegen – reagierte sie eifersüchtig, als ich Karl meine Aufmerksamkeit schenkte. Dabei ging es nicht nur um den Stammplatz bei Tisch, den ich ihr streitig gemacht hatte. Eines Tages fragte mich Karl, ob ich ihn statt Gabi spazieren fahren wolle, dann könne sie in Ruhe den Abwasch erledigen.

»Wenn du nichts dagegen hast, dass ich den Hund mitnehme«, sagte ich.

Die Blicke, die Gabi uns zuwarf, sprachen Bände. Sie half ihrem Vater weder in die Jacke noch in den Rollstuhl. Wir mühten uns redlich ab, hatten aber – zu Gabis Missfallen – großen Spaß dabei. »Hast du noch nie einen Mann angezogen, mein Gott?«, fluchte Karl.

»Nur aus, Karl. Nur aus.«

»Na, dann freu ich mich schon aufs Nachhausekommen. Vielleicht möchtest du dann auch am Abend bei mir vorbeischauen?«

»Ach, Karl, da bin ich leider schon anderweitig verpflichtet.«

Wir genossen den gemeinsamen Spaziergang. Draco mochte Karl auf Anhieb, und umgekehrt war es nicht anders.

»Als ich klein war, hatte ich eine Hündin, Sherry. Eine kleine Streunerin. Ich war untröstlich, als sie starb. Aber meine Mutter war damals schon krank und wäre mit einem Welpen überfordert gewesen«, erzählte er.

»Und später wolltest du keinen mehr?«

»Doch. Ich hab Gerlinde gegenüber einmal eine Andeutung gemacht, dass ein Hund auch für Gabi als Spielgefährte vorteilhaft wäre. Mehr hat es nicht gebraucht. ›So ein Hundsvieh macht viel zu viel Dreck, du bist nie zu Hause, und es bleibt erst wieder alles an mir hängen. Ein Hund kommt mir nicht ins Haus.‹ Und so bin ich bis heute hundelos geblieben«, seufzte er.

»Ich hätte mir freiwillig auch keinen zugelegt«, gab ich zu. Dann erzählte ich ihm Anekdoten von meinen ersten kläglichen Versuchen, Draco abzurichten, und brachte ihn wieder zum Lachen.

Als ich Karl nach einer guten Stunde zurück an seinen Stammplatz am Wohnzimmerfenster rollte, packte er plötzlich meinen Arm. »Helene«, sagte er. »So wohlgefühlt hab ich mich seit Jahren nicht mehr. Ich hab schon ganz vergessen, wie schön es ist, zu lachen.«

Dafür musste ich ihn einfach küssen. »Dann bis morgen, Karl«, sagte ich. Ein Gefühl der Freude überkam mich, als ich mich wieder aufrichtete. Endlich mal wieder jemand auf Augenhöhe!

Da konnte auch Gabis giftiger Blick nichts daran ändern.

12. Ein Hundeleben

So aufbauend meine nachmittäglichen Spaziergänge mit Karl auch waren, sie vermochten meine vormittägliche Tristesse leider nicht wettzumachen. Nicht einmal der Frühling konnte meine Stimmung heben.

Ein paarmal fuhr ich noch nach Wien, um mich mit Alma im Café Bräunerhof zu treffen. Aber nichts war wie früher. Der Ober war in Pension gegangen und durch eine blondierte Kellnerin mit Ostakzent ersetzt worden. Nichts gegen die Frau, sie machte ihren Job professionell, aber der Wiener Schmäh fehlte ihr – und in der Folge auch mir. Alma hatte sich ebenfalls verändert. Sie war fahrig und nervös, hatte immer nur kurz Zeit, musste dies und das erledigen. Zum Shoppen fehlte mir die Laune. Und wann hätte ich fetzige Klamotten auch tragen sollen? Zur Tupperparty? Ergo ließ ich es bald bleiben.

Die Langeweile, wenn Kind und Mann außer Haus waren, war allerdings ein vergleichsweise lindes Schicksal. Wirklich schlimm waren die Vormittage, an denen Anton zu Hause war.

Seit Draco nicht mehr bei Emma im Zimmer schlief, wachte sie oftmals in der Nacht auf, weinte, hatte Angst und konnte nur bei mir im Bett zurück in den Schlaf finden. Ich hatte nichts dagegen, ich genoss ihren kleinen, warmen Körper an meiner Seite. Aber Anton wähnte unsere christliche Ehe in Gefahr, und wir mussten daher die versäumten Pflichten vormittags nachholen, wenn Emma im Kindergarten war. Ein Prozedere, das ich von Tag zu Tag mehr fürchtete. Erst bohrte er seine Zunge in meinen Schlund, bis sein bester Freund so weit war, die Bohrung in meiner tiefer gelegenen Öffnung fortzusetzen. Im wahrsten Sinne des Wortes erschwerend kam hinzu, dass er über den Winter ordentlich an Gewicht zugelegt hatte. Wenn er mir endlich seinen göttlichen Samen gespendet hatte, fiel er in einen erschöpften Schlaf, und sein ganzes Körpergewicht lastete auf mir. Andere Bräuche und Stellungen, bei denen ich über ihm hätte werken können, lehnte er als obszön und unnatürlich ab. Ja, er verbot mir sogar die Pille. Nicht, weil er unbedingt ein Kind haben wollte. Einen Sohn vielleicht, aber das war nicht der Punkt. Der Verkehr war von Gott gelenkt, und wir mussten, was immer dabei herauskam, als Geschenk annehmen. Ich pfiff auf unliebsame Präsente und schluckte die Pille heimlich weiter, was den vermeintlichen Fortpflanzungsakt allerdings um nichts erträglicher machte.

Stundenlang grübelte ich nach, wie ich ihn auch abseits des Dienstes eine Zeit lang außer Haus schaffen konnte. Da fiel mir ein, dass er in Zeiten der Balz ja mit seinem Rennrad geprahlt hatte.

»Willst du dir deinen Winterspeck nicht wieder abtrainieren?«, fragte ich zielorientiert, wenn auch nicht gerade feinfühlig.

Was soll ich sagen, zumindest der Teil des Planes, dass er seine Radrunden wieder aufnahm, klappte. Dass ich ihn mir dadurch vom Leib hielt, leider nicht.

Im Gegenteil. Sobald ich Emma anzog, um sie in den Kindergarten zu bringen, schwang er sich auf den Drahtesel – und nach seiner Heimkehr wieder auf mich. Und zwar ungeduscht. Sein Argument, dass er dann ja ohnehin wieder schwitzen würde, war nicht von der Hand zu weisen, aber für mich wurde die Sache von Tag zu Tag aufreibender. Ich hatte das Gefühl, Anton integrierte die ehelichen Pflichten in sein Sportprogramm, und ich war das zugehörige Gerät. Abgesehen davon, dass ich ständig die Bettwäsche wechseln musste, stellte sich der Phantomschmerz ein, sobald ich die Bremse seines Rads in der Einfahrt quietschen hörte.

Ein wenig Erleichterung brachte mir die smarte Uhr samt Trainings-App, die ich ihm zum Geburtstag schenkte. Mit ihr konnte er nicht nur die zurückgelegte Wegstrecke, sondern auch überwundene Höhenmeter, Durchschnittsgeschwindigkeiten, Kalorienverbrauch und weiß der Teufel welche Statistiken live oder auch rückblickend auf dem Computer verfolgen und speichern. Er stellte seine Werte auch online, um seine interessierten

Kollegen und Fans an seiner Trainingsentwicklung teilhaben zu lassen.

Eine Investition, die sich nicht nur für ihn rechnete. Erstens wurden seine Runden länger, er musste ja Rekorde liefern. Zweitens konnte ich zu Hause auf meinem iPad verfolgen, wo er sich mit dem Rad befand, und wusste so zeitnah Bescheid, wann er um die Kurve kratzen würde.

Ich erwartete ihn dann bereits im Wohnzimmer, auf dem grässlichen Sofa, das ich zum Bett aufklappte. Darüber warf ich ein duftendes Badetuch, das sowohl meine Augen als auch die Geruchsknospen etwas beruhigte und mir das tägliche Bettenüberziehen ersparte. Um seine Libido zu beschleunigen, kramte ich die Reizwäsche von NKD hervor, die er mir zu Weihnachten geschenkt und die seitdem weit hinten in meinem Wäscheschrank geruht hatte. Es klappte wunderbar.

»Fünfundzwanzig Komma vier Kilometer Schnitt!«, rief er und warf sich auf mich. »Und das über sechsundsiebzig Komma drei Kilometer!«

»Du hast sicher ein Kilogramm abgenommen«, ächzte ich mit der alten Couch um die Wette, was seinen sportlichen Ehrgeiz noch mehr beflügelte. Die Federung, die zwar meinen Rücken malträtierte, unterstützte ihn tüchtig in seiner zweiten Disziplin, mich hochfrequenziös zu begatten. Wenigstens war der Zauber deutlich schneller vorüber.

Trotz der geringfügigen Erleichterung war ich unendlich froh, wenn ihn sein Dienstplan wieder einige Tage von mir fernhielt. Ich ertappte mich schon dabei, wie ich betete, dass demnächst ein Mord passierte, damit er ein paar Überstunden schieben musste. Wenn es nicht bald geschah, würde ich mich gezwungen sehen, selbst zur Tat zu schreiten.

Aber es war ausnahmsweise nicht ich, sondern Gabi, gegen die Anton Ermittlungen aufnehmen musste. Denn dann passierte die Sache mit Draco.

Als Karl mich eines Tages bedrängte, Draco zum Essen mitzubringen, weil er sich zu schwach für einen Spaziergang fühlte, benahm sich Gabi dermaßen hysterisch, dass wir beinahe die Rettung rufen mussten. Dabei hatte der Hund sie, seinem Naturell entsprechend, bloß angeknurrt.

»Du solltest einfach respektieren, dass Gabi den Hund nicht im Haus haben will, Helene. Es kann nicht immer alles nach deinem Willen gehen!«, schimpfte Anton.

Ich schnappte nach Luft. Karl ergriff meine Hand und drückte sie.

»Anton«, sagte er kalt. »Du vergisst, dass noch immer ich der Herr in diesem Hause bin. Ich hatte Helene darum gebeten, den Hund mitzubringen, weil er mir viel bedeutet. Er erinnert mich an meine glückliche Jugendzeit. Gabi hat keinerlei Mehrarbeit durch seine Anwesenheit. Sie wird sich an ihn gewöhnen, wenn sie es nur will.«

»Ich will aber nicht!«, rief sie aufgebracht und begann wieder verdächtig zu zittern.

»Sitz!«, sagte ich warnend zu Draco.

»Gut, deine Entscheidung, Gabi. Aber ich sag es dir gleich, wenn der Hund nicht mitdarf, dann brauchen Helene und Anton auch nicht mehr zu kommen.«

Karl machte eine Kehrtwende mit dem Rollstuhl, fuhr in sein Schlafzimmer und knallte die Tür hinter sich zu. Daraufhin schluchzte Gabi auf und lief davon. Draco unter dem Tisch winselte leise.

»Komm, wir gehen«, sagte ich zu ihm.

»Du bleibst!«, schrie Anton und folgte Gabi in die Küche. Ich war so verblüfft über seinen Zornesausbruch, dass ich mich widerspruchslos wieder hinsetzte.

Keine Ahnung, wie er es schaffte, Gabi umzupolen. Jedenfalls lenkte sie ein und kehrte an den Tisch zurück.

»Ich werp'f verfuchen«, sagte sie. »Anton hat gefagt, ich foll ihn als Möbelftück betrachten.«

Zu meiner großen Verwunderung akzeptierte Gabi Dracos Anwesenheit in der Folge nicht nur als Möbelstück, sie versuchte sogar, sich bei ihm einzuschmeicheln, indem sie ihm jedes Mal, wenn wir zur Tür reinkamen, ein Leckerli zusteckte. Selbst unter dem Tisch warf sie ihm heimlich kleine Bissen zu. Nach einer Weile folgte ihr Draco sogar bis in die Küche. Gerne sah ich es nicht, aber weil mir sehr an der Aufrechterhaltung der Harmonie gelegen war, ließ ich sie gewähren.

Ein fataler Fehler. Draco litt durch die vielen Extraportionen bald an Magenverstimmungen. Von Tag zu Tag fraß er weniger und hing allgemein recht lustlos herum. Eines Tages, so um die Mittagszeit, krampfte er und musste sich mehrmals übergeben.

Ich schickte Anton alleine zum Essen und fuhr mit Draco zur Tierärztin. Sie spritzte ihm ein fiebersenkendes Mittel und nahm ihm Blut ab. Draco war schon ganz apathisch.

»Kann es sein, dass er beim Gassigehen einen Giftköder erwischt hat?«, fragte die Ärztin besorgt.

Ich erschrak. »Kann ich mir nicht vorstellen«, sagte ich. »Er ist gegen Köder trainiert, aber hundertprozentig ausschließen kann ich es nicht.«

»Dann war es wahrscheinlich nur etwas Verdorbenes«, beruhigte sie mich. »Vielleicht ist es auch einfach ein Virus.«

Trotzdem wollte sie Draco zur Beobachtung in ihrer Klinik lassen. »Ich häng ihn an den Tropf und melde mich bei Ihnen, sobald ich weiß, was genau er hat und wann Sie ihn wieder holen können.«

Ich war froh, dass Draco in guten Händen war, aber von Beruhigung konnte keine Rede sein. Für mich war sofort klar, wer dahintersteckte, falls es sich tatsächlich um eine Vergiftung handelte.

Gabi rollte ihren Vater gerade durch das Gartentor, als ich mein Auto an der Straße abstellte.

»Was ist mit dem Hund?«, fragte Karl besorgt.

»Das wissen wir noch nicht sicher«, sagte ich. »Möglicherweise eine Vergiftung.« Aus den Augenwinkeln beobachtete ich Gabi. Sie zeigte keine Reaktion.

Karl war schockiert. »Ruf mich an, wenn du was Genaues weißt!«

»Anton hat dir waf pfum Effen mitgenommen«, sagte Gabi. Ich schüttelte den Kopf.

»Mir ist gerade der Appetit vergangen«, sagte ich. »Aber danke trotzdem.«

Ich schaute ihnen nach, bis sie um die Kurve verschwunden waren. Dann drückte ich die Gartentüre auf und schlich mich in Gabis Geräteschuppen. Er war nur durch einen Holzriegel von außen verschlossen. Die Tür klemmte, aber ich konnte sie mit sanfter Gewalt aufstemmen. An der linken Seite stand ein ausladendes Kellerregal. Es war verstaubt, und zwischen Töpfen und Schachteln tummelte sich so einiges an Spinnen- und Insektengetier, aber es herrschte Ordnung. An den Wänden hingen Spaten und andere Geräte. Ich drückte mich an Rasenmäher und Gartenschlauch vorbei zum Regal, sorgsam darauf bedacht, die Spinnweben nicht zu verletzen. Niemand sollte bemerken, dass hier jemand herumgestöbert hatte.

Blumentöpfe und Gerätschaften ließ ich links liegen. Es waren die Schachteln und Plastikflaschen, die mich interessierten. Es handelte sich großteils um Düngemittel. Eine angebrochene Packung Schneckenkorn stand da, sowie ein weißer Kübel mit orangem Deckel, der mir sofort ins Auge stach. Er war – im Vergleich zu den anderen Gebinden – neu, und, was ihn noch verdächtiger machte, mit polnischer Aufschrift. »Storm«, stand da in großen Lettern, darunter »Gryzki Woskowe« und eine lange Liste unverständlicher Sätze und Phrasen, die Gabi sicher nicht hätte aussprechen können. Ich griff mir einen von ihren Gartenhandschuhen und hob vorsichtig den Deckel. Ein stickigscharfer Geruch stieg mir in die Nase. Der Kübel beinhaltete blaue Pellets, die wie überdimensionierte Pillen aussahen. Ich machte ein Foto vom Eimer und seinem Inhalt. Sicherheitshalber auch von den anderen Schachteln. Dann legte ich den Handschuh wieder auf seinen Platz zurück, schloss die Gartenhütte und schlich mich zurück.

Das Präparat checkte ich im Internet. Es handelte sich um ein gängiges Rattengift, das vor allem in der Landwirtschaft verwendet wurde. Weder litt Baden unter einer Rattenplage, noch führte Gabi eine Landwirtschaft. Für den Besitz dieses Kübels gab es Erklärungsbedarf. Wenn Draco bleibende Schäden davontragen sollte, würde ich ihr das Gift höchstpersönlich ins Essen mischen!

Ich wartete, bis Emma im Bett war, dann zeigte ich Anton die Bilder aus Gabis Schuppen. »Wenn sich herausstellt, dass Draco vergiftet worden ist, dann ist sie dran, Anton.«

Anton zeigte sich entsetzt. »Das ist ja unglaublich! Wenn das wahr ist, Helene, dann ... Ich werde mich eigenhändig darum kümmern, das versprech ich.« Er sprang auf und faltete seine Zeitung zusammen, bis sie wie ungelesen vor ihm auf dem Tisch lag. »Aber wir müssen warten, was die Tierärztin sagt, Helene«, sagte er dann. »Der Besitz von Rattengift an sich ist nicht strafbar. Außerdem wissen wir offiziell gar nicht, dass sie dieses polnische Zeugs hat, Schatz. Du warst illegal in ihrem Schuppen, also können wir deine Fotos nicht als Beweis verwenden.«

»Echt jetzt? Ich mein, wir sind Nachbarn. Ich könnte mir ja einen Spaten geborgt haben und rein zufällig ...«

»Viel einfacher, Schatz. Wozu bin ich Polizist? Ich hab schließlich auch meine Beziehungen. Falls sich das mit Draco tatsächlich als Vergiftung herausstellt. – Den Hausdurchsuchungsbefehl, den würde ich kriegen«, sagte er siegessicher. »Apropos Polizist«, fuhr er wesentlich entspannter fort. »Der Hartinger hat vorhin angerufen, als du weg warst. Er würde uns gerne am Wochenende ins Weinviertel einladen. Ein Gästezimmer hat er. Was hältst du davon?«

»Ach, das kommt jetzt etwas ungelegen«, sagte ich. »Höchstens, wenn Dracos Zustand sich so weit bessert, dass wir ihn mitnehmen können, dann gerne. Ansonsten musst du alleine fahren, fürchte ich.«

»So in etwa hab ich ihm das auch erklärt. Ich werde mich bei ihm melden, sobald wir Bescheid wissen.«

Obwohl ich mir gerne ausmalte, wie Gabi bald durch die Gitterstäbe lugte, so hoffte ich doch inständig, dass Draco sich nur eine harmlose Viruserkrankung geholt hatte. Richtig daran glauben konnte ich nach meiner Entdeckung allerdings nicht.

In der Nacht wälzte ich mich schlaflos im Bett. Mein Bauch

erklärte sich solidarisch mit Draco und erinnerte mich beständig an seine Qualen.

Der Anruf der Tierärztin am nächsten Morgen brachte die niederschmetternde Gewissheit. Es täte ihr furchtbar leid, aber Dracos Zustand habe sich über Nacht dramatisch verschlimmert, sagte sie. Er habe fürchterliche Krämpfe. Seit heute Morgen sei klar, sie müsse ihn einschläfern, sie bekomme seine Blutgerinnung nicht mehr in den Griff. Ich könne aber vorbeikommen und mich von ihm verabschieden.

Anton und Emma saßen gerade friedlich beim Frühstück. Ich zitterte am ganzen Körper, als ich das Handy zur Seite legte.

»Was ist los?«, fragte Anton besorgt.

»Draco stirbt«, sagte ich. Tränen rannen mir übers Gesicht. »Es war mit ziemlicher Sicherheit Rattengift.«

Emma weinte gleich mit. Instinktiv spürte sie, dass das nichts Gutes bedeutete.

Auch Anton zeigte sich nervös. Er bot mir an, mich zu fahren, aber ich wollte ihn nicht dabeihaben. »Du musst auf Emma aufpassen. Ich kann ihr das nicht zumuten«, sagte ich und setzte mich heulend ins Auto. Dann ließ ich das Seitenfenster noch einmal hinunter.

»Wenn du nichts unternimmst, Anton, dann werde ich es tun. Es ist mir egal, dass die Fotos illegal gemacht wurden. Von mir aus zahl ich eine Strafe für Hausfriedensbruch oder weiß der Kuckuck, was es für ein Verbrechen ist, wenn man beim Nachbarn im Schuppen wühlt. Aber mit einer Analyse des Gifts werde ich sie todsicher drankriegen.«

Wie ich zur Tierklinik kam, weiß ich nicht mehr. Ein paarmal hatte ich den Scheibenwischer bemüht, aber es waren nicht nasse Scheiben, die mir die Sicht verschleierten, es waren meine Tränen.

»Er wird schmerzfrei einschlafen«, sagte die Tierärztin, bevor sie mich zu ihm ließ. »Ich weiß, dass es schwer ist. Aber am meisten helfen Sie ihm, wenn Sie Stärke zeigen und ihn beruhigen. Dann wird er ganz friedlich hinübergehen.«

Es brach mir fast das Herz, ihn dort so hilflos liegen zu sehen.

»Na, du Halunke«, sagte ich und kraulte ihn an seiner Lieblingsstelle. »Emma und Karl lassen dich schön grüßen.« Er sah mich
mit seinen treuherzigen Augen an. Stark sein schön und gut.
Meine Augen wurden trotzdem wieder feucht, und ich musste
mich kurz abwenden.

»Erzählen Sie ihm einfach irgendetwas. Zum Beispiel, wie
das für Sie war, als er zu Ihnen gekommen ist. Erinnern Sie ihn
an nette Begebenheiten, die Sie zusammen erlebt haben. Es beruhigt ihn, wenn er Ihre Stimme hört.«

Ich erzählte ihm also, wie sehr ich mich vor ihm gefürchtet
hatte, als Hermann ihn mir einfach ohne Vorwarnung ins Wohnzimmer geschleppt hatte. Fragte ihn, ob er sich erinnern könne,
wie er den Diplomaten beim Heurigen das halbe Spanferkel
weggefressen hatte. Bei dieser Erinnerung musste ich sogar lächeln, obwohl ich die Situation damals ganz und gar nicht zum
Lachen gefunden hatte. Zumal Hermann mich auch noch dafür
verantwortlich machte. Vor all den überheblichen Diplomaten-
gattinnen lächerlich machte er mich, weil ich den Hund nicht
im Griff hatte. Einige andere Geschichten, die mir in der Folge
in den Sinn kamen, konnte ich in Anwesenheit der Ärztin nicht
zum Besten geben, auch wenn sie sich dezent im Hintergrund
hielt. Draco bekam ohnehin schon nichts mehr mit. Sein Atem
wurde immer langsamer, bis er ganz abebbte. Die Ärztin nickte,
als ich sie fragend anschaute. Erst dann erlaubte ich mir, zu
heulen.

Nachdem ich ihr eine halbe Packung Kleenex weggeschnäuzt
hatte, bat ich die Ärztin, ob sie eine Autopsie organisieren
könnte.

»Sind Sie sicher, dass Sie das wollen?«, fragte sie. »Das kostet
Sie eine Menge Geld und bringt Ihren Liebling auch nicht wieder
zurück.«

»Aber ich will, dass das gemeine Miststück dafür büßen
muss!«, rief ich entrüstet.

»Natürlich kann ich das alles veranlassen. Im Falle eines Kö-
dermissbrauchs muss ich die Polizei einschalten. Aber soviel ich
weiß, werden die Täter meistens nicht gefunden.«

»Ich weiß ja, wer es war!«, sagte ich. »Meine Nachbarin.«

»Hören Sie, Frau Winter. Das ist ein schlimmer Verdacht, den Sie da aussprechen. Seien Sie vorsichtig, dass Sie sich da nicht eine Verleumdungsklage einhandeln. Sie sind jetzt aufgebracht und traurig. Aber für so eine schwerwiegende Anschuldigung brauchen Sie schon stichhaltige Beweise.«

»Mein Mann ist Polizist. Danke für die Belehrung«, sagte ich. Daraufhin legte sie mir schweigend ein Antragsformular vor und eine Rechnung über Dracos Behandlung und die anfallende Obduktion, die mich erblassen ließ.

»Was soll denn danach mit seiner Leiche passieren? Soll ich das übernehmen oder ein Bestattungsinstitut? Sie wollen ihn doch sicher nicht selbst begraben? So ein Riesenhund.«

»Doch«, sagte ich knapp. »Lassen Sie es mich wissen, wenn er fertig ist. Ich werde ihn abholen.«

Zu meiner großen Verwunderung hatte Anton erstaunlich schnell reagiert. Als ich mich zu Hause einparkte, waren in Gabis Schuppen bereits zwei Polizisten am Werk. Anton überwachte die Aktion persönlich. Gabi stand daneben, steif wie eine Statue, und nagte an ihrer Unterlippe. Ein Beamter mit Plastikhandschuhen hatte die Schachtel mit dem Schneckenkorn in der Hand.

»Sonst nichts«, sagte er zu Anton.

»Gut, pack das mal ein«, sagte er. »Dann würden wir gerne noch im Haus nachschauen, wenn es dir recht ist«, sagte er zu Gabi.

Der Polizist flüsterte Anton etwas ins Ohr.

»Ich weiß«, sagte der. »Das nehm ich auf meine Kappe. Ich will sichergehen, dass sie es nicht im Haus versteckt hat. Zieht euch die Schuhe aus. Kleiderschränke und Kommoden braucht ihr nicht durchwühlen. Werft lieber einen Blick in die Speisekammer, den Keller, den Abstellraum. Schauts euch nach größeren Gebinden um. Kübeln zum Beispiel.«

Ich wollte schon in den Schuppen gehen, um dem Idioten zu zeigen, wo der Kübel stand, aber Anton hielt mich zurück. »Vorsicht, Helene. Du weißt von nichts! Ich schau selber nach.«

Er zog sich Handschuhe über und warf einen Blick in die Hütte. Nach wenigen Minuten war er wieder heraußen. Sein Kopfschütteln enttäuschte mich zutiefst.

Nach einer Stunde war der Spuk vorbei. Ergebnislos. Die Beamten stiegen wieder in ihr Auto und salutierten Anton zum Abschied. Gabi stand immer noch wie angewurzelt an derselben Stelle. Ich warf ihr einen bitterbösen Blick zu, der ihr signalisieren sollte, dass wir beide noch nicht miteinander fertig waren. Kurz blitzte Triumph in ihren Augen auf, dann drehte sie sich abrupt um und verschwand ins Haus.

13. Wiedersehen

Anton kümmerte sich in den nächsten Tagen rührend um mich, das hätte mich stutzig machen sollen. Aber ich war blind vor Trauer. Über Gabi verloren wir kein Wort.

Zusammen holten wir Draco von der Tierärztin ab und fuhren in die Villa. Anton sollte dort für ihn ein Grab ausheben.

Mit Entsetzen musste ich feststellen, wie schnell sich die Wildnis um das Haus herum ausgebreitet hatte. Seit der Hochzeit war ich nicht mehr da gewesen. Ich hatte die Bilder aus alten Tagen verdrängen wollen, damit ich mein neues Zuhause besser ertragen konnte. Während Anton sich mit dem Spaten abmühte, wanderte ich durchs Haus. Wie in einem Museum kam ich mir vor. Bis auf wenige Kleinigkeiten hatten wir den Jugendstil beim Kauf beibehalten. Die schöne Wohnzimmereinrichtung – Blickfang: die massive Hausbar mit den stilvollen Spiegeln und Säulen und dem Hand- und Fußlauf aus Messing, der dringend poliert gehörte. Dazu der passende Esstisch, auf Mahagoni gebeizt, mit den zugehörigen Stühlen, ledergepolstert mit Intarsien. Mein Blick blieb an der Durchreiche hängen. Eines der wenigen Dinge, die wir – auf Terezas Wunsch – im Nachhinein hineinzimmern ließen. Sie stand halb offen, wie immer. Mir war, als hörte ich meine Perle in der Küche herumscheppern. Ach, Tereza! Warum hast du das mit dem Apfelstrudel getan?

Die Schlafräume betrachtete ich mit weniger Wehmut. Das Ehebett von Hoffmann. Unwiderstehlich schön, ja. Es weckte aber nicht nur angenehme Erinnerungen in mir. In gewisser Weise war es ja auch ein Tatort. Ein einziger, tödlicher Kuss!

Und plötzlich wurde mir klar: Tereza war nicht ursächlich schuld an meiner misslichen Lage. Hätte ich mich damals herkömmlich von Hermann scheiden lassen, wäre das alles nicht passiert. Aber ich war in Armando verliebt gewesen und hatte gedacht, ich könnte ihn nicht anders kriegen. Wollte auch unbedingt meinen Lebensstandard erhalten. Die Villa. Dolce Vita. Ich seufzte. Die Reue kam zu spät. Vielleicht sollte ich das Haus doch verkaufen? Aber dann würde ich alle Brücken hinter mir abbrechen.

Ich drückte die Tür energisch zu. Eine innere Stimme, nennen wir sie Racheengel, sprach zu mir: »Helene! Du bist depressiv gestimmt, weil diese Ziege deinen Hund ermordet hat. Aber dein Leben ist nicht zu Ende. Du hast noch viel vor. Als Erstes wirst du diese Schlampe zur Strecke bringen. Und dann sehen wir weiter.«

Anton überredete mich, trotz meiner Trauer den Weinviertelbesuch beim Hartinger anzutreten. Die Abwechslung würde mir guttun. So etwas Ähnliches hatte mir die Tierärztin auch geraten, also ließ ich mich darauf ein. Mama erklärte sich sogar bereit, Emma für das Wochenende zu übernehmen. Wir brachten sie ihr auf dem Weg ins Weinviertel vorbei. »Wenn es Probleme gibt, Mama: Ich bin in weniger als einer Stunde bei dir. Aber vergiss nicht, du musst mich am Handy anrufen. Der Hartinger hat kein Festnetz, und wir gehen am Abend auch zum Heurigen.«

Sie notierte sich zum x-ten Mal meine Handynummer und pinnte sie an ihren Kühlschrank. Ich hoffte, sie würde nicht davon Gebrauch machen. Emma versprach, ein braves Mädchen zu sein.

Unser erster Kurzurlaub als Ehepaar ließ sich recht nett an. Hartinger küsste mich zur Begrüßung auf die Wange. Sein Duft stieg mir gleich wieder angenehm in die Nase. Ich nahm mir vor, bei ihm im Badezimmer zu spionieren und für den Anton dasselbe Wässerchen zu besorgen.

Sein Heim war schlicht, hatte aber viel mehr Stil als die Bude, in der ich verdammt war zu leben. Von außen sah es völlig unscheinbar aus, eines dieser kleinen Häuschen in einer endlos langen Häuserzeile, wie man sie in jedem Weinviertler Dorf findet. Aber nach hinten hinaus gab es einen wunderschönen Innenhof mit einem Säulengang vor einer Reihe schlichter Nebengebäude.

Tretten hießen diese Gänge hier, erklärte er mir stolz. Ein paar große Kübelpflanzen gaben dem Ganzen ein frühsommerliches Flair. Auch innen wirkte alles heimelig, obwohl man der Einrichtung den Junggesellen ansah. Hier stand kein Krügelchen oder Gläschchen zu viel herum. Das wenige Interieur war unaufgeregt und praxisorientiert.

Zum Mittagessen servierte er uns einen duftenden Hühnereintopf mit frischem Baguette.

»Ich bin kein großer Koch«, entschuldigte er sich, »aber ich koche mit Wein!«

Es schmeckte köstlich. Nicht so derb wie Gabis Hausmannskost. Auch hier galt sein Grundsatz: Weniger ist mehr. Hartinger freute sich über mein Kompliment.

Beim Kaffee kam das Gespräch dann auf Dracos grausamen Tod und meinen Verdacht gegen die Nachbarin.

»Leider haben wir bei der Hausdurchsuchung nichts finden können«, sagte Anton.

»Tja. Da ist die Beweislage natürlich dünn«, sagte Hartinger und erzählte von seinen schlechten Erfahrungen bezüglich Hausdurchsuchungen. »Da hast du den Staatsanwalt endlich so weit, dass er dir den Wisch unterschreibt, und dann findest du erst nichts. Ist schon deprimierend.«

»Dabei hab ich ja sogar ein paar Fotos gemacht«, sagte ich frustriert.

»Was? Und das genügt nicht?«

»Na ja«, warf Anton ein, »Helene ist da ja widerrechtlich in den Schuppen eingedrungen, die Fotos hätte man sowieso nicht als Beweise gelten lassen.«

»Geh, Moravec«, sagte Hartinger, »Helene ist eine Privatperson. Wenn sie die Fotos vorlegt, denke ich, das wird ein Staatsanwalt schon akzeptieren. Bist du denn eingebrochen, Helene?«

»Nein. Die Tür war nicht abgesperrt. Außerdem gehen wir ja auch so täglich ein und aus bei den Nachbarn. Ich fahr öfters mit Gabis Vater spazieren, der sitzt im Rollstuhl.« Das mit dem Mittagstisch erwähnte ich lieber nicht. War mir zu peinlich.

»Das ist jetzt aber nicht die Gabi von der Hochzeit, sag. Die mit dem Pferdegebiss?«

»Doch. Genau die!« Ich grinste, weil auch dem Hartinger dieses Merkmal bleibend in Erinnerung geblieben war.

»Also in dem Fall würde ich die Fotos auf jeden Fall einer Anzeige beilegen. Egal, was die Hausdurchsuchung gebracht hat. Sie kann es ja in der Zwischenzeit entsorgt haben. Zeig sie mir mal, die Fotos«, sagte er.

»Ach, lassen wir das doch«, meinte Anton. »Das macht den Hund auch nicht wieder lebendig.«

Ich ignorierte Antons Einwurf und kramte das Handy hervor. Scheiße! Vier entgangene Anrufe von Mama. Vorher scrollte ich aber noch schnell durch meine Fotogalerie. Einmal. Zweimal. Nach Datum. Von oben bis unten. Die Fotos vom Schuppen waren nicht da!

»Ich muss schnell Mama anrufen. Ich hab das Handy auf lautlos gestellt, und sie hat mich schon vier Mal angerufen«, sagte ich verwirrt und ging auf den Gang, um zu telefonieren.

»Endlich!«, rief Mama. »Es ist was Schreckliches passiert!«

»Um Gottes willen«, rief ich. »Ist was mit Emma?«

»Emma geht es gut. Das heißt, sie weint dauernd, weil … Du musst unbedingt herkommen, bitte. So schnell wie möglich. Ich brauche deine Hilfe.«

»Tut mir leid«, sagte ich zurück in der Stube. »Das mit dem Babysitten funktioniert nicht. Mama hat irgendwelche Probleme und kann sich nicht um Emma kümmern. Ich sollte sie lieber holen.«

»Kein Problem«, sagte Hartinger. »Das Kind müsst ihr dann halt leider bei euch im Bett schlafen lassen. Ein Kinderbettchen hab ich nicht.«

»Das bin ich eh schon gewöhnt«, knurrte Anton.

Auf meiner Fahrt nach Hietzing kam ich aus dem Grübeln nicht heraus. Ich konnte mir aus Mamas Andeutungen nicht zusammenreimen, was sie so beunruhigte. Wenigstens hatte es nichts mit Emma zu tun. Mich plagte aber noch ein ganz ande-

139

rer Gedanke, abseits von Mamas Not: Wo waren meine Fotos hingekommen? Zuerst dachte ich, mein Handy hätte vielleicht beim Fotografieren versagt. Aber dann erinnerte ich mich, dass ich sie Anton gezeigt hatte. Er wusste davon. Deshalb hatte er ja auch eine Hausdurchsuchung beantragt.

Aber er hatte auch Zugang zu meinen Handyfotos. Über das iPad, das wir gemeinsam benutzten. Die einzig logische Schlussfolgerung war, dass er die Fotos gelöscht hatte. Dann war es aber auch kein Zufall, dass die Polizisten bei Gabi nichts gefunden hatten. Langsam dämmerte es mir: Der Triumph in ihrem Blick! Anton hatte sie gewarnt. In mir brodelte es gewaltig.

»Na endlich bist du da!«, empfing mich Mama, nachdem ich garantiert jede Geschwindigkeitsbeschränkung missachtet hatte und wie die Feuerwehr über die Nordautobahn gerast war. Bloß Blaulicht hatte ich keines auf dem Dach.

Emma saß vor dem Fernseher mit einer Kindermilchschnitte in der Hand und schaute SpongeBob. Viel zu laut und hektisch für ihr Alter, aber Mama wirkte derart aufgelöst, dass ich sie deswegen nicht kritisieren wollte.

»Was ist los?« Ich setzte mich zu ihr an den Küchentisch.

»Drazan sitzt in Kroatien fest«, eröffnete sie ihr Wehklagen. »Sie haben aus unerfindlichen Gründen seine Kreditkarte gesperrt. Das Darlehen, das er für unser gemeinsames Haus aufgenommen hat, ist fälschlich über das private Bankkonto gelaufen anstelle des geschäftlichen, sagt er. Er braucht dringend hunderttausend Euro, sonst lassen sie ihn nicht weg. Ans Hotelkonto kommt er nur über seinen Geschäftsführer, und der ist gerade im Urlaub.«

»Entschuldige bitte, Mama. Das kann doch nicht so lange dauern, bis die Sache geklärt ist. Ein Geschäftsführer ist doch telefonisch erreichbar oder übers Internet. Ein richtiger Manager hat sein Büro immer mit dabei. Es kann sich nur um ein paar Tage handeln, bis dein Dingsda wieder an seine Knete kommt«, versuchte ich sie zu beruhigen.

»Ach, was weißt denn du, Helene. Das geht schon über Wochen so.«

»Wie kann das sein? Versteh ich nicht.«

»Ich glaub, die kroatischen Banker müssen geschmiert werden, damit Drazan an sein Geld kommt. Er hat da so was durchblicken lassen.«

»Mama, Kroatien ist in der EU. Und von einer dalmatinischen Bankenmafia hab ich noch nie was gehört. Dein Dragan hat doch sicher einen persönlichen Finanzberater bei der Bank, oder? Der muss doch auch ohne seinen Manager was machen können. Wenn er denn so flüssig ist, wie er vorgibt.«

»Drazan, Helene. Geschrieben: Drazan mit z. Gesprochen: sch.« Mama reagierte ungehalten. »Natürlich hat er einen Bankberater. Die Bank wickelt ja auch die Lohnzahlungen für seine Angestellten im Hotel und auf der Yacht ab. Ich versteh von Bankgeschäften nichts. Aber Fakt ist, er kriegt gerade keine müde Kuna ausbezahlt.«

»Dann stimmt mit seiner Liquidität was nicht«, sagte ich trocken.

»Du redest schon wie Liselotte!«, rief Mama beleidigt.

»Was sagt sie denn, deine Freundin?« Ich mochte diese Frau Moller ja nicht besonders, aber mit Geldgeschäften kannte sie sich aus. Deshalb wäre ihre Meinung auch für mich interessant gewesen, denn langsam kam mir ein schrecklicher Verdacht.

»Das will ich gar nicht wiederholen, was die für perverse Phantasien hat, was meinen Drazan betrifft. Ich hätte nicht geglaubt, dass sie so eifersüchtig sein kann.« Mama schüttelte sich. »Völlig abstrus. Das will ich wirklich nicht wiederholen.«

»Egal, Mama. Ich sehe nur nicht genau, wie ich dir bei alldem jetzt helfen kann.«

»Willst du vielleicht einen Kaffee?«, fragte Mama mich zuckersüß. Da war was im Busch, ich kannte dieses Lächeln.

Sie setzte mir nicht nur einen Cappuccino mit einem ordentlichen Milchschaum, sondern auch ein paar Kekse vor. Das war für Mamas Begriffe schon eine großzügige Geste.

»Schau, Kind«, sagte sie dann. »Ich hab ihm schon ein paarmal Geld geschickt. Für eine neue Küchenzeile, für die Stellgebühr der Yacht. Willst du die Fotos sehen?«

Ich beäugte skeptisch die Bilder auf ihrem Handy. In der Hauptsache zeigten sie meinen Stiefvater in spe vor einer hübschen Yacht, vor irgendeinem nichtssagenden Gebäude und in leeren Räumen, die angeblich die zukünftige Residenz meiner Mutter darstellten. Meine Beunruhigung wuchs.

»Wie viel hast du ihm denn schon geliehen?«

»Ach, so genau kann ich das nicht sagen.«

»Mama! Wie viel?«, beharrte ich. Selbst wenn ich ihr alles glaubte, sicher aber nicht, dass sie nicht haargenau wusste, wie viel sie ihrem Galan schon überwiesen hatte. Mama führte bis auf den Cent genau Haushaltsbuch. Sie würde es bemerken, wenn ich ihr den Euro für den Einkaufswagen nicht zurückerstattete.

»Hundertsiebenunddreißigtausendzweihundertfünfzig Euro alles zusammen«, murmelte sie.

»Hundertsiebenunddreißigtausend Euro? Und jetzt will er noch einmal hunderttausend?«

»Ja, es ist nicht ganz wenig, Helene. Aber es ist garantiert das letzte Mal, er hat es versprochen. Leider hab ich das Geld nicht mehr. Du musst es mir borgen. Nächsten Monat hast du es zurück. Ehrenwort!«

»Spinnst du, Mama? Woher soll ich so viel Geld nehmen?«

»Nimm eine Hypothek auf die Villa auf, Schatz, Drazan wird es dir tausendfach zurückzahlen.«

Ich schüttelte ungläubig den Kopf. Meine knauserige Mutter schmiss mit Hunderttausenden um sich!

»Mama!«, sagte ich eindringlich. »Du bist einem Betrüger auf den Leim gegangen, merkst du das nicht? Sieh zu, dass du wenigstens das Geld zurückbekommst, das du ihm bis jetzt geliehen hast, bevor es zu spät ist. Am besten, du schaltest umgehend die Polizei ein. Wenn du möchtest, kann ich meinen Mann darum bitten.«

Mama lief rot an. »Untersteh dich, Helene! Drazan ist doch kein Krimineller!« Sie schnaufte, als ob sie gerade zu Fuß den Stephansdom erklommen hätte. »Wie viel *könntest* du denn flüssig machen, Kind?«, fügte sie etwas sanfter hinzu.

»Ich werde für diesen Dragan keinen Cent flüssigmachen, Mama. Tut mir leid.«

»Also auch du, Helene. Wenn es ums Geld geht, da sind sie allesamt weg. Zuerst die sogenannte Freundin. Dann lässt einen selbst die Tochter im Stich. Nimm dein Kind und verschwinde. Dann werd ich mir eben einen teuren Kredit aufnehmen, aber ich lass mir von euch neidischen Leuten nicht meine Zukunft verhauen. Geh!«

14. Angezählt

Da saß ich nun im Auto in Hietzing und wusste nicht, wohin. Meinem Mann in Gegenwart seines Freundes neutral zu begegnen, beim Heurigen so zu tun, als wäre alles in Butter, das würde ich nicht schaffen. Anton hatte mich schändlich hintergangen. Er hatte mir mit dieser Hausdurchsuchung vorgemacht, er setze alles dran, den Mörder meines Hundes zu finden. Dabei wusste er die ganze Zeit über, dass sie es war. Seine heilige Gabi! Vielleicht steckte er sogar mit ihr unter einer Decke, und sie hatten Draco zusammen eliminiert? Mittlerweile hielt ich alles für möglich.

Alma! Sie wusste sicher Rat. Wozu hatte man Freundinnen? Sie lag mir ohnehin schon seit Längerem in den Ohren, sie endlich in Wolfgangs tollem Anwesen zu besuchen. Neustift am Walde war auch nicht weit von hier. In einer knappen halben Stunde würde ich dort sein.

»Schätzchen, hör mal«, sagte sie. »Es ist gerade etwas ungünstig.«

»Ach. Ich dachte nur, weil ich gerade in der Nähe bin, könnte ich ja auf einen Sprung vorbeischauen.«

»Helene«, sagte sie. Sie klang ungewöhnlich ängstlich. »Wolfgang kann jederzeit nach Hause kommen.«

»Äh. Ja und? Bin ich eine Persona non grata, oder was?«

»Nein, Schätzchen. Du missverstehst das. Hör zu. Wir haben fürchterlich gestritten. Er ist total ausgezuckt. Na ja. Und er hat … Egal. Ich muss das mit ihm klären.«

Scheiße. Waren momentan alle Typen außer Kontrolle?

»Was ist passiert, Alma?«

»Ich hab's wissen wollen. Er hat mich erwischt. Im Atelier. In flagranti.«

»Was Ernstes?«

»Ach Quatsch. So ein kleiner Aktstudent. Echt hübsch, der Junge. Der wollte was dazulernen. Blieb ein paarmal etwas länger. Jetzt hab ich leider das Bild von ihm wegschmeißen müssen.«

Das hat Wolfgang gleich nach mir malträtiert. Oder statt. Wer weiß, wie ich sonst ausschauen würde.« Ihr Lachen klang auch übers Telefon nicht gerade fröhlich.

»Was heißt das, er hat dich malträtiert? Hat er dich geschlagen, Alma?«

»Ja, Schätzchen. Aber mach jetzt bitte kein Drama draus. Es wird nicht wieder vorkommen.«

»Alma«, sagte ich eindringlich, »solche Typen, die sind Wiederholungstäter. So steht es zumindest überall geschrieben.«

»Er nicht, Helene. Dafür hat er zu viel zu verlieren. Abgesehen von mir.« Sie kicherte. Na, wenigstens hatte sie ihren Humor nicht verloren.

»Im Ernst. Er ist Strafverteidiger und braucht eine absolut weiße Weste. Wenn er wieder handgreiflich wird, dann zeig ich ihn an. Das weiß er.«

»Na gut«, seufzte ich. »Dann bring du mal deine Beziehung wieder in Ordnung. Ich komme ein anderes Mal.«

»Tut mir leid, Helene. Wir sehen uns.«

»Viel Glück!«

Emma trat mir von hinten ihre Beinchen in den Autositz. »Emma will nach Hause!«

Ich drehte mich zu ihr um.

»Wir haben kein Zuhause«, flüsterte ich. Ich musste mich wieder abwenden, damit sie meine Tränen nicht sehen konnte.

»Tessa Hause!«, quengelte Emma und trat erneut gegen meine Rücklehne.

Ich wischte schnell meine Tränen weg. »Ich weiß nicht, wo …«

Doch! Ich wusste es zwar nicht sicher, aber ich ahnte es. Das Bauernhaus an der Grenze. Dorthin wollte sie doch in der Pension.

Ich holte mein Smartphone wieder heraus und googelte Laa/Thaya. In einer guten Stunde wäre ich dort. Auch den Rotstaudenhof fand das schlaue Programm auf Anhieb. Was hatte ich zu verlieren?

Viel idyllischer kann ein Hof gar nicht liegen. Wie in einem Rosamunde-Pilcher-Film rankten sich die wilden Rosen entlang des Zufahrtsweges. Emma drängte sich ängstlich an mich, als ich das morsche Gartentor aufzog, bis es quietschte. Ich sollte das Märchenbuch wieder wegräumen und damit noch ein paar Jahre warten.

»Alles gut«, beruhigte ich sie. Über ein paar steinerne Treppen, wo an der Seite jeweils Töpfe mit Blumen standen, gelangte ich zur Haustüre. Klingel oder Türschild gab es keines. Aber da war ein Klopfer. Ich warf ihn heftig gegen die Tür. Keine Reaktion. Also drückte ich die Klinke nach unten. Die Tür gab nach.

»Hallo!«, rief ich. »Ist da jemand?«

»Bin ich in Garten, komme gleich!«, drang ihre Stimme aus dem Dickicht hinter dem Haus. Auch Emma richtete sich auf und lauschte. Die Äste des Ligusters teilten sich, und Tereza trat ins Freie. Sie hatte überdimensionierte Gartenhandschuhe an. In einer Hand die Heckenschere, in der anderen ein paar Zweige mit blühendem Flieder. Alles beide ließ sie augenblicklich fallen, als Emma »Tessa! Tessa!« rief, die Treppen hinunterhüpfte und auf sie zulief. Tereza drückte und herzte das Kind, dass es jauchzte.

Als Tereza Emma wieder auf ihre Füßchen gestellt hatte, traf mich ihr Blick. Und dann brach der Damm. Keine Ahnung, wie viele Schleusen ein Auge hat, die meinen öffneten sich alle zur selben Zeit. Schluchzend warf ich mich in Terezas Arme, ohne abzuwarten, wie sie mich aufnehmen würde. »Ich hab dich so vermisst!«, heulte ich. Auch Tereza schniefte geräuschvoll, während sie mir sachte mit ihren rauen Handschuhen über den Rücken fuhr.

»Na, na!«, sagte sie in einem fort. Wäre Emma nicht gewesen, wir hätten eine Ewigkeit so verharrt. Sie zupfte an unseren Kleidern und hüpfte ungeduldig auf und ab. »Emma auch! Emma auch!«

»Besser wir gehen in Haus«, sagte Tereza schließlich. »Hat vielleicht jemand Durst?« Sie klaubte ihre Schere und den Flieder auf und ging voraus. An der Tür drehte sie sich um. »Wo ist Hund?«

Meine Tränendrüsen hatten es gerade mal in den Stand-by-Modus geschafft, diese Frage fuhr sie wieder blitzartig hoch. Ich brachte kein Wort heraus, schüttelte nur den Kopf.

»Hexe gibt Draco Gift!«, sagte Emma altklug. Dabei zog sie ihre Zähne nach vorne und imitierte Gabis Physiognomie. Trotz der Tränenflut konnte ich mir ein Lachen nicht verkneifen.

Bei hausgemachtem Holunderblütensaft und Keksen fasste ich die Ereignisse der letzten Monate so kurz wie möglich zusammen, ohne etwas zu verraten, was nicht für Kinderohren bestimmt war. Das war gar nicht so einfach, aber Tereza war klug genug, die Kernpunkte meiner Nöte zu verstehen.

»Dein Mann«, sagte sie. »Weiß er, wo ihr seid?«

Ich erklärte ihr die Umstände, dass Anton vermutlich bereits mit seinem Freund beim Heurigen saß und ich demnächst aufbrechen musste, wenn ich mich nicht verdächtig machen wollte.

»Ruf ihn an, deine Kieberer«, meinte Tereza. »Sagst du, musst du deine Mutter trästen wegen ihre kroatische Liebhaber und kommst du morgen. Missen wir alle drei schlafen in meine Ehebett, wenn dir nichts ausmacht, aber können wir besprechen Lage später mit eine Glas Wein oder zwei.«

Genau das taten wir dann auch. Vorher richtete Tereza uns noch eine schlichte Jause. Weinviertler Speck, Eiaufstrich und Bauernbrot, dazu Gurkerl und frische Radieschen. Es schmeckte wie im Paradies.

»Wenn du kommst auf Besuch nächste Mal, du musst anrufen. Kann ich richten gräßere Auswahl«, schimpfte sie.

»Alles bestens, Tereza. Abgesehen davon. Du hast mir weder deine Adresse noch deine Telefonnummer verraten. Außerdem. Hättest du meinen Anruf denn entgegengenommen?«

Tereza zuckte mit den Schultern. »Kann sein ja, kann sein nein. So ist besser. Hast du auch recht.« Sie grinste über beide Ohren. »Sind wir beide dicke Käpfe!«

»Griener Veltliner Weinbau Wissmann. Poysdorf. Ist nix fier teire Vinothek, aber ehrliche Wein«, sagte sie später, als sie mir das erste Glas einschenkte. Der Wein schmeckte nicht nur ausgezeichnet, er löste auch meine Zunge, und so konnte ich Tereza die Qualen meines Ehelebens bis zum Gipfel, Dracos Vergiftungstod, noch einmal ausführlich schildern. Danach war die Flasche leer.

Tereza war entsetzt. »Warum hast du auch geheiratet diese Kieberer«, sagte sie vorwurfsvoll. »Hab ich nicht gesagt, macht Probläme?«

»Es ist mir nichts anderes übrig geblieben, Tereza. Er weiß zu viel.«

»Papperlapapp. Was hat er schon in Hand gegen dich? Ein paar E-Mails, was hast du super erklärt. Außerdem es gibt keine Leiche!«

»Das ja, Tereza. Aber du erinnerst dich sicher an die Pistole. Du weißt schon. Mit der sich Armando weggeblasen hat. Da sind deine und meine Fingerabdrücke drauf. Die glauben, wir haben Armando damit erschossen und anschließend verschwinden lassen.«

»Kännen sie nicht wissen, wo …«

Plötzlich sprang Tereza auf, als setze der Säbelzahntiger zum Sprung an, und raste davon. Kam nach ein paar Minuten keuchend zurück, blass wie der Tod.

»Haben Arschläcker gefunden Pistole. Wie kännen die einfach durchsuchen meine Haus ohne Befehl?«, stieß sie zwischen den Zähnen hervor. Sie rang immer noch nach Luft.

»Ich weiß es nicht, Tereza. Auf jeden Fall hatte Anton eine Mappe mit Bildern von deinem Haus hier, auch von der Pistole. Und von Interpol oder von der tschechischen Polizei, so genau weiß ich das nicht, da existiert eine ganze Akte über dich.«

»Und weißt du, was steht da drinnen?«

»Dass dein erster Mann einen Motorradunfall hatte, der keiner war, zum Beispiel. Und dass dein zweiter an einer Überdosis Digitalis gestorben ist. Genau wie dieser Pater aus Guatemala.«

»Diese Priester, das ist Sache unter schwule Männer«, blaffte sie.

»Das sagst du. Die Polizei sieht das anders. Immerhin hatte er deinen Apfelstrudel im Magen, das kannst du nicht abstreiten.«

»Wie wollen die wissen, dass Apfelstrudel ist von mir? Kann er gekauft haben irgendwo.«

»Anton, dieser hinterhältige Schurke, hat Äpfel aus unserem Garten analysieren lassen. Die vom Labor behaupten, es sind dieselben Äpfel wie im Magen der Leiche.«

»Kurva!«, schimpfte Tereza. »Das kann Polizei feststellen?«

Sie schleppte sich zum Kühlschrank und öffnete ihn, um eine weitere Flasche Wein herauszunehmen. Drehte sich zu mir um. Langsam. Wie in Zeitlupe. Die Kühlschranktür drückte sie mit dem Rücken zu. Lehnte sich dagegen. Eine Weile starrte sie mich aus dieser Position an.

»Du hast geheiratet diese Kieberer fir mich, Helene? Damit ich nicht muss in Gefängnis?« Ihre Stimme zitterte. »Und hab ich geglaubt, du verlässt mich wegen Mann, weil Alma hat auch Mann, oder wegen Bett, was weiß ich. Was bin ich fir bläde Kuh!« In ihren Augen schimmerten Tränen.

Terezas Stimmung schwankte zwischen schwermütigen Selbstvorwürfen und rachsüchtigen Plänen gegen die Hundemörderin, während wir die zweite Flasche bezwangen. Als wir schließlich im Ehebett lagen, mit Emma zwischen uns, lallte sie: »Meine ganze Leben hat niemand gebracht solche Opfer fir mich, Helene. Ich erledige deine Mann, dann du bist wieder Witwe und kann ich sorgen fir dich und Emma in deine Haus.« Mit dieser tröstlichen Aussicht schlief ich ein wie ein Baby.

15. Katerstimmung

Der Duft nach frischem Brot und Kaffee holte mich aus dem Bett.

Tereza und Emma waren schon fleißig dabei, Frühstück zu richten. Freudestrahlend hüpfte meine Kleine auf der Eckbank herum und verteilte Servietten auf den dicken Steinguttellern.

»Ach, Tereza, du hast es so schön hier!«, seufzte ich, und schon kroch mir der Abschiedsschmerz unaufhaltsam ins Gebein. Dagegen konnte auch die herrliche Marmelade nicht viel ausrichten.

Auch Emma wollte nicht wieder weg. Es verlangte mir eine ordentliche Portion Überredungskunst ab, sie überhaupt ins Auto zu kriegen. Erst als ich ihr versprach, dass Tereza uns bald besuchen käme, kletterte sie in ihren Kindersitz.

»Dein verlockendes Angebot in Ehren, Tereza«, sagte ich mit einem Augenzwinkern, als ich Emmas Gurte in ihrem Kindersitzchen festgezurrt hatte. »Es hörte sich phantastisch an. Aber ich kann es nicht annehmen.«

»Meinst du Entsorgung von Gatte? Warum soll nicht klappen? Lass ich deine Kieberer zukommen Nachricht anoniem, locke ihn in Hinterhalt und *peng*. Du brauchst gutes Alibi, am besten bei Nachbarin. Sache erledigt.«

»Tereza! Erstens, wie soll *peng* gehen ohne Pistole? Die liegt gut verstaut in der Asservatenkammer der Polizei. Außerdem würde Anton niemals alleine zu so einem anonymen Treffpunkt gehen. So dumm sind die Polizisten nur im Fernsehen. Oder so mutig. In der Realität kreuzen die mit der halben Kobra-Einheit auf, jede Wette. Wenn du Glück hast, finden sie dich und verhaften dich, bevor du einen Blödsinn machst. Wenn du Pech hast, machen sie vorher *peng*.«

»Na gut, war schlechtes Beispiel. Weiß ich schon, dass ich muss bisserl besser planen bei Kieberer.«

»Tereza. Vergiss die Sache bitte und sei vernünftig! Wenn ein

Polizist umgebracht wird, da kannst du sichergehen, dass sie alle Hebel in Bewegung setzen, um den Mörder ausfindig zu machen. Die ackern dann garantiert akribisch seine letzten Fälle durch, und da werden wir beide auch auftauchen. Die Gattin ist sowieso immer Verdächtige Nummer eins, du tust weder dir noch mir einen Gefallen damit.«

»Aber kannst du doch nicht leben so weiter!«

Ich stöhnte. Nein. Das konnte ich in der Tat nicht. »Ich werde Anton verlassen«, sagte ich. In dem Moment, wo ich diesen Satz ausgesprochen hatte, war ich schon erleichtert. »Mittlerweile muss er ja kapiert haben, dass wir beide einfach nicht zusammenpassen.«

»Wird er nicht akzeptieren«, sagte sie mürrisch.

»Er wird es einsehen müssen!«, rief ich verzweifelt. Wohlwissend, dass ich mit Verweigerung in Bett und Haushalt nicht weit kommen würde.

»Ich muss es versuchen«, wisperte ich, nunmehr kaum hörbar.

»Warte kurz«, sagte Tereza und verschwand hinter dem Haus. Als sie zurückkam, drückte sie mir ein Paket in die Hand. »Fir alle Fälle. Ein Läffelchen von das in Kaffee und du bist ihn los. Aber schau bloß, dass Emma nicht kommt in Nähe von das Zaig, härst du!«

Ich verstaute das »Zaig« – was immer es auch sein mochte – im Kofferraum gleich neben dem Reserverad und legte die Abdeckung darüber. Sicher ist sicher. Dann umarmte ich Tereza und versprach, sie anzurufen, wenn ich die Sache geklärt hatte.

»Wann kommt Tessa?«, fragte Emma, da waren wir gerade einmal auf die Autobahn aufgefahren. Ich schaltete die Warnblinkanlage ein und blieb kurz am Pannenstreifen stehen. »Weißt du, was ein Geheimnis ist, Emma?«

Emma schüttelte den Kopf.

»Also, ein Geheimnis ist etwas, was nur sehr gute Freunde wissen, aber alle anderen Leute nicht. Verstehst du das?«

Sie nickte zaghaft.

»Okay. Wir drei. Tereza, du und ich. Wir sind sehr gute Freunde.«

Diesmal nickte sie schon wesentlich fester.

»Wir drei haben ein Geheimnis, nämlich, dass Tereza so ein schönes Häuschen hat. Niemand außer uns soll es wissen, sonst wollen alle Leute es haben. Aber Tereza will es nur mit uns zwei teilen. Darum dürfen wir dem Anton oder der Oma nichts davon erzählen. Am besten auch niemandem im Kindergarten. Verstehst du das?«

Emma nickte abermals.

»Gut. Wir sagen dem Anton, dass wir bei der Oma geschlafen haben. Dann fragt er nicht, wo wir waren, und wir müssen unser Geheimnis nicht verraten, okay?«

»Wann kommt Tessa?«

»Bald, Schatz. Aber das ist auch unser Geheimnis. Eine Überraschung für den Anton. Also, was sagst du dem Anton, wo wir heute Nacht waren?«

»Oma.«

»Sehr gut«, sagte ich und startete den Wagen.

»Oma weint«, ergänzte Emma und lächelte.

»Kluges Kind«, sagte ich und grinste zurück.

16. Totaler Zusammenbruch

Des einen Leid, des anderen Freud. Mamas verrückte Liebes-affäre rettete mich aus meiner Not. Wie sonst hätte ich mit Anton in Gegenwart seines Kollegen unverfänglich kommunizieren sollen? Da kamen mir die Machenschaften von dieser kroati-schen Witzfigur gerade recht. Beide Polizisten waren sich sofort einig, dass dieser Drazan nicht koscher war.

»Oma weint«, sagte Emma.

»Den Kerl krieg ich, Helene!«, rief Anton heldenhaft. »Hat sie irgendein Dokument, einen Ausweis, Bankauszug, irgend-etwas von ihm in der Hand?«

»Ich glaube nicht, dass Mama kooperieren wird, Anton. Sie sieht es nicht ein. Sie glaubt diesem Gangster seine Lü-gengeschichten. Aber ich bin mir sicher, wir finden ein Bild von ihm in meinem Hochzeitsalbum. Diese Fotos sind ja alle ausgedruckt, weißt du. Die können also nicht so einfach ver-schwinden.«

Das war freilich eine Spitze gegen ihn. Deshalb verwunderte es mich, dass er mit dem Hartinger wissende Blicke tauschte. Er würde ihm doch nicht anvertraut haben, dass er Fotos von meinem Handy gelöscht hatte? Blödsinn!

»Tut mir leid, die Sache mit deinem Hund«, sagte Hartinger zum Abschied und drückte mich kurz an seine stattliche Brust. Dieses Parfüm! Jetzt hatte ich doch keine Gelegenheit gehabt, in seinem Alibert zu spechteln. Aber Antons Geruchsbelästigung würde ja hoffentlich bald der Vergangenheit angehören.

Am nächsten Morgen, als ich Emma in den Kindergarten fuhr, schwang er sich wie üblich auf sein Rad. Emma wehrte sich, wollte nicht bleiben, für den Fall, dass Tereza heute käme. Ich versprach ihr, sie sofort zu holen, falls dies der Fall sei, aber ich wollte sie nicht im Haus haben, wenn ich Anton zur Rede stellte.

Zu Hause schnappte ich mir mein iPad. Laut Routen-App

sollte er in einer halben Stunde aufkreuzen. Das gab mir einen kleinen Zeitpuffer. Zuerst googelte ich, ob man gelöschte Fotos wiederherstellen konnte. Wunderbar! Diese Bilder wurden automatisch in einem Papierkorb in der Cloud für weitere dreißig Tage deponiert, bevor sie endgültig entfernt wurden.

Der Jubel war verfrüht. »Verdammt!«, schimpfte ich ins Leere. Der gesamte Papierkorb inklusive aller Fotos, die ich die Tage davor gelöscht hatte, war geleert worden, und zwar exakt zu der Zeit, als Draco eingeschläfert worden war. Das bewies eindeutig, dass Anton sich, vermutlich über mein iPad, Zugriff zu diesem Ordner verschafft hatte.

Ein Blick auf ebendieses iPad bestätigte mir, dass Anton nur noch wenige Meter vom Haus entfernt war. Tatsächlich vernahm ich kurz darauf das verhasste Bremsgeräusch.

Ich passte ihn an der Wohnzimmertür ab. »Wir müssen reden, Anton«, verlangte ich, bevor er mir seine neuen Rekorde mitteilen konnte.

»Hat das nicht Zeit bis nach der Dusche, Schatz?«

Aha! Plötzlich hatte er es mit der Körperpflege eilig, da war er doch sonst nicht so pingelig.

»Nein«, sagte ich. »Erst erklärst du mir, wo meine Fotos hingekommen sind.«

»Welche Fotos, Liebling?«

»Fragst du mich das im Ernst?« Mein Blutdruck fuhr hoch wie eine Rakete.

Anton schaute mich erstaunt an, dann schlug er sich mit der Hand gegen die Stirn. »Ach, du meinst die Fotos von dem Kroaten.«

»Nein. Die brauchen wir nicht zu suchen, die sind genau dort, wo sie hingehören. Im Hochzeitsalbum. Jetzt geht es um das Rattengift. Was hast du mit den Handybildern gemacht?«

»Helene«, seufzte er. »Es gibt keine Bilder. Du bildest dir da was ein.« Er griff nach meiner Hand, die ich ihm augenblicklich wieder entzog. Jeglicher Körperkontakt mit ihm war mir zuwider.

»Ich hab sie dir gezeigt, Anton! Du würdest alles tun, um die

Sache zu klären, das hast du mir daraufhin versprochen.« Ich versuchte, ruhig zu bleiben, aber mein Puls raste zielstrebig in Richtung zweihundert.

»Das Versprechen gilt nach wie vor, Helene. Aber diese Fotos. Du *wolltest* sie mir zeigen«, sagte er mit einem Blick, der wohl großes Bedauern ausdrücken sollte. »Aber genau wie gestern hast du sie dann nicht gefunden.«

»Weil du sie gelöscht hast, du Arsch!« Jetzt war es mit meiner Ruhe endgültig aus.

»Beruhige dich, Helene«, säuselte er. »Du phantasierst dir da was zusammen. Gabi hat mit dieser Vergiftung nichts zu tun. Alles Einbildung.«

»Was?« Meine Wangen glühten. Wenn ich jetzt diese verdammte Pistole zur Hand gehabt hätte!

Anton ignorierte meinen Zustand komplett. »Du brauchst Hilfe, Helene. Ich kann dir eine Psychologin empfehlen, viele von uns gehen auch zu ihr …«

Er versuchte, meine Hand zu tätscheln, ich stieß sie unsanft weg.

»Hör auf, mir eine Psychose oder weiß der Kuckuck was anzudichten. Ich bin meiner Sinne durchaus mächtig, Anton. Schau mich an!«, schrie ich. »Du hast die Beweise wissentlich verschwinden lassen. Das Gift und die Fotos. Warum?«

»So etwas würde ich nie tun, Helene!«, brauste er auf.

»Ach! Das sagst du ausgerechnet mir? Du deckst Gabi, das liegt doch auf der Hand. Oder hast du gar gemeinsame Sache mit ihr gemacht? Vielleicht auch aus Liebe?«

Bei Anton sauste nun ebenso eine Vielzahl aufputschender Hormone durchs System, das konnte man sehen. Nur beim Argumentieren war er nicht so flott wie ich. Während er noch nach passenden Worten rang, ließ ich den meinen freien Lauf.

»Im Übrigen kannst du dich getrost zurücklehnen, deine Psychopathin von Ehefrau wird dir nicht länger zur Last fallen. Ich gehe in meine Villa zurück, dann hat Gabi dich wieder für sich.«

»Du willst mich verlassen?« Antons Blick spiegelte seine Fassungslosigkeit wider. Damit hatte er offenbar nicht gerechnet. Er war sich meiner zu sicher gewesen.

»Du kannst mich nicht halten. Gesetzlich sind wir kein Paar, also bemüh dich nicht um einen Anwalt. Wir werden von nun an getrennte Wege gehen. Es ist besser so für uns beide, glaub mir das.«

Anton packte mich am Arm und zog mich so nahe zu sich heran, dass ich seinen heißen Atem im Gesicht spürte. »So einfach ist das nicht, Helene«, zischte er. »Du hast mir dein Wort gegeben. Vor Gott. Und was Gott verbunden hat, das darf der Mensch nicht trennen.«

»Das mag für dich Gültigkeit haben, Anton, aber nicht für mich«, knurrte ich, während ich versuchte, mich aus seiner Umklammerung zu lösen. Leider erfolglos. Also bekam auch er meine Atemluft zu spüren. »Du kannst dich ja gerne daran halten. Wenn du dich nicht wieder verheiratest, ist doch vor Gott alles gut, oder? Auch wenn ich später zur Hölle fahren sollte, dann ist das nicht dein Problem. Und ich sag dir noch etwas: Das riskiere ich mit Freuden. Lieber eine postmortale Hölle als die irdische, in der ich derzeit gefangen bin. Dort laufen wir uns wenigstens nicht mehr über den Weg.«

»Hölle? Im Ernst? Du sagst, unsere Ehe ist für dich die Hölle?« Anton war käseweiß geworden. Er fasste mich noch fester an den Handgelenken und schleppte mich zum Sofa.

»Au! Du tust mir weh!«

Anton ignorierte mein Flehen. »Unser Sexualleben«, stieß er zwischen den Zähnen hervor. »War das vielleicht auch die Hölle? Es war ja auch für dich schön, oder?«

»Wenn es wieder vorbei war, ja. Das war schön.«

In dem Moment, als dieser Satz aus mir heraus war, wusste ich, dass ich damit den Bogen überspannt hatte. Allein, die Einsicht kam zu spät.

»Das ist nicht wahr!«, schrie er. »Nimm das sofort zurück!« Aus seinen Augen loderte ungläubiger Hass. Mit einer Vehemenz, die ich ihm nicht zugetraut hatte, riss er mir das T-Shirt vom Leib und nuckelte an meiner Brust, als wollte er mir den

Teufel heraussaugen. Ich stieß ihn angewidert von mir. Daraufhin warf er mich aufs Sofa, das bedrohlich unter mir ächzte. Beklommen musste ich zusehen, wie sein Glied aus der Radlerhose poppte, die er mühsam bis zu den Knien hinunterrollte, wo sie hängen blieb. Dann hechtete er auf mich, als spränge er vom Zehn-Meter-Turm.

Leider hatte er, abgesehen vom fehlenden Handtuch, eine wichtige Kleinigkeit übersehen. Das Sofa war nicht zum Bett ausgeklappt. Durch die Wucht, mit der er auf mir und dem alten Ding aufschlug, brachte er es aus der Balance. Wir kippten zusammen mit einem lauten Krach nach hinten. Sein Schädel donnerte an die Schrankwand. Meiner blieb unversehrt, da Anton mich ja ganzkörperlich abdeckte. Mit einem Brüller, der einem Löwen zur Ehre gereicht hätte, fuhr er in die Höhe. Und krachte geradewegs gegen die Tür der Hausbar, die durch den Aufprall heruntergeklappt war. Benommen ging er zu Boden.

Ich schälte mich vorsichtig unter ihm heraus und blickte fasziniert auf ihn hinunter. Wie ein Käfer lag er auf dem Rücken. Gefangen in seiner Radlerhose, die ihm die Beine an den Knien zusammengefesselt hatte. Ich streckte ihm gnädig die Hand entgegen, um ihm aufzuhelfen. Wortlos zupfte und rollte er die Hose einigermaßen in Position, als ich ihn endlich in der Senkrechten hatte. Sein Kopf war rot wie eine überreife Tomate. Kurzfristig gab ich mich der Hoffnung hin, ein Herzkollaps könnte ihn ereilen. Aber er raffte sich zusammen und lief ins Badezimmer.

Ich suchte mein T-Shirt und zog es mir über. Lauschte, wie er ungewöhnlich lange duschte. »Diesen Dreck, lieber Mann, den kriegst du nicht wieder ab, da kannst du schrubben, was du willst«, flüsterte ich. Es war mir nur allzu bewusst. Wenn dieses Sofa seinem wuchtigen Sprung standgehalten hätte, er hätte mich beinhart vergewaltigt. Mein christlicher Gatte.

Ich betrachtete das rettende Ding beinahe wehmütig. Ihm war nun nicht mehr zu helfen. Die beiden hinteren Holzbeine waren abgebrochen. Eine Seitenlehne hing weg wie ein Arm nach einem schrecklichen Trümmerbruch. Zudem tropfte aus der Hausbar Eierlikör auf seine grün-beige Rückenlehne. Die Flasche war beim Aufprall zu Bruch gegangen. Selbst gemacht. Aus dem Jahr 2007. Vielleicht von Gabi? Ich warf die klebrigen Reste in den Müll und wischte die Bar sauber. Auf dem Sofa ließ ich das grausliche Zeug drauf. Passte farblich ja einwandfrei.

Plötzlich stand Anton hinter mir. »Weißt du, was mir ein Kollege vor längerer Zeit einmal geraten hat? Was man mit einer hysterischen Frau am besten machen sollte?« Er zwang mich, ihn anzusehen. »Ordentlich ficken«, zischte er mir ins Gesicht. »So richtig durchputzen. Dann vergehen ihr die Flausen.« Er trat einen Schritt zurück und musterte mich von oben bis unten. »Wenn du dich das nächste Mal so hysterisch benimmst, dann werde ich mich an diesen Rat halten«, presste er schließlich hervor.

Mein Unterbewusstsein riet mir, den Mund zu halten. Obwohl ich ihm liebend gerne an den Kopf geworfen hätte, dass er es war, der hier hysterisch war, nicht ich. Aber die Vernunft siegte.

»Ich fahre jetzt in die Arbeit, Helene«, sagte er. »Solltest du am Abend, wenn ich nach Hause komme, nicht hier sein, werde ich augenblicklich eine Fahndung nach dir und deiner böhmischen Putzfrau einleiten.«

»Du schickst deine Frau tatsächlich in den Knast?« Jetzt konnte ich einfach nicht mehr schweigen. »Was werden denn deine Kollegen dazu sagen?« Ich wusste, dass ihm die Meinung seiner Kumpel enorm wichtig war.

»Du wirst deine Strafe absitzen, und ich werde dir großzügig verzeihen.«

»Ach ja. Die christliche Nächstenliebe.«

»Spar dir deinen Sarkasmus.« Ich zuckte zusammen, weil er mir wieder gefährlich nahe kam. Er würde doch nicht auf der Stelle mit seiner Hysterie-Therapie beginnen? »Ich sag dir, was mir peinlich wäre. Wenn du mich nach ein paar Monaten Ehe verlässt. Das stellt mich vor den Kollegen bloß. ›Der Anton kann seine Frau nicht einmal ein Jahr halten. Hast du es ihr nicht richtig besorgt?‹«

Ich zitterte bei dem Gedanken, er könnte es mir tatsächlich »besorgen«, aber er wandte sich angewidert ab und ging.

An der Tür drehte er sich noch einmal um und sagte: »Ich erwarte, dass du dich bei Gabi angemessen entschuldigst.«

17. Canossagang

Wahrscheinlich hätte ich es darauf ankommen lassen und einfach gehen müssen. Wer weiß, ob er seine Drohung wahr gemacht hätte. Aber ich fühlte mich durch die brutale Seite, die er mir gezeigt hatte, derart in die Enge getrieben, dass ich keinen anderen Ausweg sah. Ich hatte mich schon einmal von einem scheidungsunwilligen Gatten befreit. Moravec war zwar nicht allergisch wie mein Ex, aber ich würde seine persönlichen Schwächen gegen ihn ausnützen.

Ich duschte, bis nur noch lauwarmes Wasser aus der Brause tropfte, weil der Boiler leer war. Dann schlüpfte ich in den weichsten Jogger, den ich finden konnte, und ging zum Auto, das wie gewohnt vor dem Haus parkte. Sorgfältig achtete ich darauf, dass mich niemand beobachtete, als ich Terezas Päckchen aus den Tiefen des Kofferraums holte.

Am Wohnzimmertisch betrachtete ich die Gabe genauer. Es war eine alte, rostige Blechdose, ein wenig wie die Dosen, in denen meine Mutter den Kaffee aufbewahrte, damit er sein Aroma nicht verlor. Bloß, dass oben ein kleiner runder Deckel war wie bei einer Farbdose. Und die Aufschrift kein Genussmittel versprach.

»1 kg E 605-Staub. Vorsicht! Universal-Stäubemittel zur Bekämpfung saugender und fressender Schädlinge«.

Tereza hatte es gewusst. Das war genau, was ich brauchte. Für Anton, den saugenden und fressenden Schädling!

»Bei sachgemäßer Anwendung ungefährlich«.

Keine Angst. Ich würde das Zeug garantiert unsachgemäß anwenden!

Ich holte einen Schraubenzieher und drückte vorsichtig den rostigen Deckel hoch. Die Dose war schon einmal geöffnet, aber wieder ordentlich zugedrückt worden. Wie es aussah, vor langer Zeit. Ein stechender Geruch nach Knoblauch ließ mich zurückfahren. Bräunliches Pulver. Ich drückte den Deckel angeekelt wieder zu und las mir den Eintrag über dieses Schädlingsbekämpfungsmittel in Wikipedia durch.

Gut, dass der Deckel wieder drauf war. Allein die Berührung mit der Haut konnte schwerste Vergiftungen hervorrufen. Null Komma zwei Milligramm pro Kilogramm Körpergewicht wären zu hundert Prozent letal für den Menschen, hieß es da. Die Dose war halb voll. Damit konnte ich einen Völkermord begehen! Dabei wollte ich die Menschheit – insbesondere mich – ja nur von einem Parasiten befreien. Dieser Schädling hatte circa achtzig Kilogramm Lebendgewicht. Ein Löffelchen in den Kaffee. Gut geschätzt, Tereza! Sechzehn Milligramm, rechnete ich aus, würden ihn zu den Engeln befördern. Obwohl ich in der Zwischenzeit sicher war, dass auch er es dorthin nicht direkt schaffen würde. Einen Umweg über das Fegefeuer musste er wohl einrechnen, so wie er sich heute benommen hatte.

Am liebsten hätte ich ihm ja auf der Stelle einen Schlaftrunk gemixt oder ein Löffelchen in sein abendliches Bier getan, aber ich musste meinen Eifer zügeln. Vorschnelles Handeln ist fehleranfällig. Der Verdacht durfte auf gar keinen Fall auf mich fallen. Logischerweise musste ihm das Gift außer Haus verabreicht werden.

Die Erkenntnis, wie leicht ich dies einfädeln konnte, verschaffte mir trotz meines angekratzten Seelenzustands ein Hochgefühl.

Gabi!

Er musste durch Gabis Kost sein Leben aushauchen. Dieses dämliche Hin- und Hergeschiebe der Teller zu Mittag musste ich mir zunutze machen. Es war so einfach! Es folgte immer demselben Ritual. Karl tauschte mit Gabi. Anton nahm ritterlich Gabis Teller, weil er ihr ja blind vertraute. Einzig ich beteiligte mich normalerweise nie an diesem lächerlichen Geschiebe. Das Gift musste ich in meinen Teller tun und ausnahmsweise zum Schluss mit Anton tauschen. Weil ja auch ich zeigen wollte, dass ich Gabi wieder blind vertraute und die Hundesache vergessen war.

Man würde ihr später unterstellen, dass sie eigentlich mich, ihre Konkurrentin, hatte aus dem Weg räumen wollen. Sie hatte nicht damit rechnen können, dass ich mit Anton tauschen würde. Dass sie damit so ganz nebenbei leider ihrer Sandkastenliebe den Garaus machte, war eben Künstlerpech. Es war ein genialer Plan. Was sollte schon schiefgehen?

Einziger Wermutstropfen: Ich musste den Mittagstisch bei Gabi wieder aufleben lassen, was voraussetzte, dass ich mich bei ihr entschuldigte – und wohl auch bei Anton. Vorgeblich Reue zeigen, das ganze System, sowohl die nachbarliche als auch die eheliche Beziehung, nochmals quasi neu aufsetzen und rebooten.

Beim Gedanken an Zweiteres begann ich zu zittern. Aber wie anders sollte ich mich dauerhaft aus diesen Fesseln befreien? Kurz überlegte ich, ob es nicht doch klüger wäre, ein allumfassendes Geständnis abzulegen. Den Mord an Hermann zu gestehen und Armandos illegale Bestattung. Nach ein paar Jahren Gefängnis wäre ich wieder raus. Und der korrupte Anton wäre in der Zwischenzeit seinen Job los, weil er mich in diese Ehe gezwungen und Gabis Hundemord vertuscht hatte.

Aber ich würde auch Tereza mit ins Verderben ziehen. Sie würde garantiert lebenslänglich einfahren. Egal, ob sie beim Tod ihrer Männer nachgeholfen hatte oder nicht, Anton würde das so hinbasteln.

Und Emma? Was sollte unterdessen mit Emma geschehen? Zu Mama und diesem rotgesichtigen Casanova konnte ich sie nicht geben. Auch nicht zu Alma und ihrem Prügelanwalt. Endstation Kinderheim?

Ich schüttelte den Gedanken ab. Was waren dagegen ein paar Tage Ehetristesse? Es gab keine Alternative. Moravec musste weg. Je schneller, desto besser!

Ein Blick auf die Uhr zeigte mir, dass es bereits Mittag war. Ich zog mir Gummihandschuhe an und schüttete vorsichtig ein paar Häufchen von dem Stäubemittel in ein gut verschließbares Tupperdöschen mit dem herzigen Namen Gewürzzwerg. Davon konnte ich locker eines entbehren, da hatte ich gleich zehn Stück im Set zum vergünstigten Preis erstanden. Außerdem hatte es zwei Verschlusskappen. Eine für ein Teelöffelchen und eine zum Streuen. Ideal!

Diesen Liliputbecher verstaute ich im obersten hintersten Winkel eines Hängeschranks, wo Emma mit Sicherheit nicht hinkam. Die E-605-Dose traktierte ich mit meiner Abwaschbürste, um ja keine Fingerabdrücke und genetische Partikel, wie Anton das genannt hatte, zu hinterlassen. Dabei rubbelte ich wohl etwas zu heftig, ein Teil des alten Etiketts ging ab, und der rostige Unterboden schimmerte durch. Erschrocken legte ich die Bürste zur Seite, bevor ich das Ding noch löchrig schrubbte und damit unabsichtlich das Zeug auf meine Haut brachte.

Anton sollte daran verrecken, nicht ich!

Dann stieg ich die Treppe hoch und stellte mich ans Fenster, von wo ich einen guten Blick auf das Nachbarhaus hatte. Nach einer halben Stunde wurde mein Warten belohnt. Gabi rollte ihren Vater aus der Einfahrt. Sie stritten. Gabi wollte Karl eine Decke überwerfen, wogegen er sich – ohne Erfolg – sträubte. Ich wartete, bis sie außer Sichtweite waren, und lief mit dem Schädlingsbekämpfungsmittel bepackt in den nachbarlichen Garten. In ein paar schnellen Schritten war ich beim Schuppen.

Scheiße! Der erste Dämpfer. Gabi hatte ein Vorhangschloss angebracht. Wie sollte ich ihr das Zeug jetzt unterjubeln? Man musste die Giftquelle doch bei ihr finden. Das Tupperdöschen konnte ich ihr nicht dort lassen. Gabi verwendete nur billiges Plastikgeschirr aus dem Supermarkt. Man hätte den Wichtel sofort mit mir assoziieren können.

Ich wollte schon frustriert umkehren, da meldete sich der wiedererwachte Racheengel in mir. »Du wirst doch so schnell nicht aufgeben, Helene. Wo wird der Schlüssel für das Vorhangschloss schon sein?«, flüsterte er mir ins Ohr. »Sauber verwahrt in ihrem Schlüsselkästchen gleich im Eingangsbereich des Knusperhäuschens. Oder willst du dir deine Hysterie doch noch rausvögeln lassen?«

Der Engel hatte recht. Und ich wusste auch, wie ich ins Haus gelangen konnte, ohne einzubrechen. Der Notschlüssel fürs Rote Kreuz an der Haustüre! Karl hatte mir einmal den Zugangscode verraten. »Mein Geburtsjahr: 1945. Ist doch leicht zu merken, oder?«, hatte er gesagt. »Vielleicht ruf ich dich ja mal zu mir, wenn Gabi außer Haus ist.« Dabei hatte er mir zweideutig zugezwinkert. Alter Charmeur!

Danke, Karl. 1945. Das war wirklich einfach zu behalten.

Ich tippte die Zahl ein. Der Sesam öffnete sich wie versprochen. Es war auch keine Hexerei, den richtigen Schlüssel zu finden. Eigentlich waren es ja zwei. Nigelnagelneues Pärchen. Ich nahm es vom Haken, sperrte die Haustüre sicherheitshalber wieder zu, steckte die Schlüssel ein.

Auf den ersten Blick hatte sich in der Gartenhütte nichts verändert, seit ich das letzte Mal hier herumgeschnüffelt hatte. Auch nicht auf den zweiten. Und genau das war es, was ich nicht glauben konnte. Da stand doch tatsächlich dieser Kübel mit dem polnischen Rattengift. Diese Frau hatte die Stirn gehabt, ihn einfach wieder zurückzustellen nach der Hausdurchsuchung. An die exakt selbe Stelle!

Erst ärgerte ich mich kräftig über ihre Chuzpe, doch dann erkannte ich, wie günstig dieser Umstand eigentlich für mich war. Damit hatte ich sie nicht nur wegen des Mordes an Draco in der Hand. Ich konnte sie auch als Lügnerin überführen. Damit würde man ihr auch nicht glauben, wenn sie den Anschlag auf mich leugnete. Was für eine Fügung! Danke, Gabi!

Ich versteckte das E 605 gleich hinter dem Rattengift. Hier war es in guter Gesellschaft.

Sorgfältig darauf bedacht, dass mich niemand beobachtete, hängte ich das Vorhangschloss wieder ein, wischte alles sorgfältig ab und brachte das Schlüsselpärchen wieder an seinen Platz in Gabis Vorzimmer zurück. Zuletzt hängte ich den Notschlüssel in die Box und marschierte erleichtert den Gartenweg hinunter bis zum Tor. In dem Moment, wo ich es lautlos hinter mir zudrückte, bogen Gabi und Karl um die Kurve. Ich hatte gerade noch Zeit, meine Plastikhandschuhe abzustreifen. Pfuh! Das war ja mal knapp!

Karl winkte mir erfreut zu. Gabi schenkte mir einen bitterbösen Blick.

»Hallo. Ich wollte euch gerade besuchen«, stotterte ich.

Gabi wusste nicht so recht, wie sie reagieren sollte. Karl betrachtete uns aufmerksam, mischte sich aber nicht ein.

»Es tut mir leid, Gabi«, sagte ich und blickte zu Boden. Ich wunderte mich, wie leicht mir das über die Lippen ging. »Ich … Es war alles ein großer Irrtum. Anton hat mich überzeugt.« Wenigstens der letzte Satz stimmte zu einem gewissen Grad.

Gabi schob ihre Zähne nach vorne. »Daff du mir daf pfugetraut haft!«

»Wollt ihr mit rüberkommen auf einen Kaffee?«, schlug ich vor.

»Warum nicht? Pfu einem guten Täffchen fag ich nicht Nein. Kommft du mit, Papa?«

Karl winkte ab. »An Kaffee hab ich noch nie etwas finden können. Aber geh du nur auf ein Tratscherl zu Helene.«

Ein paar Minuten später saß Gabi bei mir am Tisch, knabberte an einem gekauften Keks und schwärmte über meinen Cappuccino. »Daf ift wirklich der befte Kaffee in gampf Baden. Fogar der Anton hat gefagt, daff ef daf Einpfige ift, waf du beffer kannft alf ich. Kaffeekochen.«

»Ach! Hat er das?« Ich wollte jetzt sicher nicht wissen, was diese Kanaille alles besser beherrschte als ich!

»Das ist aber auch keine hohe Kunst«, gab ich zu, weil ich ja gerade ihre allerbeste Freundin war. »Das macht meine Kaffeemaschine ganz automatisch. Willst du sehen?«

Ich zeigte ihr meinen Vollautomaten, und Gabi bekam leuchtende Augen. Sie schluckte zwar ein wenig, als ich ihr den Preis der Maschine nannte, doch plötzlich raffte sie sich auf und sagte: »Würdeft du mit mir pfum Elektromarkt fahren und fo eine Mafine für mich auffuchen? Ich laff mich immer über den Tiff pfiehn.«

»Von mir aus gerne. Wenn wir uns beeilen, schaffen wir das noch, bevor ich Emma aus dem Kindergarten hole.«

Wir erstanden das etwas billigere Vorgängermodell meines Fabrikats. Der Verkäufer erklärte uns, es wäre einfach nur etwas weniger Edelstahl und Chrom verbaut, was aber der Kaffeequalität keinen Abbruch täte.

Gabi war selig, auch weil wir fortan wieder ihren Mittagstisch bevölkern würden. »Der Papa ift fo waf von grantig, feit du nicht mehr kommft«, sagte sie.

Eine kleine Panne gab es noch, weil Emma zuerst nicht zu der Hexe ins Auto steigen wollte. Ich hoffte sehr, dass Gabi sie nicht verstanden hatte, und nahm sie behutsam zur Seite. »Schatz. Sie ist keine Hexe. Ich hab mir ihre Hände genau angeschaut. Hexen haben Krallen statt Fingernägel und keine Haare am Kopf.«

Zögernd kletterte sie in ihren Kindersitz. Auf der Fahrt verhielt sie sich gesittet, doch kurz bevor ich das Auto in unsere Straße lenkte, schrie Gabi auf. »Aua! Daf Kind hat mich an den Haaren gepfogen!«

»Emma!«, schimpfte ich. »Was soll das?«

Sie kniff ihren Mund zusammen.

»Ich glaube, sie wollte einfach dein schönes, seidiges Haar anfassen«, sagte ich. »Kinder sind ja so direkt.«

Aber Gabi hatte den Vorfall schon wieder vergessen, als ich ihr die Kaffeemaschine ins Haus trug. So viel Entgegenkommen hätte ich mir selbst gar nicht zugetraut.

Dem nächsten Versöhnungsschauspiel sah ich weit weniger gelassen entgegen. Anton kam sehr spät nach Hause. Entweder hatte er wirklich so viel zu tun gehabt, wie er behauptete, oder er hatte das Nachhausekommen gescheut. Wenn er ein schlechtes Gewissen hatte wegen seiner morgendlichen Brutalität, dann gelang es ihm allerdings hervorragend, dies zu verbergen. Er durchforstete zunächst seelenruhig den Kühlschrank, nahm sich ein Bier und las die Zeitung. Ich saß sprachlos neben ihm.

»Übrigens«, sagte er plötzlich und legte das Blatt zur Seite. »Heute wurde Anzeige erstattet wegen eines gefundenen Giftköders. Du siehst, da ist ein Tierhasser am Werk. Wir sind da dran.«

»Ich hab mich bei Gabi entschuldigt«, sagte ich.

»Ich weiß«, erwiderte er. »Sie hat mich angerufen.«

Ich schluckte. Anton telefonierte mit Gabi? Im Dienst? Regelmäßig?

»Dann weißt du sicherlich auch, dass wir wieder zu ihnen essen gehen, oder?«

»Ja sicher. Und es freut mich sehr«, sagte er und drückte mir einen feuchten Kuss auf die Wange. Ich stand auf und trug seine leere Bierflasche in die Küche. Im Kühlschrank fand ich eine halb volle Flasche Rotwein. Ich stemmte sie und nahm ein paar Beruhigungsschlucke, bevor ich mich zurück ins Wohnzimmer wagte.

»Ich bin ziemlich geschafft heute«, stammelte ich. »Ich leg mich jetzt nieder.«

»Bin gleich bei dir«, sagte er mit vielversprechendem Blick. Das Blut klumpte in meinen Adern. Dann nahm ich all meinen Mut zusammen. »Anton«, sagte ich. »Ich bitte dich, mich heute von meinen ehelichen Pflichten zu entbinden. Mir geht es nicht so gut.«

Er schaute mich treuherzig an und tätschelte meinen Unterarm. »Ist schon gut, Schatz. Ich sehe ja, dass du nicht mehr hysterisch bist«, sagte er und klatschte seine feuchte Lippe in mein Gesicht. Ließ sich aufs Sofa plumpsen und drückte die Fernbedienung.

Ich versuchte, aufrechten Ganges aus seinem Blickfeld zu gelangen. Dann hastete ich die Stiegen hinauf, warf mich aufs Bett und vergrub mein Gesicht im Polster. Mein Körper zuckte. Meine Beine traten in die Luft, als liefen sie um ihr Leben. Ich betete, dass dieser – echt hysterische – Anfall vorbeigehen würde, bevor er zu mir ins Bett stieg.

18. Schicksal

Die nächsten zwei Tage hatte ich Schonzeit, weil Anton langen Dienst hatte. Ich ging allein zu Gabi, musste keine Begattungen über mich ergehen lassen, alles friedlich. Doch am dritten Tag stieß Anton wieder zu uns. Dass er nach seiner Radtour nicht in mich stieß, konnte ich unter Vorschützen meiner Tage abwenden. Freilich war mir klar, dass diese Ausrede ein Ablaufdatum hatte. Jetzt musste es schnell gehen.

Die erste gemeinsame Mittagsmahlzeit bei Gabi wollte ich für einen letzten Check nutzen. Alles lief wie am Schnürchen. Ich ging der Hausfrau beim Tellereinstellen zur Hand. Gelegenheit genug, das Gift zeugenfrei in mein Essen zu streuen. Ich hatte zu Hause fleißig mit einem Gewürzbecher voll Salz geübt, wie ich die Klappe unauffällig hochziehen und wieder verschließen konnte, ohne versehentlich mit dem Pulver in Berührung zu kommen. Das erforderte einiges an Geschick, aber nach ein paar Fehlversuchen hatte ich den Dreh raus. Auch welche Bluse ich tragen musste, wusste ich bereits. Den Leinenkaftan mit den großen Seitentaschen!

Die dämliche Teller-Nummer verlief am Testtag reibungslos, wie an all den anderen Tagen zuvor. Karl schob automatisch seinen Teller an Gabis Platz und nahm den ihren, worauf sich Anton diesen Teller mit den Worten »Ich vertraue Gabi blind« schnappte. Einzig ich enthielt mich des finalen Austauschs. Noch!

Gleich nach dem Essen brachte Anton Gabi zum Strahlen, weil er ihren Kaffee über den grünen Klee lobte und »Gabi, so einen guten Kaffee hab ich ja noch nie getrunken!« ausrief.

»Daf macht die neue Efpreffomafine«, schnaufte sie bescheiden. Ich persönlich fand ja, dass ihr der Milchschaum bei Weitem nicht so gut gelungen war wie mir, aber Anton nahm seinen Kaffee schwarz. Da konnte sie gar nichts falsch machen.

»Ich bin froh, dass ihr euch wieder vertragt«, sagte Karl beim anschließenden Spaziergang. »Die Frau war kaum auszuhalten nach der Hausdurchsuchung.«

»Tut mir leid«, sagte ich. »Aber ich war mir sicher, dass sie Draco vergiftet hat.«

»Oh!«, sagte Karl. »Das steht für mich außer Zweifel.« Das kam jetzt doch etwas unerwartet.

»Aber warum? Ich dachte, sie hätte sich an Draco gewöhnt«, sagte ich. Ich musste überrascht tun, so als ob Anton mich wirklich von Gabis Unschuld überzeugt hätte.

»Hat sie auch. Es ging nie um den Hund. Sie ist auf dich eifersüchtig, Helene. Sie hat nie aufgehört, den Anton zu lieben.«

»Seit der Sandkiste?«

»Du weißt, dass die beiden heiraten wollten?«

»Echt jetzt? Anton hat einmal was von einer Sandkastenliebe zwischen ihm und Gabi gefaselt. Und dass er schon einmal verlobt war. Aber seine Mutter dürfte die Frau vergrault haben. Sie war geschieden und älter! Aber dass er mit Gabi zusammen war, das hat er mir verschwiegen.« Jetzt wunderte mich gar nichts mehr.

»Das war vor dieser anderen Frau. Und offiziell waren sie ja nie ein Paar. Die Mütter hätten es wohl gerne gesehen, dass sie heiraten ...« Karl seufzte. »Aber ich war dagegen.«

Das wollte ich genauer wissen. Ich setzte mich auf eine Parkbank und drehte Karl zu mir, dass ich ihm ins Gesicht schauen konnte.

»Du hast sie auseinandergebracht? Warum?«

»Ach. Sie waren noch so jung. Ich wollte nicht, dass sie es später bereuen.«

Plötzlich kicherte er und fuhr sich mit der Zunge über die Lippen, als ob er etwas Süßes wegschlecken wollte. »Hab ich dir eigentlich erzählt, wie Gabi zustande gekommen ist?«

»Nein. Schieß los!«

»Ich hab in jungen Jahren, bevor ich zur Bahn bin, als Installateur gearbeitet. Eines Tages sollte ich bei Gerlindes Eltern eine kleine Reparatur erledigen.« Er lächelte verklärt. »Ein junges Mädchen öffnet mir. Im Nachthemd. Krank. Angeblich. Die ganze Zeit, während ich mich mit einem verstopften Siphon abmühe, steht sie in der Tür und beobachtet mich. Ich war ja auch ein Kerl. Muskeln aus Stahl. Braun gebrannt. Stell dir einen Hollywoodstar vor. Mit blauen Augen, blonden Haaren.«

»Terence Hill?«

»Perfekt!« Karl grinste selbstverliebt. Die Augen blitzten hinter seinen Gläsern auf. Dann seufzte er. »Das Fleisch ist schwach.«

»Was! Du hast sie vernascht?«

»Eher umgekehrt, würde ich sagen. Wie auch immer. Gabi war das Resultat. Und dass mich die Firma gefeuert hat.«

»Und du Gerlinde heiraten musstest.«

»Sie hätten mich nicht zwingen können. Aber für mich war es, aus damaliger Sicht, Ehrensache. Ich hatte ja keine Ahnung, dass wir uns gegenseitig das Leben zur Hölle machen würden. So sehr, dass sie mich letztlich sogar vergiften wollte!«

»Also ist es wahr? Du solltest sterben, nicht sie?«

»Auch wenn es mir keiner glaubt. Das ist ein Faktum.«

»Und was ist schiefgelaufen – aus ihrer Sicht?«

»Ich hab's geschnallt. Das ist schiefgelaufen. Weil mir ständig nach dem Essen schlecht war, obwohl die Medikation nicht geändert worden war.« Karl wischte sich mit der Hand über den Mund, als ob er jetzt noch das Gift auf den Lippen spürte.

»Erst hab ich mir gedacht, ich sprech sie darauf an. Aber du kennst ja Gabi. Sie ist wie die Mutter. Gerlinde hätte ebenfalls alles abgestritten. Also hab ich mir was Besseres ausgedacht. Sie hat ja immer erst unsere Teller eingestellt, dann ist sie zurück in die Küche um das Wasser. Da hab ich dann einfach die Teller getauscht.«

»Und sie hat sich so langsam selber vergiftet?«

Karl schüttelte den Kopf. »Nein, da noch nicht. Obwohl. Sie hätte sich vergiftet, wenn ich es zugelassen hätte. Von Tag zu Tag ist sie blasser geworden. Und Appetit hat sie auch keinen mehr gehabt. Ich wollte das Experiment schon abbrechen, da hat sie es anscheinend kapiert. Sie muss mich heimlich beobachtet haben, wie ich die Teller tausche. Jedenfalls hat sie ihre Taktik geändert. Sie hat zu etwas gegriffen, was schneller wirkt, und den Teller mit dem Gift sich selbst hingestellt. Nur ich hab nicht mitgespielt.«

Seine Hand zitterte, als er sich durchs Haar fuhr. »Nenn es Instinkt. Vorsehung. Sie ist mir so eigenartig vorgekommen an diesem Tag. So übertrieben freundlich! Gegen meine Gewohnheit hab ich die Teller nicht getauscht. Der Rest ist Geschichte.«

»Pfuh! Da hast du aber Glück gehabt!«, rief ich aus.

»Vielleicht. Vielleicht wäre es auch besser gewesen, wenn ich …«

»So etwas darfst du nicht einmal denken, Karl!«, schimpfte ich.

»Wie auch immer«, seufzte er. »Das Schicksal einer lieblosen Ehe, das wollte ich den Kindern ersparen. Anton sollte wenigstens vorher mit seiner Ausbildung fertig sein. Ich hab mir gedacht, wenn sie sich gernhaben, dann können sie auch warten.«

Karl starrte einen Moment lang ins Leere. Dann packte er meine Hand. »Gabi war völlig geknickt, als sie draufgekommen ist, dass Anton eine andere hat. Noch dazu eine viel Hübschere als sie. Und hat natürlich mir die Schuld gegeben.«

»Aber das ist doch Blödsinn. Antons Liebe war anscheinend nicht groß genug.«

Er seufzte. »Bis heute weiß ich nicht, ob es richtig war von mir. Weil, dass sie nie aufgehört hat, sich auf ihn Hoffnungen zu machen, das ist mir jetzt wieder klar geworden. Und du musst es nun büßen. Und Draco. Das tut mir leid.«

Karl streichelte mir traurig die Hand.

»Ich sag dir was, Karl. Es war einfach Schicksal. Und das mit der Schuld, das ist so eine Sache, die werden wir in der hiesigen Welt nicht klären können. Auch nicht, ob Gabi Draco vergiftet hat. Ich kann es nicht beweisen«, sagte ich. »Lassen wir es bei der Unschuldsvermutung. Es ist besser so für uns alle.«

Anton kam spät nach Hause, er hatte noch ein paar Überstunden geschoben, wenn die liebe Gattin schon ihre Tage hatte. Er schwang sich neben mich, gab mir einen Gute-Nacht-Schmatz und drehte sich zur Seite. Binnen Minuten war er eingeschlafen.

Ich wischte mir die feuchte Stelle ab und versuchte, es ihm gleichzutun. Mit mäßigem Erfolg. Mal war es mir zu heiß, also deckte ich mich ab, worauf mir wieder entsetzlich kalt wurde. Manchmal zitterte ich nicht nur wegen der Kälte, sondern wegen der Bilder, die in mir hochstiegen. Das schlimmste Szenario war, dass Karl seinen Teller aus unerfindlichen Gründen plötzlich nicht tauschen wollte. Hatte er nicht schon einmal einen sechsten Sinn entwickelt?

Schließlich fiel ich doch in einen unruhigen Schlaf, der mir aber keine Erholung brachte. Ich träumte von einem Hütchenspieler, der in einem Affenzahn Teller hin und her schob. Schweißgebadet wachte ich auf, als Anton sich in sein Radtrikot zwängte.

»Ich fahr heute eine längere Runde, Schatz. Wenn du schon deine Tage hast.«

»Ist schon recht. Wir sind um zwölf bei Gabi.«

»Locker. Da kann ich auch noch vorher duschen.«

Vor Gabi wurde also geduscht. Ihr konnte er seinen Schweißgeruch nicht zumuten, aber die Ehefrau durfte aus Sparsamkeitsgründen an ihm schnuppern. Ich schleppte mich ins Kinderzimmer und weckte Emma. Brachte sie gerade noch rechtzeitig in den Kindergarten, bevor sie die Türen schlossen.

Dann fuhr ich ins nahe gelegene Möbelhaus und kaufte das hässlichste Sofa, das ich finden konnte. Man versprach, es innerhalb einer Woche zu liefern und auch das kaputte Sofa zu entsorgen.

Zu Hause zog ich mir statt des T-Shirts die große Leinenbluse an, holte den bösen Gewürzwichtel aus seinem Versteck und verstaute ihn in den geräumigen Taschen meiner Bluse.

»Du bist blass heute«, sagte der frisch geduschte Anton, als wir uns zu Gabi aufmachten.

»Ich weiß«, sagte ich. »Das sind die Tage.«

Anton nickte verständnisvoll.

Ein vertrauter Geruch schlug mir entgegen, noch konnte ich ihn nicht zuordnen. Wir nahmen Platz. Karl schäkerte mit mir. Es fiel mir schwer, mit ihm zu flirten.

Und dann kam der große Moment.

»Effen ift fertig! Hilfft du mir beim Fervieren, Helene?« Gabi steckte ihre Zähne zur Tür herein.

Mein Körper produzierte Schweiß für ein ganzes Soldatenbataillon. Ich wischte meine Hände in die Bluse. Nach einem Moment der Sammlung wollte ich mich erheben, um Gabi in die Küche zu folgen. Da sprang Anton auf. »Lass nur, Schatz. Das mach heute ich. Wo du doch deine Tage hast.«

Gabi strahlte.

Es hätte Chili con Carne mit Knoblauchbaguette gegeben. Wie am Tag meiner Verlobung. Das hatte fast symbolischen Charakter. Das Menü, so unpassend es auch für ein romantisches Dinner war, so perfekt wäre es für meinen heutigen Zweck gewesen. Der Knoblauchgeruch des Giftes wäre nicht aufgefallen, und das Chilipulver hätte den bitteren Geschmack übertüncht. Ich fühlte mich vom Schicksal regelrecht verarscht.

»Alles in Ordnung mit dir?«, fragte Karl, als ich mit zittriger Hand meinen Teller von Anton entgegennahm.

»Sie hat ihre Tage«, sagte mein Mann feinfühlig.

Die ganze Mahlzeit lang verbrachte ich in einer Art Trancezustand. Natürlich hätte es geklappt. Die Teller wurden nach Tradition verschoben und landeten alle dort, wo sie hingehörten. Ich hätte sie mit einem pseudoversöhnlichen finalen Tellertausch beide auf einen Schlag losgehabt. Meinen Peiniger hätte ich zu den Sternen und die Mörderin meines Hundes ins Gefängnis geschickt.

Ich stocherte im Chili. Aß ein paar Bissen vom Knoblauchbrot. Mein Racheengel ging hart mit mir ins Gericht. »Was bist du doch für eine Versagerin, Helene. Du hattest es in der Hand. Wer weiß, wann du wieder so eine Chance bekommen wirst. Nur weil du den Arsch nicht in die Höhe kriegst? Und deine fingierten Tage werden dich auch nicht ewig schützen.«

Endlich wurde abserviert, und es gab Kaffee. Die einzige Droge, die mich etwas aufputschen konnte.

Gabi verschwand in die Küche. Ein paar Minuten später kam sie zurück. »Helene. Kannft du mir mit der Efpreffomafine helfen? Ein Lämpchen blinkt, und ef kommt kein Milchfaum«, sagte sie.

Ich erhob mich und schleppte mich in die Küche. Das Gerät musste bloß entlüftet werden. Gabi schaute mir aufmerksam zu und nickte unentwegt.

»Alles klar?«, fragte ich und wollte schon wieder an meinen Platz gehen, als mich ihre Worte trafen wie der Blitz.

»Du kannft dem Morli feinen Grofm Fwarpfm gleich mitnehmen.«

Na klar! Gib ihm ein Löffelchen in den Kaffee, hatte Tereza gesagt. Und es war völlig ungefährlich. Anton trank seinen Kaffee schwarz ohne alles. Ich nahm eine Melange und Gabi einen Cappuccino mit Zucker und Kakaopulver. Verwechslungen waren ausgeschlossen. Und, was noch viel wichtiger war: Karl trank keinen Kaffee.

Ich hob den Deckel des Gewürzzwerges vorsichtig an, wie ich es tausendmal geübt hatte. Das ging schon mal wie geschmiert. Während Gabi sich auf das Programmieren des nächsten Heißgetränks konzentrierte, stäubte ich ein wenig von dem Gift auf Antons Großen Schwarzen. Drückte den Deckel wieder zu.

Es roch ein wenig scharf, als ich ihm die Tasse vorsetzte, aber Anton hatte ja bekanntlich kein so feines Näschen wie ich. Er zuckte nicht mit der Wimper.

Eine innere Ruhe bemächtigte sich meiner. Du hast es getan!

Ich schickte mich an, meine Melange zu holen, da sagte Karl: »Ach was! Wenn das Gesöff wirklich so gut ist, wie ihr alle sagt, dann lass mich mal kosten, Anton.«

»Bitte schön. Bedien dich!«, sagte Anton und schob ihm seinen Kaffee hin. Karl rührte einmal kräftig um und nahm einen kleinen Schluck.

Ich ließ mich auf meinen Stuhl fallen und beobachtete ihn entsetzt.

»Brrr! Dass ihr so etwas Bitteres gut finden könnt!« Angewidert schob er die Tasse von sich.

»Wo bleibft du denn?« Gabi steckte erneut ihren Kopf durch die Tür. »Der föne Faum pfergeht fon gampf.« Sie hatte meine Melange in der Hand.

»Waff ift mit dem Grofm Fwarpfm?«, fragte sie, nachdem der Kaffee in der Mitte des Tisches stand und aus Antons Ecke keine Lobeshymnen über den Kaffee kamen.

»Karl hat ihn gekostet. Er findet ihn bitter«, stammelte ich.

»Dann pfucker ihn einfach«, sagte Gabi und schaufelte ihrem Vater zwei Löffelchen Zucker in den Kaffee. Der rührte wieder um und steckte seine Zunge rein. »Vergiss es!«, sagte er.

Gabi entriss ihm die Tasse und stampfte wutentbrannt mit dem schwarzen Gesöff in die Küche zurück, stellte kurz darauf Anton einen neuen Kaffee hin und holte sich zum Schluss ihren Cappuccino.

Aus den Augenwinkeln beobachtete ich Karl. Wie viel von dem E 605 hatte er wohl abbekommen? Er war ein alter Mann. Hatte auch ein paar Kilos weniger auf den Rippen als Anton. Meine Güte! Hatte ich es doch noch geschafft, einen Freund zu killen? Andererseits hatte er kaum etwas davon hinuntergeschluckt. Und gottlob zuvor auch noch kräftig umgerührt. Wenn er den gesamten Inhalt getrunken hätte, wäre er in wenigen Stunden tot. Jetzt war praktisch alles möglich. Von ein wenig übel bis Exitus. Meine Hand zitterte, als ich meine Schale auf die Untertasse stellte.

»Ich muss euch jetzt erzählen, was gestern bei uns los war. Das wird euch interessieren«, sagte Anton. Er ließ seinen Blick in die Runde schweifen und wartete, bis wir alle ganz Ohr waren. »Diese tierhassende Person hat wieder zugeschlagen!«

Jetzt hatte er die Aufmerksamkeit aller.

»Eine wachsame Hundebesitzerin hat eine präparierte Wurst gefunden und den Köder zu uns gebracht. Ihr Hund hat übrigens nichts abgekriegt, sie hat halt gut aufgepasst.«

Das war ein Hieb gegen mich, die ich nicht fähig gewesen war, meinen Hund zu beschützen.

»Wir haben daraufhin ein paar Infrarotkameras in der Umgebung angebracht, wo die Leute gerne Gassi gehen mit ihren Hunden. Und siehe da: Vorgestern ist uns eine Frau in die Falle getappt.«

»Woher willft du denn wiffen, daff ef eine Frau ift?«

Ortete ich da Sorge in Gabis Gesicht?

»An der Körpergröße. Den Bewegungen. So was sieht man halt.«

»Habt ihr die Person identifizieren können?« Jetzt wurde es auch für mich spannend.

»Noch nicht. Aber ein Kollege hat sich gestern auf die Lauer gelegt.«

»Und ihr habt fie erwifft?« Gabis Augen wurden immer größer.

»Leider nein«, sagte Anton. »Aber wir waren ganz knapp dran. Der Kollege hat's verbockt, aber wir konnten ein paar Spuren sichern. Das nächste Mal schnappen wir diese Kanaille bestimmt!«

Anton schlürfte genüsslich seinen Kaffee. Das liebte er. Wenn ihm alle zuhörten.

»Ich persönlich«, fuhr er fort, »finde ja, dass da nicht viel Unterschied ist, ob jemand einen Menschen oder ein Tier heimtückisch umbringt. Abgesehen davon könnten ja auch Kinder an das tödliche Gift gelangen. Diese Leute sind wie Schwerverbrecher zu behandeln, das ist kein Kavaliersdelikt.«

»Ganz meine Rede«, sagte ich und checkte heimlich Gabis Reaktion. Sie saß wie versteinert auf ihrem Stuhl. Die Augen weit aufgerissen.

Anton schob seine Kaffeetasse zur Seite. »Was für ein krönender Abschluss eines wunderbaren Essens«, sagte er und erhob sich. »Nehmt ihr mich heute mal mit auf euren Spaziergang?«, fragte er.

»Ach«, sagte ich. »Wenn ihr nichts dagegen habt, dann geht bitte ohne mich. Ich fühl mich nicht wohl.«

»Dann werde ich Helene erfepfen!«

Karl winkte mir traurig nach.

Am Abend schaute ich mit Anton eine doppelte Universum-Folge. Genau das Richtige für meine angekratzten Nerven. Schöne Bilder, keine Konzentration vonnöten und keine Gefahr von Herz-Kreislauf-Zusammenbrüchen. Langsam ebbte meine Unruhe ab. Falls Karl Gift abbekommen hatte, dann mussten seine Symptome milde verlaufen sein, andernfalls wäre schon längst ein Rettungswagen vorgefahren.

Doch dann ging es Schlag auf Schlag.

Zuerst hörten wir ein Martinshorn. Mein Puls ging mit derselben Frequenz in die Höhe, wie das Geräusch näher kam. Kurz darauf setzte ein Blitzlichtgewitter vor dem Nachbarhaus ein. Erst ein Notarztwagen. Dann zwei Polizeiautos.

Anton lief hinüber und sprach mit den Kollegen. Ich stand am Gangfenster und musste untätig zusehen, wie man eine Bahre aus dem Haus trug. Wenigstens war es kein Sarg. Die Tatsache, dass Menschen in weißen Schutzanzügen und Gasmasken Haus und Garten durchforsteten, trug auch nicht gerade zu meiner Beruhigung bei.

Erst als der Notarztwagen weg war, ging ich wieder ins Wohnzimmer und wartete auf Anton. Leider sprang neben meiner Phantasie auch mein logisches Gedächtnis wieder an. Ich hätte mich ohrfeigen können, meinem Impuls zu folgen und das Zeug in den Kaffee zu tun. Abgesehen davon, dass es die falsche Person erwischt hatte. Nun würde man die Tat nicht Gabi zuordnen. Essensreste, Geschirr und Gläser würden chemisch analysiert werden. Wir alle würden uns einem Verhör stellen müssen. Und die Sache mit dem Großen Schwarzen würde auffliegen. Man würde – völlig zu Recht – schließen, dass das Gift ursprünglich für Anton gedacht war. Karl hatte es nur zufällig abbekommen. Und wer hatte den bösen Kaffee eingestellt? Seine liebe Gattin! Ich Idiotin hätte auf die nächste Gelegenheit warten müssen. Das hatte ich nun von meiner Ungeduld. Alles würde auffliegen!

Anton erschien in der Tür wie ein Geist. Kreidebleich. Ringe unter den glühenden Augen. Wir zitterten synchron. Hatte er es schon gecheckt, dass ich ihn …?

»Es ist meine Schuld!«, sagte er. »Ich hab sie auf dem Ge-
wissen!« Kraftlos ließ er sich neben mir am Tisch nieder.
»Was sagst du da?« Ich rüttelte ihn, weil er nicht reagierte.
Es war, als ob er durch mich hindurchschaute.
»Gabi hat sich das Leben genommen«, stieß er endlich hervor.
»Gabi?« Ich sprang auf. Meine Hand fuhr zum Mund, um
einen Schrei zu unterdrücken. »Aber wie ...?«
»Vergiftet.« Anton schlug sich die Hände vors Gesicht. Stammelte was von erblicher Disposition. Panikreaktion. Als er sich
endlich wieder im Griff hatte, sagte er: »Ich dürfte dir das ja gar
nicht verraten, Helene. Aber nachdem dir Karl sowieso alles
erzählen wird ...« Er schüttelte erst ungläubig den Kopf, bevor
er mit seiner Erzählung fortfuhr, während ich versuchte, meine
Angst – und Hoffnung – im Zaum zu halten.
    »Karl hat sich nach unserem Spaziergang hingelegt. Es ging
ihm nicht so gut. Die vielen Bohnen, meint er. Und als er auf-
gewacht ist, war es schon finster. Das hat ihn schon stutzig gemacht. Warum Gabi ihn nicht aufgeweckt hat zum Abendessen.
Jedenfalls musste er auf Toilette und hat nach ihr gerufen. Aber
sie ist nicht gekommen. In der Küche hat er sie dann gefunden.
Mit dem Kopf am Tisch. Daneben ein umgeworfener Eisbecher.
Den Rest erspar ich dir. Schrecklich!«
    Er schnäuzte sich kräftig in sein Taschentuch und wischte
sich damit die Schweißperlen von der Stirn.
    Ich holte eine Flasche Bier aus dem Kühlschrank und schenkte
uns beiden ein Glas ein. In der Trauer wollte ich mich solidarisch
zeigen. Obwohl ich ahnte, wie es sich zugetragen hatte, musste
ich nachfragen. Ich brauchte Gewissheit.
    »Versteh ich das richtig, sie hat sich mit einem Eis vergiftet?«
    »Eiskaffee«, flüsterte Anton. »Sie hat was reingemixt.«
    »Polnisches Rattengift?« Ich fragte nicht aus purer Böswillig-
keit, zumindest nicht ausschließlich, sondern weil Anton diese
Frage von mir erwarten würde.
    Er verneinte heftig. »Mit einem alten Schädlingsbekämpfungs-
mittel. E 605.«
    »Nie gehört«, sagte ich.

»›Schwiegermuttergift‹ hat man früher dazu gesagt. Sie haben eine Dose davon im Schuppen gefunden. Der Laborbericht steht zwar noch aus, aber der Doktor meint, die Symptome passen. Und das Glas mit dem Rest vom Eiskaffee haben sie mitgenommen, wie du dir vorstellen kannst. Niemand bezweifelt, dass sie daran Spuren von dem Gift finden werden. Es riecht schon so grauslich, hat der Typ von der Spurensicherung gesagt. Sie muss da ordentlich Zucker reingetan haben, dass sie das überhaupt runtergebracht hat.«

Ich nickte. Auch ich hegte nun keinerlei Zweifel mehr. Sie hatte Antons Großen Schwarzen nicht entsorgt, wie es sich gehört hätte, sondern sich damit später diesen tödlichen Eisbecher gemixt. Meine Güte! Ein abgestandenes, stinkendes Geschlader! Wo doch per Knopfdruck sofort ein aromatisches Getränk parat gewesen wäre. Typischer Fall von am falschen Ort gespart. Und auch von selber schuld.

Mein schlechtes Gewissen hielt sich in Grenzen. Das war nun eben die Strafe für den Mord an meinem Hund. Das Schicksal hatte es so entschieden – und auch Anton. Mit seinem lässigen Umgang bezüglich Wahrheitsfindung. Antons Gewissensbisse waren entsprechend überbordend. Und auch hausgemacht, wenn man es genau nimmt. Erst lässt er sie wegen einer hübscheren Frau sitzen, dann halst er ihr eine Ehefrau als Kostgängerin auf.

»Und warum glaubst du, dass du daran schuld bist, Anton?« Meine Stimme klang fremd. Wie von einer Psychologin.

Er fuhr sich mit dem Finger in seinen Kragen, als ob er Kies entfernen wollte. »Die Rattengiftsache, Helene. Die hab ich völlig falsch gehändelt. Ich hab Gabi angerufen, bevor wir ihren Schuppen auf den Kopf gestellt haben. Wollte ihr dadurch die Chance geben, das Zeug verschwinden zu lassen.«

»Und hast so ganz nebenbei ein paar Fotos vom Handy deiner Frau gelöscht.«

»Jaja. Aber darum geht es jetzt nicht.«

Ich hielt lieber die Klappe. Wer weiß, wie er in seiner Seelenpein reagierte.

»Schau, Helene. Sie hat so vehement geleugnet, dass sie schuld an Dracos Tod ist. Wenn ich jetzt hochoffiziell das Gift bei ihr finde, dann ist sie als Lügnerin und Hundemörderin entlarvt. Ausgerechnet durch mich! Sie hat befürchtet, dass das unsere Freundschaft beenden würde. Ich hab ihr das einfach nicht antun können.«

»Da redest du lieber deiner Frau eine Psychose ein, alles klar.« Die noble Zurückhaltung meinerseits war gewichen. Aber er ging sowieso nicht darauf ein, sondern zerfloss weiter in Selbstmitleid.

»Sie hat weitere Köder ausgelegt. Um von sich abzulenken und ihre Unschuld zu untermauern, vermute ich. Mit sehr geringen Giftdosen, wie mir das Labor versichert hat, aber so, dass jemand sie finden würde. Und dann komm ich mit den Infrarotkameras daher.«

Antons Hand zitterte, als er sein Glas zum Mund führte. »Helene!«, sagte er. »Die Geschichte mit den Infrarotkameras ist gar nicht wahr. Auch nicht, dass wir eine Spur verfolgen. Hab ich alles nur erfunden, damit sie aufhört mit dem Köderauslegen, bevor man sie dabei erwischt.«

Mit einem Schwung hatte er das halbe Glas geleert. Mit der freien Hand wischte er sich den Bierschaum ab. »Und dann übertreib ich es zum Schluss noch so mit dem Verbrechen der Tierquälerei und dass das praktisch gleichzusetzen ist mit einem Mord«, jammerte er. »Das hat ihr den Rest gegeben.«

Wupps war das Glas leer. Diesmal fuhr er sich nicht nur über den Mund, sondern auch über die Augen.

»Und sie bringt sich lieber um, als dass du Böses von ihr denkst?« Wie naiv konnte ein Kriminalinspektor eigentlich sein, nur weil sein Ego angekratzt war?

»So sieht es aus, ja«, seufzte er. »Die Untersuchungen sind noch nicht abgeschlossen, aber das Ergebnis kann ich schon vorwegnehmen. Offiziell wird es heißen, sie hat die Situation mit ihrem pflegebedürftigen Vater nicht mehr ausgehalten. So wie ihre Mutter halt. Veranlagung zum Selbstmord ist ja auch erblich. Aber ich weiß, dass sie aus anderen Gründen von uns gegangen ist.«

Ich nickte. Da hatte er unbedingt recht.

»Sie muss dich über alles geliebt haben«, sagte ich mit Nachdruck und verteilte den Rest des Biers auf unsere Gläser. Diese Schuld musste er wohl mit ins Grab nehmen. So viele Nieren konnte er gar nicht spenden, um das zu kompensieren.

19. Neustart und Plan B

»Sieht ja aus wie Dschungel hier!« Tereza schlug die Hände über dem Kopf zusammen, als ich das Auto in die Einfahrt zur Villa rollen ließ.

Ich hatte sie angerufen und meine Panne gestanden.

»Seh ich schon, muss ich Sache selber nehmen in Hand«, sagte sie. Mein Argument, dass ich die Nase von misslungenen Mordversuchen voll hätte und bei einem neuerlichen Versuch entweder im Knast oder in der Klapsmühle landen würde, ließ sie nicht gelten. Auch, dass wir kein Gift mehr zur Hand hatten, konnte sie nicht von ihrem Vorhaben abbringen, mich von meinem Peiniger zu befreien.

»Missen wir halt ieberlegen andere Tätungsmäglichkeit«, hatte sie erklärt und sich in den Zug gesetzt.

»Ein bisschen Sichtschutz kann nicht schaden«, kommentierte ich die üppige Hecke. »Du musst höllisch aufpassen, Tereza. Anton fährt hier manchmal mit dem Rad vorbei. Wenn der dich sieht, dann ist es aus!«

Wir lüfteten das Haus durch. »Um Staub ich kimmere morgen«, seufzte sie. »Mach ich erst einmal Kiche wieder flott. Geh du mit Emma in Garten spielen. Ruf ich eich, wenn Essen ist fertig.«

Emma war selig, weil wir heute hier übernachten wollten. Wir pflückten Blumen und banden sie zu hübschen Kränzen. Einen davon bekam Tereza ins Haar gesteckt. Am liebsten hätte ich Fotos von ihr geschossen, aber ich konnte nicht sicher sein, ob Anton nicht wieder meine Bildergalerie überprüfte. Ihm war schlichtweg nicht mehr zu trauen.

Zum Nachtmahl servierte sie uns eine riesige Pfanne Eierspeise. Mit frischem Salat und Bauernbrot. Trotz der Schlichtheit ein Gaumenschmaus. »Ach, Tereza«, stöhnte ich mit vollem Bauch. »Bei dir schmeckt sogar das einfachste Gericht himmlisch. Wie machst du das?«

»Nehm ich nur gute Zutaten«, sagte sie. »Bio-Eier von lokale Bauer und Brot aus Bauernladen. Salz, Pfeffer und Kraiter. Fertig. Brauchst du nicht Geschmack verstärken mit Klumpert aus Chemiekasten.«

Als Emma schließlich im Bett war, konnten wir mit der Lagebesprechung loslegen.

»Zuerst, Tereza, muss ich genau wissen, was an Antons Anschuldigungen dran ist. Kann er dich hinter Gitter bringen? Wenn ja, wofür?«, fragte ich wie ein richtiger Strafverteidiger.

Tereza seufzte. »Iber Tod von meine Männer, er kann nachträglich nichts Bäses finden. Bin ich Witwe vällig legal«, sagte sie. »Wegen Armando du brauchst auch keine Sorge machen. Ohne Leiche wird schwierig fir Polizei. Und wissen wir beide, dass kännen nicht finden. Aber diese Priester. War großes Blädsinn von mir. War ich so glicklich damals, dass alles ist gut vorbei. Mit Tod von deine Mann und seine missratene Sohn. Und dann kommt daher diese Mensch und will alles zerstären? Hab ich nicht viel nachgedacht, stimmt schon. Mehr Eingebung.«

»Und woher hattest du so schnell Digitalis zur Hand?«

»Bin ich alte Sammlerin, Helene. Hab ich mitgenommen aus Bauernhaus damals alles, was kann man brauchen und ist nicht zu schwer fir Gepäck. Medikamente zum Beispiel. War auch Schachtel Herztabletten dabei von Ignaz, was er hat nicht mehr gebraucht. Ist er schon vorher gestorben. Natierliche Tod!« Sie sah mich beschwörend an, dass ich ihr glauben sollte. Mir war sowieso egal, wie dieser Ignaz zu Tode gekommen war.

»Hab ich zerdrickt ein bisserl was davon in Märser und gemischt in Zucker, was ich auf Strudel für schwule Priester gestreit hab. Weiß ich, dass Polizei nach drei Jahre kann beweisen, dass Äpfel sind von unsere Garten?«

In dem Moment kam mir der leise Verdacht, dass Anton diesen Beweis auch erfunden haben könnte, so wie die Infrarotkameras. Andererseits war die Kriminaltechnik ja wirklich schon so weit fortgeschritten. Mit ihren ganzen Analysewerkzeugen, angefangen von DNA- und Altersbestimmungen. Darauf konnte ich mich nicht verlassen.

»Weil war meine große Fehler, Helene«, sagte Tereza bestimmt und fasste nach meiner Hand. »Deshalb ich schaff dir
Kieberer von Hals. Brauchst du wasserdichtes Alibi, um Rest
ich kimmere mich.«

Sie würde sich von ihrem Vorhaben nicht abbringen lassen,
so gut kannte ich sie schon. Aber ich hatte Angst. Wir hatten bis
jetzt so viel Glück gehabt. Mehr als Verstand in jedem Fall. Ich
packte sie an den Schultern. »Du musst das nicht tun, Tereza.
Ich will dich nicht verlieren, hörst du!«

Tereza konnte ihre Rührung kaum verbergen. »Mach dir nicht
Sorge um mich. Kannst du ja helfen bei Ausdenken. Zwei Käpfe
denken besser als eine. Aber Sache ich drick durch. Und zwar
alleine.«

»Ich sehe es dir an«, lächelte ich. »Du hast schon einen Plan.«

Tereza grinste. »Plan zu viel gesagt. Aber Idee. Muss sein
Unfall dieses Mal. Deine Mann fährt doch Rad, oder?«

»Bremsversagen, Tereza? Davon möchte ich dir abraten. Ma-
nipulierte Bremsen, das gab es schon einmal in deiner Historie,
und das finden die Spurensicherer unter Garantie heraus!«

Tereza wiegte bedächtig ihren Kopf. »Sagst du, Kieberer fährt
manchmal vorbei ganz in Nähe? Kännte man Seil spannen zum
Beispiel und warten, bis kommt. Ist aber schwierig alleine und
will ich nicht umbringen falsche Radfahrer.« Mit einer wegwerfenden Handbewegung unterstrich sie die Undurchführbarkeit
der Aktion. Ich hingegen fand die Idee gar nicht so übel.

»Eine Verwechslung könnten wir ausschließen. Denk an seinen bunten Helm! Wer trägt schon das gleiche Neonorange?
Du müsstest dich auch nicht lange auf die Lauer legen, weißt
du. Über das Internet kann ich ganz genau verfolgen, wo er sich
gerade befindet.«

»Was nicht alles gibt. Aber seh ich trotzdem Probläm. Andere Fahrer benitzen Straße auch. Nicht viel, aber doch. Autos
oder Motorrad. Kann ich so schnell nicht wieder wegnehmen,
wenn Seil ist gebunden an Baum zum Beispiel. Und macht auch
Spuren. An Rinde, von Reibung, kännen sie sicher finden.«

»Und wenn wir ihn zu zweit abpassen? Eine links und eine

rechts der Straße? Er kommt um die Kurve, und wir ziehen ruckzuck am Seil. Zu zweit sind wir ja auch viel schneller beim Spurenverwischen.«

»Du halt dich raus aus Sache!«, fuhr sie mich an. »Hast du gehärt! Wenn geht eine in Knast, dann bin ich. War ich deppert mit Apfelstrudel. Bad ich aus selber Misere!«

»Man müsste ein Reh dazu bringen können, ihm im richtigen Moment vor sein Rad zu laufen. Leider wählen die ihre lebensgefährlichen Sprünge immer zur falschen Zeit. So wie beim armen Karl. Dem ist so ein Tier vor das Motorrad gehüpft, gerade als er die Scheidung einreichen wollte. Aus der Traum von der Freiheit«, sinnierte ich laut vor mich hin.

»Helene!«, rief Tereza erfreut. »Das ist Läsung von Probläm. Brauchen wir Räh oder besser kleinere Tier.«

»Wie soll das gehen, Tereza?«

»Das ich schau mir an, wenn bisserl finster. Wenn Emma ist in Kindergarten morgen, du känntest herkommen zu weitere Besprechung.«

»Ich werd es versuchen«, versprach ich.

Es war schwierig genug, Emma dazu zu bewegen, überhaupt wieder nach Hause zu fahren.

»Hier zu Hause. Bei Tessa«, weinte sie und stampfte ihr Füßchen auf. Ihr Gesicht lief gefährlich rot an.

Tereza beugte sich zu ihr hinunter. »Muss ich putzen Schwimmbecken, Emma. Ist gefährlich fir Kinder. Kommst du morgen nach Kindergarten wieder zu mir und mach ich Kuchen, ja?«

»Fahrst du wieder weg, Tessa?«

Tereza schüttelte den Kopf. »Bleib ich so lange wie geht.«

»Versprochen?« Emma schniefte und wischte sich mit dem Ärmel über die Nase.

Tereza nickte und drückte sie an sich.

»Anton darf nicht wissen?«, fragte Emma, als wir im Auto saßen.

»Genau«, sagte ich. »Das bleibt unser Geheimnis.«

185

Auch am nächsten Morgen musste ich all meine Überredungskunst aufbringen, dass Emma im Kindergarten blieb.

»Will zu Tessa«, bettelte sie.

»Sie putzt das Schwimmbecken für uns, Schatz. Hast du doch
gehört. Da sind wir im Weg.«

»Emma ist brav!«

Sie schaute mich mit ihren schwarzen Augen an und rührte
sich keinen Zentimeter. Wie sollte ich meinem armen Kind klar-
machen, dass es sich noch ein wenig gedulden musste, bis wir
wieder ein glückliches Leben unter Terezas Fittichen genießen
durften? Ich konnte es ja selbst kaum erwarten.

»Ich hol dich nach dem Mittagessen. Und dann fahren wir
gleich zu Tessa, okay?«

»Na gut«, sagte Emma nach längerem Zögern und lief in ihre
Gruppe. Ich schickte ein Stoßgebet zum Himmel.

»Jaja. Diese Phase haben meine zwei Älteren auch gehabt.
Plötzlich wollten sie nicht mehr in den Kindergarten, aber da
muss man hart bleiben.« Eva, eine meiner Tupper-Bekanntschaf-
ten, schälte gerade ihre Jüngste aus der Jacke.

»Wir hatten einen tragischen Todesfall in der nächsten Nach-
barschaft. Seitdem ist sie ein wenig von der Rolle«, erklärte ich.

»Ach, das ist aber schade, Helene. Da wirst du wahrscheinlich
keinen Kopf für eine Tupperparty haben, oder?«

»Wann wäre die denn? Ich kann Abwechslung gebrauchen.«

Gegen Tupperpartys hatte Anton nie etwas einzuwenden
gehabt. Überhaupt war er sehr zufrieden, wenn ich mich mit
den örtlichen Muttis abgab. Und für mich war mittlerweile jede
Stunde, die ich nicht mit ihm verbringen musste, ein Gewinn.

»Ich hätte den nächsten Donnerstag um zehn Uhr vormittags
angedacht. Spätes Frühstück also. Nachmittag sind ja meine
Großen auch zu Hause, da wird es dann etwas ungemütlich.«

»Schreib mich auf die Liste. Falls etwas dazwischenkommt,
ruf ich dich an.«

Eva steckte mir ein Einladungszettelchen zu. Ich bedankte
mich herzlich und stieg ins Auto.

Zehn Uhr. Da war Anton mit dem Fahrrad unterwegs. Wenn

er sich zu Hause einbremste, würde ich schon bei Eva sein. Keine morgendlichen Ehepflichten!

Die Sache war klar. Falls Anton Dienst hatte, würde ich absagen und den Vormittag bei Tereza verbringen. Im anderen Fall würde ich eine Tupperparty allem anderen vorziehen. So tief war ich schon gesunken!

Ich fand Tereza am Schwimmbecken, bewaffnet mit allerlei Gerätschaften. Kübel, Bürsten, Pumpe und Hochdruckreiniger. »Hächste Zeit fir Wassertausch und Reinigung. Kännt ihr wieder schwimmen, wenn heiß wird«, sagte sie. »Lass ich Wasser aus, dauert paar Stunden. In Zwischenzeit wir kännen reden.«

Ihr Plan war etwas makaber und hatte noch die eine oder andere Schwachstelle, aber alles in allem kam mir die Idee brauchbar vor.

Tereza wollte sich ein totes Tier aus dem Kühlcontainer der Tierkörperverwertung holen. »Kann sein Hase, Hund, Katze, egal. Bind ich an Seil und warte, bis kommt deine Kieberer. In richtige Moment ich zieh an Seil – und zack!«

Dann führte sie mich an die Stelle, wo es ihrer Meinung nach klappen konnte. Es handelte sich um eine steile Kurve. Keine Haarnadel, da würde Anton zu stark bremsen. Dennoch steil genug für einen Rekordjäger, um sich da waghalsig hineinzulegen. Die Kehre war schon einmal einem Motorradfahrer zum Verhängnis geworden. Ein Kreuz am Wegesrand erinnerte an den Unfall. Danach hatte man zwar eine Leitplanke angebracht, aber die würde nur einem Auto nützen. Wenn Anton da mit fünfzig oder mehr Stundenkilometern angefahren kam, würde es ihn mit ziemlicher Sicherheit über diese Planke schmeißen. Von da an gäbe es keinen Halt mehr.

»Läg ich mich hier auf Lauer«, sagte Tereza und drückte mit dem Fuß ein paar Sträucher zur Seite. »Hinter Sträicher kann ich ducken, bis Radler kommt in Sicht. Zieh ich an Seil und Viech springt in Rad. Kann ich ihm zuschauen, wie rollt ieber Bäschung hinunter. Mach ich Seil ab, und in finf Minuten ich bin wieder in Villa. Erledigt.«

Tereza war so aufgekratzt, dass ich sofort mit ihr zur Sammelstelle fahren sollte, um eine potenzielle Mordwaffe zu ergattern. »Wir können doch nicht am helllichten Tag einen Kadaver entnehmen. Was wir sicher nicht brauchen können, sind Zeugen und blöde Fragen.«

»Fahren wir wenigstens schauen, ob ist was drinnen? Nehm ich mit ein paar Knochen fir Alibi. Wenn ist passendes totes Viech in Container, wir holen an Abend, in Dämmerung.«

Wenn Tereza sich etwas in den Kopf gesetzt hat, ist es ohnehin unmöglich, es ihr auszureden. Also fuhren wir schnurstracks mit einem Sack voll Schweineknochen, die wir zuvor beim Fleischer erstanden hatten, zur Sammelstelle. Keine Menschenseele weit und breit.

Vorsichtig hob Tereza einen der beiden Deckel des Kühlcontainers an und zog angewidert den Kopf zurück. Selbst mir, die ich in einem Respektabstand von zwei Metern der Dinge harrte, stieg ein widerlich süßer Geruch in die Nase. Igitt!

»Egal, was ist«, sagte Tereza und ließ den Deckel fallen. »Können wir nicht gebrauchen. Kann deine Kieberer mit Rad fahren durch Gatsch wie Pflug, allerhächstens rutscht aus, aber fliegt nicht in Abgrund.«

Ich stellte mir vor, wie Anton mir anschließend den Leichengeruch ins Haus schleppte. Wie er sich ärgerte, weil ihm ein toter Hase den neuen Rekord vermasselt hatte. Wie ich unter ihm in Ohnmacht fiel ...

»Tereza. Muss es unbedingt ein totes Tier sein? Könnten wir uns nicht ein anderes Hindernis ausdenken?«

»Sicher nicht!« Tereza hatte soeben den zweiten Deckel angehoben. Sie strahlte übers ganze Gesicht. »Große Hund. Braun. Sieht aus wie Räh. Und noch ganz frisch. Hast du Decke in Auto oder große Sack?«

»Sollten wir nicht lieber doch am Abend ... Wenn es dunkel ist?«

»Und wenn wir haben Pech, wird Container geleert noch heite. So wie stinkt andere Fach, kännte gut sein. Solche Gelägenheit kommt nicht so schnell wieder. Also, was ist mit Decke?«

»Dracos Hundedecke ist noch im Kofferraum.«

»Dann fahr verkehrt her mit Auto, und ich schmeiß Viech hinten rein.«

Ich holte das Auto vom Parkplatz, reversierte und fuhr so nahe wie möglich an den Container heran. Tereza wies mich händeschwingend ein. Ich verließ mich lieber auf meine Einparkhilfe.

»Stopp!«, rief sie. »Brauchst du nicht fahren mich ieber Haufen, geniegt tote Hund!«

Ich hatte zwar eine Decke im Auto, leider aber keine Handschuhe.

»Was ist mit dem Leichengift?«, fragte ich.

»Missen wir ja nicht Finger in Mund stecken gleich nachher. Komm! Schmeißen wir Hund in Auto und waschen Hände in nächste äffentliche Toilette.«

Der Kombi mit dem offenen Kofferraumdeckel gab uns ausreichend Deckung. Mit einem Dreihundertsechzig-Grad-Blick versicherten wir uns, dass uns niemand beobachtete, dann gingen wir ans Werk.

Ich musste Tereza um die Taille halten, weil sie zu klein war, um den Hund zu fassen. Ich wäre zwar ein paar Zentimeter größer gewesen, aber meine Panik, letztlich im Container zu landen, war zu groß, sodass Tereza lieber selber in die Tiefe tauchte.

»Ist nicht gefährlich fier Leben, wenn ich auf Hund lande. Aber besser du hältst mich bei Hintern und ziehst mich hoch.«

Zweimal rutschte sie mir beinahe aus den Händen, so verschwitzt war ich. Doch dann hatte sie das Tier gepackt, und mit einem Wurf landete es hinter ihr im Auto.

Es war eine blonde Hovawarthündin, vielleicht vier, fünf Jahre alt. Wie Tereza vermutet hatte, konnte sie noch nicht lange tot sein.

»Angefahren«, stellte Tereza trocken fest. »Schau mal. Ist noch nicht lange her. Hat sogar noch Halsband drauf und alles.«

»Und der Unfalllenker hat sie einfach entsorgt, anstatt den Unfall zu melden. Arschloch! Irgendwo wartet sicher ein unglücklicher Besitzer auf das arme Tier.« Mir stiegen die Zornestränen in die Augen. Traurig genug, wenn das geliebte Haustier tot ist. Nicht zu wissen, was mit ihm passiert ist, macht die Sache nur noch schlimmer.

»Wenn es ist Trost fir dich, es wird erfillen noch eine gute Zweck.«

Ja, das war tatsächlich ein Trost.

Ich wickelte den Hund wehmütig in Dracos Decke. Draco war etwas kleiner gewesen, der Kopf der Hündin schaute aus der Decke heraus. Sie sah aus, als ob sie schliefe.

»Wo willst du die Leiche denn jetzt lagern?«, fragte ich. »Ich mein, den Unfall, den müssen wir doch genau planen und üben. Du weißt: nichts riskieren! Keine spontanen Sachen!« Der Gedanke, wie schlimm meine impulsive Entscheidung, das Gift in den Kaffee zu streuen, hätte ausgehen können, trieb mir gleich wieder den Schweiß auf die Stirn.

»Alte Kiehltruhe in Keller von Villa. Stell ich Temperatur auf bisserl Minus, bis wir brauchen Hund.«

Ich besorgte uns noch ein Desinfektionsmittel für die Hände in einem Drogeriemarkt. Ein Blick auf die Uhr ließ mich zusammenfahren. Ich hatte Emma versprochen, sie zu Mittag vom Kindergarten abzuholen. Vorher musste noch der Hund tiefgekühlt werden, dann wieder zurück in die Stadt. Anton hatte recht. Die Villa *war* etwas abgelegen!

Ich gab also ordentlich Gas, als wir die Landstraße erreicht hatten. Auf der Ausfallstraße legte ich noch einen Zahn zu.

Scheiße!

Kurz vor der Ortstafel stand ein Polizeiauto, daneben zwei uniformierte Polizisten. Ich nahm den Fuß vom Gas, aber sie winkten mich schon an die Seite.

»Du bist ruhig, hast du verstanden!«, warnte ich Tereza. Sie nickte ergeben.

»Na, gnä' Frau. Hamma's eilig? Die Papiere, bitte.«

Ich ließ die Fensterscheibe herunter. »Ups! War ich zu schnell?«

Der zweite Beamte ging mit wachem Blick ums Auto herum.

Kontrollierte zuerst das Pickerl. Wanderte dann nach hinten zum Kofferraum. Hielt sich die Hände seitlich vors Gesicht und spähte hinein. Ich holte tief Luft. Wenn der mich jetzt fragt, wo mein Pannendreieck ist, dann hab ich nicht nur Erklärungsnot, womöglich muss ich auch noch einen toten Hund aufheben, damit ich da drankomme, durchfuhr es mich. In der Zwischenzeit studierte der andere Polizist aufmerksam meine Papiere.

Ich stieg sicherheitshalber einmal aus. Das macht immer einen guten Eindruck.

»Oh! Hallo, Helene!«, sagte der zweite Polizist.

»Ach, du bist es!«, rief ich fröhlich. Ich konnte mich zwar absolut nicht an den Namen des Typen erinnern, aber er war sicher bei unserer Hochzeit dabei gewesen.

»Tut mir leid, was mit deinem Hund passiert ist. Der Toni hat es uns erzählt. Hast schon wieder einen neuen?«, fragte er mit Blick auf den Kofferraum.

»Nein. Der gehört meiner Tante«, sagte ich und deutete auf Tereza. »Ich muss erst Gras drüber wachsen lassen.«

»Wundert mich, dass sich der nicht rührt. Normal hätte der schon anschlagen müssen, wenn ihm jemand so nahe kommt.«

»Och«, sagte ich gedehnt. »Wir kommen gerade vom Tierarzt. Zwicki-zwacki!« Ich unterstrich meine Bemerkung mit einer entsprechenden Handbewegung.

»Uh!«, sagte der Beamte. »Armes Tier!«

Er nahm dem jüngeren Kollegen die Papiere aus der Hand und gab sie mir zurück.

»Na, dann grüß mir den Toni schön. Und ein bisserl langsamer das nächste Mal, wenn's geht! So schnell wacht der Hund nicht auf, wie es ausschaut.«

»Da kannst du recht haben«, sagte ich, salutierte zum Abschied und stieg erleichtert ins Auto.

Den nächsten Tag verbrachten wir mit Recherche, Planung und Üben. Jegliche Pannen mussten von vorneherein ausgeschlossen, Risiken einkalkuliert werden.

Die erste Hürde war uns bereits aufgefallen, als wir die Hündin zu zweit in den Keller verfrachteten. Wir kamen ordentlich ins Schwitzen, bis wir den Hund endlich vorsichtig in die Tiefkühltruhe gekippt hatten.

»Kannst du ihn überhaupt alleine bis zur Unfallstelle schleppen?«, fragte ich Tereza. Sie war wohl deutlich kräftiger als ich, trotzdem war ich skeptisch.

Auch sie wiegte zweifelnd den Kopf hin und her. »Kännt ich Viech nehmen huckepack, wirde aber auffallen. Nicht gut.«

»Außerdem«, gab ich zu bedenken, »wäre das Tier ja tiefgekühlt. Da ist es stocksteif, wenn du es aus der Truhe hebst, und du kannst es nicht über den Rücken biegen.«

»Bist du verrickt! Missen wir vorher auftauen. Was glaubst du, denkt Polizei, wenn Tiefkiehlhund springt auf Straße. Hund hat vielleicht finfundzwanzig Kilo oder dreißig. Bei Truthahn sagt man ein Kilo eine Stunde, bis aufgetaut.«

»Was?«, rief ich entsetzt. »So lange? Dann muss der Hund ja mindestens einen Tag vorher aus der Truhe!«

»Kännten wir verstecken schon eine Tag zuvor an Ort. Du wirfst Hund aus Auto, und ich zieh in Gebisch, wo kann ieber Nacht auftauen.«

Ein anderes Problem, das wir durchdiskutierten, war, ob wir der Hündin ihr Halsband abnehmen sollten. Sie hieß im Übrigen Keira, was wir ebendiesem Band entnehmen konnten. Tereza meinte, es wäre besser, wenn der Hund anonym bliebe, aber er war auch ordnungsgemäß gechippt. Und das wäre dann erst recht verdächtig, wenn wir ihm das Ding aus dem Ohr herausschnitten.

»Auch gut«, räumte Tereza ein. »Kann ich Strick an Halsband befestigen und wieder abschneiden mit Schere. Sieht Unfall hundert Prozent natierlich aus.«

Die Wahl des Stricks fiel uns leicht. Wir hatten uns schnell auf eine Angelschnur statt eines Seils geeinigt, denn Tereza wollte sie über die komplette Fahrbahn legen.

Es gab durchsichtige Varianten von Angelschnüren, die auf dem Asphalt nicht auffielen und dennoch über genügend Reißfestigkeit verfügten. Dreißig Kilogramm würde eine monofile

Schnur von 0,65 Millimetern locker aushalten, garantierte mir der Verkäufer bei OBI. Sein Lächeln verriet mir, dass er mir sowieso nicht zutraute, jemals so einen großen Fisch an Land zu ziehen. Ich lächelte selbstbewusst zurück, denn ich hatte den Fisch ja schon – und brauchte weder Angel noch Haken. Bloß eine Schnur mit den entsprechenden Eigenschaften.

Als Nächstes galt es, die genaue Stelle herauszufinden, wo Tereza sich positionieren sollte. Dazu musste ich mehrere Male mit ihrem alten Klapprad die Kurve hinunter- und danach leider auch wieder hinaufradeln. Anton würde zwar viel schneller daherkommen als ich, die ich praktisch dauerhaft die Bremse zog, sobald es bergab ging. Zweck der Übung war, zu eruieren, ab wann Tereza von ihrem Standpunkt aus ihr Opfer eindeutig identifizieren konnte, um sich für den finalen Kraftakt zu rüsten. Ein Ruck, und die Sache wäre erledigt. Nur musste dieser Ruck exakt getimt sein.

Jetzt galt es nur noch, einen geeigneten Termin für die Tat festzulegen.

Ein Doppelcheck zwischen meinem Kalender und Antons Dienstplan ergab sofort einen Haupttreffer: die Tupperparty bei Eva. Ich würde ein hervorragendes Alibi haben, mindestens zehn Muttis als Zeugen! Einziger Wermutstropfen: Ich musste noch eine Woche durchhalten, und das bereitete mir größtes Kopfzerbrechen. Wie sollte ich Anton so lange von mir fernhalten? Er durfte nichts bemerken. Alles sollte so normal wie möglich wirken. Ich würde ihm meine liebevolle Aufmerksamkeit schenken müssen, wie er es sich von einer braven Ehefrau erwartete. Und dazu gehörte nun auch mal Sex. Allein beim Gedanken daran wurde mir übel.

20. Pannen und Schrecksekunden

Manchmal lösen sich Probleme wie von Geisterhand. In diesem Fall könnte es Gabis Hand gewesen sein, die mich posthum aus der Schlinge zog.

Ihr Begräbnis war so ziemlich das traurigste, das ich je erlebt hatte. Nicht, weil die Massen ihre Häupter vor Gram schüttelten, im Gegenteil. Die Anzahl der für die Feier engagierten Menschen – vom Priester über die Ministranten bis hin zu den Totengräbern – war höher als die der Trauergäste. Zu siebt standen wir an ihrem Grab. Karl wurde von einer Pflegerin begleitet, er wohnte jetzt im Altenpflegeheim. Neben Anton und mir waren noch eine Tante Gabis mütterlicherseits und zwei Nachbarn aus der Siedlung gekommen. Der Einzige, der weinte, war Anton. Aber das dafür über die gesamte Zeremonie hinweg. Sobald Gabi in die Grube gelassen war, löste sich die Versammlung auf. Karl hatte auf eine anschließende Zehrung verzichtet.

Zu Hause warf sich Anton ein Aspirin ein und legte sich ins Bett. Am nächsten Morgen musste ich ihn mit Händen und Füßen überreden, seine Radrunden wieder aufzunehmen. »Das Leben muss weitergehen, Anton«, beschwor ich ihn. Wiewohl ich das in seinem Fall natürlich nicht ganz wörtlich meinte.

Er sah es immerhin ein und raffte sich auf. Am iPad verfolgte ich nervös sein Vorankommen. Stellte erleichtert fest, dass er seine angestammte Runde einhielt. Das Quietschen der Bremsen beendete die Erleichterung allerdings jäh.

»Kein neuer Rekord?«, fragte ich, als er wortlos den leuchtenden Fahrradhelm auf den Wohnzimmertisch fallen ließ.

»Kein Handtuch?«, erwiderte er mit Blick auf unser neues Sofa. Es war noch hässlicher, als ich es vom Geschäft her in Erinnerung hatte. Türkis. Schlug sich hervorragend mit den moosgrünen Sesseln, die wir ja noch behalten hatten.

»Ach. Ich dachte, wir sollten vielleicht doch wieder eher ins Schlafzimmer …«, stammelte ich.

»Da hast du auch wieder recht«, sagte er. »Wir wollen doch keine garstigen Flecken auf dem schönen neuen Sofa.«

Ich brachte ihn zu meinem Erstaunen sogar dazu, vorher unter die Dusche zu steigen, indem ich ihm erklärte, dass wir dadurch viel Strom für die Waschmaschine sparen würden. Zitternd wartete ich im Bett auf ihn. Er schlüpfte zu mir unter die Decke, drückte sich nahe an mich und knetete ungelenk an meinem Busen herum. Alles in mir versteifte sich. Bei ihm trat genau der gegenteilige Effekt ein. Nach einer Weile erfolgloser Reibungsversuche drehte er sich frustriert zur Seite.

Ich atmete erleichtert durch, wusste erst nicht so recht, ob ich etwas sagen sollte oder besser den Mund hielt. Da die Gefahr, dass er mir meine Flausen rausvögeln würde, praktisch gegen null ging, erlaubte ich mir eine Bemerkung.

»Jeder macht mal eine Krise durch, Anton. Das ist der Stress«, sagte ich. »Ein paar Tage Schonung, dafür ein diszipliniertes Sportprogramm, dann ist der Aufschwung sicher bald wieder da.«

Einen Tag vor seinem geplanten Tod offenbarte mir Anton, dass er für einen erkrankten Kollegen einspringen müsse. Ein Vierundzwanzig-Stunden-Dienst.

»Ach«, sagte ich schwach. »Wann kommst du denn dann nach Hause? Ich wollte auf eine Tupperparty gehen.«

»Geh du nur, Schatz. Frühstück nehm ich sowieso zuvor im Büro, du kannst mir ja dann am Abend was kochen, und ich schlaf mich einmal gründlich aus. Kann ja auch nicht schaden.«

»Und deine Radrunde?«

»Och, die! Das kommt darauf an, was in der Nacht los ist. Vom Kalorienverbrauch her wär es natürlich günstig, vor dem Schlafengehen noch einmal ordentlich in die Pedale zu treten. Hm. Mal sehen.« Er drückte mir einen feuchten Kuss auf den Mund und fuhr ins LKA. Ich hatte nicht einmal die Kraft, die nasse Stelle abzuwischen. Was nun? Am liebsten hätte ich die Sache auf der Stelle abgeblasen.

Einem Automatismus folgend brachte ich Emma in den

Kindergarten und fuhr dann schnurstracks in die Villa. Tereza bestand darauf, Keira den widrigen Umständen zum Trotz am vorgesehenen Platz zu deponieren.

»Ist Chance fifty-fifty. Immerhin kommt deine Mann heim an Vormittag. Was musst du schauen ihm nach persänlich? Siehst du ja auf Handy, wenn sich Uhr plätzlich bewegt. Wird wahrscheinlich nicht ohne Radfahrer Runde ziehen, oder? Schlimmsten Fall suchen wir neie Viech und Termin.«

Der Hund lag schon in seiner Decke bereit. Ich kleidete den Kofferraum noch mit einer Folie aus, weil Keira schon zu tauen begann. Mit einem mulmigen Gefühl stellte ich den Wagen genau in die gefährliche Kurve. Blitzschnell baute ich das Warndreieck auf und öffnete die Motorhaube, wie Tereza es mir befohlen hatte. Sie zog irgendeinen Schlauch am Motor ab, um eine Panne zu simulieren.

Kaum hatten wir den Kofferraumdeckel offen, hörten wir Motorengeräusche. Bei all unseren Probedurchgängen war uns kein Fahrzeug in die Quere gekommen. Heute, am entscheidenden Tag, kam gleich eine ganze Wagenkolonne hinter einem Traktor her den Berg heraufgekrochen.

»Suchen wir Werkzeug, wenn wer fragt, und hauen Kofferraumdeckel zu«, zischte Tereza und beugte sich raumfüllend über Keira.

Bei jedem Auto, das uns passierte, zuckte ich zusammen, als wäre der Deckel schon zugeschlagen. Doch keines blieb stehen. Normalerweise hätte ich über die Ignoranten geschimpft, heute war es mir mehr als recht, dass mir niemand seine Hilfe antrug.

Behutsam kippten wir Keira über die Leitplanke, sobald die Luft wieder dieselrein war. Trotz aller Vorsicht rutschte sie ein gutes Stück den Hang hinunter. Kein Wunder, sie war schwer und das Gelände extrem steil. Entsetzt blickten wir ihr nach, bis sie endlich an einem Strauch hängen blieb. Wir hatten keine andere Wahl, als hinterherzuklettern, um sie wieder heraufzuholen.

»Wie erklären wir das, wenn uns jemand fragt?«, keuchte ich, während ich mich ängstlich an jeden sich bietenden Strauch klammerte und es nicht wagte, nach unten zu sehen.

»Quatsch nicht, zieh!«, fauchte Tereza, die sich unterhalb des Hundes positioniert hatte.

Mit Todesverachtung wuchteten wir das eiskalte Tier wieder die Böschung hinauf. Oben angelangt, lagerten wir es direkt hinter der Leitplanke und bedeckten seinen Körper mit Blättern. Nicht, dass die Straßenmeisterei den Kadaver entdeckte und entsorgte, bevor er seinen letzten Zweck erfüllt hatte. Ich war völlig verschwitzt und außer Atem, als wir endlich wieder im Auto saßen.

»Ich hoffe, dass der Hund nicht von irgendwelchen Tieren angeknabbert wird, bevor du ihn morgen in Betrieb nimmst«, sagte ich. Immerhin befanden wir uns hier in einem Waldgebiet, und es wimmelte nur so von kleinen und großen Aasfressern.

»Glaub ich nicht. Ist jetzt noch steif und stinkt nicht. Check ich noch einmal alles, wenn ich mache dran Schnur morgen frieh. Wenn ihm fehlt Stick, lasse ich Rest auch liegen fir andere Viecher. Pech gehabt. Oder Glick fir deine Gemahl. Ist ein bisserl bläd, weiß ich, aber hab ich sonst alles in Griff, Helene. Komm. Mach ich dir noch Kaffee. Schaust du aus wie toter Käse.«

Und so fühlte ich mich auch.

Wie ich die vierundzwanzig Stunden, während Keira am Wegesrand auftaute, über die Runden brachte – ich weiß es nicht mehr. Ich war jedenfalls völlig geschlaucht, als ich am nächsten Morgen Emma im Kindergarten ablieferte.

»Du«, sagte Eva, während wir unseren Kindern beim Auskleiden halfen, »mein Mittlerer hat Fieber und brütet was aus. Meine Mutter kommt zwar, um nach ihm zu schauen, aber zwei Muttis haben mir deshalb schon abgesagt. Ich glaub, ich werd lieber verschieben.«

»Wieso das denn? Ist er denn so ansteckend?«

»Glaub ich nicht, du. Sommergrippe wahrscheinlich. Aber Kerstin und Tatjana haben ihre Kinder nicht impfen lassen, und jetzt haben sie halt Schiss, dass sie doch was kriegen könnten. Masern zum Beispiel.«

»Ach, meine Emma ist gegen alles geimpft. Von daher spricht eigentlich nichts dagegen, dass ich komme.«

»Na ja, es ist nur so: Wenn mir noch zwei, drei Leute absagen, dann lohnt es sich gar nicht für mich.«

»Och«, zeigte ich mich bitterlich enttäuscht. »Wo ich mir doch heute so gerne das neue UltraPro-Set gekauft hätte.« Dieses Geschirr war so ziemlich das Teuerste, was Tupper zu bieten hatte, und würde Evas Umsatz in die Höhe schnellen lassen, auch wenn weniger Gäste anwesend waren.

»Na, wenn das so ist«, sagte sie. »Dann werd ich der Aurelia simsen, dass sie sich doch auf den Weg machen soll. Sie war eh ziemlich sauer, weil ich sie in der Früh angerufen hab wegen der eventuellen Verschiebung.« Sie zog noch in der Kindergartengarderobe ihr Smartphone aus der Tasche und verschickte eine Nachricht. Sekunden später kam das Retour-Pling. Daumen hoch, zeigte mir Eva. Ich erwiderte die Geste.

»Bis später dann!«, rief ich hocherfreut und fuhr erst zum Bankomat, dann in den Supermarkt, um zwei Flaschen Prosecco für die Gastgeberin zu besorgen. War zwar bei Tupperpartys nicht üblich, dass man ein Gastgeschenk mitbrachte, es war ja eher eine lange Bestellliste gefragt, aber ich fühlte mich ihr zu großem Dank verpflichtet. Auch wenn sie niemals wissen sollte, wofür ich ihr diesen Dank schuldete.

Die nächsten beiden Stunden spazierte ich ziellos durch die Gegend, wobei ich jede Viertelstunde auf mein iPhone blickte, ob sich Antons Apple Watch bereits in Bewegung gesetzt hatte. Um acht Uhr war normalerweise Dienstübergabe, manchmal dauerte es auch ein wenig länger. Um neun registrierte das Programm noch keinerlei Bewegung. Nichts blinkte. Die Uhr war offline. War der Kerl einfach zu faul und hatte sich tatsächlich niedergelegt?

Um halb zehn immer noch nichts. Meine Nerven spielten wieder einmal verrückt. Ich musste sogar die öffentliche Toilette aufsuchen.

Drei viertel zehn. Kein Lebenszeichen von der Smartwatch.

Punkt zehn Uhr läutete ich bei Eva.

»Pfuh! Ich dachte schon, du kommst jetzt doch nicht. Aurelia wollte gerade mit dem Vortrag anfangen.« Ich reichte Eva die zwei Flaschen Prosecco, die sie freudig einkühlte, und schlich mich an meinen Platz am äußersten Ende der Eckbank.

Ich kramte nicht nur mein Handy, sondern auch meine Schulerfahrungen hervor und versuchte so zu tun, als ob ich gebannt dem fesselnden Vortrag lauschte, während ich unter dem Tisch verstohlen das Display im Blick behielt.

Der Adrenalinstoß blieb nicht aus, als endlich das Signal zum Trainingsstart aufpoppte. Mein Herz sprang an, als ob ich persönlich auf dem Rad säße. Wahrscheinlich würde ich mehr Kalorien durch den Stress verbrauchen als mein Noch-Ehemann bei seiner Radtour. Auf jeden Fall schwitzte ich wie der Glocknerkönig persönlich.

Ich wischte meine feuchten Hände in die Jeans.

Beim Klang meines Klingeltons erschrak ich so heftig, dass mir das Telefon aus der Hand fiel und zu Boden krachte.

Scheiße! Nicht nur, dass alle vorwurfsvoll auf mich blickten. Das Display! Wenn das nun kaputt war. Ich wollte – musste! – Antons Position im Auge behalten!

Ich kroch unter den Tisch und hob mein Handy auf. Es hatte einen kleinen Kratzer abgekriegt, aber das Display war intakt. Es war Mama, die mich anrief. Ich entschuldigte mich mit hochrotem Gesicht und ging nach draußen.

»Du und die Freunde deines Mannes. Ihr habt mein Leben zerstört!«, rief sie ohne Umschweife ins Telefon.

»Was ist los, Mama?«

»Sie haben Drazan am Grenzübergang Spielfeld hopsgenommen. Ausgerechnet jetzt, wo er auf dem Weg zu mir war. Alles wäre gut geworden. Und jetzt sitzt er in Untersuchungshaft, und sie behandeln ihn wie einen Verbrecher, Helene! Dein Mann hat die Zollbeamten auf ihn gehetzt, gib es zu!«

»Ich hab ihm von deinem – äh – Problemfall erzählt, ja. Ob er da was ins Rollen gebracht hat, weiß ich nicht. Er hat nie etwas darüber erwähnt. Aber es ist egal, wer dafür verantwortlich ist, Mama. Wenn der Dra-Dings nichts verbrochen hat, wird er demnächst freigehen und du kannst ihn in deine Arme schließen. Wenn doch, dann solltest du dankbar sein, dass du ihn loshast.«

»Er heißt Drazan, ausgesprochen: Draschen, hörst du! Draschschen. Es bedeutet ›der Liebreizende‹. Und er ist kein Verbrecher!«, schrie Mama. Ihre Stimme überschlug sich. Dann legte sie auf.

Mit einer entschuldigenden Geste schlich ich auf meinen Platz zurück, wobei ich diesmal nicht vergaß, das Handy wenigstens auf lautlos zu schalten. Meinen Blick vom Smartphone unter dem Tisch zu lösen, gelang mir jedoch nicht. Wie hypnotisiert starrte ich auf den kleinen Monitor und sah einem Pünktchen zu, wie es sich auf einem virtuellen Pfad fortbewegte.

Um elf Uhr fünfzehn war der theoretische Tuppervortrag zu Ende. Das war auch in etwa die Zeit, in der Tereza sich von der Villa auf den Weg machen sollte. Ich hatte ihr mein iPad dagelassen, damit auch sie kontrollieren konnte, wo Anton sich gerade befand. Nun gab es kein Zurück mehr!

»Helene? Hallo?« Eva drückte mir ein Glas Prosecco in die Hand. »Aurelia sagt, wir können uns die Sachen drüben am Tisch jetzt anschauen, und der Kuchen steht auch schon bereit. Du hast übrigens noch gar nichts auf deinem Bestellschein notiert«, erwähnte sie ganz beiläufig.

Ich schrak zusammen. »Entschuldigung, Eva. Meine Mutter hat Probleme. Erst der Anruf. Und jetzt nervt sie mich mit ihren ständigen SMS. Aber wenn ich nicht antworte, ist sie beleidigt.« Ich steckte verschämt mein Smartphone in die Tasche und trank mein Glas in einem Satz leer.

Während die anderen Damen die bunten Plastikschüsselchen begutachteten, setzte ich mich ein wenig abseits und füllte mit Hilfe des Katalogs meinen Bestellschein aus. Mein Handy legte ich nun offen neben mich auf den Tisch. Anton warf sich rekordverdächtig die Serpentinen hinunter. Noch zwei Kurven bis zur kritischen Stelle.

Noch eine.

Dann blieb der Punkt stehen.

Ich blickte vom Handy auf meinen Bestellschein. Wie in Trance hatte ich Antons letzte Kurven über das Blatt Papier gezeichnet. Verschämt sah ich mich um. Kein Mensch beachtete mich. Man trank Prosecco, aß Erdbeertörtchen und bestaunte Plastikgeschirr, während mein Mann über die Klinge sprang. Einen Blick auf das Handy wagte ich noch. Der Punkt stand nach wie vor an derselben Stelle. Gemessene Geschwindigkeit: null Kilometer je Stunde. Ich knipste das Gerät aus und schob es in meine Tasche. Dann holte ich mir einen neuen Bestellschein und berechnete meine Bestellsumme. Eva würde zufrieden sein. Anton hätte sich die Haare gerauft.

Schließlich ließ ich mir von Eva ein weiteres Glas Prosecco einschenken, und wir stießen auf eine gelungene Party an.

Eine halbe Stunde später, die Party war bereits in Auflösung begriffen, vibrierte mein Handy. Klopfenden Herzens fischte ich es aus der Tasche. Unbekannte Nummer. Ich trat ein wenig zur Seite und nahm das Gespräch an. Das Landesklinikum Baden teilte mir mit, dass man meinen Mann mit schweren Kopf- und Wirbelsäulenverletzungen eingeliefert hatte. Er lag im künstlichen Tiefschlaf.

Ich musste mich an die nächstbeste Person klammern, um nicht in die Knie zu gehen. Das war's. Tereza hatte es konsequent durchgezogen. War das nun der endgültige Befreiungsschlag – oder der Anfang vom Ende? Wie auch immer. Hauptsache, es war vorbei.

Ich hatte sofort eine Schar Muttis um mich versammelt, die mit guten Ratschlägen nicht geizten. Wenigstens war bei all der wohlgemeinten Hilfestellung auch von irgendeiner ein Glas Wasser dabei.

»Kann mir jemand ein Taxi rufen, bitte?«, brachte ich schließlich heraus. »Ich kann jetzt unmöglich selber fahren.«

Viele Hände mit Smartphones wurden gleichzeitig gereckt. Nach einem kurzen Streit, welche Mutti welche Taxifirma beauftragen sollte, einigte man sich, und meinem Wunsch wurde nachgekommen.

»Ich nehm deine Emma mit zu mir, wenn ich meine Kleine

vom Kindergarten hol«, bot Eva mir an. Ich nickte dankbar und stieg ins Taxi.

Man konnte gottlob nicht viel von ihm sehen. Überall Schläuche, Verbände, Geräte. Der Arzt machte mir nicht viel Hoffnung. Anton würde vermutlich nicht durchkommen. Er konnte ja nicht wissen, dass genau das meine Hoffnung war. »Und wenn«, sagte er, »dann mit schwerwiegenden bleibenden Schäden.« Das hatte ich – neben einer lückenlosen Aufklärung des Unfallherganges – am meisten befürchtet. Auf meine Frage, ob er denn Schmerzen habe, verneinte der Arzt. Seiner Ansicht nach habe er auch vom Unfall nichts mitbekommen. Schock und so weiter. Erleichtert drückte ich ihm die Hand.

Die Ermittlungsergebnisse hielten sich auch nur teilweise an unseren Plan. Ein Hund sei ihm ins Rad gesprungen, erklärte mir ein Polizist. Es habe Zeugen gegeben. Ein älteres Ehepaar auf ihren E-Bikes, die Anton zuvor mit hoher Geschwindigkeit überholt hatte. Der Hund sei sofort tot gewesen.

Die Sache mit den Zeugen bereitete mir Sorge. Hatten sie Tereza gesehen?

Aber ich wollte sie nicht anrufen. Wir hatten vereinbart, dass sie anschließend sofort ins Weinviertel fahren sollte und ich sie erst kontaktieren würde, wenn alles geklärt war.

Nach einer Woche, die Anton im künstlichen Koma gehalten wurde, trat der Oberarzt mit ernstem Gesichtsausdruck an mich heran.

»Frau Winter. So ganz unter uns. Wir sollten Ihren Mann langsam aus dem Koma holen. Das können wir auf zweierlei Art tun: Wir halten ihn dabei künstlich am Leben, mit allen uns zur Verfügung stehenden Geräten, oder wir tun es auf natürliche Weise und lassen quasi den lieben Gott entscheiden. Eine Patientenverfügung gibt es ja wahrscheinlich nicht, oder?« Er sah mich fragend an.

Von einer Verfügung wusste ich nichts, aber was mein Mann gewollt hätte, sehr wohl.

»Sie müssen sich nicht sofort entscheiden«, sagte der Arzt.

»Doch, doch«, sagte ich. »Ich habe nur nach den richtigen Worten gesucht. Mein Mann, müssen Sie wissen, er ist sehr religiös. Ist stolzes Mitglied bei den christlichen Polizisten. Und Organspenden sind ihm ein großes Anliegen gewesen. Wahrscheinlich, weil er seinerzeit, als er noch Streife fuhr, so viele Unfälle gesehen hat.«

Die Augen des Arztes leuchteten. »Dann ist die Sache für uns klar. Schafft er es alleine, dann war es Gottes Wille. Wenn nicht, werden wir sofort seine Organe entnehmen und entsprechend weiterleiten. Herzlichen Dank für Ihr Verständnis, Frau Winter!«

21. Begraben, aber nicht vergessen

Wie es zu erwarten war – und ich gehofft hatte –, rief der liebe Gott seinen Diener Anton zu sich. Dass durch seinen Tod womöglich mehrere Menschen weiterleben durften, tröstete mich, zumal ich mir sicher war, dass Anton dadurch dem Himmel wieder ein Stückchen näher rückte. Immer vorausgesetzt, es gab ihn, selbstverständlich. Außerdem malte ich mir aus, dass Gabi – bar jeder Körperlichkeit – ihn dort übernehmen würde. Freilich musste auch sie zuvor ihre Sünden abbüßen. Aber wenn Gott wirklich so gerecht war, wie es hieß, dann würde er die vielen Ungerechtigkeiten, die sie im Laufe ihres Lebens erfahren hatte, zu ihren Gunsten in die Waagschale werfen. Womit hatte sie zum Beispiel die optische Benachteiligung seit ihrer Geburt verdient oder die familiäre Tristesse nach Karls Unfall?

Tereza und ich, wir würden den beiden drüben nicht im Wege stehen beziehungsweise ihnen erst gar nicht über denselben laufen. Wir hatten uns schon vor langer Zeit für ein gefälliges weltliches Dasein entschieden und verließen uns nicht auf eine bessere Welt im Jenseits.

Das Diesseits sah im Moment wieder etwas rosiger aus. Deshalb konnte ich mich auch großzügig zeigen, als diese Familie eines Abends bei mir aufkreuzte.

Wie die Orgelpfeifen standen sie vor meiner Tür. An der linken Flanke ein hagerer Mann von knapp einem Meter neunzig. Daneben seine Frau, einen Kopf kleiner, aber mit bedeutend mehr Körpermasse ausgestattet. Sie hatte ihrer Tochter, einem grobschlächtigen Mädchen von vielleicht zwölf Jahren, eine Hand auf die Schulter gelegt. Das Kind hatte die großen furchtsamen Augen des Vaters, ansonsten kam es mehr nach der Mutter. Das Mädchen hielt wiederum die Hand eines blonden Knirpses in Emmas Alter. Der Kleine hatte den Daumen seiner anderen Hand im Mund.

»Ja bitte?«, sagte ich. Wie Bettler oder Zeugen Jehovas sahen sie nicht aus, deshalb warf ich ihnen die Türe nicht von vorneherein ins Gesicht.

Der Mann räusperte sich, aber die Frau ergriff das Wort.

»Entschuldigen Sie bitte die Störung, Frau Winter«, sagte sie. »Wir sind die Wimmers. Die Keira. Der Hund, der mit Ihrem Mann kollidiert ist. Das war unserer.«

»Ach«, sagte ich. »Mein herzliches Beileid.«

Die Frau hob erfreut ihre Augenbrauen. »Sie sind uns nicht böse?«

»Aber nein«, sagte ich ehrlich. »Wollen Sie kurz hereinkommen?«

Es war ausnahmsweise aufgeräumt. Ich erwartete Herrn Glück vom Bestattungsinstitut Unvergesslich für den nächsten Morgen, also hatte ich mal ordentlich sauber gemacht, man wollte sich ja nicht blamieren.

Ich gab den Kindern und dem Familienvater einen Saft. Er musste Auto fahren. Seine Frau ließ sich gerne auf ein Gläschen Wein einladen. Emma drückte sich zunächst an mich, beäugte die Familie aber neugierig.

»Wissen Sie«, begann ich die Unterhaltung. »Ich habe vor Kurzem auch meinen Hund auf tragische Weise verloren. Ich kann Ihnen den Verlust nachempfinden.«

Das Mädchen, sie hieß Sibylle, schniefte ein wenig.

»Hexe hat Draco vergiftet«, sagte Emma altklug. Der kleine Junge machte große Augen.

»Schrecklich!«, sagte Herr Wimmer und trank einen Schluck Saft.

»Es tut uns alles so leid, was passiert ist«, ergriff Frau Wimmer erneut das Wort. »Keira ist uns vor ein paar Wochen davongelaufen. Keine Ahnung, wie sie aus dem Haus entwischen konnte, aber bitte.« Sie warf ihrem Mann einen strafenden Blick zu. »Wir haben sie suchen lassen. Bildchen von ihr mit unserer Telefonnummer an Bäume gepinnt und in allen Supermärkten von Baden verteilt. Kein Ergebnis. Sibylle hat auch auf Facebook so eine Anzeige gepostet.«

»Zweihundertsiebzehn Likes und neunundfünfzigmal geteilt!«, wisperte Sibylle.

»Wir hatten es schon aufgegeben. Dachten, sie sei vielleicht entführt worden, von einer ausländischen Bande. Aber dass sie sich all die Zeit im Wald herumgetrieben hat. Wer hätte das gedacht.«

Kurz trat Schweigen ein. Dann räusperte sich Herr Wimmer. »Wir haben für Keira eine Haftpflichtversicherung abgeschlossen.«

»Du wolltest ja erst nicht. Jetzt kannst du sehen, wofür das gut war.« Er erntete erneut einen vorwurfsvollen Blick seiner Gattin.

»Ja, Mäuschen. Wir sind jetzt recht froh darüber.« Er tätschelte der Frau die Hand. Dann wandte er sich wieder an mich.

»Der Versicherungsvertreter hat uns versichert, dass die Versicherung den Schaden bezahlen wird, weil wir das Verschwinden des Hundes auch polizeilich gemeldet haben. Von daher haben wir großes Glück – und auch Sie profitieren natürlich davon, Frau Winter.«

»Tatsächlich?« Das hörte sich erfreulich positiv an.

»Über die Höhe der Summe werden sich Ihre und unsere Versicherung noch einigen müssen. Aber zum Beispiel die Spitalskosten für Ihren Mann, das Fahrrad natürlich, alles, was eben mit dem Unfall zu tun hat, dafür werden Sie nicht aufkommen müssen. Und deshalb trauen wir uns auch, mit einer großen Bitte an Sie heranzutreten.«

Ich schenkte ein wenig Saft nach. Mit dem Wein geizte ich noch etwas, zu gemütlich sollten es sich die Wimmers auch wieder nicht machen. Wer weiß, was sie wirklich von mir wollten.

»Es ist so«, sagte Herr Wimmer gedehnt, nachdem seine Frau keine Anstalten machte, das Wort wieder an sich zu reißen. »Es geht uns finanziell derzeit nicht so toll. Wir sind durch den Hausbau ziemlich verschuldet.«

»Aha«, sagte ich.

»Meine Frau will aber ein angemessenes Begräbnis für Keira. Wissen Sie, was das kostet?«

Ich schüttelte den Kopf. »Wir haben Draco im Garten begraben.«

»Das Problem ist, dass unser Garten zu klein ist«, erklärte Herr Wimmer. »Wir bekommen dafür keine Genehmigung. Und eine Bestattung auf dem Hundefriedhof käme uns ziemlich teuer. Zweihundertvierunddreißig Euro für die Bestattung und noch mal hundert Euro Grabpacht jährlich für mindestens fünf Jahre. Außerdem müssten wir zur Grabpflege etliche Kilometer anreisen.«

»Auch für eine Kremation müssten wir mit mindestens dreihundert Euro rechnen, weil Keira so schwer war«, ergänzte Frau Wimmer.

»Und wie kann ich nun helfen?«

Herr Wimmer hüstelte in seine Faust. »Es kommt natürlich gar nicht in Frage, dass wir Keira in den Container werfen.« Seine Frau stieß ihn böse an, und Sybille schniefte wieder. Herr Wimmer nahm erneut einen mit einem Krächzen begleiteten Anlauf. »Wir dachten, wir könnten Keira mit Ihrem Mann zusammen begraben lassen. Immerhin sind sie ja auch zusammen in den Tod gestürzt.«

»Das geht?«, fragte ich erstaunt.

»Unter gewissen Bedingungen ja, haben wir uns sagen lassen. Es kommt halt auch auf das Bestattungsinstitut an.«

»Und die Kosten sollte dann wahrscheinlich ich übernehmen, wie?«

Herr Wimmer errötete. Der Kleine schlürfte geräuschvoll seinen Saft aus.

»Sie könnten sich das Geld ja auch von unserer Versicherung holen und eine größere Summe Schmerzensgeld beantragen. Vielleicht kriegen Sie ja ein Burn-out und können längere Zeit nicht arbeiten gehen. Aber das haben Sie nicht von mir, sonst macht mir mein Versicherer die Hölle heiß«, fügte er ängstlich hinzu.

»Wir würden uns dafür auch gerne revanchieren und uns bei der Grabpflege einbringen«, ergänzte Frau Wimmer. »Gießen zum Beispiel. Und die Kinder könnten zu Fuß zum Grab und eine Kerze für Keira anzünden, wann immer ihnen danach ist. Verstehen Sie?«

Ich nickte. »In Ordnung«, sagte ich und erhob mich, um die Sitzung auch physisch zu beenden. »Ich werde morgen mit meinem Bestatter darüber verhandeln.«

21.1 Schock

Wie der Hartinger den Anschlag an der Pinnwand im Büro liest, dass der liebe Kollege Moravec viel zu früh von dieser Welt abberufen worden ist, da muss er sich hinsetzen. Ganz schwindlig wird ihm da. Wann war der Toni auf Besuch? Das ist doch noch keine drei Wochen her.

Mein Gott! Die arme Helene. Wo sie doch eh schon psychische Probleme hat wegen dem Tod von ihrem Hund. Wobei. Bei dem Thema sind sie ja sogar ein bisserl aneinandergeraten, der Moravec und er, beim Heurigen. Dass sie die Fotos erfunden hat, das hat er ihm ja noch abgenommen. Was da so abgeht in einer menschlichen Psyche in einem Trauerfall, das weiß er ja selber. Aber das mit der fingierten Hausdurchsuchung, da hat er dem Toni schon gesagt, was er davon hält. Nämlich gar nix. Vertrauensmissbrauch sei das, seiner Frau vorzutäuschen, dass er polizeilich amtshandelt. Weil, dass er ohne Fotos keinen Durchsuchungsbefehl bekommen hätte, da hat er ihm nix vormachen können, der Toni.

»Ich wollt sie halt beruhigen und ihr zeigen, dass ich mich kümmere. Aber die Gabi hat mit der Vergiftung nix zu tun«, hat er sich und sein Handeln verteidigt.

Der Hartinger ist dann eingeschwenkt, weil der Toni sowieso schon nicht so gut drauf war. Wegen der Schwiegermutter. Ihr erstes gemeinsames Wochenende außer Haus hat sie ihnen verhaut. Drum hat er das Thema gewechselt und nach dem Cold Case gefragt. Und ob bei der Pistole was rausgekommen ist. Aber damit hat er die Stimmung auch nicht heben können. Weil, auch da hat der Moravec nur resigniert den Kopf geschüttelt. Solange es keine Leiche gibt, sagt der Staatsanwalt, gibt es auch kein Verbrechen – und die anderen Anschuldigungen sind reine Hypothese, wenn nicht noch weitere Spuren auftauchen. Wahrscheinlich hat der Toni auch ein bisserl zu tief ins Glaserl geschaut gehabt. Weil, da ist er dann sogar richtig laut geworden. Die Leute vom Nebentisch haben schon rübergeschaut.

»Ich such nicht nach einer Nadel im Heuhaufen. Sicher nicht! Da dürfen die tschechischen Kollegen gerne alleine ermitteln. Der schwule Priester geht mich nichts mehr an.«

Drum hat er dann gezahlt, und sie sind heim.

Und jetzt ist er tot, der Moravec! Und die Helene schon wieder Witwe.

Er greift zum Smartphone und ruft sie an. Kann es gar nicht glauben, was da passiert ist. Ein Hund hat ihn umgebracht? Ach du Schande!

Dabei hätte er schon so eine schöne Idee gehabt, wie er ihr aus der Krise helfen könnte. Aber ob das jetzt noch angebracht ist? Das bereitet ihm peinliches Kopfzerbrechen.

In dieser kurzen, aber heftigen Seelenqual macht der Hartinger etwas, was er bis jetzt verweigert hat. Um Helenes willen rafft er sich auf und geht zur Psychologin, die zufällig im Haus ist.

Er hat gehofft, dass es niemand registriert, aber dass er dann ausgerechnet dem Gruber die Klinke in die Hand geben muss! Verdammtes Pech auch. Hätte er sich denken können, dass der kleine Arschkriecher keine Gelegenheit auslässt, sich bei den Obrigkeiten einzuschleimen. Supervision wahrscheinlich. Das Bestmögliche aus seiner Karriere machen. Eh klar.

»Brauch eine Auskunft. Nicht für mich«, grummelt er. Dabei könnte er dem Gruber gleich eine picken, weil der so wissend grinst.

Drinnen bei der Psychotante hat er sich dann etwas besser im Griff. Erst will er sich ja gar nicht setzen, aber sie besteht darauf.

Sie hat auch nichts dagegen, dass er eine Auskunft wegen einer befreundeten Person will, die gerade mit einem schweren Verlust zu kämpfen hat. Hauptsache, er hat überhaupt den Weg zu ihr gefunden.

Sie hört ihm aufmerksam zu und notiert sich dies und das. Das irritiert den Hartinger. Kann sich die Tante das nicht merken? Er schüttelt die Irritation ab und erzählt von Helenes Überreaktion auf den Tod ihres geliebten Hundes und dass er ihr beim nächsten Besuch einen Welpen mitbringen wollte. Er hat sogar schon einen reserviert bei einer guten Bekannten, deren Hündin gerade erst geworfen hat. Aber jetzt ist er sich nicht mehr sicher, ob das auch der richtige Zeitpunkt für ein neues Familienmitglied ist, wo sie doch so viel um die Ohren hat, weil ihr Mann – nach nicht einmal ganz einjähriger Ehe – verunglückt ist.

Die Psychologin meint, dass da nichts dagegenspricht. Im Gegenteil, es wäre sicher eine gute Ablenkung, sie müsse dann nämlich funktionieren.

Da erzählt ihr der Hartinger aber auch von dem schrecklichen Unfall – und dass ausgerechnet ein Hund am Tod ihres Mannes die Schuld trägt.

Da muss auch die Psychologin nachdenken, ob das dann vor allem auch für den Hund die richtige Heimat ist. Was, wenn die arme Witwe quasi dem neuen Tier die Schuld übertragen sollte?

»Wissen Sie was, Herr Hartinger«, sagt sie. »Sie werden ja zum Begräbnis fahren. Nehmen S' das Viecherl mit und fragen S' die Witwe freiheraus. Lassen Sie ihr die Option, es abzulehnen. Weil es noch zu früh ist, weil sie den Tod von ihrem vorigen Hund noch nicht verkraftet hat oder weil sie grundsätzlich nie wieder einen Hund im Haus haben möchte. Aber ich könnte mir schon vorstellen, dass ihr ein Welpe wieder Halt im Leben geben könnte.«

Der Hartinger bedankt sich erleichtert. Vielleicht hat er ja doch ein gutes Näschen gehabt mit dem Hundekind, und es macht Helene wieder ein bisschen froh.

22. Die letzte Ehre

Herr Glück vom Bestattungsinstitut Unvergesslich rümpfte die Nase.

»Ich darf wohl annehmen, dass Sie diesmal keine Diamantenbestattung in Betracht ziehen?«, sagte er mit Blick auf die hässliche Wohnwand. Freilich konnte mein Wohnzimmer mit dem Salon der Jugendstilvilla, den er in Erinnerung hatte, nicht mithalten. Hätte er aber erst meine Küche gesehen oder gar die grausig grüne Toilette, er wäre auf der Stelle geflohen und hätte meinen Mann für ein Armengrab vorgeschlagen. Wenigstens konnte ich ihm mit dem neuen Sofa in seinem frischen Türkis eine angemessene Sitzgelegenheit anbieten.

»In der Tat. Die Verhältnisse haben sich ein wenig geändert«, räumte ich ein. »Mein zweiter Mann war auch sehr religiös, müssen Sie wissen. Er wollte unbedingt im elterlichen Grab seine letzte Ruhe finden.«

Seufzend steckte Herr Glück die fette Hochglanzmappe, die er vorsorglich schon gerichtet hatte, in seinen Aktenkoffer zurück und zog einen dünnen Schnellhefter hervor. Er enthielt eine Sammlung von Abbildungen verschiedener Sargmodelle, die in billigen Klarsichthüllen steckten. Ich musste die einzelnen Seiten ein wenig vom Licht weghalten, weil die Folien spiegelten und man nichts erkennen konnte. Schräg betrachtet stellte ich fest, dass Preise ohnehin nicht ausgeschildert waren, also blätterte ich ohne großes Interesse durch das Mäppchen. Mir war es persönlich völlig egal, in welchem Holz Anton in die Erde gelassen wurde. Allerdings wollte ich Herrn Glück nicht total vergrämen. Er war beim Todesfall meines ersten Gatten sehr entgegenkommend gewesen und – ohne es zu wissen – auch hilfreich. Außerdem hatte ich ihm ja auch noch meinen bösen Stiefsohn kostenfrei untergejubelt, also hatte ich das Gefühl, ihm noch etwas zu schulden.

»Ich hätte da noch ein kleines, außergewöhnliches Anliegen,

Herr Glück«, sagte ich und strahlte ihn an. »Möchten Sie vielleicht einen Pfefferminztee?«

Er war immerhin erfreut darüber, dass ich mir seine Vorliebe für dieses spannende Getränk gemerkt hatte. Ich goss ihm einen Tee auf und ließ für mich selbst einen Espresso aus der Maschine. Zurück am Tisch unterbreitete ich ihm die Bitte der Familie Wimmer.

»So einfach ist das nicht, wie Sie sich das vorstellen«, schimpfte er und blies auf seinen Tee, bis ihm die Brille so angelaufen war, dass er die Tasse abstellen und seine Gläser putzen musste.

»Es ist in Österreich nicht gestattet, Mensch und Tier im selben Grab beizusetzen.«

»Tatsächlich?« Nun reagierte ich etwas unwirsch. »Familie Wimmer behauptet, in ihrem Umfeld seien schon einige solcher Bestattungen ermöglicht worden.«

Herr Glück lockerte sich seinen Krawattenknopf. Sein Kopf war gefährlich rot angelaufen. Der Tee allein konnte nicht schuld daran sein. Meine Güte, er würde doch wegen so einer Lappalie nicht zusammenklappen?

»Ich weiß«, seufzte er, als er wieder genug Luft bekam. »Es gibt auch in unserer Zunft schwarze Schafe, Frau Winter. Aber ich gehöre nicht zu ihnen. Ich halte mich an die Gesetze.« Jeden Punkt am Satzende unterstrich er, indem er mit dem Zeigefinger auf den Tisch pochte.

»Wenn mich jemand anzeigt, bin ich meinen Gewerbeschein los.« Poch!

»Immerhin trage ich auch die Verantwortung für meine Mitarbeiter.« Poch!

»Ich bitte vielmals um Verzeihung, Herr Glück. Das wusste ich nicht.« Ich hatte ehrlich gesagt schon ein wenig Angst um meinen Couchtisch und sein Fingergelenk. »Gibt es denn gar keinen legalen Weg, um dem Wunsch der armen Familie nachzukommen?«

Ich erzählte ihm ausschweifend vom schrecklichen Unfalltod meines Mannes und dass die Familie darob völlig verzweifelt war und sich schuldig fühlte. Sowohl meinem Mann als auch dem Hund gegenüber, den zu beschützen ihnen nicht gelungen war.

Herr Glück zeigte sich nun doch ergriffen von den Umständen und lenkte ein. Seinen Zeigefinger steckte er wieder in den Henkel der Teetasse, was uns beide gleichermaßen beruhigte. Die Tasse war aus dem Fundus meiner mir persönlich unbekannten Schwiegermutter, sie hatte sie wohl als Souvenir aus Maria Taferl mitgebracht. Sollte das hübsche Stück Herrn Glücks erregtem Finger zum Opfer fallen, so könnte ich das verschmerzen.

»Es gibt da vielleicht eine andere Möglichkeit«, sagte er. »Es ist zwar verboten, Tierkadaver zusammen mit Menschen zu bestatten, aber man könnte das Tier vorher entsprechend vorbereiten und als Grabbeigabe beisetzen. Ist aber nicht ganz billig«, seufzte er.

Ich zeigte mich schon deutlich zufriedener. »Das klingt ja schon mal sehr schön«, sagte ich. »Die Wimmers hätten aber auch eine gemeinsame Aufbahrung angedacht. Ist das denn unter diesen Umständen möglich?«

Herr Glück schlürfte seinen Tee und überlegte.

»Ich könnte es natürlich arrangieren, dass wir auf einen Kindersarg zurückgreifen. Ihn neben dem Herrn Gemahl aufbahren. Wie eine Mutter-Kind-Bestattung sozusagen.« Seine Äuglein begannen wieder zu leuchten. »Man müsste natürlich dasselbe Sargmodell nehmen, damit es auch fürs Auge etwas hergibt. Kränze entsprechend kleiner, aber dasselbe Arrangement. Würde Ihnen das zusagen?«

»Hört sich sehr feierlich an«, sagte ich.

Herr Glück stellte seine leere Tasse ab. »Da bliebe dann natürlich noch die Frage der Finanzierung. Wer würde denn für die Bestattung aufkommen? Sie oder diese Familie Wimmer? Müssen wir sie in den Kostenvoranschlag mit einbeziehen?«

»Nein, nein, Herr Glück. Das übernehme selbstverständlich ich. Auch wenn meine glorreichen Tage dahin sind, am Hungertuch nage ich deshalb noch lange nicht!«

»Um Gottes willen, Frau Winter. Ich wollte Ihnen nicht zu

nahe treten«, presste er peinlich berührt zwischen den Zähnen hervor.

Geschah ihm nur recht, dem eingebildeten Pimpf!

»Gibt es von jedem Sargmodell auch eine Kindergröße?«, fragte ich.

»Lagernd nicht«, bedauerte Herr Glück. »Wir müssen die Auswahl eher umgekehrt anlegen. Suchen Sie sich erst ein hübsches Kinderkistchen aus, den passenden Erwachsenensarg kann ich Ihnen sicher zeitgerecht liefern.«

Ich wählte schließlich einen Eichensarg im Champagnerton, das hörte sich für mich am sympathischsten an. Mit Keramikbeschlägen. Herr Glück zeigte sich hochzufrieden. Warum, das wurde in seinem Kostenvoranschlag deutlich. Ich unterzeichnete, ohne mit der Wimper zu zucken, und hoffte auf ein hohes Schmerzensgeld von Keiras Versicherung.

22.1 Von der Bahre ...

Der Hartinger nimmt sich gleich ein paar Tage frei, ist eh gerade nichts Dringliches anhängig. Er will Helene bedingungslos seinen männlichen Beistand anbieten, das ist er dem Moravec und ihr schuldig. Wozu hat man Freunde?

Am Vormittag holt er sich den kleinen Schäfermischling.

»Ein bisserl früh ist es noch, ihn von der Mutter abzunabeln, aber es geht gerade so«, sagt seine Bekannte. »Ich geb dir den frechen Lauser da, der wird sich schnell an die neue Umgebung gewöhnen. Bleibst halt öfters stehen mit ihm, weil lange halten kann er es noch nicht, wennst weißt, was ich mein.«

Drum fährt der Hartinger lieber vor der Zeit weg, dann kann er vor dem Begräbnis noch Gassi gehen mit dem Hundsviecherl.

Und so kommt es, dass er schon eine gute Stunde vor Begräbnisbeginn mit dem kleinen Kerl in der Aufbahrungshalle aufkreuzt. Die Trauergäste sind noch nicht da, die letzten Kränze werden gerade arrangiert. Da trifft ihn fast der Schlag, wie er neben dem Sarg vom verblichenen Freund auch noch einen Kindersarg stehen sieht. Hat er da was verpasst? Hat der Toni auch noch ein Kind mit in den Tod gerissen? Doch nicht Helenes Kind, um Gottes willen? Oder war Helene gar schwanger und hat es durch den Schock verloren?

Den kleinen Hund an seiner Seite kratzt das gar nicht. Der zieht an seiner Leine. Die kratzt ihn.

Anstatt gleich die Leute vor Ort zu befragen, wie es sonst seine Art ist, läuft der Hartinger davon. Orientierungslos zieht er eine Riesenrunde mit dem Welpen, bis der endgültig streikt und der Hartinger ihn wohl oder übel zurücktragen muss. Der Hund ist zwar klein, aber das heißt nicht, dass es leicht ist, ihn zu tragen! Der schöne schwarze Anzug soll ja schließlich auch schön bleiben.

Die Zeremonie hat schon begonnen, als der Hartinger schweißgebadet bei der Aufbahrungshalle ankommt. Er stellt sich verstohlen ganz hinten an den Rand, derweil der Welpe seelenruhig im Auto schläft. Da hat er gottlob einen schattigen Parkplatz ergattert, weil er so früh dran war. Trotzdem hat er alle vier Fenster ein Stück weit offen gelassen, damit es da drinnen auch nicht zu heiß wird für den Kleinen.

Helene sitzt gebeugt an vorderster Front und starrt auf ihre Hände. Wie zerbrechlich sie aussieht! Daneben das Kind. Gottlob! Dann die Mutter, diesmal ohne Galan. Auch sie wirkt etwas verloren. Dafür sitzt der Nachbar im Rollstuhl an ihrer Seite. Ohne Gabi. Dahinter Alma. Erst gibt es dem Hartinger ja einen ordentlichen Stich, als er ihre rote Mähne erkennt. An allen möglichen Stellen in seinem Körper pikst es ihn. Stolz die Haltung, wie beim Tango! Aber im Gegensatz zu Helenes Mutter ist Alma heute in Begleitung. Yuppie, eh klar. Hätte er sich denken können. Seine Hand besitzergreifend auf Almas Knie. Da prickelt es gleich wieder beim Hartinger.

Auf dem anderen Bein wetzt ihr Söhnchen hin und her. Warum schmeißt sie ihn nicht auf den leeren Stuhl daneben?

Die Stühle sind im Halbkreis aufgestellt. An der anderen Flanke sitzt eine vierköpfige Familie. Verwandtschaft vom Moravec? Von der Hochzeit her hat er sie nicht in Erinnerung. Dahinter die Polizisten in ihren Uniformen. Ein paar von ihnen haben rote Augen. Ist auch ein verdammt trauriger Anlass, Herrgott sakra!

Jede Menge Reden und vermeintlich tröstende Worte muss Helene über sich ergehen lassen. Vom Pfarrer und vom Leiter des LKA, die beide die Vita und Karriere vom Moravec zusammenfassen und den treuen Bruder und Kollegen schon jetzt vermissen. Mit Gedanken ganz bei den Hinterbliebenen sind sie.

Ja, wahrscheinlich! Die Helene ist denen doch komplett wurscht. Wer kennt sie denn schon außer ihm?

Am längsten würdigen die Leute von dieser anstrengenden CPV seinen Einsatz im Dienste der Religion. Wer wird denn ihn und seine Dienste einmal würdigen? Der Hartinger will's gar nicht wissen. Wenn er sich vorstellt, dass der Kastner an seinem Grab seine außerordentliche Aufklärungsquote lobt ...

Herzlichen Dank! Wenigstens ist keiner auf die Idee gekommen, dass er, der Herr Beistand, eine Rede halten könnte. Da wär er schlichtweg überfordert gewesen.

Da steht der hagere Typ vis-à-vis von Helene auf und spricht ein paar Worte über Keira. Sein Mädchen. Tränen laufen dem großen Mann über sein langes Gesicht. Beim Hartinger klumpt sich alles zusammen. Kind und Tod. Das ist eine Kombi, die schlägt sich ihm verlässlich auf den Magen. Er fühlt sich mitschuldig am Tod von Herrn Moravec, sagt der Lange und bedankt sich bei der Witwe. Dass sie ihm nicht nur verziehen, sondern der Familie ermöglicht hat, in Würde von der treuen Weggefährtin Abschied zu nehmen.

Jetzt kapiert der Hartinger endlich, dass es um den Hund geht.

Was bin ich für ein Trottel, denkt er. Das hätte er auch gleich schnallen können! Da fällt ihm wieder der Welpe ein, und er läuft hinaus zum Auto, um nach dem Rechten zu sehen.

Nicht mein Tag, denkt sich der Hartinger, wie er die Autotüre aufmacht. Alles nass! Der Hund wedelt mit dem Schwänzchen, unbeeindruckt vom sauren Gesichtsausdruck des Menschen, und leckt ihn fröhlich ab. Was dem dann doch ein Schmunzeln entlockt. Er setzt ihn hinter den Busch, und der kleine Nimmersatt erleichtert sich auch prompt noch einmal. Hartinger lobt ihn und versucht, mit ein paar Blättern Küchenrolle, die er immer im Auto hat, die Sauerei zu trocknen. Spray hat er leider keinen dabei gegen den Duft, mehr kann er im Moment nicht tun.

Jetzt nimmt er den Kleinen aber mit zur Beerdigung, muss er sich halt weiterhin etwas im Abseits halten und erst zum Schluss der Helene sein ehrliches Beileid bekunden.

Die Trauergemeinde ist gerade auf dem Weg von der Kapelle hinüber zum Friedhof. Der Hartinger verschwindet vorher aufs Klo neben der Aufbahrungshalle, um die feuchten Tücher zu entsorgen und die Hände zu waschen. So muffelig kann er Helene nicht unter die Augen treten. Und wenn er schon mal da ist, kann er sich ja auch gleich selber erleichtern.

Wie er schon fast fertig ist, stellt sich so ein Lackel neben ihn.

Das hasst er sowieso, wenn sich wer so knapp danebenstellt. Die paar Sekunden, bis er ihn drinnen hat, hätt der schon noch warten können.

Der Typ hat es aber enorm eilig. Kaum dass er ihn draußen hat, ist er auch schon wieder fertig. Der Hartinger fühlt sich an seine Schulzeit erinnert, wie sie unter der Stunde aufs Klo sind, um eine zu rauchen. Und dann ein paar Alibitropferl herausgedrückt haben, weil sie nun schon mal da waren. Der Typ beugt sich gerade zum Kleinen hinunter, der freudig an ihm hochspringt.

»Mei, ist der lieb!«, sagt er. Dann richtet er sich auf, und Hartinger erkennt ihn wieder. Das ist der Mensch, der bei der Rede wegen des Hundes zu flennen angefangen hat. Und schon wieder werden ihm die Augen feucht, wie's scheint.

»Passen S' gut auf das Viecherl auf, nicht, dass es Ihnen so geht wie mir!«, schnieft er. Zieht sich ein riesiges Taschentuch aus der Hose. Braucht er auch, bei dem Zinken, der da aus seinem hageren Gesicht herausragt.

»Hören Sie«, versucht der Hartinger einen tröstenden Ton anzuschlagen. Das Ganze ist ihm ein bisserl peinlich in der Umgebung. »Sie sind doch nicht schuld an dem, was passiert ist. Es war ein Unfall.«

»Was wissen denn Sie!«, fährt ihn der Mensch an.

Entschuldigung? Da will er ihn trösten, und dann muss er sich auch noch krank anschnauzen lassen? Wenn da wer wen anschnauzt, dann ist das er. Der Herr Chefinspektor!

»Komm, Hunderl«, sagt er zum Kleinen. »Wir gehen!«

Aber da packt ihn der Typ an der Schulter. »Entschuldigen Sie. War nicht so gemeint. Aber, ich … Hören Sie, ich muss es einfach loswerden – aber das muss unter uns bleiben. Ich hab den Hund überfahren, nicht der Herr Moravec!«

»Was?« Im ersten Moment glaubt der Hartinger ja, jetzt spinnt er komplett, der Typ. Psycho. Weil er den Tod des Hundes nicht verkraftet. Aber der erzählt gleich munter weiter.

»Das ist jetzt gut drei Wochen her. Montag in der Früh war's, das weiß ich noch genau. Ich hab das Gartentürl nicht zugemacht, und er ist mir ausgebüxt. Genau in dem Moment, wie ich verkehrt aus der Garage rausschieb. Krachen hab ich es noch gehört. Bin eh sofort auf die Bremse und raus. Da liegt sie da, die arme Keira. Schaut mich noch einmal vorwurfsvoll an, und dann ist sie weg. Tot. Einfach so.«

Er schnäuzt sich erneut, und der Hartinger schaut ihn ungläubig an. Nicht nur wegen dem riesigen Zinken.

»Ich hupf herum wie ein Rumpelstilzchen«, sagt der Typ. »Nie im Leben kann ich das den Meinen gestehen. In meiner Panik werf ich den toten Hund hinten in den Kofferraum. Ab zum Sammelcontainer. Dann zum Lagerhaus: Autogroßreinigung. Wie ich am Abend von der Arbeit nach Hause komm, natürlich große Aufregung. Schuld war sowieso ich, weil ich das Türl nicht ordentlich zugemacht hab. Stimmt ja auch. Ist mir nämlich davor auch schon ein paarmal passiert. Ich hab dann tüchtig mitgeholfen bei den diversen Suchaktionen, obwohl ich gewusst hab, dass nichts rauskommen wird dabei.«

»Und davon haben Sie nichts gesagt, wie man Ihnen den Hund gebracht hat?« Der Hartinger kann es einfach nicht fassen.

»Wollt ich zuerst. Aber meine Frau. Die hat sofort beim Versicherer angerufen, ob die den Schaden eh übernehmen. Der ist auch gleich gekommen und hat alles in die Wege geleitet. Da hab ich mir gedacht, wenn ich jetzt sag, dass da was nicht stimmt, dann muss ich womöglich die Kosten selber übernehmen. Fürs Spital, Begräbnis, was weiß ich. Ich wär erledigt gewesen. Und im Endeffekt. Was hätt's denn an der Sache geändert? Die Keira war tot. Der Typ auch. Wie die Keira dort hingekommen ist auf die Bergstraße, das weiß ich nicht. Aber es ist mir, ehrlich gesagt, jetzt auch scheißegal.«

»Hören Sie«, sagt der Hartinger forsch. »Sie müssen das melden. Sonst machen Sie sich strafbar!«

»Was?« Der Typ wird ganz weiß. »Ich hab nichts gesagt!«, schreit er und rennt davon. Lässt einen völlig verdatterten Hartinger im Klo zurück.

23. Die aber am Ziel sind, haben den Frieden

Und so kam es, dass mein zweiter Mann ohne Organe, dafür aber mit Hund begraben werden sollte.

Die Trauerfeier hätte Anton gefallen. Die Polizei ließ es sich nicht nehmen, gebührend vom Kameraden Abschied zu nehmen. Mit Reden, Böller- und Trompetenbegleitung. In die Organisation der Feier mischte ich mich nicht ein. Herr Glück übernahm die Koordination und überwachte auch live, dass alles in rechten Bahnen verlief. Er deutete den Rednern dezent an, wann sie an der Reihe waren, hatte sowohl Ablauf wie Sitzplatzordnung im Griff. Selbst die Deko war mit dem Gärtner abgesprochen, es klappte alles wie am Schnürchen. Wesentlich besser als bei Hermanns Abschiedsfeier, wo plötzlich diese Unruhe entstanden war wegen der Schwere des Sarges. Allein beim Gedanken, man hätte die Kiste damals noch einmal geöffnet und ordentlich nachgeguckt, wich mir die Farbe aus dem Gesicht.

Obwohl ich auch bei Anton zur Beschleunigung meiner Witwenschaft beigetragen hatte, wähnte ich mich in Sicherheit. Antons Unfalltod war nie in Frage gestellt worden, und seine Leiche würde nichts anderes erzählen. Nein, diesmal hatte ich nichts zu befürchten, zumal die Unfallursache ja gleich noch mitbestattet wurde. Keine Gefahr also.

So dachte ich zumindest.

Ich hatte schon beinahe alles hinter mich gebracht. Die Pombfüneberer hievten Antons Sarg auf den Lift und stellten Keiras kleine Kiste darauf. Unter den Klängen von »Ich hatt einen Kameraden« senkten sich die Särge feierlich ins Grab. Verhaltenes Schluchzen aus verschiedenen Richtungen war zu hören. Es verstummte jedoch ausnahmslos in dem Augenblick, als jemand von hinten »Halt! Stopp!« rief. Die Trompetentöne bröckelten Instrument für Instrument ab. Der Sarglift blieb quietschend stehen.

Alle Augen waren auf den Mann gerichtet, der mit einem süßen Hündchen an der Leine ans offene Grab hastete. Herr Glück starrte ihn ungläubig an. Auch ich, denn ich kannte diesen Menschen noch dazu. Es war Hartinger! Der Blick, den er mir zuwarf, zeigte Trauer, Reue, Wut und noch etwas, was ich schwer zu deuten vermochte.

Er schob den Priester, der ihm mutig entgegentreten wollte, zur Seite, zückte seinen Polizeiausweis und befahl dem herangeeilten Herrn Glück, den Kindersarg zu öffnen. Mit einem grünlichen Gesichtsausdruck, der von einer Überdosis Pfefferminztee stammen mochte, befahl Herr Glück seinen Mitarbeitern, der Aufforderung des Inspektors nachzukommen.

Plötzlich ging ein Raunen durch die Menge, aber nicht wegen der zimmermännlichen Tätigkeiten am Sarg, sondern weil Herr Wimmer der Länge nach auf das Nachbargrab, vor dem sich seine Familie versammelt hatte, aufgeschlagen war.

Das Publikum hatte jetzt die schwere Wahl, welches Szenario zu verfolgen sich mehr lohnte. Meine Entscheidung war eindeutig. Herrn Wimmers Wohlergehen war mir in diesem Moment schnurzpiepegal. Was war hier am offenen Grab im Gange?

Der kleine Sargdeckel war schnell offen. Hartinger beugte sich darüber. Sein Kopf war rot, als er wieder hochkam. Er wechselte noch ein paar Worte mit Herrn Glück, die ich leider nicht verstehen konnte, weil die Wiederbelebungsversuche an Herrn Wimmer sehr geräuschvoll vonstattengingen – insbesondere wegen der lauten Kommentare seiner Ehefrau. Dann schnappte Hartinger sein Hündchen, schenkte mir noch einen verschleierten Blick und lief mit ihm von dannen.

Den eifrigen Helfern war es in der Zwischenzeit gelungen, den Patienten wieder aufzurichten. Er habe zu wenig getrunken am heutigen Tag. »Die Hitze«, wimmerte Herr Wimmer.

Die Mitglieder der Polizeikapelle tuschelten mit dem Pfarrer und Herrn Glück, der den Sargdeckel wieder zuhatte. Die Schalmeien ertönten erneut, und dem finalen Abgang der zwei Unfallopfer stand nun nichts mehr im Wege.

Die Trauergesellschaft beruhigte sich in der Gastwirtschaft, wo schon meine Hochzeitsfeier stattgefunden hatte. Es gab Leberknödelsuppe, Schnitzel vom Schwein oder der Pute und gebackenes Gemüse für die Vegetarier. Veganer schauten durch die Finger, sie mussten sich mit Salat zufriedengeben.

»Den Hund hätten sie mit meiner Gabi beerdigen sollen, das hätte die Anzahl der Trauergäste vervielfacht und mehr geweint wäre auch worden«, sagte Karl.

Wir standen in der Einfahrt der Gastwirtschaft und warteten auf sein Schnitzel. Er wollte es lieber ins Heim mitnehmen, wo er es in aller Ruhe verzehren konnte.

»Ich glaube nicht, dass Gabi ihr Grab mit einem Hund hätte teilen wollen«, gab ich zu bedenken.

Karl nickte. »Apropos Hund. Was suchte der Typ denn in dem Kindersarg?«, fragte er.

»Ja. Keine Ahnung, was die Aktion sollte.« Abgesehen von Hartingers befremdlichem Verhalten war ich enttäuscht, dass er mir nicht persönlich sein Beileid ausgedrückt hatte. Ich dachte, seine Freundschaft mit Anton hätte sich auch auf mich übertragen.

»Seltsamer Vogel«, sagte Karl und drückte mir die Hand, weil seine Betreuerin die in Alu eingewickelten Schnitzel brachte. Natürlich bekam auch sie eines ab.

Im Speisesaal wurde schon fleißig gegessen. Ich suchte zuerst Herrn Glücks Platz auf.

»Da sehen Sie mal, wie wichtig es ist, dass man sich an die Vorschriften hält«, sagte er mit Triumph in der Stimme, während er das gebackene Gemüse sezierte. Stück für Stück legte er es von der Panier frei – warum auch immer. Meines Erachtens war die der einzige Grund, warum man so was essen sollte.

»Was wollte der Herr Inspektor denn?«, fragte ich mit gemischten Gefühlen.

»Er dachte allen Ernstes, wir hätten den Hundekadaver da drinnen!« Herrn Glücks Entrüstung war nicht gespielt. »Richtiggehend entgeistert war er, dass er nur eine Urne mit Hundeasche vorfand, wie es das Gesetz verlangt. Was denkt der Mensch eigentlich von mir? Ich bin doch kein Krimineller!«

»Wie hat er denn seine Aktion begründet?«

»Gar nicht. Als ich ihm anbot, die Urne zu öffnen, sagte er bloß, das sei nicht zweckmäßig und ich könne den Sargdeckel wieder zunageln. Als ob ich Nägel verwenden würde für meine wertvollen Särge. Was für ein Banause!«

Vor meinem geistigen Auge baute sich ungebeten eine Szene auf, in der Tereza und ich über die vielen Schrauben in Herrn Glücks Sarg gar nicht so glücklich waren. Schnell vertrieb ich das Bild, wunderte mich aber doch, dass es offensichtlich noch immer in meinem Unterbewusstsein schwelte.

»Sie haben die Situation vorzüglich gemeistert, Herr Glück – wie auch die restliche Bestattung.« Ich gab ihm ein ordentliches Trinkgeld für seine Mitarbeiter und sah ihm an, dass er hoffte, ich würde ihm bald wieder einen Ehegatten liefern. Das konnte er sich aus dem Kopf schlagen. Weder eine unüberlegt geschlossene Ehe mit einem inkompatiblen Partner noch die Befreiung aus derselben würden meine Nerven ein weiteres Mal durchstehen.

Ich setzte mich zum Schnitzelverzehr neben Mama, die Emmas Aufsicht übernommen hatte. Sie zeigte sich ungewöhnlich still. Wir hatten das Thema Drazan – Dra-schen – in beidseitigem Interesse ausgeklammert. Sie wollte auch gleich nach dem Essen wieder fahren. »Die Öffis, die Öffis«, seufzte sie. Zum Abschied umarmte sie mich und Emma mehrmals, was allein schon ungewöhnlich war, aber dann auch noch mit feuchten Augen! Meine Einladung, sie möge doch ein paar Tage mit uns verbringen, lehnte sie ab. Erst dachte ich ja, mein hässliches Häuschen wäre ihr als Unterkunft zu minder und wollte ihr schon einen standesgemäßen Aufenthalt in der Villa in Aussicht stellen, doch da zückte sie ihr Taschentuch. »Ich muss erst mein Leben wieder in Ordnung bringen«, sagte sie mit zitternder Stimme und tupfte sich die Nase.

Ich stutzte. Es war *mein* Leben, das gerade aus den Fugen geraten war, oder etwa nicht?

»Er ist ein Heiratsschwindler, Helene«, flüsterte sie. »Er hat mindestens sieben weiteren Frauen die Ehe versprochen!«

Ich umarmte sie still und ohne Vorwurf. »Was ist mit Liselotte?«, fragte ich. »Weiß sie es schon?«

Mama schüttelte betrübt den Kopf. »Ich hab ihr ziemlich böse Dinge an den Kopf geworfen«, stöhnte sie.

»Wenn sie eine wahre Freundin ist, Mama, dann wird sie darüber hinwegsehen, wenn du dich entsprechend entschuldigst.« Mama nickte. Sie war bei Weitem trauriger als ich, die frischgebackene Witwe.

Alma zeigte sich dagegen sprudelnd wie eine Flasche Vöslauer Quelle. Schätzchen hin, Schätzchen her. Hielt mir einen Brüller von Verlobungsring unter die Nase. Ihr Wolfgang benahm sich galant und weltgewandt, kümmerte sich rührend um den kleinen Stiefsohn, indem er ihm zum Beispiel sein Schnitzel schnitt. Als dieser lautstark dagegen protestierte, weil Emma ihres selbst zerlegen durfte, packte er ihn unsanft beim Handgelenk, und der Junge ließ sofort die weitere Beschneidung über sich ergehen. Ich bemerkte Almas Zucken in den Augen sofort, auch wenn es nur für den Bruchteil einer Sekunde aufblitzte. Auch sie wollte nicht lange bleiben. Hatte ja so viel um die Ohren. Ich würde von ihr hören, wenn der Termin für ihre Hochzeit fixiert wäre.

»Viel Glück!«, sagte ich, worauf sie mich zwar umarmte, mir eine Dankesantwort aber schuldig blieb.

Familie Wimmer bestand darauf, ihre Zeche selbst zu bezahlen. Lächerlich im Verhältnis zur Gesamtrechnung der Beerdigungsfeier, aber ich ließ den armen Vater gewähren. Er war immer noch sehr blass, bedankte sich überschwänglich für meine Großzügigkeit und versprach, ein Auge auf das Grab zu haben.

»Die Wege des Herrn sind unergründlich«, unterbrach ich ihn, als er sich mit trauerumflortem Blick wieder und wieder für die Rolle Keiras in dem fatalen Unfall entschuldigte. Er nickte verzweifelt und ließ sich von der Gattin aus dem Lokal ziehen.

Der Kerl irritierte mich. Ich hatte bei Dracos Tod gelitten wie der Hund selbst, trauerte noch jetzt um das treue Tier. Aber wenn Draco einen Unfall verschuldet hätte, ich glaube nicht, dass ich deswegen ein schlechtes Gewissen gehabt hätte. Vielleicht war dieser Teil meines Charakters, im Gegensatz zu Höflichkeit und Fremdschämen, auch schlicht und ergreifend unterentwickelt.

Nachdem ich die Mehrheit der Trauergäste verabschiedet hatte, zahlte ich den Polizisten noch eine Runde, dann machte ich mich auf nach Hause.

Emma und ich saßen gerade am Esstisch, wir spielten »Tempo, kleine Schnecke«. Ich mimte einen Nervenzusammenbruch, weil Emmas Schnecken mich laufend überholten. Sie gluckste und klatschte in die Hände. Ob sie mitbekommen hatte, dass Anton uns nie wieder stören würde? Jedenfalls hatte ich sie hier, in diesem Haus, selten so fröhlich gesehen. Umso ungehaltener reagierten wir beide, als die Türglocke unser spannendes Rennen unterbrach.

Hartinger! Den hatte ich jetzt nicht mehr erwartet. Das kleine Hündchen an seiner Seite zog ungeduldig an der Leine.

»Hundi!«, rief Emma entzückt. Der Welpe hüpfte zwischen seinen Beinen hindurch ins Vorzimmer und wieder zurück zu seinem Herrchen.

Es war Liebe auf den ersten Blick zwischen Kind und Hund. Der Welpe sprang an Emma hoch und schleckte sie ab, Emma liebkoste und küsste ihrerseits den Hund. Der führte daraufhin einen Freudentanz auf und rannte zwischen seinem Herrchen und Emma hin und her. Hartinger wollte dem Treiben Einhalt gebieten, dabei verhedderte er sich in der Leine und fiel mir direkt in die Arme.

Wäre hinter mir nicht dieser monströse Einbauschrank gestanden, der kräftige Mann hätte mich wahrscheinlich umgerissen. So lehnten wir dicht aneinandergequetscht, Hartinger mit der Leine an den Beinen gefesselt, an der Schrankwand und versuchten, uns aus der misslichen Lage zu befreien. Ich muss zugeben, hätte mir der Schlüssel der Schranktüre nicht direkt in den Rücken gepikst – ich hätte gerne noch eine Weile in dieser Position verharrt. Hartingers Parfüm umschlang mich wie

eine seidene Sommerdecke. So ganz auf Tuchfühlung paarte sich
der Duft mit leichtem Schweißgeruch. Aber es war nicht diese
Polyestervariante, die Antons sportliche Radfahr-Aura dominiert hatte, und störte das Gesamtpaket nicht. Im Gegenteil. Ich
empfand es irgendwie … Ja, ich muss es zugeben, wenn es auch
an diesem Tag nicht angebracht schien – es war sexy.

Mit vereinten Kräften schafften wir es, das Knäuel zu ent-
wirren, indem ich die Leine vom Welpen abbekam. Emma und
den Hund konnten wir nicht wieder trennen. Sie kullerten bereits auf dem hässlichen Teppichboden herum und waren nur
schwer zu überzeugen, ihre sportlichen Tätigkeiten wenigstens
ins Wohnzimmer zu verlagern.

»Ist das deiner?«, fragte ich atemlos, nachdem wir auch diese
Aufgabe gemeistert hatten.

»Ja. Also nein«, stotterte er. Ich fand es süß, wie dieser Macho-
Typ verlegen wurde. Drum sagte ich nichts, sah ihn nur fragend
an. Ein bisschen Klimpern mit den Wimpern musste er schon
aushalten.

»Kann ich vielleicht einen Schluck Wasser haben – auch für
den Hund?«, fragte er ausweichend. Ich lächelte und brachte ihm
beides. Dracos Schälchen stand immer noch an seinem Platz. Ich
hatte es nicht geschafft, mich so schnell von seinen Sachen zu
trennen. Nur die Decke, in die wir die tote Keira gehüllt hatten,
hatte ich entsorgt – das hatte ja wohl sein müssen.

»Also, wem gehört der Kleine jetzt?«, fragte ich, nachdem
Hund und Herrchen beide gelabt waren.

Hartinger ergriff meine Hände und schaute mir in die Augen.
Diesmal war sein Blick fest. Jetzt war ich diejenige, die ein wenig
nervös wurde.

»Ich hoffe, ich bring dich damit nicht in Verlegenheit, Helene«, sagte er. »Dieses Kerlchen hier. Ich hab es gleich nach
eurem Besuch bei einer Bekannten reservieren lassen. Sie ist zu
einem unerwarteten Wurf Schäfermischlinge gekommen. Ich
dachte, der Kleine würde dir über den Verlust deines Hundes
hinweghelfen.«

Ich schluckte. »Du schenkst mir einen Hund?« Wie bezaubernd war das denn! Von einem stolzen Mann seines Kalibers! Es fehlten mir die Worte.

Hartinger interpretierte mein Schweigen offenbar falsch. Er ließ meine Hände los.

»Du kannst das Tier selbstverständlich ablehnen, ich bin nicht beleidigt, wenn du das befürchten solltest. Der Zeitpunkt ist ja denkbar ungünstig. Du trauerst. Musst dein Leben neu aufstellen. Und ...« Jetzt stockte er in seiner Rede. »Und Anton ist ja schließlich auch durch einen Hund zu Fall gekommen. Sag es ehrlich. Wenn du ihn nicht haben willst, dann nehm ich ihn wieder mit. Wir werden sicher ein anderes Plätzchen für ihn finden.«

»Untersteh dich!«, rief ich aus. »Selbst, wenn ich wollte – wie soll ich denn die beiden voneinander trennen?« Emma rannte gerade quietschend hinter dem Kerlchen her.

Hartinger lachte erleichtert. »Du hast recht. Ein Ding der Unmöglichkeit.«

»Wie heißt er denn?«

»Bis jetzt ist er namenlos. Ich dachte, die Namensgebung, das würdest du lieber selber übernehmen.«

Ich fing Emma mitten in ihrer Runde ab. Sie sah mich entrüstet an und wollte sich aus meinen Armen winden.

»Warte mal«, sagte ich. »Ich muss dich was Wichtiges fragen.« Erwartungsvoll schaute sie mich an.

»Sollen wir das Hündchen behalten? Was meinst du?« Ein Jauchzen war die Reaktion.

»Die Frage wäre geklärt«, sagte ich zu Hartinger.

»Jetzt braucht das Hündchen noch einen Namen, Emma.« Aber diese Frage interessierte sie nicht. »Hundi lieb!«, rief sie und war schon wieder unterwegs.

»Hundi ist vielleicht ein wenig allgemein«, lachte ich. »Was hältst du von Lucky? Auf dass er mehr Glück haben möge als sein Vorgänger?« Ich seufzte beim Gedanken an Draco.

»Das klingt gut«, sagte er. »Glücklich der Hund, dessen Schicksal in deine Hände gelegt wird.«

Ich errötete. Ausnahmsweise einmal passend.

»Habt ihr noch was rausfinden können, wer oder was Draco umgebracht hat?«, fragte Hartinger.

»Es war Gabi. Wie ich es vermutet hatte«, sagte ich bitter. Die schöne Stimmung war dahin.

»Konnte ihr Anton doch noch was nachweisen?«

»Hör mal«, sagte ich. »Ich weiß nicht, was Anton dir erzählt hat. Aber er hat es immer gewusst und absichtlich vertuscht. Angeblich war er Gabi was schuldig. Glaub es mir oder nicht. Er hat es mir letztlich gestanden. Auch, dass er die Fotos selber gelöscht hat. Und jetzt lass uns nicht wieder darüber reden. Ich will Toten nichts Böses nachsagen, und es macht weder Draco noch Anton wieder lebendig.«

»Es tut mir leid. Ich wollte nicht …«

»Lass gut sein. Jetzt habe ich ja Lucky«, sagte ich und lächelte, weil Emma ihm gerade ihr Stoffhündchen anbot. Ein Liebesbeweis sondergleichen. »Wollen wir auf sein Glück anstoßen?«

»Gerne. Und auf bessere Zeiten«, sagte Hartinger.

Ich hatte zur Feier des Tages eine Flasche Rosé eingekühlt, und freute mich, sie nicht alleine trinken zu müssen.

»Ich hab dich vermisst beim Leichenschmaus. Eigentlich hab ich fix mit dir gerechnet«, sagte ich ein wenig vorwurfsvoll, während ich ihm den Wein einschenkte.

»Er war schuld«, sagte er und deutete auf unser neues Familienmitglied. »Erst hat er mein Auto vollgepinkelt, dann … Aber das erzähl ich dir lieber ein anderes Mal.«

Ich sah ihn scharf an. »Was sollte das eigentlich am Grab, Norbert?« Es war das erste Mal, dass ich ihn beim Vornamen ansprach, aber »Hartinger« erschien mir so unpersönlich.

Er massierte mit zwei Fingern seine Nasenwurzel. Verursachte ihm die Frage Kopfweh?

»Ich hab da einen Tipp bekommen«, sagte er zögernd. »Dem wollte ich nachgehen, bevor es zu spät war. Aber ich kann im Moment noch nichts Genaueres dazu sagen. Mach dir keinen Kopf deswegen, es hat nichts mit dir zu tun.«

Das hoffte ich sehr. Mein Bauchgefühl war sich da nicht so sicher.

Es wurde trotz dieses Missklangs ein netter Abend. Hartinger akzeptierte, dass ich nicht über Anton sprechen wollte. Warum, das konnte er natürlich nicht ahnen, aber das war ja auch egal. Lucky hielt uns ohnehin auf Trab. Natürlich pinkelte er aufs neue Sofa, weil wir vom Wein beseelt nicht rechtzeitig auf seine Suche nach einem geeigneten Plätzchen reagierten. Emma lachte vergnügt, als sein Bächlein auf den Boden tropfte. Sie fühlte sich ganz solidarisch mit dem Hundekind. Wir ließen Lucky in den Garten, wo er neugierig herumschnüffelte. Ob er Dracos Spuren noch roch? Er fühlte sich im Bettchen seines Vorgängers jedenfalls sichtbar wohl, drehte sich dreimal um die eigene Achse und schlief sofort ein. Emma wollte sich gleich zu ihm legen.

»Jedem sein eigenes Bettchen, Emma«, sagte ich. Hartinger verstand das wohl als Wink.

»Tja. Dann werd ich mal«, sagte er. »Wir hatten alle einen langen Tag. –Was wirst du jetzt tun?«, fragte er an der Tür.

»Ich weiß noch nicht genau«, sagte ich wahrheitsgemäß. »Auf jeden Fall werde ich zunächst einmal in mein altes Haus zurückgehen. Ich hab mich nicht entschließen können, es zu verkaufen oder zu vermieten, darüber bin ich jetzt froh. Und dann werden wir weitersehen.«

»Wenn du Hilfe brauchst, Helene.« Norbert schaute mich ernst an. »Ich hab mir ein paar Tage Urlaub genommen und werde die Gegend hier unsicher machen. Also, wenn du einsam bist, die Trauer dich packt. Ruf einfach an.«

»Das ist lieb«, sagte ich und drückte dankbar seine Hand, dabei entschlüpfte mir sogar eine Träne. Trauer war zwar nicht der Grund dafür, es war die drohende Einsamkeit, die mich bedrückte.

Er hob mit einer sanften Fingerbewegung mein Kinn und wischte mir die Träne weg. Dann drückte er mir einen flüchtigen Kuss auf den Mund. Es war kein Tröpfchen zum Wegwischen dabei, trotzdem hatte diese zarte Berührung eine nachhaltigere Wirkung als Antons sämtliche Feuchtküsse zusammengenommen. Ich spürte, wie sich mein Körper und meine Seele gleichermaßen für ihn öffneten. Ich konnte nicht erkennen, ob es ihm ähnlich erging, er hatte sich schon umgedreht.

»Würde mich freuen, wenn wir in Kontakt bleiben!«, rief ich ihm nach und fuhr mir mit der Zunge über die Lippen.

23.1 Böse Überraschungen

Ein wenig enttäuscht ist der Hartinger schon nachträglich über den Freund, dass der seine Frau so hintergeht. Sie hinzustellen wie eine neurotische Ziege. Kurz überlegt er, ob er diese Gabi nicht doch noch vor den Kadi zerren sollte, aber Helene hat ja ausdrücklich gemeint, sie wolle über die Sache Gras wachsen lassen. Außerdem würde es den Moravec posthum nicht gerade im besten Licht erscheinen lassen. Da fragt man sich halt schon, ob es das wert ist. Weil, verteidigen kann er sich ja leider nicht mehr.

Aber der Sache mit dem Hund. Der muss er auf den Grund gehen. Die stinkt. Da kommt es ihm doppelt recht, dass er sich ein paar Tage freigenommen hat. Zeit genug zum Herumschnüffeln hat er jedenfalls.

Deswegen fährt er gleich nach dem Frühstück ins LKA Mödling, ins Büro des verstorbenen Kumpels. Er wird freundlich begrüßt. Viele kennen ihn von der Hochzeit. Klopfen ihm auf die Schulter und murmeln Sachen wie »furchtbar«, »Beileid«, »scheiß Pech«. Als er fragt, ob man den Hund nach dem Unfall auch ordentlich untersucht habe, wird man jedoch stutzig. Das sieht man nicht gerne, wenn ein Außenstehender die Qualität der eigenen Arbeit anzweifelt. Er wird kurz angebunden an einen Kollegen weitergereicht, der den Unfall aufgenommen hat.

»Wie meinst das jetzt?«, sagt der Kollege. Sein Name ist Ernstl. Den Nachnamen hat der Hartinger vergessen – oder hat er ihn gar nicht erwähnt, der Ernstl? Egal. Er weiß auf jeden Fall, dass er mit ihm an der Hochzeitsbar ein paar Whisky gekippt hat. Patenter Kerl auf den ersten Eindruck.

»Na ja. Obduktion zum Beispiel, Ernstl?«

»Vom Hund?« Der Ernstl schaut ihn verblüfft an. »Die Tierärztin ist gekommen, hat festgestellt, dass er tot ist, und dann den Hundebesitzer angerufen. Der hat bestätigt, dass der Hund schon längere Zeit vermisst gemeldet war, und dann hat sie ihm das Tier zukommen lassen. Wieso hätten wir es obduzieren sollen?«

»Weil dieser Hund dem Moravec nicht ins Rad gesprungen sein kann. Er war schon eine geraume Zeit vor diesem angeblichen Unfall tot.«

»Nie im Leben! Ich war dort und hab das Viech selber gesehen. Da hätt der Hund anders ausgeschaut – oder gerochen –, wenn der dort schon länger gelegen hätte. Woher hast denn die komische Geschichte, dass der schon vorher tot war?«

»Vom Besitzer, diesem Wimmer, höchstpersönlich.«

Der Kollege packt es gar nicht, was ihm der Hartinger da erzählt. Zieht aber die richtigen Schlüsse.

»Das heißt, jemand hat das Vieh aus dem Container entwendet und – was weiß ich – kühl gelagert und dann dort deponiert?«

»Deponiert ist vielleicht ein wenig zu passiv, meinst nicht auch? Warum hätte jemand diesen Aufwand betreiben sollen, wenn er nicht gezielt dem Moravec den Hund vors Rad werfen wollte?«

»Das wäre dann …?«

»Wonach schaut's denn aus?«

»Scheiße«, sagt der Ernstl. Das muss er erst einmal verdauen. »Aber am Unfallort – also Tatort –, da war nichts Merkwürdiges, ehrlich! Ich mein. Da unten liegt dein schwer verletzter Kollege. Die Rettung kommt. Hubschrauber. Wer schaut da bitte genauer auf einen toten Hund? Noch dazu, wenn es Zeugen gibt, die gesehen haben, wie der Hund dem Toni ins Rad ist.« Freilich macht er sich jetzt Vorwürfe, dass er die Sache verschludert hat. Peinlich gegenüber dem Kollegen.

»Hast den Unfallbericht bei der Hand? Ich würd gerne einmal einen Blick hineinwerfen.«

Zusammen gehen sie den kurzen Report durch. Vom Gruber ist der nicht, denkt sich der Hartinger. So was Schlampiges hätte der nicht abgeliefert. Aber sympathischer ist trotzdem der Ernstl, deswegen sagt er auch nichts wegen der vielen Rechtschreibfehler. Stört ja eh nur am Rande. Dass die Fotos – insbesondere die vom Unfallhund – so schlecht sind, das fuchst ihn

233

schon eher. Nichts zu erkennen, was die Tatsache, dass der Hund schon länger tot war, untermauern könnte. Vielleicht kann ja die Tierärztin sich genauer erinnern, welcherart die Verletzungen des Tiers gewesen sind.

»Die Tierärztin und die beiden Zeugen«, sagt er zum Ernstl, »die würd ich gerne noch einmal befragen, wenn du nichts dagegen hast.«

Hat er nicht, der Ernstl. Gibt dem Hartinger die Adressen und meint: »Wenn du was Interessantes rauskitzeln kannst aus denen, dann schick sie her, und wir nehmen das zu Protokoll. Und ich knöpf mir in der Zwischenzeit diesen Wimmer vor und nehm ihn einmal ordentlich auseinander, okay?«

Das ist dem Hartinger recht. Er fängt gleich einmal bei der Tierärztin an.

Viel erwartet er sich ja nicht, aber ein bisschen kann sie ihm doch weiterhelfen.

Laut ihren Angaben hatte man den Hund schon an den Rand der Fahrbahn geschoben, als sie am Unfallort eingetroffen ist. Wegen der Engstelle und damit es nicht noch einen Unfall gibt. Die ersten Schaulustigen hätten sich ja auch schon eingefunden. Darum hätte sie aus der Lage des Hundes keine Schlüsse mehr ziehen können. »Aber da gibt es ja sicher aufklärende Fotos«, meint sie.

Ja, das wäre günstig gewesen, denkt sich der Hartinger.

»Der Hund hat jedenfalls eindeutige Verletzungen von einem Aufprallunfall gezeigt«, erklärt sie weiter. »Der Radfahrer muss ein ordentliches Tempo draufgehabt haben. Äußere und aller Wahrscheinlichkeit nach auch innere Verletzungen, ganz klassisch für einen Unfall. Der Hund war vermutlich sofort tot.«

»Ist Ihnen irgendetwas aufgefallen, was nicht ›klassisch‹ war? Was Ungewöhnliches?«, fragt der Hartinger, bevor er die Medizinerin mit dem echten Todeszeitpunkt des Hundes konfrontiert.

»Doch«, sagt sie nach einiger Überlegung. »Der Hund war nass.«

»Ach! Davon steht aber nichts im Unfallbericht. Wie erklären Sie sich das? Geregnet hat es doch nicht an diesem Tag, oder?«
»Absolut trocken – und heiß. Deswegen hat es mich ja zuerst gewundert. Aber so absurd war es auch wieder nicht. Vielleicht war er ja vorher schwimmen im Schwechatbach. Der fließt ja gleich ums Eck vorbei.«
»Ich hab da eine andere Theorie«, sagt der Hartinger. »Tauwasser.«
»So früh am Morgen war das nicht. Der Platz war schattig, das schon. Aber es war schon richtig warm.«
»Ich glaube, dieses Tier lag eine Zeit lang in einem Tiefkühlschrank. Halten Sie das für möglich?«
Die Ärztin schaut ihn verblüfft an. »Steif war er nicht, wenn Sie das meinen.«
»Aufgetaut?«
»Wer denkt denn an so was! Aber ja. Ja. Vorstellen kann ich mir das schon«, sagt sie. »Obwohl. Im Nachhinein ist das schwer zu verifizieren. Schade eigentlich, weil, wenn mir einer von den Polizisten gesagt hätte, ich solle den Todeszeitpunkt bestimmen, dann hätt ich mich vielleicht gewundert beim Temperaturmessen. Warum das Tier so kalt ist, zum Beispiel. Aber die wollten bloß wissen, ob der Hund tot ist. Und dass ich den Kadaver gleich mitnehme, das war ihnen wichtig.«
Natürlich ist sie jetzt neugierig, die Frau, was denn das alles zu bedeuten habe. Aber er darf ihr leider nichts verraten – laufende Ermittlungen!
Der Hartinger bedankt sich, sie habe ihm sehr geholfen, sagt er.

Noch viel interessanter als die tierärztliche Expertise verläuft sein nächstes Interview mit dem älteren Ehepaar, das den Unfall gesehen haben will. Ein Klassiker ehelicher Uneinigkeit, könnte man sagen.
Der Hund sei geflogen gekommen, sagt die Frau.
»Aber Schatzi. Hunde können nicht fliegen. Er ist am Boden gekrochen. Eher gerobbt«, sagt der Gatte. Er sei auch weiter

vorne geradelt – seiner Frau ginge es bergab immer zu schnell –, und daher habe seine Frau nur den Radfahrer, aber nicht den Hund fliegen sehen.

»Hab ich doch!«, keift sie. »Woher willst du wissen, was ich gesehen hab oder nicht? Und dass ein Hund nicht fliegen kann, das weiß ich auch«, sagt sie. Zum Hartinger gewandt meint sie, dass sie deutlich beobachtet hätte – aus der Kurve –, wie der Hund von der Leitplanke weg direkt ins Vorderrad von dem Rennfahrer gesprungen sei. Und der sei dann kopfüber über die Schiene gehechtet.

»Verstehen Sie mich nicht falsch, Herr Inspektor«, sagt sie. »Aber das hat man ja kommen sehen. Der Typ hat uns davor in der Kurve überholt wie ein Irrer. Wenn da was entgegengekommen wäre, dann hätt es ihn schon dort erwischt. Manche fahren ja wirklich wie die Trottel. Rücksichtslos.«

»Schatzi. So darfst du nicht über einen Verstorbenen reden.«

»Geh, bitte. Die Frau hat das doch auch ge…« Mitten im Satz stockt sie, aber da hat sie der Hartinger blitzschnell im Netz.

»Ja? Welche Frau hat was gesagt?« Er durchbohrt sie förmlich mit seinem Blick. Dass er dauernd seinen Kuli klicken lässt, macht sie nervös.

»Ach nichts«, murmelt sie. »Meine Schwägerin hat später gesagt …«

»Schatzi. Du hast gar keine Schwägerin. Ich hab dir gleich gesagt, wir sollten es lieber erwähnen.«

»Kurt!«, schimpft sie, aber der hört nicht mehr auf sie. »Tut mir leid, Binchen, es muss sein.« Er legt die Hand aufs Herz, wie zu einem Schwur.

»Da war diese Frau«, sagt er zum Hartinger. »Sie ist von der anderen Straßenseite gekommen und hat sich über den Hund gebeugt, wie wir uns dort eingebremst haben. Sie hat geschimpft, ob der Mann keine Bremsen am Rad hat oder was. Das arme Tier! Wir haben erst dann gesehen, was mit dem Radler los war. Aber da war sie dann schon wieder weg, die Frau.«

»Und warum, bitte, erzählen Sie dann den Kollegen, dass es keine weiteren Zeugen gegeben hat?« Der Hartinger hat jetzt seine Stimme erhoben, die Frau zittert schon. »Behinderung der Ermittlungen. Dass das strafbar ist, das wissen Sie schon, oder?«

»Ich bin schuld«, wispert Binchen. »Die Frau hat uns so eindringlich gebeten, sie nicht zu verraten. Sie ist eine slowakische Pflegerin in Heiligenkreuz, und sie hätte eigentlich ihre Klientin gar nicht alleine lassen dürfen.«

»Was wollte sie denn im Wald? Hat sie Ihnen das auch verraten?«

»Ja. Pilze suchen. Fürs Abendessen. Und wenn sie jetzt stundenlang warten und alles zu Protokoll geben muss und so, dann würde die Alte aufwachen und sich beschweren, und sie würde womöglich ihren Job verlieren. Aber ihre Kinder zu Hause in der Slowakei, die brauchen das Geld dringend zum Hausbauen, und das erste Enkelkind ist auch schon unterwegs. Da hab ich einfach nicht anders gekonnt, verstehen Sie. Wir haben ja auch zwei Kinder. Enkelkinder leider noch nicht, aber sie arbeiten dran. Haben Sie Kinder, Herr Inspektor?«

Der Hartinger ignoriert die Frage. Packt die zwei Pensionisten und fährt mit ihnen direkt ins Büro der Mödlinger Kollegen. Die sollen die beiden persönlich zerpflücken, er hört lieber als Unbeteiligter zu. Nicht, dass ihm später wer vorwirft, er sei gar nicht zuständig gewesen oder so was Ähnliches. Jetzt soll es amtlich werden.

So schuldbewusst beide dann auch sind, von Einigkeit ist selbst im Verhörzimmer keine Rede. Überhaupt bei der Beschreibung dieser Pflegerin. Er sagt, mittelgroß und dick sei sie gewesen. »Geh, Kurti, die war doch nicht dick!« Ein bisserl verrucht hat sie, laut Binchen, ausgeschaut, was wiederum der Kurti heftig bestreitet. Im Endeffekt lässt man zwei getrennte Phantombilder von der Frau erstellen. Der Hartinger grinst, wie er sie später vergleicht. Zwei völlig verschiedene Personen! Einziges gemeinsames Merkmal: eine Narbe unter dem Auge. Unter welchem? Fifty-fifty!

»Da wird euch nichts anderes übrig bleiben, als sämtliche Pflegerinnen von Heiligenkreuz aufzusuchen und zu schauen, ob sie eine Narbe unter einem Auge haben. Weil, die Alibis von den schlafenden Alten, die können wir gleich vergessen, wie man sieht.«

»Alle Pflegerinnen?«, faucht einer der jüngeren Kollegen.

»Ausnahmslos alle. Ob aus der Slowakei, Rumänien, Korea und weiß der Teufel, woher auch immer. Und zwar pronto!«, bellt der Hartinger, als ob er in Mödling der Chef wär. Aber widersprechen trauen sich die Kollegen nicht. Weil, peinlich ist es allemal, was ihnen da für Schnitzer passiert sind.

Den Wimmer, den hat der Hartinger leider versäumt, weil den hätt er auseinandergenommen wie ein Backhenderl. Jetzt, wo er grad so schön in Fahrt ist.

»Der hat alles abgestritten, Norbert«, sagt der Ernstl. »Er behauptet, du hättest ihn bedroht und eingeschüchtert.«

»Was hab ich? So ein Arschloch! Was hab ich denn Schreckliches gesagt?«

»Er behauptet, du hättest ihn gefragt, ob das sein kann, dass der Hund schon am Tag, als er ausgerissen ist, angefahren worden ist. Und das hat er dir gegenüber bejaht. Dass es sein könnte. Aber dass er es selber gewesen sein soll und dass der Hund noch dazu tot gewesen wäre, das hast du erfunden. Wie das denn gehen soll, hat er gefragt, wenn der Hund jetzt dem Radler hineinspringt.«

»Und? Wem glaubst du?« Der Hartinger ist so was von sauer auf die ganze Bagage.

»Hör zu, Norbert. Du weißt genau, dass das wurscht ist, wem wir glauben. Wir brauchen Beweise und glaubwürdige Zeugenaussagen. Ich sag dir was, den Hund können wir uns abschminken. Aber diese Slowakin. Die finden wir, das versprech ich dir. Was ist, gehen wir auf ein Gulasch und ein Bier? Ich hab einen Bärenhunger.«

Das lässt sich der Hartinger nicht zweimal sagen. Im Wirtshaus beruhigt er sich schnell wieder. So eine Unterzuckerung ist ja für die Stimmung ganz schlecht.

»Sag, Ernstl«, sagt er und stellt das Seidl vor sich ab. »Kannst du dir vorstellen, wer dem Toni ans Leder wollt? Irgendein heikler Fall, in den er zuletzt verwickelt war?«

Der schüttelt den Kopf. »Keine Ahnung. Völlig mysteriös.«

»Was ist mit dieser Gabi?«, fragt der Hartinger.

»Wer ist Gabi?«

»Die Nachbarin, die den Hund vom Moravec seiner Frau vergiftet hat. Hat er nie davon erzählt?«

»Ach, die Sache! Ich war selber bei ihr im Schuppen – auf Bitten vom Toni.«

»Eben! Vielleicht hat er ihr jetzt doch mit einer Anzeige gedroht, und sie hat auch ihn aus dem Weg geräumt?« Irgendwie glaubt er es ja selber nicht, der Hartinger. Traut der Frau das gar nicht zu. Aber man klammert sich halt an jeden Strohhalm. Und was weiß er schon über rachsüchtige Weiber?

»Tut mir leid«, sagt der Ernstl. »Auch wenn sie ein Motiv gehabt hätte. Die Frau ist tot. Selbstmord mit Schwiegermuttergift. Vor zwei, drei Wochen muss das gewesen sein. Oder länger sogar. Auf jeden Fall vor Tonis Unfall.«

Dem Hartinger bleibt sein Semmerl im Hals stecken. Er drückt sich die Serviette gegen den Mund. Was ist da los in Baden, verflixt?

»Gibt's dazu wenigstens eine ordentliche Akte bei euch?«, krächzt er.

»Selbstverständlich«, sagt der Ernstl, Unterton beleidigt. »Ungeklärte Todesursache. Landet automatisch bei uns.«

Der Hartinger wischt sich den Mund ab. Jetzt hat er es eilig, ins Büro zurückzukommen, denn langsam braut sich eine Ahnung in ihm zusammen.

Hastig blättert er durch die Akte. Vor allem die Bilder hat er im Visier. Und da ist es schon. Das Bild von dem E 605. »Wenn das nicht dieselbe Dose ist wie in dem Weinviertler Bauernhaus, dann fress ich einen Besen«, sagt er und weiß nicht, ob er sich über diese Erkenntnis freuen oder eher schrecken soll.

Sofort wird die entsprechende Akte auf dem Computer aufgemacht. Die Bilder werden verglichen. »Hundertpro kann man es nicht sagen«, meint der Ernstl. »Selbes Fabrikat, ganz klar. Aber ob es die identische Dose ist? Das Badener Etikett schaut abgenutzter aus als auf der anderen Dose, meinst nicht?«

»Das werden wir gleich haben«, sagt der Hartinger, greift zum Handy und ruft den Gruber an.

»Gruber!«, sagt er. »Gehen S' ins Altersheim und holen sich noch einmal den Schlüssel von dieser Alten. Der Frau ... Dings. – Ja. Stimmt, Vinzenz. Gut. Holen Sie sich den Schlüssel und gehen S' in das Haus. Also nicht das Haus. Den Stadl. Ach so, der war offen? Dann brauchen S' den Schlüssel nicht. Nein. Hausdurchsuchungsbefehl auch nicht. Fahren S' direkt hin. Schauen Sie sich dort um, wo das ganze Giftzeugs rumsteht. Und prüfen S' mir nach, ob das E 605 noch dort ist. Dann machen S' mir ein Foto und schicken es mir pronto! Ja! Jetzt gleich. Es eilt! – Ich mach für heute Schluss«, sagt der Hartinger zum Ernstl. Der schaut gar nicht traurig aus darüber, kommt ihm vor. »Aber diese Cold-Case-Akte, für die ich dem Moravec ein paar Beiträge für seine Ermittlungen geliefert hab. Die tät ich mir gerne mitnehmen ins Hotel. Irgendwo gibt es da einen Zusammenhang. Das spür ich in der großen Zehe.«

24. Vorsichtsmaßnahmen

Ich war gerade auf dem Weg in den Kindergarten, um Emma abzuholen, als Terezas Anruf einging. Wir hatten eigentlich ausgemacht, nur im Notfall zu telefonieren, deswegen rief ich sie auch sofort zurück. Sie ließ mich nicht zu Wort kommen. »Helene. Gerade war ein Kieberer bei mir in Haus. Wollte schauen in Schuppen, ob ich hab Gift herumstehen. Hab ich ihm erklärt, dass ich hab alles ordnungsgemäß in Milldeponie gebracht, wie ich bin zurick in meine Haus. Hast du E 605 noch? Wenn ja, hächste Zeit fir Entsorgung!«

Ich erklärte ihr, dass ich die Dose in Gabis Schuppen deponiert hatte, damit man das Gift bei ihr finden würde.

»Hast du abgewischt Dose ordentlich? Keine Fingerabdricke drauf?«

»Ich hab sogar vorher mit einer Bürste gescheuert. Und Handschuhe hab ich auch immer getragen, das Gift geht auch über die Haut. Hast du das gewusst?«

»Hab ich nicht. Hab ich nie gebraucht diese Sachen. Alles von meine Ignaz. Fir Tiere und Pflanzen hab ich nie genommen Gift. Deshalb ich hab gedacht, ist besser, wenn ganze Zaig ist weg. Aber bin ich nicht mehr sicher jetzt. Glaubst du, hat deine Kieberer vielleicht hinterlegt Botschaft fir Kollegen? In Falle ich bin tot, es war die bähmische Putzfrau von meine Frau Helene?«

Ich hatte Tereza noch nie so aufgeregt erlebt, also versuchte ich, die Coole zu geben.

»Du, da kannst du beruhigt sein. Mein Mann hat nicht so viel Phantasie besessen.«

»Aber hat auch gehabt Dreck an Stecken und ist nicht gewesen ehrlich. Weiß nicht, Helene. Hab ich diesmal komisches Gefiehl!«

»Weißt du was, Tereza? Komm einfach her. So übers Telefon ist es schwer, sich zu beraten. Ich muss sowieso wieder einmal in der Villa nach dem Rechten sehen.«

»Gut. Pack ich ein bisserl was zusammen. Wenn ich erwische ginstige Zug, kann ich sein in Baden in zweieinhalb Stunden.«

Sie wuchtete einen riesigen Korb voll mit frischem Gemüse aus dem Waggon. Er war mindestens so groß wie ihr Koffer.
»Wer weiß, hast du genug eingekauft«, sagte sie.
»Brot, Butter, Käse. Wofür hältst du mich«, erwiderte ich beleidigt. »Und vorgeschnittenen Salat.«
Ich packte ihr Zeug in den Kofferraum, während sich Tereza freudestrahlend zu Emma ins Auto beugte, um sie zu begrüßen.
»Wer ist denn das?«, rief sie aus, als sie anstelle von Emma von Lucky abgeschleckt wurde.
»Das ist Lucky«, sagte Emma und klatschte in die Hände. »Bleibt jetzt bei uns.«
»Norbert, der Freund von Anton, hat ihn uns geschenkt«, erklärte ich.
»Hoffentlich ist rein«, seufzte sie und setzte sich auf den Beifahrersitz.
Wir waren kaum in der Villa angekommen, da packte sie die essbaren Sachen aus und begann zu kochen. »Kochen beruhigt«, sagte sie.
Das konnte ich nicht nachvollziehen. »Mich beruhigt es, wenn *du* kochst«, sagte ich.
»Wir ergänzen eben prächtig.« Sie lachte und machte sich ans Werk.
Bald darauf strömten herrliche Düfte aus der Küche. Nach einer Stunde stellte sie einen Bräter mit Ofengemüse auf den Tisch.
»Heite muss vegetarisch«, sagte sie. »Hab ich gegeben bisserl was von deine Käse darüber fir Geschmack und kännen wir essen frische Brot dazu.«
Auch Emma langte kräftig zu, obwohl sie normalerweise ein Gemüsemuffel war. Sie pickte sich eben das heraus, was sie gerne aß: die Kartoffeln und den Käse. Ab und zu rutschte auch was Grünes oder Rotes auf ihren Teller. Zum Schluss tunkten wir noch die Olivenölsoße mit Brotstückchen auf. Tereza und ich

begleiteten das Mahl mit einem Grünen Veltliner aus Herrn-
baumgarten im Weinviertel, den sie mitgebracht hatte.
»Wie früher«, seufzte ich.
»Frieher schän!« Tereza stieß ebenso einen tiefen Seufzer aus
und schob abrupt ihren Stuhl zurück. Die Beruhigungsphase
war beendet.
Emma und Lucky waren entzückt, im selben Zimmer schlafen
zu dürfen, deshalb protestierten sie auch nicht, als wir sie zu Bett
brachten.
»Emma dableiben«, sagte Emma, nachdem ich ihr eine Gute-
Nacht-Geschichte vorgelesen und das Dämmerlicht eingeschal-
tet hatte.
»Hm. Wir werden sehen. Vielleicht dauert es noch ein bisschen.«
»Bitte!«, wisperte sie. Ach, Kind, dachte ich bei mir. Ich
wünschte, ich könnte es dir versprechen.

Tereza wollte zunächst haargenau wissen, womit mir der Moravec vor seinem Heiratsantrag gedroht hatte. »Alles kann sein
wichtig jetzt«, sagte sie. »Weil diese Kieberer war schon einmal
in meine Haus. Vielleicht haben wir letzte Mal was ibersähn?«
Ich versuchte – wenn auch ungern – mein erstes Essen bei
Anton wieder vor mein geistiges Auge heraufzubeschwören
und mich an jedes seiner Worte zu erinnern. Er hatte mir Fotos
gezeigt von Terezas Bauernhaus, das ich ja zu dem Zeitpunkt
noch nicht kannte, und von der vermaledeiten Pistole. Dem
ausschlaggebenden Corpus Delicti, auf dem unsere Fingerabdrücke waren, sodass er die Verbindung zu Armando herstellen
konnte.
»Er hat versprochen, die kompromittierenden Sachen aus der
Akte zu vernichten. Wie, das hat er nicht gesagt.« Ich zuckte
ratlos mit den Schultern.
»Hast du gelesen Akte?«
»Nur ein bisschen durchgeblättert. Ich erinnere mich hauptsächlich an die Bilder. Vor allem die der Pistole, weil ich da fast
ausgeflippt bin.«

»Aber Bericht von Labor nicht?« Tereza kratzte sich am Kopf. »Weißt du, Helene«, sagte sie. »Kann ich mir ieberhaupt nicht vorstellen das mit Fingerabdricke. Hab ich gekauft extra Poliermittel fir Metall und gewischt in jede Ritze. Bin ich normal gut in Putzen.«

»Wo genau hattest du die Waffe denn versteckt? Dort im Schuppen? Beim Gift?«

»Nein. Hätte kännen jeder Trottel finden. Hab ich genommen Sackerl aus Lade von die Schwägerinnen und reingesteckt, dann in Keller hinter alte Flaschen. Kommt niemand hin, hab ich gedacht.«

»Hast du das Sackerl angegriffen?«

»Sicher nicht! Glaubst du, ich greif an so dreckiges Zaig ohne Handschuhe? Ignaz' Schwestern haben nicht mehr geputzt seit ich bin weg. Zumindest hat so ausgeschaut.«

»Aber Anton hat fix behauptet, dass unsere Fingerabdrücke drauf waren. Und genetische Partikel. Keine Ahnung, was das sein soll. Er hat gesagt, dass er meine ja erklären kann, aber deine nicht. Und nachdem man die Pistole bei dir gefunden hat, war das für ihn Beweis genug.«

»Vielleicht er hat erfunden wie die versteckte Kamera fir Gabi, was du hast erzählt. Hat gebläfft wie Pokerspieler?«

»Meinst du?« Ich fuhr zornig hoch. Diese Variante würde uns zwar mächtig entlasten – und sie war rückblickend gesehen durchaus denkbar. Aber die Tatsache, dass ich dann diese höllische Ehe völlig umsonst eingegangen wäre – nein, die konnte ich nicht emotionslos schlucken. Da hätte ich ja gleich noch einmal ein Mordmotiv gehabt. »Wie auch immer«, sagte ich. »Wir müssen uns einig sein, was wir der Polizei sagen, falls sie danach fragen. Die werden wissen wollen, warum du das damals nicht gemeldet hast, Tereza.«

»Hab ich gefunden erst kirzlich? Wie ich zusammengepackt hab Zaig bei Ausziehen? Wer sagt, hab ich gefunden damals?«

»Geht nicht, Tereza. Weil sie die Waffe ja vorher gefunden haben, bevor ich mich mit Anton verloben musste.«

»Sakra!«

»Und wieso hast du sie dann in deinem Bauernhaus so gut versteckt? Das ist schon verdächtig, Tereza.«

»Här auf, Helene. Weiß ich selber, dass ich war bläd wie Nacht. Weißt du was. Ich laigne, dass ich hab versteckt diese Pistole. Hat vielleicht gehärt Ignaz oder eine von die depperte Schwestern. Sagst du, kann sein, dass ist Waffe von Armando, aber kannst du nicht schwären. Hast du nur einmal gesehen, ganz kurz, in diese Nacht. Aber hast du geschaut auf junge Mann mehr als auf Waffe. Das glaubt Polizei sicher. Wenn sind Spuren drauf von mir, ich bin sowieso dran. Kann ich zugeben oder läignen. Ganz egal. Setz ich auf eine Karte. Wie deine Kieberer.«

Jetzt war ich es, die sich am Kopf kratzte. Das war eine Sache, die wir einfach nicht mehr in der Hand hatten.

»Na gut. Zu einer anderen Frage: Was hast du dem Polizisten gesagt, warum du das E 605 aus dem Stadl entsorgt hast? Was hast du offiziell damit gemacht? Hoffentlich nicht in den Kanal geschüttet?«

Tereza reagierte entrüstet. »Bist du verrickt! In Schuppen war ganze Haufen Gift. Spritzmittel und andere Zaig. Hab ich gebracht alles zu offizielle Sammelstelle fir Problämstoffe in Laa. Hat sich noch gewundert diese Mann dort, dass es noch immer gibt so viel alte Klumpert.«

»Dann kann er sich vielleicht auch noch an dich erinnern, falls du einen Zeugen brauchst.« Das war endlich mal eine gute Nachricht.

»Glaube schon«, sagte Tereza. »Ob er hat Inhalt von meine Giftpaket genauer kontrolliert, ich kann nicht sagen.« Sie setzte ihr Glas an, trank es aus und seufzte.

»Ist Weinviertler Wein super, aber Kieberer sind lästiger als von Mädling.« Sie hielt mir ihr leeres Weinglas zur Wiederbefüllung hin.

Beim Stichwort Weinviertler Kieberer schwappte zunächst eine angenehme Welle hormoneller Natur über mich hinweg, die sich plötzlich in einem Blutdruck-Tsunami brach. Denn mit schrecklicher Wucht traf mich die Erkenntnis, dass die erste Begegnung zwischen Hartinger und mir just an jenem schick-

salhaften Abend stattgefunden hatte, als mich Anton bekochte.
Der Weinviertler Kollege hätte ihm Unterlagen gebracht, hatte
Anton mir erklärt. Unterlagen!

»Der Polizist, der da bei dir war. Wie hieß der noch mal?«
Ich versuchte, meiner Stimme einen neutralen Klang zu geben.
Innerlich war ich jedoch aufgewühlt wie der Sandstrand nach
der großen Welle.

»Gruber«, sagte Tereza. »Wieso?«

»Ach«, sagte ich und fächelte mir mit einer Serviette Luft zu.
»Nur so.« Gut, dass man Steine, die vom Herzen fallen, nicht
hören konnte! Gruber! Mein Gott, was war ich froh!

Ich hoffte, Tereza würde mein Zittern nicht sehen, als ich zur
Weinflasche griff, um ihr nachzuschenken. Aber sie war ohnehin
viel zu sehr mit ihren eigenen Problemen beschäftigt, als dass
sie meine Nervosität bemerkt hätte.

»Da ist noch Kleinigkeit, was ich dir hab verschwiegen«, sagte
sie.

Ich zog tief Luft ein. »Was noch, um Gottes willen?«

Tereza sah durch mich hindurch. Fuhr mit dem Finger über
ihre Narbe unter dem Auge, als ob sie juckte. Dann schüttelte
sie den Kopf. »Brauchst du eigentlich nicht wissen. Ist meine
persänliche Probläm.«

»Sag schon!«

»Na gut. Gibt es Zaigen, was haben mich gesehen. Aber hab
ich gutes Geschichte erzählt. Wird schon klappen.« Mehr ließ
sie nicht raus.

Sosehr ich es bedauerte und mich auch schon davor fürchtete,
es Emma zu gestehen: Tereza musste so schnell wie möglich
wieder von hier weg, wenn es Zeugen gab, die sie identifizieren
konnten. Wir beschlossen, dass sie zu ihrer eigenen Sicherheit
schon am nächsten Tag wieder abreisen sollte. Offiziell war sie
seit ihrer Kündigung nicht mehr hier gewesen. Das würde ich
auch vor Gericht beschwören.

24.1 Die richtigen Schlüsse ziehen

So! Denen hat er jetzt einmal gezeigt, wo der Bartl den Most holt. Beliebt gemacht hat er sich nicht bei den Mödlinger Kollegen. Aber er ist weder der Kastner noch der Gruber, dass ihm das was wert wäre. Der Fall muss aufgeklärt werden und sonst nichts. Darauf trinkt er ein Bier an der Hotelbar. Da ruft der Gruber an.

Dass es ein bisserl peinlich war, sagt er, weil die Eigentümerin, diese Hurniková, jetzt wieder dort wohnt. Hat zwar nichts dagegen gehabt, dass er sich ein bisserl umschaut, aber warum er ausgerechnet den Stadl durchsuchen wollt, das hat sie nicht verstanden. Und da hat er zugeben müssen, dass es wegen dem Gift ist und dass er schon einmal dort war, in dem Schuppen.

Das versteht wiederum der Hartinger nicht. Er hätt ja auch sagen können, dass er einen anonymen Tipp bekommen hätte. Mein Gott, der Gruber muss noch viel lernen.

»Die Frau war grundsätzlich eh freundlich«, sagt der Gruber. »Aber da hab ich schon bemerkt, dass ihr das nicht recht war, dass wer in ihrem Haus herumschnüffelt, ohne sie vorher zu fragen. Ich mein: Wo sie recht hat, hat sie recht. Ob ich denn damals einen Hausdurchsuchungsbefehl gehabt hätte, hat sie gefragt. Daraufhin hab ich gesagt, dass uns die Frau Vinzenz den Zutritt erlaubt hätte. Dann hat sie zwar die Augen verdreht, aber eine Ruhe gegeben.«

»Kommen S' zur Sache, Gruber. War das Gift noch da?«

»Nichts war da. Kein DTD, kein Roundup, kein Schwiegermuttergift. Picobello aufgeräumt.«

»Aha! Wie hat sie denn das begründet?«

»Wie meinen S' das, Chef?«

»Na, warum sie das alles entsorgt hat?«

Da stottert der Gruber herum, dass er sie das nicht gefragt hat, weil das wär eh klar, dass sie aufräumt, wenn sie dort hinzieht, oder? Wer will schon in so einer Sauerei hausen.

»Glauben S' mir, Chef«, betont er. »Die Frau war wirklich nett. Die schaut mir nicht aus wie eine Mörderin.«

»Ach. Wie schaut denn eine Mörderin aus, Gruber? Mit Narbe im Gesicht?«

»Was? Wieso Narbe? Ach so. Dass das ein Klischee ist, Chef, das weiß ich auch. Ich finde halt, dass man das am Blick von einem Menschen schon erkennen kann, ob der gut oder böse ist. Die Frau Hurniková ist jedenfalls ganz der mütterliche Typ.«

»Hat sie Ihnen vielleicht einen Kuchen gegeben, die liebe Frau Hurniková?«

Der Gruber zögert ein wenig. »Ja, wieso? Ist das schlecht?«

»Vielleicht einen Apfelstrudel, Gruber?«

»Nein. Einen Gugelhupf.«

»Hoffentlich nicht mit Zucker drauf.«

»Doch. Also ich hab kein Problem mit dem Zucker, Chef.«

»Sie sind ein Trottel«, schimpft der Hartinger und legt auf.

Er bestellt sich einen Toast und ein Seidel, aber es ist fad allein an der Bar. Mit dem Wirt will er nicht diskutieren und mit der Partie am Stammtisch schon gar nicht.

Weil es ein lauer Abend ist, geht er noch ein wenig spazieren. Zufällig kommt er am Moravec seinem Haus vorbei. Na, wenn er schon da ist, kann er ja auch schauen, ob die Helene zu Hause ist, und ihr vielleicht noch ein Stündchen Gesellschaft leisten. Der armen, einsamen Witwe. Aber niemand reagiert auf sein Läuten. Im Haus bleibt es finster. Schade. Wo sie wohl hin ist? Was macht er denn jetzt mit dem angebrochenen Abend? Die Akte durchgehen? Das freut ihn auch nicht mehr. Kommt er halt einmal früher ins Bett, schadet ja auch nicht, redet er sich ein.

Am nächsten Morgen ist er zwar ausgeschlafen, aber grantig. Und im Büro von den Kollegen wird's auch nicht besser, obwohl man ihm einen Kaffee anbietet.

Die Slowakin hat man noch nicht gefunden. Alle Pflegekräfte in Heiligenkreuz haben sie abgeklappert. Nichts. Die Phantombilder hat auch niemand erkannt, nicht in all den Geschäften, wo die Pflegerinnen so einkaufen, nicht beim Doktor oder in der Apotheke. Nirgends. Die Frau bleibt ein Phantom.

»Ich schau mich einmal dort oben am Unfallort um«, sagt der Hartinger. Der Ernstl zeigt ihm vorher auf der Karte, wie er meint, dass sich die Sache abgespielt hat. Gleicht das mit den Unfallfotos ab. Der Hartinger nickt. »Glaub ich dir alles«, sagt er. »Nur, dass der Hund nicht selbst gesprungen ist.« Dann tüfteln sie, wo jemand hätte stehen müssen, um dem Moravec im richtigen Moment das Vieh vors Rad schmeißen zu können.

»Weißt, worüber ich gestern noch lange nachgedacht hab«, sagt der Ernstl. »Dieser Jemand muss gewusst haben, dass der Toni dort seine Runden dreht.«

»Was du nicht sagst. Und was schließt du daraus?«

»Dass der Täter im engeren Bekanntenkreis zu finden ist?« Der Ernstl zieht die Stirne kraus.

Ups, denkt sich der Hartinger. Vielleicht sollte er lieber ein bisserl weniger sarkastisch sein. Ist ja nicht der Gruber, den er da vor sich hat. »Du, da hast du völlig recht«, lenkt er ein. »Das ist wahrscheinlich. Aber wo anfangen?«

»Normal hätt ich gesagt bei der Ehefrau?« Der Ernstl zuckt zusammen, weil ihn der Hartinger so bös anschaut.

Im Hartinger tobt es nämlich gerade ein bisserl. Ausgerechnet er will ausschließen, dass die Ehefrau die Verdächtige Nummer eins ist? Wie hätte der Kastner das jetzt interpretiert?

»Ja, dann überprüf mal der Helene ihr Alibi«, hört er sich sagen. Seine Stimme klingt unnatürlich rau. »Was ist eigentlich mit euch? Habts ihr es alle gewusst? Die Kollegen?«

»Was? Dass er radelt wie ein Irrer?« Da lacht der Ernstl. »Ob wir's wissen wollten oder nicht. Jeden Tag haben wir uns seine G'schichteln anhören müssen. Wie hoch die Durchschnittsgeschwindigkeit wieder war. Wie knapp er die Kurve xy genommen hat. Deswegen hat es auch keinen gewundert, dass das passiert ist, Hartinger.«

»Eben«, sagt der Hartinger. »Geheimnis war's wohl keines. Auch nicht, was seine Lieblingsstrecke war, hm? Und trotzdem ist es eher unwahrscheinlich, dass einer von euch ihm einen Hund vors Rad wirft, oder? Nur damit er seine G'schichteln nimmer hören muss? Die Gretchenfrage ist und bleibt das Motiv.

Die Ehefrau. Was hätt sie schon geerbt? Hatte sie einen Liebhaber? Findets das mal raus. Routinemäßig. Aber ich glaub, das Motiv muss woanders liegen. In einem älteren Fall.«

Klar ist es zwei Wochen danach viel zu spät, um noch brauchbare Spuren am Tatort zu finden, das weiß der Hartinger auch. Aber vor Ort kann er sich in die ganze Situation besser einfühlen. Der Hang, wo es den Toni hinunterkatapultiert hat, ist noch immer komplett ausgetreten. Schleifspuren von der Bahre und Schuhabdrücke von den diversen Einsatzkräften. Delle in der Leitplanke. Dorthin stellt sich der Hartinger und überlegt, wo der Mörder gestanden haben muss. Sicher nicht an der Leitplanke. Von dem Punkt aus hätt ihn der Toni schon von Weitem gesehen, und er hätte gebremst. Rekord hin oder her. Wenn ein Fußgänger in der Kurve steht, da ist ein zweiter nicht weit. Also muss der Mörder an der anderen Seite der Straße gestanden sein. Von dort sieht man den Radler durch die Bäume kommen. Das heißt, der Hund ist in die Fahrbahn gezogen oder geschliffen worden. Weil, Werfen hätt den Kreis der potenziellen Mörder zwar eingeschränkt auf Olympioniken, aber so eine Lösung spielen s' höchstens im Fernsehen.

Auf der Karte waren auch einige Häuser zu sehen gewesen. Großteils Villen. Da will er sich noch umhören, ob vielleicht jemand was gesehen hat. Phantombilder hat er auch mit, aber davon erwartet er sich nicht viel.

Er ist deswegen auch nicht sonderlich enttäuscht, dass niemand etwas mitbekommen hat. Erst als der Hubschrauber dahergeflogen ist, da ist man dann schauen gegangen. Und die zwei Frauen von den Phantombildern sind ihnen auch noch nicht untergekommen. Die sind nicht von da.

Das letzte Haus in der Reihe liegt besonders idyllisch, die Hecke ein bisschen verwachsen, perfekter Blickschutz. Dahinter schimmert eine geschmackvolle Villa durch. Nicht ganz so protzig wie die anderen. Der Hartinger drückt auf die Klingel. Gleichzeitig schaut er auf die Uhr. Hunger hätt er auch schon einen. Vielleicht will der Ernstl ja wieder auf ein Bier gehen mit ihm? Da hört er aufgeregtes Bellen. Der Hartinger reibt sich die

Augen. Kommt da der kleine Lucky auf ihn zugeschossen? Der zweite Blick macht ihn sicher, denn im Schlepptau hat er Helene und Emma. Dahinter eine ältere Dame mit einem Koffer an der Hand. Aber die Mutter ist es nicht.

»Norbert!«, ruft Helene aus. Der Hartinger ist sich sicher, dass das erfreut geklungen hat. »Du hast mich aber schnell gefunden. Aber klar. Bist ja Spezialist im Sachen-Herausfinden.« Sie grinst und gibt ihm die Hand.

»Ich … ich stör hoffentlich nicht?« Der Hartinger ist der Situation überhaupt nicht gewachsen. Er kann sich nicht erinnern, jemals so verdattert gewesen zu sein.

»Na ja«, sagt die Helene. »Ich wollt gerade meine … meinen Besuch zum Bahnhof bringen.« Sie zögert ein bisschen, dann erhellt sich ihr Gesicht. »Geh, hast ein bisserl Zeit?«

Sicher hat der Hartinger Zeit.

»Das wär super. Weil, dann könntest du einstweilen auf Emma und Lucky aufpassen, dann bin ich in zwanzig Minuten zurück. In Ordnung?«

»Ja klar«, stottert der Hartinger. Was soll er auch sagen?

Emma klammert sich an die Frau. »Tessa, bleib da!«, sagt sie und weint.

»Komm ich bald wieder, Emma«, sagt sie tröstend. »Hast du jetzt kleine Hund, was auf dich aufpasst.« Sie umarmt das Kind noch einmal herzlich und richtet sich wieder auf. Der Hartinger, jetzt wieder ganz Gentleman, will ihr den Koffer zum Auto tragen, aber sie winkt ab. »Danke. Hat Koffer Rollen, kann ich ziehen ohne Problem.« Sie lächelt freundlich. Ein angenehmer Duft nach Rosen und Bäckerei geht von ihr aus. Irgendwie kommt sie dem Hartinger bekannt vor. Als ob er sie im Fernsehen schon einmal gesehen hätte. Aber er hat keine Zeit, weiter nachzudenken. Der kleine Lucky springt an ihm hoch. Emma nimmt den Hartinger bei der Hand. »Willst du Kuchen?«, fragt sie.

Er lächelt. »Oja«, sagt er. »Hat den die Mama gebacken?« Er versteht nicht, warum die kleine Emma so herzlich lacht, aber er findet das Kind süß. Wie die Mutter.

25. Toter Winkel

»Sag bloß, ist diese Freind schon wieder Kieberer?«, schimpfte Tereza, kaum dass ich das Auto gestartet hatte.

»Ja, schon«, verteidigte ich mich. »Das ist Norbert. Antons Beistand. Er hat uns den kleinen Hund geschenkt.«

Tereza zeigte sich nicht zufrieden mit der Antwort. »Kann sein, ist netter Kerl. Ist auch schäner als letzte Kieberer. Aber was holst du schon wieder Polizist in Haus? Ausgerechnet jetzt?«

Ich parkte mich beim Bahnhof ein. »Tereza«, sagte ich und schaltete den Motor aus. »Er ist ein Freund. Auch wenn er ein Polizist ist. Und ich hab ihn nicht ins Haus geholt. Er war einfach da.«

»Dann schau, dass er geht wieder weg. Zumindest bis alles wieder ruhig.«

Anders als beim letzten Mal, wo sie mich vor einer Verbindung mit Anton gewarnt hatte, sprach sie nicht im Zorn, aber um nichts weniger eindringlich. Tereza hatte ernsthaft Schiss, das war nicht zu übersehen.

»Diesmal ist es anders, Tereza«, beruhigte ich sie. »Im Unterschied zu Anton hat er keine Ahnung von meiner Vorgeschichte. Das Einzige, was er weiß, ist, dass ich nun zum zweiten Mal Witwe geworden bin, und dafür bedauert er mich. Und über dich weiß er rein gar nichts. Der Mann ist nicht gefährlich. Im Gegenteil. Er kann mir noch hilfreich sein.«

»Kann ich nicht sehen, wie.«

»Wir müssen aussteigen. Du verpasst sonst deinen Zug«, sagte ich knapp. Sosehr ich Terezas Bedenken nachvollziehen konnte, ich hatte in den letzten Monaten schmerzlich erfahren müssen, dass echte Freunde rar waren. Und Norbert war für mich so ein Freund. Ich konnte ihn nicht vor den Kopf stoßen und den Kontakt mit ihm mutwillig abbrechen. Er würde es nicht verstehen.

Am Bahnsteig packte Tereza mich beim Arm. »Bin ich nicht

eifersichtig oder was, Helene«, flüsterte sie. »Bist du junge Frau, brauchst du auch manchmal eine Mann. Ausgehen. Ein bisserl Liebe. Ist natierlich. Aber muss sein Kieberer? Glaub mir, Helene: Neue Mann läst nicht deine Probläm. Er *ist* Probläm!« Ich drückte sie zum Abschied noch einmal fest an mich. »Wir stehen das durch, Tereza. In ein, zwei Monaten hat sich alles wieder beruhigt, dann starten wir neu durch.«
Sie schüttelte zweifelnd den Kopf und kletterte in den Zug.

Ich fand Norbert und Emma auf der Wiese hinter dem Schwimmbecken. Sie waren so in ihr Spiel vertieft, dass sie mich nicht kommen hörten. Ich blieb im Schatten des Apfelbaums stehen und beobachtete, wie sie versuchten, Lucky das Apportieren beizubringen. Erst warf Norbert Emma einen kleinen Ball zu, den sie ihm freudestrahlend brachte. Dann warf Emma den Ball, und Lucky sollte ihn ihr abliefern. Das tat er auch brav, nur gab er das Ding nicht her. Erst als Norbert ihm dafür ein Leckerli anbot, ließ er den Ball fallen. Ich hätte den dreien gerne noch eine Weile zugesehen, so friedlich mutete die Szene an. Aber Lucky witterte mich, sauste schwanzwedelnd auf mich zu und sprang an mir hoch.
»Das gewöhn ich dir auch noch ab, kleiner Racker!«, schimpfte ich und kraulte ihn am Kopf.
Hartinger kam mir lächelnd entgegen. »Schön hast du es hier«, sagte er. »Sehr geschmackvoll. Jugendstil, oder?«
»Ja. Absolut. Ich war sofort in das Haus verliebt. Die Epoche hat mich immer schon fasziniert. Darum hab ich an dem Gebäude auch gar nicht viel verändert. Außer dieses Schwimmbecken hier. Plastikwanne und Beton, das ist natürlich der totale Stilbruch. Aber das ursprüngliche Becken war schon ziemlich baufällig, und eine fachgerechte Renovierung hätte ein Vermögen gekostet. Außerdem war ein offener Pool für die Kinder zu gefährlich. Wir brauchten eine kindersichere Überdachung.«
»Wir? Kinder?«
»Ach so, ja. Alma und ihr Söhnchen haben hier gewohnt, bevor sie zu ihrem Rechtsanwalt gezogen ist.«

253

»Ach, das wusste ich nicht. Das war vor dem Moravec, nehme ich an.«

»Ja, genau.«

Lucky und Emma sausten geräuschvoll an uns vorbei.

»Ganz schön sportlich«, sagte Norbert.

»Von mir hat sie das nicht«, sagte ich. »Ich brauch erst mal einen Kaffee. Du auch?«

»Kaffee gerne. Kuchen hab ich schon von Emma bekommen.« Es brauchte nicht viel Überredungskunst, Norbert auch noch zu einem Nachtmahl zu überreden. Ich hatte im Supermarkt eine fertige Aufschnittplatte besorgt, die wir auf der Terrasse einnahmen. Als Kind und Hund in ihren Betten lagen, machte ich uns eine Flasche Rotgipfler auf, der nur in der Gegend um Baden angebaut wird. Im Gegensatz zu Anton interessierte Norbert sich dafür, was er da zu trinken bekam, und wir fachsimpelten ein wenig über die Unterschiede zwischen den Weinviertler Weinen und denen der Thermenregion. Sein Lob über meine Expertise machte mich stolz. Nachdem das Weinthema erschöpft war, saßen wir uns eine Weile schweigend gegenüber.

»Ich frag mich gerade, warum du diese Idylle gegen das schreckliche Siedlungshaus getauscht hast. Wollte er nicht?«

»In Baden unten wäre es praktischer, hat er gemeint. Außerdem fand er meinen alten Kasten zu elitär. Na ja. Ich glaube, er konnte sich einfach nicht vom Elternhaus trennen.«

»Es hat vor zwanzig Jahren schon genauso ausgesehen. Genauso furchtbar.« Hartinger grinste. »Alles an seinem Platz. Blank geputzt, aber geschmacklich – vor allem farblich – eine Herausforderung. Das Spießige war wohl prägend in seinem Leben.«

»Du hast ihn anscheinend gut gekannt.«

»Wie gut kennt man jemanden schon? Auf der Polizeischule waren wir viel zusammen. Aber dann haben wir uns aus den Augen verloren. Erst kürzlich sind wir dienstlich wieder zusammengekommen. Ganz zufällig. Und da haben wir die Freundschaft spontan wieder aufleben lassen. Und wie habt ihr euch kennengelernt?«

»Auch zufällig.« Ich erhob mich und holte mir eine Stola

aus dem Wohnzimmer. Es war zwar noch immer schön warm, aber ich wollte Norbert nicht preisgeben, wie ich den Moravec kennengelernt hatte. Er brauchte nichts über Hermanns unglücklichen Abgang zu erfahren und schon gar nicht über die Rolle, die sein Freund dabei spielte.

Hartinger war aufgestanden und an die Brüstung der Veranda getreten. Sein Weinglas hielt er in der Hand. Ich griff mir meines und gesellte mich zu ihm.

»Hast du ihn eigentlich geliebt?« Er drehte sich nicht einmal zu mir, als er mir diese intime Frage stellte.

Seine Frage brachte mich völlig aus dem Konzept. Ich war gerade so in Gedanken versunken gewesen. Hatte mich gefragt, wann ich das letzte Mal hier mit einem Mann gestanden hatte. Noch dazu mit einem, den ich mochte.

»Was? Ob ich Anton geliebt habe, fragst du mich?«

»Du musst nicht darauf antworten, Helene. Aber manchmal tut es gut, Sachen anzusprechen. So heißt es zumindest.« Er drehte sich jetzt doch zu mir und seufzte. »Bin ja selber nicht gerade eine Plaudertasche, was mein Privatleben angeht.«

»Gut«, sagte ich. »Wenn du mit dem Verhör fertig bist, darf ich fragen. Deal?«

»Mit Verweigerungsrecht?«

»In Ausnahmefällen.«

»Einverstanden.« Wir stießen lachend die Gläser zusammen, um die Abmachung zu besiegeln.

»Also. Hast du ihn geliebt?«

Ich blickte in mein Glas und schwenkte es leicht. Als ob ich die Antwort darin finden könnte.

»Nein.« Ich hob den Kopf und schaute ihm fest in die Augen. Leicht fiel es mir nicht, das vor ihm zuzugeben, aber ich wollte ihn nicht anlügen.

»Ich dachte, ich könnte ihn so nach und nach lieb gewinnen. Aber das Umfeld. Es hat es mir unmöglich gemacht.«

»Aber er hat dich vergöttert. Das konnte man sehen.«

Ich schüttelte traurig den Kopf. »Das dachte ich zuerst auch, Norbert. Aber er hat eine Vorstellung von mir geliebt, der ich nicht entsprechen konnte. Weißt du, wen er wirklich geliebt hat – neben seiner Mutter natürlich? Gabi.«

»Geh, hör auf!« Hartinger schüttelte sich, als ob er in eine Zitrone gebissen hätte.

»Doch, Norbert. Nur war sie halt nicht herzeigbar. Er hätte sich mit ihr bei den Kollegen lächerlich gemacht. So traurig das ist. Ich bin sicher, sie wären glücklich gewesen miteinander. Glücklicher jedenfalls als wir beide dann.«

Hartinger legte mir tröstend den Arm auf die Schulter und drehte mich zu sich. »Du brauchst deswegen kein schlechtes Gewissen zu haben. Eine Zeit lang hast du ihn zum glücklichsten Menschen der Welt gemacht. Glaub mir das.«

Wir setzten uns wieder an den Tisch. Ich hatte keine Lust mehr, über Anton oder Gabi zu diskutieren. Die beiden ruhten im Grab und sollten in Frieden gelassen werden. Meine Verdrängungsarbeit lief gut, besonders hier, in meiner alten Umgebung. Zeit für einen Themenwechsel.

Norbert war ohnehin viel interessanter als mein Ex. Für mich verkörperte er das Alphatierchen, das Anton gerne gewesen wäre. Im Gegensatz zu ihm hatte es Norbert nicht notwendig, mit Rekorden anzugeben. Und schon gar nicht hätte er eine Frau durch eine List an sich gebunden. Und dennoch waren – so wusste ich von Anton – seine Ehen gescheitert.

»Anton hat mir erzählt, du warst auch zweimal verheiratet?«

»Ja. Meine Erste …«, sagte er und nahm einen Schluck vom Rotgipfler. Schleckte sich mit der Zunge einen Tropfen von der Oberlippe, als ob er seine Ex dort spüren könnte. »Die Veronika. Die war für mich wohl genau das Gegenteil wie diese Gabi für den Anton. Sie war die Frau zum Herzeigen. Aber ansonsten hatten wir rein gar nichts gemeinsam. Also Gespräche – so wie mit dir jetzt –, die sind einfach nicht in ihrem Programm gewesen. Die Scheidung war einvernehmlich und ohne viel Gefühlsduselei. Versuch gescheitert und aus.«

»Und die zweite? Die war dann das Gegenteil?«

Norbert lachte. »Zumindest nicht, was das Herzeigen betrifft. Außerdem war sie gebildet. Hatte Humor. Konnte gut kochen.«

»Aber du hast sie betrogen?«

»Nein! Wie kommst du darauf? Ich bin diesbezüglich sehr konservativ, ehrlich!«

Er klang gekränkt. Schuldbewusst erforschte ich seine Miene. Die Sonne war in der Zwischenzeit zur Gänze verschwunden. Ich hatte ein paar Kerzen angezündet. Sein Gesicht erschien im flackernden Licht fast gespenstisch. In seinen Augen spiegelte sich das zappelige Pünktchen der Kerze. Große Emotionen konnte ich nicht ausmachen in diesem Licht. Erleichtert stellte ich fest, dass er zumindest nicht zornig war wegen meines Verdachts.

»Sorry. Das war nur ein Schuss ins Blaue. Woran ist es dann gescheitert?«

»Gute Frage«, sagte er. »Hauptsächlich an mir, vermutlich.« Er lachte. Streckte seine Beine unter den Tisch und lehnte sich zurück. »Es waren schon auch ein paar Dinge, die mich gestört haben. Sie mochte es nicht, wenn ich zu viel Bier trank, zum Beispiel. Oder dass ich rauchte. Das Rauchen hab ich mir dann abgewöhnt, als sie weg war. Pervers, oder?« Er fuhr sich mit den Fingern durchs Haar. Dann setzte er sich abrupt wieder auf. »Dein erster Mann, der hat dich betrogen, stimmt's?«

»Woraus schließt du das, Herr Inspektor?«

»Weil du es mir automatisch unterstellt hast. Nach deiner Logik war es der einzige Grund, warum die Beziehung hätte scheitern sollen. Die Frau hat gepasst. Also muss ich sie betrogen haben. Dabei hätte es ja auch umgekehrt sein können, oder?«

»Du hast natürlich recht«, sagte ich zerknirscht. Ich erinnerte mich zwar auch nicht besonders gern an Hermann, aber das Thema war unverfänglicher als Anton, solange ich seinen Tod ausklammerte. Deswegen ging ich auf seine Frage ein.

»Hermann hat mich ständig betrogen«, sagte ich. »Praktisch von der Hochzeitsnacht weg.« Das war natürlich maßlos übertrieben, aber ein wenig Mitleid heischen konnte ja nicht schaden. »Es war aber nicht nur das«, räumte ich ein. »Ich war einfach zu jung, zu naiv für seine mondäne Welt.«

»Er muss ein schöner Trottel gewesen sein«, sagte Norbert.

»Nein, das war er nicht. Er war sogar ziemlich klug. Hat mich auch gerne spüren lassen, dass ich nur halb so gebildet war wie er.«

»Sag ich ja, dass er ein Trottel war!« Norbert beugte sich zu mir herüber und nahm meine Hand. »Eine Frau wie dich muss man sich verdienen!«, sagte er. »Und ein Trottel hat dich nicht verdient.«

Ich entwand mich sanft seinem Griff und stand auf. »Wollen wir noch einen kleinen Spaziergang durch den Garten machen?« Ich schlug mir die Stola um die Schultern. Jetzt war es doch etwas kühl geworden. Ein paar Solarleuchten und der Mond erhellten uns den Weg. Vor Dracos Grab machte ich halt.

»Hier liegt der Hund begraben«, sagte ich, halb im Scherz. Die Andeutung, dass mit Dracos Tod erst alles so richtig angefangen hatte, konnte er natürlich nicht verstehen.

»Er war das letzte Verbindungsglied zu meinem alten Leben. Und nun ist mein neues auch schon wieder vorbei«, sinnierte ich vor mich hin.

»Und damit bist du frei für eine neue Phase! Wie der Mond über uns. Mal geht's bergauf, mal bergab.« Norbert war dicht hinter mich getreten und hatte mir den Arm über die Schulter gelegt. Ich konnte seinen Atem in meinem Nacken spüren.

»Kann es sein, dass du romantisch bist?« Ich drehte mich um und schaute zu ihm hoch. Er beantwortete die Frage mit einem sanften Kuss. Der Kuss, den ich zurückgab, wollte nicht enden – und sollte es auch nicht. Mein Magen zog sich zusammen. Dann mein Unterleib. Meine Hände glitten an seiner Seite entlang, und meine Haut spiegelte die Berührung, als wäre es mein Körper, den ich berührte. Seine Finger massierten sanft meinen Hals, dann den Rücken. Die Stola rutschte zu Boden. Ich zog vorsichtig sein Shirt aus der Hose und hob es über seinen Kopf. Mit einer kurzen Handbewegung landete es auf der Stola. Mit den Fingern tastete ich seine warme Vorderseite ab. Der Bauch war fest, aber nicht hart. Irgendwo zwischen Waschbrett und Waschbär angesiedelt. Ich war so versunken in mein Tasten, dass ich zusammenfuhr, als er mit einem Ruck mein T-Shirt hochschob.

Seine Stimme war rau. »Bist du sicher, Helene? Wir können es auch verschieben. Ich bin zwar kein geduldiger Mensch, aber wenn es sich lohnt, auf etwas zu warten, dann krieg ich das hin«, sagte er.

Ich drückte meine Hand auf seinen Mund. Er lachte, pflückte sie sanft weg, Finger für Finger, und versiegelte meine Lippen mit einem weiteren Kuss.

»Pool?«, fragte ich, als sein Mund sich kurzfristig von meinem löste.

»Warum nicht.«

Ich ließ mich willig von ihm ausziehen. Als Nächstes knöpfte ich seine Hose auf. Zog sie nach unten. Er seufzte auf, schlüpfte aus den Beinen und entledigte sich seiner Socken.

Der Einstieg war kalt. Wir klammerten uns mit klappernden Zähnen aneinander.

»Wir sollten uns mehr bewegen«, flüsterte Norbert und drückte mich an den Beckenrand. Hob mich hoch, sodass er in mich eindringen konnte. Die Kälte wich im Augenblick. Er stieß erst vorsichtig, langsam fordernder. Hob mich rhythmisch auf und ab, während seine Lippen meinen Oberkörper erforschten. Durch die regelmäßige Bewegung erzeugten wir wunderschöne, harmonische Wellen, die im Mondschein glitzerten. Zum Finale schob er mich aus dem Wasser über den Beckenrand. Nur meine Beine unterhalb des Knies baumelten noch im Wasser. Mit einer unendlichen Langsamkeit zog er sich über meinen Körper hoch, hauchte mir den ganzen langen Weg eine Straße voller Küsse auf die Haut. Kurz verweilte er bei den Brüsten. Dann konnte er nicht mehr länger an sich halten. Rutschte mit einem Ruck nach oben und explodierte mit einem kurzen Aufstöhnen in mir.

Ich schloss meine Augen und versuchte, wieder zu Atem zu kommen.

»Wir hätten uns Handtücher holen sollen«, seufzte ich, denn jetzt überwältigte die Kälte mich mit großer Härte. Norbert sammelte unsere Kleider auf und warf mir schützend die Stola um. Bibbernd liefen wir über die Terrasse ins Haus. Streiften kurz unsere nassen Füße ab und rannten ins Badezimmer.

Die heiße Dusche tat nicht nur gut, sie erweckte auch Norberts Hormone von Neuem.

Ich bestand diesmal auf trockenem Terrain und zog ihn ins Schlafzimmer, wo wir uns noch einmal heftig liebten. Erschöpft kuschelten wir uns unter der Decke zusammen und schliefen ein. Zumindest ich.

Er war schon angezogen, als er sich über mich beugte. Draußen war es noch finster.

»Schlaf weiter, schöne Frau!«, sagte er und gab mir einen Kuss. »Ich sollte noch was arbeiten.«

»Kommst du morgen wieder?«

»Hierher?«

Ich nickte.

Er strich mir eine Haarsträhne aus dem Gesicht. »Ich finde selbst hinaus«, sagte er.

Ich hörte noch, wie die Tür ins Schloss fiel, dann drehte ich mich zur Seite und schlief mit einem Glücksgefühl ein, wie ich es nie zuvor gekannt hatte.

25.1 Brett vorm Kopf

Da steht er nun, der Chefinspektor Norbert Hartinger. Mit einem Glas billigem Whisky aus der Minibar in der Hand starrt er aus dem Hotelfenster. Alles in ihm ist stramm, wenn er an Helene denkt. Er hat reichlich sexuelle Erfahrungen gemacht im Leben. Aber so ein Gefühlssturm ist ihm noch nicht widerfahren. Wie ein Orkan ist er über ihn hinweggefegt. Er mag auch gar nicht darüber nachdenken, wie das weitergehen soll. Ist es nicht der Augenblick, der zählt? Dafür sind schon klügere Menschen als er den Bund mit dem Teufel eingegangen. Er seufzt und zieht den Vorhang zu. Es nützt ja nichts. Er muss sich wieder dem Verbrechen zuwenden, das in diesem Aktenordner vor ihm verborgen liegt. Etwas müssen die Kollegen – muss er – übersehen haben. Er muss die dunklen Stellen in Moravec' Tod ins rechte Licht rücken. Erst dann ist Helene wirklich frei.

Die erste Mappe überfliegt er nur kurz, die hat er selber gelesen, daran kann er sich gut erinnern.

Auch die zweite Mappe bringt nichts Erhellendes. Darin geht es um die Zeugenaussagen aus Guatemala. Keine Verbindung zu Europa ersichtlich – außer dem Besuch des Paters in Prag und Wien. Schwulenmilieu.

Bis jetzt entspricht alles dem, was der Moravec ihm angedeutet hat. Ermittlungen im Sande verlaufen. Gut. Aber wegen ein paar ermittlungstechnischen Leerläufen lässt man sich doch nicht von einem kniffligen Fall abbringen. Zumindest nicht, wenn man Hartinger heißt.

Ergo muss er sich wohl oder übel mit dem Rest auseinandersetzen und nachprüfen, ob die Tschechin nicht doch nachweislich was mit dem Tod von dem Pater zu tun hat.

Diese E-Mails zum Beispiel. Die hat er sich damals ja zum Lesen aufgehoben. Weil, wer will schon umsonst büffeln, wenn eh am Ende nichts dabei rausschaut. Aufwandsminimierung, nennt er das. Das hat er damals schon gecheckt, dass die Korrespondenz zwischen den Liebhabern nur dann Relevanz hat, wenn er zusätzliches Material über die tschechische Witwe aufstöbern kann. Das Einzige, was er da beitragen konnte, war der Pistolenfund. Nach dem Ergebnis blättert er zuerst.

Der Bericht vom Labor ist kurz und bündig: Chemische Reste von Aluminiumoxid, Kohlenwasserstoffe C10-C13, n-Alkane, iso-Alkane und Tallöl konnten identifiziert werden. Keinerlei Fingerabdrücke oder menschliche Genspuren.

Übersetzt heißt das: Die Waffe wurde mittels eines handelsüblichen Metallpoliermittels fein säuberlich gereinigt. Fällt somit als Beweismittel weg, da auch das Plastiksackerl, in dem die Waffe gesteckt ist, keine fallrelevanten Abdrücke aufweist.

Seufzend macht er sich über die Korrespondenz her.

Die ersten Mails lesen sich wie aus einer Inga-Lindström-Folge. Nur halt für Schwule. So was hat die Veronika so gerne geschaut. Schrecklicher Kitsch. Da ist Gähnen angesagt.

Als der Latino jedoch den Namen seiner Stiefmutter erwähnt – Helene – zuckt er das erste Mal zusammen, der Hartinger. Sein Herz klopft aus mehreren Gründen immer schneller. Weil, dass die Freundin, die da im Pool planscht, auch noch Alma heißt. Das kann kein Zufall mehr sein. Er zieht sich die nächsten Mails hinein wie im Fieber. Dieser José, der freche Kerl, macht kein Hehl aus dem Plan, seinen Vater zu erschießen. Die Tatwaffe wird er Helene unterschieben. Meine Güte, was für ein Verbrecher! Und dann, von einem Moment auf den anderen, will er es auf einmal nicht gewesen sein? Sondern Helene und ihre Putzfrau Tereza? Die Tschechin vom Bauernhof? Zuletzt behauptet er, eine Erklärung bei der Polizei abgeben zu wollen, welche die Damen hinter Gitter bringen werde. Dann reißt der E-Mail-Verkehr plötzlich ab. Es gibt nur noch verzweifelte Anfragen des Paters. Nur ein einziges, finales Schreiben von José, ein paar Wochen später. Das liest sich der Hartinger schon zum x-ten Mal durch. Vor allem diesen einen Satz:

Entschuldigung, dass ich nicht habe geschrieben.

Der war nicht von dem Latino. Völlig anderer Satzbau. Dieses E-Mail ist von der Tschechin verfasst worden, keine Frage. Slawisches Idiom!

Hatte der Moravec nicht gesagt, dass es ihm um die Glaubwürdigkeit ginge – von dem unbekannten José und dieser Putzfrau?

Es ist schwer, in einem emotional aufgewühlten Geisteszustand logisch zu denken. Deswegen schnappt sich der Hartinger den Block mit dem Hotellogo vom Nachtkastel und kritzelt mit dem kleinen Bleistift, der danebenliegt, seine Gedanken darauf. Helene bezeichnet er nur mit H. Mehr schafft er nicht.

- H.s Gatte stirbt an einer Nussallergie. Frage: War es a) ein Unfall oder b) Mord?
- Im Fall b) War es der Latino, der seine Strategie geändert hat und jetzt leugnet, um seine Haut zu retten, oder
- war es die tschechische Haushälterin (Motiv???)?
- die Gattin H. (übliche Beziehungskiste. Er betrügt sie …)?
- die Gattin und ihre Angestellte zusammen, so wie es der Latino andeutet?

Scheiße. Ist er nicht selber ein Verfechter des Beziehungsmordes? Weitermachen, Hartinger. Halt dich an die Routine!

- Der Latino verschwindet auf mysteriöse Weise. Frage: Ist er a) untergetaucht, weil er der Mörder ist, oder b) beseitigt worden?
- Im Fall a) Wo ist der Latino? Zuletzt wurde er in Prag gesichtet. Vor mehr als drei Jahren!
- Im Fall b) ermordet von H., der Tschechin oder beiden zusammen? Von einem Schwulen in Prag?
- Wo ist die Leiche?

Die letzte Frage unterstreicht er dreimal.

Bei seinen Überlegungen dazu wird dem Hartinger richtiggehend schlecht. Er erinnert sich da an einen Satz, den der Moravec am Telefon geäußert hat. Nämlich, dass er ursprünglich die junge Witwe im Verdacht hatte, den Latino erschossen und unter dem Schwimmbecken vergraben zu haben.

Der Hartinger schafft es mühelos, dass ihm beim Gedanken an das kalte Poolwasser immens heiß wird. Baufällig war es, das Schwimmbecken, hat sie gesagt. Es musste weg. Und stillos ersetzt werden. Schaut ihr das ähnlich?

Vor seinem geistigen Auge läuft ein kleiner Dokumentarfilm ab. Bagger kommen, um das alte Becken wegzureißen. Der Aushub für das neue Becken wird erledigt. Ein Lkw schüttet Rollschotter in die Grube. In der Nacht machen sich zwei Frauen darüber her, schaufeln ein Loch frei. Ein Paket wird aus dem Haus gebracht und dort gelagert. Mit Rollschotter zugeschaufelt. Am nächsten Morgen kommt der Fertigbeton. Dann die Plastikwanne et cetera.

Da liegt der Hund begraben, hat sie gesagt. Freudscher Versprecher? Spiel mit dem Feuer?

Schnell rechnet der Hartinger nach, wie viel Zeit vergangen sein muss vom »Verschwinden« des Latinos bis zum Erneuern des Pools. Einige Wochen auf jeden Fall, wenn nicht Monate. Die Leiche müsste also zwischengelagert worden sein. Tiefkühltruhe? So ein zarter Latino geht da locker hinein.

Wie der Hund aus dem Container!

Scheiße!

Selbe Gefriertruhe?

Jetzt hält es den Hartinger nicht mehr in seinem Sitz.

Die slowakische Pflegerin, die sich über den nassen Hund beugt. Mit einer Narbe unter dem Auge. Was bin ich doch für ein blinder Trottel! Er hat sie gesehen, aber nicht wahrgenommen. Diese Frau. Der Besuch, den Helene vor wenigen Stunden zum Zug gebracht hat. Die mütterliche Frau hatte da was unter dem Auge. Und einen slawischen Akzent. Wetten, dass sie sowohl die gesuchte slowakische Pflegekraft als auch die sympathische Frau ist, die dem Gruber Kuchen gegeben hat?

Jetzt sieht er es genau, der Hartinger. Aber vor ein paar Stun-

264

den, da hat er nur Helene im Kopf gehabt – und ein mordsmäßiges Brett davor.

Natürlich ist das auch kein Zufall, dass der »Unfall« nur wenige Schritte von Helenes Villa entfernt passiert ist, so wie er sich das eingeredet hat. Auch nicht die Tatsache, dass ausgerechnet der Moravec der ermittelnde Inspektor im Fall Nussallergie war.

Der Hartinger reißt sich noch einmal einen Zettel vom Block und schreibt:

– Was genau hat der Moravec gewusst/was vertuscht?
– Hat er dieses Wissen missbraucht, um H. zu erpressen?
– Hat sie ihn deshalb geheiratet, damit er den Mund hält?
– Hat sie ihn mit Hilfe der Tschechin endgültig zum Schweigen gebracht?

Da bricht die Bleistiftmine ab.

25.2 Teuflische Erkenntnis

Zwei Stunden ist der Hartinger planlos durch die Gegend gelaufen, bis ihm die Füße wehgetan haben. Er hat ja keine Jogger an, nur seine normalen Treter.

Zurück im Hotel duscht er sich den Schweiß vom Körper. Die Verzweiflung bleibt. Kaffee darf ihm der Wirt servieren, aber Frühstück bringt er keines hinunter.

Die Mappe in seiner Aktentasche wiegt schwer. Klar könnte er sie dem Ernstl hinwerfen und sagen: Nichts gefunden, tut mir leid. Ich fahr nach Hause und wünsch dir viel Glück bei der Suche nach dieser Slowakin. Melde dich, wenn du was herausgefunden hast. Würd mich echt interessieren.

Aber so spielt das Leben nicht. Nicht für ihn, den integren Polizisten. Auf seinem Spaziergang ist ihm klar geworden: Der Moravec ist aus Verliebtheit schwach geworden, und wenn er selbst die Wahrheit ebenso ignoriert, dann stellt er sich auf dieselbe Stufe wie der Freund. Weil, dass die Helene ihn nicht freiwillig genommen hat, liegt auf der Hand. Sie hat den Toni nicht geliebt. Hat sie ja selber zugegeben. Außerdem. Stürzt sich eine trauernde Witwe mit so viel Leidenschaft in eine neue Affäre? Mit jeder Faser hat er gespürt, wie groß ihr Verlangen war. Sie hat sich ihm mit Körper und Seele hingegeben. Es war nicht bloß guter Sex, wie zum Beispiel mit Alma nach der Hochzeit. Das war ein Spiel damals. Ein Kick. Aber mit Helene. Das war …

Egal, was es war. Es macht die Sache nur noch schlimmer. Helene sitzt tief mit drinnen in der Scheiße. Ob sie die Morde der Tschechin vertuscht, unterstützt oder gar in Auftrag gegeben hat – das wird Sache weiterer Ermittlungen sein müssen.

Was ist das doch für ein Scheißberuf, denkt sich der Hartinger, als er die Tür zum Büro der Mödlinger Kollegen aufstößt.

»Hat sich dein Azubi gemeldet bezüglich des E 605?«, fragt der Ernstl und reicht ihm zur Begrüßung die Hand.

Das Schwiegermuttergift hat er komplett vergessen. Wie das

in die ganze Sache passt, ist ihm noch schleierhaft. Aber das kann doch alles kein Zufall sein!

»Alles weg, dort im Bauernhaus«, erklärt er dem Kollegen. »Angeblich ordnungsgemäß entsorgt. Das soll der Gruber heute noch überprüfen. Aber ich hab ganz was anderes herausgefunden, Ernstl. Können wir wo ungestört reden?«

Der Ernstl sieht den Kollegen erstaunt an. Ganz blass ist der. Schlaflose Nacht?

»Das Vernehmungszimmer ist frei. Passt das für dich?«

»Wenn die Anlage nicht läuft, gerne.«

Der Ernstl ist entsetzt über die Enthüllungen, die der Hartinger ihm da auftischt. Auch wenn er es nicht glauben will. Es passt alles zusammen. Er erinnert sich sogar, dass der Moravec eine Zeit lang recht niedergedrückt gewirkt hat. »Dann ist er mit der Verlobung dahergekommen, und danach war er wie ausgewechselt«, sagt er zum Hartinger. »Wir haben seine depressive Stimmung davor auf die Angst, abgewiesen zu werden, geschoben. Er war ja nicht gerade als Weiberer verschrien, der Moravec.«

Ob sich seine Stimmung in letzter Zeit geändert hatte, will der Hartinger wissen.

»Doch, schon«, meint der Ernstl. »Besonders, wie die Sache mit ihrem Hund passiert ist. Da hat er irgendwas von psychischen Problemen seiner Frau gefaselt. Aber dass es so schlimm war?« Er schüttelt fassungslos den Kopf. »Und? Was machen wir jetzt?«

»Die Sache mit dem E 605, da sollten wir noch klären, wie das mit dem Fall zusammenhängt«, meint der Hartinger.

Der Ernstl holt noch einmal die Akte zum Selbstmord von der Nachbarin, die sich der Hartinger jetzt doch genauer durchliest. Zuerst hat ihn ja nur das Foto von dem Gift interessiert.

»Du, da steht, dass der Anton und die Helene bei denen mittaggegessen haben, bevor das passiert ist. Warum hat man die nicht befragt? Hätte ihr das nicht einer von ihnen ins Essen mischen können?«

»Glaub ich nicht. Also, mit dem Anton haben wir eh gespro-

267

chen. Steht in einem Vermerk ganz hinten. Aber die Ergebnisse vom Labor waren eindeutig. Das Zeug war im Eiskaffee. Dosis und Todeszeitpunkt stimmen auch zusammen, laut Bericht der Gerichtsmedizin. Und am Nachmittag waren der Toni und die Helene die ganze Zeit zusammen. Nur einmal ist sie kurz weg, ihr Kind vom Kindergarten holen.«

»Was ist mit dem Vater?«

»Der ist jetzt im Heim. Den könnten wir noch einmal befragen, wennst willst.«

Ein bisschen beginnt der Hartinger wieder an seiner eigenen Theorie zu zweifeln, wie er dem Mann im Rollstuhl gegenübersitzt und sich anhört, was der zum Selbstmord seiner Tochter zu sagen hat.

Ob er sich vorstellen könne, dass ihr jemand das Gift in den Eiskaffee gegeben hat, will er wissen. Zum Beispiel die Helene.

Da ist er ganz fuchtig geworden, der Alte. »Wenn da jemand wen umgebracht hätte, dann wäre es genau umgekehrt gewesen«, sagt er. »Gabi hat Helene gehasst. Eifersucht. Deshalb hat sie ja auch den Hund vergiftet. Wieso zweifelts ihr jetzt plötzlich am Selbstmord? Meine Tochter hatte ein Scheißleben. Einen Krüppel pflegen. Der Mann, den sie liebt, gehört einer anderen. Womöglich verliert er jetzt auch noch die Achtung vor ihr, weil sie den Hund seiner Frau vergiftet hat. Grund genug?«

»Alles gut«, beruhigt ihn der Ernstl. »Wir wollten nur auf Nummer sicher gehen. Dass wir nichts übersehen haben.«

»Wo sie das Gift herhatte – das wissen Sie nicht zufällig?« Das ist für den Hartinger die entscheidende Frage. Die Antwort des Alten ist zunächst unbefriedigend.

»Keine Ahnung. Aus dem Internet? Da, wo sie auch das Rattengift bestellt hat?«

»Sagen Sie. Hat sich nicht auch Ihre Frau schon …?«, fragt der Ernstl einer Eingebung folgend. Da hat der Toni mal so was angedeutet. Von wegen erblich vorbelastet.

»Vergiftet. Ja.« Der Alte nickt traurig.

»Wissen Sie vielleicht auch noch, womit? E 605 vielleicht?«

Er schüttelt den Kopf. »Was gegen Blattläuse. Für die Rosen.«
»Parathion? Sagt Ihnen das was?«
»Nein. Der Name war irgendwie witziger.«
»Schwiegermuttergift?«
»Ja, genau das!« Der Mann im Rollstuhl klopft sich auf den Oberschenkel. »Wenn's nicht so traurig wär, wär's ja lustig, was?«, sagt er. Dann stutzt er. »Ist es dasselbe wie bei der Gabi?« Der Ernstl nickt. »Können Sie sich vorstellen, dass es noch von Ihrer Frau ist?«

»Hören Sie«, sagt der Mann. »Ich sitz seit fast dreißig Jahren im Rollstuhl. Keine Ahnung, was meine Frau in ihrem Schuppen alles aufbewahrt hat. Ich kann Ihnen da nicht helfen.«

Die beiden Polizisten verabschieden sich. Hier gibt es nichts Neues mehr zu erfahren.

»Es könnte ja wirklich noch von der Mutter da gewesen sein«, sagt der Ernstl, als sie über den Parkplatz zum Auto marschieren. »Und dass genau die gleiche Dose in dem Hof im Weinviertel herumsteht, ist einfach nur ein Zufall.«

»Zu viele Zufälle«, murmelt der Hartinger. Die tschechische Haushälterin. Der gehört einmal ordentlich auf den Zahn gefühlt!

Trotzdem. Wenn es nun doch ein Zufall war?

Dann hätte er den kompletten Fall völlig unnötig wieder ins Rollen gebracht. Wieso hat der depperte Gruber das Zeug fotografiert, verdammt? Hätte er das Bild nie zu Gesicht bekommen, er würd jetzt gerade wieder in Helenes Armen liegen. Alles in ihm verkrampft sich. Weil, was er dienstlich mit ihr vorhat, das deckt sich so überhaupt nicht mit dem, was Körper und Seele verlangen.

»Was ist mit dir?«, fragt ihn der Ernstl besorgt.

»Mir ist die ganze Sache auf den Magen geschlagen«, sagt der Hartinger und rennt zurück ins Pflegeheim aufs Klo.

26. Ausgebaggert

Innerhalb weniger Stunden stürzte ich von einem Gefühlshoch in eine bodenlose Hölle.

Bis zur Mittagszeit schwebte ich noch in höheren Sphären. Trällerte beim Duschen und sang im Auto mit Elvis »I can't help falling in love with you!«. Am Nachmittag erhöhte sich die Frequenz, mit der ich mein Handy checkte, deutlich. Mit jeder Stunde nahm sie zu. Am Abend hielt ich es nicht mehr länger aus und wählte seine Nummer. Er nahm das Gespräch nicht an. Als Nächstes versuchte ich es mit einer WhatsApp-Nachricht. Vielleicht war er ja gerade in einen heiklen Fall verwickelt und konnte nicht telefonieren? Irgendwann würde er sein Handy abfragen und mir zurückschreiben.

Aber es kam nichts zurück von ihm. Nur einmal, als ich kurz am Klo war, klopfte mein Herz schneller, weil ich einen Anruf versäumt hatte. Aber es wäre Tereza gewesen. Auch sie meldete sich auf Rückruf nicht mehr.

Am nächsten Morgen wachte ich verkatert auf, wie nach einem Kapitalrausch, obwohl ich seit Norberts Abschied keinen Tropfen Alkohol mehr zu mir genommen hatte. Ich fuhr viel zu schnell, als ich Emma in den Kindergarten brachte, aus lauter Angst, ich könnte den Hartinger versäumen. Und wirklich. Kaum, dass ich wieder in der Villa war, läutete es an der Tür.

Ein Hüne von einem Mann in typischer Arbeitskluft stand vor der Tür und hielt mir einen Wisch hin. Ich nahm Lucky auf den Arm, damit er nicht an ihm hochspringen konnte, und schubste ihn zurück ins Vorzimmer.

»Frau Winter?«

»Ja?«

»Wir sollen Ihren Pool ausheben und den Beton wegstemmen«, sagte er so belanglos, als ob er mir ein Paket vor die Haustür stellen wollte.

»Was? Das muss ein Irrtum sein!«, rief ich.

Er schüttelte den Kopf und hielt mir erneut dieses Blatt Papier unter die Nase. »Name. Adresse. Stimmt doch alles, oder? Verfügung des Staatsanwalts. Am besten, Sie warten im Haus. Hier draußen wird es ziemlich laut werden.«

Ich blieb wie angewurzelt stehen und sah zu, wie zwei Typen einen riesigen Schlauch entrollten. Wie von der Feuerwehr. »Keine Angst«, sagte einer der beiden. »Wir pumpen das Wasser in einen Tank. Geht ganz schnell.«

Er hatte nicht zu viel versprochen, aber was darauf folgte, raubte mir fast den Verstand. Ein Bagger fuhr durch meinen schönen Garten!

Ich zückte mein Handy und versuchte ein letztes Mal, Norbert zu erreichen. Sein Telefon läutete. Es dauerte ein Weilchen, bis ich begriff, dass der Klingelton nicht aus dem Handy kam, sondern aus meiner Einfahrt. Verwirrt lief ich zum Gartentor. Ein Tankwagen stand da. Ein Lkw mit einem weiteren Minibagger auf der Ladefläche und ein Einsatzwagen der Polizei.

Norbert starrte auf sein Smartphone. Und ich starrte auf ihn.

»Was wird das, Norbert?«, stammelte ich.

Er trat auf mich zu, brachte aber kein Wort heraus. Dann zog er mich am Ellbogen auf die Seite. Der Typ, der neben ihm stand, kam mir bekannt vor. Er nickte Norbert zu.

Norbert räusperte sich. »Die Polizei ... Wir ... Ich ...«

Ich schlug seine Hand von meinem Ellbogen. »Was ist hier los, Norbert?«

»Wir vermuten die Leiche des Latinos unter dem Schwimmbecken.«

Seine Stimme klang fremd. Der Ausdruck in seinen Augen war hart. Als hätte ich sein Alter Ego vor mir stehen. Warum, verdammt noch mal, roch der Typ dann trotzdem noch so gut?

»Und wie ist sie nach deinem Ermessen dort hingekommen?«

Meine Hand fuhr automatisch zu meinen Ohrringen, obwohl ich heute nur meine gewöhnlichen Creolen trug und nicht die Diamanten. Mein Atem ging so schnell wie der Presslufthammer, den ich aus meinem Garten vernahm.

»Der Frage gehen wir nach, wenn wir ihn gefunden haben, Helene«, stieß er hervor. »Bis dahin bleibst du bitte im Haus. Ein Beamter wird dich begleiten.«

»Damit ich nicht abhaue? Oder mich vom Dach stürze?«

»Zum Beispiel.«

Er wandte sich von mir ab und befahl einem uniformierten Polizisten, mich ins Haus zu bringen.

»Viel Glück!«, rief ich ihm nach.

Der Typ wich mir den ganzen Tag nicht von der Pelle, selbst als ich Emma aus dem Kindergarten holte, saß er mit im Wagen. Ich versuchte, mich so gut wie nur möglich am Riemen zu reißen. Das Kind hatte in letzter Zeit so einiges ertragen müssen. Wir aßen zusammen, spielten mit Lucky und guckten fern, wobei wir den Polizisten in der Zimmerecke zu ignorieren versuchten.

»Er wartet nur, bis die Arbeiter draußen fertig sind«, sagte ich. Nicht einmal ein Glas Wasser bot ich ihm an.

Bei Einbruch der Dunkelheit zogen sie einer nach dem anderen ab. Ich brachte Emma zu Bett. Erst als sie tief und fest schlief, traute ich mich nach draußen.

Selbst der Mond konnte den Anblick der Verwüstung nicht ertragen, er hatte sich hinter einer Wolke versteckt. Nur die Solarleuchten wiesen mir den Weg zum Pool.

Er stand unten am Beckenrand. Dort, wo wir Draco begraben hatten und wo jetzt ein tiefes Loch klaffte.

»Sie können Feierabend machen«, sagte er zu dem Uniformierten, der mir automatisch in den Garten gefolgt war.

»Bist du nun zufrieden?«, fragte ich, als der Kollege außer Hörweite war.

»Es geht nicht darum, ob ich zufrieden bin, Helene. Es geht um die Wahrheitsfindung.«

»Ach. Und was ist deiner Meinung nach die Wahrheit? Ich nehme an, ihr habt außer Draco keine weiteren Leichen gefunden?«

Er fuhr sich mit den Fingern durch die Haare. Ich hätte diese Geste lieben können! Jetzt hasste ich sie, weil sie seine Verlegenheit zeigte und ich ihn dafür bedauern sollte.

»Den Tipp mit der Leiche unter dem Pool hatte ich von Anton höchstpersönlich. Er hat alles gewusst. Dass ihr erst deinen Mann, dann seinen unehelichen Sohn aus dem Weg geräumt habt. Du – oder deine Haushälterin. Ihr habt auch den jungen Mann erschossen. An dem Tag, als dir Anton den Bescheid von der Gerichtsmedizin vorbeibrachte. Damit du deinen geliebten Gemahl beerdigen kannst.« Er lachte bitter. »Deswegen hast du den Moravec geheiratet. Du hattest die Wahl zwischen dem staatlichen Gefängnis oder dem in deiner Ehe.«

»Hast du das auch von ihm?«

Nachdem er meine Frage nicht beantwortete, wusste ich, dass Anton sich ihm nicht anvertraut hatte. Es war Norberts persönliche Interpretation. Er konnte nur wissen, was aktenkundig war. Das war gut so. Es war noch nicht alles verloren. Was er zu wissen glaubte, beruhte auf Vermutungen, die schwer zu beweisen waren. Die Fingerabdrücke auf der Pistole konnte ich erklären, und für Antons Tod hatte ich ein Alibi. Armandos Leiche würde man nicht finden, und mit dem Tod des Paters hatte ich nichts zu tun.

Eine neue Art von Kraft erfüllte mich, als ich Norbert so geknickt vor mir stehen sah. Ich war dermaßen gekränkt, dass ausgerechnet der Mann, den ich wirklich hätte lieben können, gerade dabei war, mein Leben zu zerstören. Die Angst fiel von mir ab wie tauendes Eis im Gefrierschrank. Die Anspannung der letzten Monate, jemand könnte in meinen Altlasten wühlen und Unangenehmes zutage fördern, löste sich in nichts auf. Ja. Der lang befürchtete Fall war zwar eingetreten, aber ich stand noch nicht mit dem Rücken zur Wand. Jetzt galt es, um meine – und Terezas – Freiheit zu kämpfen.

»Er hat dich missbraucht«, hörte ich Norbert sagen. »Du hast dich in die Enge getrieben gefühlt – und dich letztlich daraus befreit.«

Mit meinem Lachen hatte er offenbar nicht gerechnet.

»Was soll das jetzt? Mutierst du nun zu meinem Strafverteidiger?«

»Ich versuche nur, mir selbst eine Erklärung zurechtzulegen«, stammelte er.

»Wenn es so ist, wie du sagst, und Anton hat meine Situation ausgenutzt – wie soll ich dann dein Verhalten von gestern interpretieren? Hier. Wo einst mein Pool stand. Hattest du vor, seine Rolle zu übernehmen? Und jetzt bist du doch der bessere Bulle?«

»Ich habe die Zusammenhänge erst gestern durchschaut. Ich wollte es vorher einfach nicht sehen.« Norbert kratzte sich hinterm Ohr.

»Ah! So ist das also. Und jetzt bereust du, dass du es nicht schon früher kapiert hast? Weil du dich dadurch mit einer Mörderin befleckt hast?«, schrie ich.

»Ich mach nur meinen Job, Helene!« Seine Stimme wirkte heiser. Selbst in der Dunkelheit zeigte sich brennende Verzweiflung in seinem Blick. »Ich bin der Wahrheit verpflichtet, auch wenn es mir im Herzen wehtut. Als Kriminalinspektor kann ich mir private Emotionen nicht leisten. Die Faktenlage ist eindeutig. In deinem direkten Umfeld gibt es einfach zu viele ungeklärte Todesfälle.«

»Und die Tatsache, dass du dich schlicht und einfach geirrt haben könntest, Hartinger – die existiert nicht für dich, was? Chefinspektor Hartinger. Der Unfehlbare! Auch Statistiken können irren, weißt du!«

Sein Gesicht verzerrte sich schmerzlich. Die harte Maske fiel, und er trat einen Schritt auf mich zu. »Der Zweifel bringt mich fast um, Helene!« Er berührte meinen Arm. Für einen kurzen Augenblick ließ ich ihn gewähren. Ich wollte das Prickeln auf meiner Haut ein letztes Mal genießen. Dann schlug ich seine Hand weg.

»Verhaftest du mich jetzt?«

Er schüttelte den Kopf.

»Gut. Dann würde ich sagen, du haust ab.«

»Das da«, sagte er und deutete auf die Sauerei im Garten.

»Das wird wieder repariert.«

»Wie schön. Und alles andere, was du heute zerstört hast? Wer bringt das wieder in Ordnung?«

Norbert zeigte keine Reaktion. Er stand einfach nur da.

Mein Lachen kam jetzt richtig hysterisch. Es wäre für den Moravec eine späte Bestätigung meines durchgeknallten Charakters gewesen. Bloß, dass der Hartinger offenbar keine entsprechend klugen Berater hatte. Ansonsten hätte er mir meine Zustände jetzt rausvögeln müssen. Vielleicht hätte es in diesem Fall sogar wirklich geholfen.

26.1 Außer Spesen nichts gewesen?

Der Hartinger – und auch der Ernstl – machen sich auf allerhand gefasst, als der Staatsanwalt sie zum Rapport ruft. Gottlob ist die Mödlinger Ausgabe ein viel kommoderer Typ als der Kastner. Jünger noch. Sehr korrekt auch. Und er sieht die Sache nüchtern.
»Ein herber Rückschlag, zweifellos«, sagt er. »Aber wir haben ja noch ein paar Trümpfe im Ärmel, Kollegen, nicht wahr? Hartinger. Sie fahren ins Weinviertel und vernehmen diese Hurniková noch einmal persönlich. Sie dürfte eine harte Nuss sein. Und Sie, Zeilinger, Sie treiben ein paar ›slowakische Pflegerinnen‹ auf für eine Gegenüberstellung. Wär doch gelacht, wenn wir diese Hundesache nicht unter Dach und Fach kriegen, wo es doch Zeugen gibt. Und dann schauen wir uns an, ob der Wimmer bei seiner Aussage bleibt. Viel Glück, meine Herren!«
Der Hartinger erkennt sie sofort wieder als die Frau, die ihm vor Helenes Villa über den Weg gelaufen ist. Die Narbe ist nicht besonders auffällig, kann man schon einmal übersehen auf die Schnelle. Liegt wohl schon einige Zeit zurück, die Verletzung. Schlag ins Gesicht, tippt er. Hat er ja schon oft genug gesehen an Frauen. Auch der Anwalt an ihrer Seite ist ihm nicht unbekannt. Vom Begräbnis kennt er ihn. Es ist Almas Partner. Er hat nicht nur einen guten Geschmack, was Frauen angeht, er versteht auch seinen Job. Die Tschechin selber lässt er kaum zu Wort kommen. Sie leugnet ohnehin alles oder verweigert auf sein Anraten hin die Aussage. Von einer Waffe im Keller habe sie nichts gewusst. Wie auch. Sie war jahrzehntelang nicht am Hof gewesen. Erst als die Schwägerinnen draußen waren, sei sie das erste Mal wieder hingefahren. Und da hat sie beinahe der Schlag getroffen, weil es dort so ausgesehen hat. Im Wohnhaus hat sie zuerst sauber gemacht, weil sie Dreck nicht so gut aushält. Den Rest erst später. Wie sie endgültig eingezogen ist. Und nein. Sie habe die Waffe dieses José nie zu Gesicht bekommen. Dass da angeblich eine gewesen ist, weiß sie natürlich von Helene. Frei-

lich hat sie auch das Gästezimmer geputzt, wie es ihr Job war. Aber sie stierlt nicht in fremden Sachen. »Glauben Sie, hätte ich lange gearbeitet in Botschaft, wenn ich mach so was?«

»Wo waren Sie am Donnerstag, den 13. Juni?«

»Hab ich schon alles gesagt Ihre Kollege. Lesen Sie keine Protokoll? In Rotstaudenhof.«

»Zeugen dafür haben Sie keine? Ja – ich weiß, das haben Sie schon den Kollegen gesagt. Beantworten Sie trotzdem meine Fragen bitte.«

»Hären Sie. Kann ich nicht mehr genau sagen, ob vielleicht ich habe getratscht mit Briefträger oder Zettelverteiler an Donnerstag. Geh ich auch nicht einkaufen jede Tag. Wie viel brauchst du schon fir eine Person? War ich sicher einkaufen an Freitag, weil geh ich immer an Freitag fir Wochenende und nicht an Samstag. Zu viele Laite. Beweisen kann ich aber nicht. Heb ich Kassazettel nie auf, werf ich immer gleich weg in Mistkiebel vor Geschäft.«

»Frau Hurniková. Es gibt Zeugen, die Sie am fraglichen Donnerstag am Unfallort gesehen haben wollen.«

»Muss gewesen sein Doppelgängerin«, sagt sie, und dann ist auch schon wieder Schluss mit Geplapper. Der Anwalt gebietet ihr, zu schweigen. Nach kurzer Beratung sagt er: »Meine Mandantin bleibt dabei, sie war zu Hause. Sie hat sich nicht geirrt.«

»Dann wird sie ja nichts gegen eine Gegenüberstellung haben. Vielleicht finden wir ja auch die Doppelgängerin«, sagt der Hartinger.

»Selbstverständlich«, meint der Anwalt. »Ich gehe davon aus, dass meine Mandantin, wenn diese Sache geklärt ist, unverzüglich auf freien Fuß gesetzt wird?«

»Für den Fall, dass die Augenzeugen sie entlasten – selbstverständlich.«

Bei dieser alles entscheidenden Gegenüberstellung, da will der Hartinger persönlich dabei sein. Beharrt vor Ort darauf, dass man dem Ehepaar die Kandidaten getrennt – unabhängig voneinander – vorführt.

Begonnen wird mit dem Mann. Von dessen Aussage verspricht sich der Hartinger höhere Glaubwürdigkeit. Aber ohne

seine Gattin an der Seite ist er offenbar nicht so entscheidungs-
freudig. Weil er niemandem widersprechen kann?

Er zögert lange. Wird nervös, als der Hartinger »Lassen Sie
sich ruhig Zeit« sagt.

»Und es ist sicher eine von denen?«, fragt er.

»Das wollen wir von Ihnen hören, Herr ... äh.«

»Kausig«, souffliert der Ernstl.

Herr Kausig schwankt zwischen der Dunklen mit dem Kurzhaarschnitt und der mit der grauen Dauerwelle. Aber die Narbe
unter dem Auge der dunklen Frau, die erinnert er anders. Und
bei Frisuren kennt er sich nicht so aus. Aber die Frau beim
Unfall, die war dunkler, auf jeden Fall, und ob das Haar jetzt
gelockt war oder nicht, das könne er auch nimmer schwören.
Irgendwie eine Mischung von den beiden.

»Herr Kausig«, sagt der Ernstl. »Sie müssen sich eindeutig
entscheiden. Für die Frau kann das einer Verurteilung gleich-
kommen. Und Sie werden das vor Gericht unter Eid beschwören
müssen.«

Der Hartinger hält jetzt lieber den Mund. Die Anspannung
kann er nur schwer verbergen. Weil, eine davon ist die Hurniková. Die mit der Dauerwelle.

Schließlich schüttelt der Herr Kausig resignierend den Kopf.
»Tut mir leid«, sagt er. »Ich glaube, sie ist nicht dabei. Höchstens
die Dunkle. Aber beschwören kann ich es nicht.«

Bei seiner Frau verhält sich die Sache völlig anders. Die schreit
schon, bevor sie alle Damen angeschaut hat: »Die da. Nummer
zwei.«

»Und Sie sind sich sicher, Frau Kausig?«

»Ganz sicher. Weil, wie ich mit der Frau geredet hab, da ist
mir aufgefallen, dass sie sich die Haare gefärbt haben muss. Mit
so einem billigen Zeugs, wissen Sie. Nicht beim Friseur. Weil das
Grau am Ansatz, das ist deutlich durchgekommen. Aber klar.
Diese Rumäninnen haben nicht genug Geld für einen Friseur.
Die werden ja so schlecht bezahlt, und das meiste schicken sie
sowieso heim. Und dass die arm war, das hat man ja auch am
Gewand gesehen.«

»Slowakin«, sagt der Hartinger. »Und auf die Kleidung sollten S' nicht schauen, Frau Kausig.«

»Ja sowieso. Also, die hatte dunkle Haare. Hundert Prozent. Es ist die Nummer zwei. Und die Narbe unter dem Auge. Die sieht man in dem Licht jetzt auch viel besser. An der Unfallstelle, da war es ja recht schattig.«

Die zwei Herrschaften müssen noch ihre Aussagen unterschreiben. Beim Hinausgehen fangen sie auch schon wieder zum Streiten an.

»Das mit der billigen Haarfarbe darfst der Karin aber nicht sagen«, lacht der Ernstl. Die Nummer zwei ist eine Sekretärin aus seinem Team, der man eine Narbe aufgemalt hat.

Dem Hartinger ist, im Gegensatz zum Kollegen, gar nicht zum Lachen zumute. Er fragt die Hurniková, ob er sie zum Zug fahren soll.

»Wenn Ihnen mäglich«, sagt sie, »bringen Sie mich in Villa zu Helene. Wissen Sie ja, wo ist das.«

Auch das noch, denkt er sich, aber jetzt kann er nicht mehr zurück. Wird er wohl nicht umhinkönnen, dem Wunsch der Frau nachzukommen.

»Kännen Sie warten bisserl, ob Frau zu Hause«, sagt sie, als sie das Gartentor verschlossen vorfindet. »Weil hab ich kein Handy. Und wenn niemand zu Hause, dann missen Sie mich doch bringen zu Bahnhof.«

Sie läutet. Und bald darauf hört man Hundegebell. Der kleine Lucky schießt auf sie zu. Dahinter Helene. Ihre Augen leuchten, als sie die Hurniková erblickt. Dann sieht sie ihn im Auto sitzen, als sie das Tor öffnet, und ihre Augen verfinstern sich. Sie lässt die Tschechin vorgehen. Wirft ihm noch einen letzten Blick zu. Und was für einen! Ihre Pupillen sind tiefschwarz. Und dann wendet sie sich von ihm ab. Geht ins Haus, ohne sich noch einmal umzudrehen.

Dem allen sieht der Hartinger schweigend zu. Sein Brustkorb tut ihm weh. »Es tut mir leid«, flüstert er. »Es tut mir so leid!« Dann lässt er den Motor an.

27. Scherben

»Bittest du Kieberer gar nicht herein? Schaut aus, hast du doch gelernt von Frau mit Erfahrung?«

Terezas ursprüngliche Freude, dass ich zur Vernunft gekommen war, schlug in maßloses Entsetzen um, als ich sie in den Garten führte. Auch mir stiegen gleich wieder die Tränen hoch. Bei Tageslicht betrachtet sah die ganze Sauerei noch viel wüster aus. Den Schutt hatten sie in einen Container geleert, die Scherben der Kunststoffwanne stapelten sich in einem bizarren Haufen daneben. Davor klaffte dieses riesige Erdloch wie eine tiefe Wunde im Paradies. Selbst wenn der Staat für die Kosten der Wiederherstellung aufkommen würde, bis die Pflanzenwelt in ihrem alten Glanz erstrahlte, würden Jahre vergehen. Von der Arbeit, die zu dem gewünschten Ergebnis führte, ganz zu schweigen.

»Die Badesaison kann ich mir hiermit abschminken«, sagte ich, wohl wissend, dass dies eines meiner geringsten Probleme war.

Wenigstens Terezas Schilderung von ihren Verhören und der Gegenüberstellung machten mir wieder Mut.

»War ich schon skeptisch, wie diese Gruber vor meine Tür steht mit zwei normale Polizisten. Hat auch nix geholfen, dass junge Mann Sache war peinlich. Muss er mich verhaften wegen Verdacht auf Mord an Kolläge in Mädling, sagt er. War aber sehr freundlich, hat mir erlaubt telefonieren. Warst du nicht erreichbar, leider. Hab ich angerufen Alma, ob ihre Mann kann helfen. Und, muss ich sagen, war super Idee. Wollte er sogar Kaution zahlen fir mich, dass ich nicht muss schlafen in Gefängniszelle. Aber sag ich, ist mir egal. Eine Nacht wird gehen.«

»Und war es schlimm?«

»Verhär oder Nacht in Knastzelle?« Sie schüttelte den Kopf und grinste. »Verhär mit Anwalt war keine Probläm. Unterbricht er immer rechtzeitig, bevor ich sag Blädsinn. Und in Nacht ich war alleine in Zelle. Jause war Brot mit Liptauer und Gurkerl. Passt. Bin ich sowieso nicht gewähnt Finf-Sterne-Hotel, Helene!«

Als sie mir von der Gegenüberstellung erzählte, wurde mir nachträglich noch bang. »Ich glaube, ich wäre in Ohnmacht gefallen. Wieso haben dich diese Leute nicht wiedererkannt, Tereza? Du hast doch mit der Frau gesprochen, oder?«

»Sprechen wäre gräßere Probläm gewesen. Weil, weiß ich ja, dass hab ich bähmische Akzent. Deswegen hab ich erfunden die slowakische Pflägerin, weil haben wir praktisch selbe Sprache. Aber bei Gegenieberstellung du musst nix sprechen. Das war meine Glick.«

»Aber sie hätten dich doch auch erkennen müssen. Optisch.«

»Weißt du, Helene. Hab ich schon einkalkuliert, dass mäglich, ich werde gesehen in Kurve. Hab ich natierlich nicht angehabt meine normale Gewand, und ist auch wichtig falsche Frisur.« Tereza grinste von einem Ohr zum anderen.

»Spann mich nicht so auf die Folter. Wie hast du ausgesehen?«

»Jogginganzug ich hab geborgt aus Altkleidercontainer. Schreckliche gelbe Farbe und war auch zu groß fir mich. Fir Haare ich habe gekauft eine Farbspray, was geht wieder hinaus nach Haarewaschen. Gehärt eigentlich fir Ansatz. Hab ich gestunken wie ganze Frisierladen mit so viel Zaig auf Kopf!« Tereza rümpfte die Nase.

»Schade, dass es davon kein Foto gibt«, bedauerte ich.

»Här auf! Bin ich froh, dass niemand hat Foto. Erstens war ich hässlich, und zweitens, weil Foto kann dich verraten!«

Zur Feier des Tages wollte ich Tereza zum Essen ausführen, aber sie zierte sich.

»Weißt du, Helene, glaub ich, ist keine gute Idee. Stell dir vor, diese Laite, weißt schon, Ehepaar was hat mich gesehen bei Hund. Wenn die sehen oder hären mich in Natur, vielleicht sie erkennen mich doch. Werd ich lieber verschwinden fir längere Zeit aus Gegend. In Weinviertel ich bin sicher.«

Sosehr ich dies auch bedauerte, sah ich doch die Notwendigkeit dieses Schrittes ein. Und so vereinbarten wir, noch am nächsten Tag ins Weinviertel aufzubrechen.

So richtig zum Feiern war uns ohnehin nicht zumute, zu tief saßen die Wunden der letzten Tage.

Am Abend rief ich Alma an, um mich für Wolfgangs Hilfe zu bedanken. Die Rechnung für sein Honorar solle er bitte an mich schicken. »Auch wenn Tereza sich nichts hat zuschulden kommen lassen«, sagte ich, »wenn diese Polizisten jemand in die Mangel nehmen – noch dazu eine Ausländerin –, dann kann man für nichts garantieren. Nicht auszudenken, wenn Tereza unschuldig im Knast gelandet wäre.«

»Schätzchen«, unterbrach Alma. »Nachdem ich Wolfgang aufgeklärt hab, wer Tereza ist, da war es für ihn selbstverständlich, dass die Kosten aufs Haus gehen. Immerhin hab ich jahrelang gratis ihre Dienste in Anspruch genommen. Ganz abgesehen von dem köstlichen Essen, das ich bei euch täglich genossen hab. Weißt du, Helene. Seit ich selber auf Hermann schauen und den Haushalt organisieren muss, da weiß ich es erst richtig zu schätzen, wie gut es mir bei euch gegangen ist.«

»Ja«, seufzte ich schwer. »Man weiß es immer erst hinterher, was einem fehlt. Wenn man es nicht mehr hat.«

Ich erzählte ihr vom Swimmingpool. Auch sie zeigte sich entsetzt. »Das hätt ich nicht gedacht vom Hartinger. Ich mein – abgesehen von seinen sonstigen Qualitäten. Dass der auf einen bloßen Verdacht hin so eine Aktion startet. Und das, ohne dich vorzuwarnen. Unsensibler geht es ja nicht mehr.«

Die bloße Erwähnung seines Namens schnürte mir die Kehle zu und die Tränensäcke auf.

»Weißt du was, Schätzchen? Warum schaut ihr nicht bei uns vorbei, bevor du Tereza nach Hause bringst? Ist doch nur ein kleiner Umweg.«

Tereza war sofort einverstanden. »Back ich gleich noch Kuchen fir Anwalt«, flüsterte sie.

»Na, dann bis morgen. Und pack die Badesachen ein!«, sagte Alma. »Das Wasser im Pool hat neunundzwanzig Grad!«

27.1 Zweifel

Das Gefühlschaos, das im Hartinger tobt, das kennt er nur aus der Kindheit. Wie der Vater stirbt und die Mutter ihn zurücklässt bei der Großmutter. Was hat er falsch gemacht, dass sie ihn verlässt? Selbst als er den wahren Grund herausfindet – Jahre später – und rational kapiert, dass ihn keine Schuld trifft. Ein Rest von Zweifel bleibt immer. Zweifel und Verzweiflung. Die Wörter sind nicht nur äußerlich verwandt.

Er fährt zunächst auf den Friedhof, um sich vom Moravec zu verabschieden – und sich zu entschuldigen, dass er seinen Tod nicht aufklären konnte. Zumindest vor dem Gesetz.

Da steht einer dort am Grab und gießt die Blumen. Wenn das nicht der Wimmer ist!

Na, der kommt ihm gerade recht! Mit der entsprechenden Wut im Bauch pirscht er sich an den Typen heran, bevor der die Flucht ergreifen kann.

»Die Grabpflege wird Sie nicht von Ihrer Schuld befreien«, faucht er ihn an. Der Wimmer erschrickt beinahe zu Tode. Hoffentlich geht nichts ins Hoserl, denkt sich der Hartinger.

»Lassen Sie mich in Ruhe!«, schreit der Wimmer. »Ich hab nichts getan.«

»Eben!«, schreit der Hartinger zurück. »Wenn Sie den Mut gehabt hätten, zu Ihrer Aussage zu stehen, dann säßen die Mörder meines Freundes jetzt hinter Gitter.«

»Es war ein Unfall«, keucht der Wimmer. »Der Hund ist ihm ins Rad gesprungen.«

»Der Hund, der schon tagelang tot war? Oder wollen S' mir jetzt einreden, dass er wiederauferstanden ist aus dem Container?«

»Das mit dem Container, das behaupten nur Sie!«, sagt er und tritt einen Schritt zurück, weil der Hartinger ihm bedrohlich nahe kommt.

»Passen S' auf, dass Sie nicht wieder auf ein Grab fallen, Sie

Würschtel. Ich sag Ihnen nur eines: Wenn es doch noch zu einer Verhandlung kommen sollte, weil ich neue Beweise finde … Dann reiß ich Ihnen vor Gericht den Arsch auf, dass Sie Ihr Leben lang nicht mehr vernünftig scheißen können. Das versprech ich Ihnen.«

Der Hartinger tritt ihm die Gießkanne um und läuft schnaufend davon, während der Wimmer zitternd neben dem Grab wartet, bis er ihn nicht mehr sehen kann. Dann zückt er sein Handy.

Hartingers letzter Abschiedsbesuch gilt dem Ernstl. Dem will er Lebewohl sagen, bevor er endgültig nach Hause verschwindet. Der ist ein patenter Kerl, und es tut ihm ehrlich leid, dass er ihm so viel Zores gemacht hat.

»Was soll man machen. So Leute wie den Wimmer, die wird's immer geben. Gegen die ist kein Kraut gewachsen. Aber wenn's dir ein Trost ist, der wird auch nicht glücklich werden mit seiner Feigheit. Irgendwann macht der den Mund auf, weil er es nimmer aushält. Und wenn's am Totenbett ist.«

»Dann interessiert es kein Schwein mehr, ob der Moravec umgebracht worden ist oder nicht.«

Da muss ihm der Ernstl zustimmen, aber so ist es eben.

»Übrigens. Der will auch noch was von dir«, sagt er mit Blick auf die Tür des Staatsanwalts.

Verwundert klopft der Hartinger an.

»Setzen Sie sich, Hartinger«, sagt der Staatsanwalt, »und schließen S' die Tür, bitte.«

Der wird doch nicht jetzt, im Nachhinein, noch ein Wetter machen wegen der unnötigen Ausgrabung. Wo er sich doch so vernünftig gezeigt hat.

»Ich hab mit dem Kollegen Kastner telefoniert.«

Das klingt nicht vielversprechend. Was wird ihm der Trottel für einen Blödsinn eingeredet haben?

»Warum das?«

»Dieser Wimmer hat mich zuvor angerufen. Sie hätten ihn bedroht. Er überlegt rechtliche Schritte gegen Sie.«

Der Hartinger lacht. »Das traut sich das Weichei nie, glauben

284

Sie mir«, sagt er. »Dafür hat der nicht den Mumm. Und zu viel Dreck am Stecken.«

»Was macht Sie da so sicher, Hartinger? Schauen S'. Nach dem, was mir der Kollege Kastner erzählt hat, ist es ja nicht das erste Mal, dass Sie sich da in einen Fall verbohren. So, wie Sie mir die Sache vorgelegt haben, hat ja alles logisch geklungen. Aber immer nur unter der Voraussetzung, dass die Sache mit dem toten Hund stimmt. Das ist ein bisserl so wie mit einem mathematischen Modell. Wenn Sie die Grundlage kappen, dann fällt die Theorie in sich zusammen wie ein Kartenhaus.«

»Hören Sie. Von mathematischen Modellen versteh ich nichts. Aber der Wimmer hat mir das am Klo selber erzählt. Da hat er noch nicht gewusst, dass ich von der Polizei bin, sonst hätt er eh den Mund gehalten. Er hat den Hund überfahren und im Container entsorgt. Glauben S', ich erfind so einen Schwachsinn?«

Der Staatsanwalt wetzt auf seinem Stuhl hin und her. »Aussage gegen Aussage, Hartinger. Vielleicht haben Sie sich auch bloß verhört, und er hat gesagt, dass er ihn beinahe überfahren hätt, wie er ihm ausgebüxt ist. Sie waren schließlich auch aufgewühlt und in Trauer wegen des plötzlichen Todes Ihres Freundes. Und haben sich dann den Fall drum herum zusammenphantasiert. Wenn ich es recht überlege, wirkt das schon ein wenig konstruiert, meinen S' nicht auch? Das E 605 zum Beispiel. Das war bei den Bauern und Hobbygärtnern eine Zeit lang so gängig wie Aspirin.«

»Und die Frau, die sich über den toten Hund gebeugt hat, hab ich die vielleicht auch zusammenphantasiert?«

»Die Tschechin war's offenbar nicht.«

»Sie wissen genauso gut wie ich, wie hoch die Fehlerquote bei Gegenüberstellungen ist, Herr Staatsanwalt. Das heißt gar nichts. Warum ist die Frau dann nicht aufzufinden, bitte?«

»Weil sie illegal hier ist, zum Beispiel? Dann wird sie wohl auch von ihren Geldgebern geschützt. Die kennen sie dann angeblich nicht, ist doch menschlich, oder?«

Der Hartinger schüttelt verzweifelt den Kopf. Die Sache ist doch hieb- und stichfest!

»Ich hab keine psychischen Probleme wegen dem Moravec, wenn Sie das meinen. Es ist mir ja grundsätzlich egal, ob er durch einen Unfall oder durch Mord gestorben ist. Es ändert nichts an der schrecklichen Tatsache, dass er tot ist. Trotzdem finde ich, dass wir es ihm schuldig sind, seinen Tod aufzuklären.«

»Nach dem, was mir der Kollege Kastner angedeutet hat, geht es Ihnen nicht um den Moravec selber, sondern um seine Witwe. Wenn Schwarze Witwen ins Spiel kommen, sagt er, da verlieren Sie sich in haarsträubenden Ideen. Das bestätigt auch Ihr Partner, der Gruber.«

»Der Gruber ist ein Trottel!«

»Hartinger! Mäßigen Sie sich, bitte. Ich kann den Argumenten des Kollegen Kastner schon auch was abgewinnen. Die Befragungen über die Vergangenheit der Frau Hurniková zum Beispiel. Die haben nur deren Unschuld erhärtet. Diese Cold-Case-Geschichte, die Sie da zusammen bearbeitet haben, Sie und der Moravec, die steht und fällt ja auch nur mit einer einzigen Prämisse: dass dieser Latino von den Damen umgebracht wurde. Wenn die nicht hält und der Latino sich abgesetzt hat, was gleich wahrscheinlich ist, dann ist auch der Rest völliger Schmafu, Hartinger. Nur weil der Hurniková ihr Mann an Herzversagen gestorben ist, heißt das noch lange nicht, dass das Digitalis im Magen des Paters von ihr stammt. Selbst wenn es ihr Apfelstrudel war, den der Mensch zuvor verzehrt hat. Das Digitalis kann ihm genauso ein schwuler Nebenbuhler – oder auch der Geliebte selbst – verabreicht haben. Im Magen kommt alles zusammen, heißt's. Solange die Leiche seines Liebhabers nicht auftaucht, existiert auch dieser Fall nicht, haben S' verstanden?«

»Das ist mir schon klar«, sagt der Hartinger. Aber zu seiner Verteidigung muss er schon noch einmal erwähnen, dass der Tipp mit dem Schwimmbecken nicht aus der Luft gegriffen war, sondern vom Moravec selber gekommen ist.

»Gut und schön«, sagt der Staatsanwalt. »Das hat er damals kurz vermutet. Aber glauben S' wirklich, dass der Moravec die Helene geheiratet hätt, wenn sie eine Mörderin wär? Wir haben uns da in einen Fall verrannt, an dem letztlich einfach nichts dran ist. Lassen S' doch bitte schön auch diese Variante zu. Was ist so schlimm daran?«

Was daran so schlimm ist? Dem Hartinger sein Herz pumpt wie besessen. Dass sie tatsächlich stimmen könnte, die Variante. Dass er Helene völlig zu Unrecht wie eine Verbrecherin behandelt hat, anstatt ihr ein Freund in der Not zu sein. Das ist schlimm daran!

Der Hartinger steht erschöpft auf. »Ist noch was?«, fragt er und wendet sich zum Gehen.

»Grüßen S' mir den Kastner.«

Sicher nicht, denkt sich der Hartinger. Kraftlos lässt er das LKA Mödling hinter sich zurück. Nicht einmal die Türen hat er mehr zuschmeißen können. Wenn er wenigstens zornig sein könnte! Es ist dieses Zweifeln, was ihn in die Knie zwingt. Verbockt ist verbockt.

28. Ausblicke

Das Anwesen stand etwas exponiert auf einer Anhöhe, mit Blick auf die Weingärten – wie Alma es versprochen hatte. Der heiße Wind blies uns um die Ohren, als wir auf dem riesigen Parkplatz davor ausstiegen. Das Haus selbst wirkte kühl, mit all dem Beton und den Glaswänden, die mit einem ausgeklügelten Beschattungssystem ausgestattet waren. Innen war es daher schön kühl. Natürlich wegen der Klimaanlage, die leise im Hintergrund summte.

Alma führte uns stolz durchs Haus. Alles war elegant, modern, geschmackvoll. Und teuer. Trotzdem verströmte es für mich keine heimelige Atmosphäre.

Die Lage war jedoch einmalig. Vom Schlafzimmer aus hatte man einen traumhaften Blick über die hügelige Landschaft. Genau darunter sah man eine überdimensionierte Terrasse und ein überdachtes Schwimmbecken. Der Pool war ein Traum. Man schwamm geradewegs auf die Weinberge zu.

Alma zeigte sich von ihrer besten Seite, brachte den Kindern Eis und uns Cocktails an den Pool.

»Wie es aussieht, läuft wenigstens dein Leben wieder halbwegs rund und in geregelten Bahnen«, stellte ich etwas neidisch fest, während wir zusammen in der Hightech-Küche den Geschirrspüler bestückten.

»Fast ein wenig zu geregelt«, seufzte Alma. Sie hielt in ihrer Einräumtätigkeit inne. Stand für eine kurze Zeit völlig verträumt mit einem Teller in der Hand da. Ihr Blick wanderte in eine Ferne, die mir nicht zugängig war.

»Zu wenig Zeit zum Malen?«

»Zu wenig Freiheit, würde ich sagen. Das hemmt meine Kreativität.« Zurück in der Realität setzte sie den Teller in den Korb und drückte die Tür des Gerätes zu.

»Er hat dich doch nicht wieder ...?«

»Um Gottes willen, nein! Dann wäre ich nicht mehr hier.

288

Hör zu«, sagte sie. »Ich hab auch von ihm gelernt. Wolfgang ist Strafverteidiger und dadurch logischerweise viel mit Kriminellen zusammen. Auch mit Wiederholungstätern verschiedener Genres, wenn du so willst. Er sagt, die hätten oft einfach keine andere Wahl, als in ihre alten Muster zu verfallen, weil wir ihnen keine Chance geben. Einmal Einbrecher, immer Einbrecher.«

»Na ja. Ist das nicht ein etwas vereinfachtes Klischee?«

»Sicherlich. Ich meine auch nicht soziale Missstände, die zu den Verbrechen führen, sondern die Haltung der Umwelt Kriminellen gegenüber. Du wirst sofort abgestempelt, wenn du einmal delinquent geworden bist. Ein Beispiel: Eine Frau bringt nach langem Leidensdruck ihren Mann um.«

Sie fixierte mich um einen Deut zu lange, wie mir schien. Oder bildete ich mir das nur ein? Dann lächelte sie. »Von dem Moment an ist sie in den Augen der Gesellschaft eine gefährliche Mörderin«, sagte sie. »Und zwar lebenslänglich. Auch wenn sie nach ein paar Jahren wieder freikommt. Auch wenn sie sich all die Jahre davor und danach nichts zuschulden hat kommen lassen. Die paar Minuten, in denen sie sich selbst vergisst, entscheiden darüber, wie wir sie beurteilen. Pfui, die Mörderin. Pfui, der Frauenschläger. Wir sollten Menschen nicht auf ihre Fehler reduzieren.«

Ich strich mir das Haar aus dem Gesicht. Blies mir noch eine widerspenstige Strähne weg, in der Hoffnung, damit meine heißen Wangen zu kühlen.

»So viel Philosophie aus deinem Mund?«, sagte ich schließlich. »Du wirst ihn also heiraten?« Der reale Wolfgang war mir als Thema angenehmer als eine Mörderin. Selbst wenn sie fiktiv war.

»Ich weiß nicht«, seufzte Alma. Sie streckte den Finger mit ihrem Verlobungsring aus und betrachtete ihn, als ob sie ihn zum ersten Mal wahrnähme.

»Liebst du ihn denn?«

»Ich liebe das hier«, lachte sie. Mit einer ausladenden Handbewegung beschrieb sie die Luxusküche und den ganzen Pomp dahinter. »Aber Wolfgang ist Jurist. Er will sich mit einem Ehevertrag absichern.«

»Das ist verständlich. Du musst dir das unbedingt von einem unabhängigen Anwalt überprüfen lassen«, riet ich ihr. Meine Erfahrungen mit so einem Vertrag waren ja nicht gerade die besten gewesen.

»Hab ich, hab ich«, sagte Alma. »Alles okay, solange wir keine gemeinsamen Kinder haben. Er würde sie nicht hergeben, wenn ich ihn verließe.«

»Dann kriegst du halt keine.«

»Zu spät!«, flüsterte Alma. Mit einer hilflosen Geste strich sie über ihren Bauch.

»Oh mein Gott! Wievielte Woche?«

»Neunte oder zehnte.«

»Weiß er es schon?«

Alma schüttelte den Kopf.

»Willst du es denn kriegen?«

»Keine Ahnung. Hermann täte ein Geschwisterchen sicher gut, und ich hätte grundsätzlich auch nichts gegen ein weiteres Kind. Ich könnte mir ja auch ein Kindermädchen leisten. Was würdest du an meiner Stelle tun, Helene?«

»Gegenfrage: Würdest du ihm Hermann überlassen?«

»Wolfgang? Nie im Leben!«

»Dann kann ich nur eines sagen. Entweder du lässt es dir jetzt wegnehmen, bevor du es lieben gelernt hast, oder er muss im Ehevertrag die Sache mit den Kindern zu deinen Gunsten ändern. Gesteh ihm ruhig, dass du schwanger bist. Wenn er das Kind haben will, dann muss er auf deine Bedingungen eingehen. Ansonsten hat er kein Recht darauf, solange ihr nicht verheiratet seid. Ein bisschen Erpressung kann nicht schaden.«

»Dann müsste er aber vermutlich auch nicht für den Unterhalt des Kleinen aufkommen?«

»Doch. Ich denke schon. Ist ja sein Kind. Im Gegenteil. Du könntest ihn überreden, auch Hermann zu adoptieren. Dann bist du finanziell abgesichert, was die Kinder betrifft – solltest du dich doch mal scheiden lassen wollen.«

Alma grinste. »Du hättest Jus studieren sollen, Helene. Apropos. Hab ich dir eigentlich erzählt, wie ich Wolfgang kennengelernt hab?«

»Nö, hast du nicht. Damals waren wir ja gerade nicht so gut aufeinander zu sprechen«, erinnerte ich sie.

»Eben«, sagte Alma. »Ich hab rechtlichen Beistand gesucht. Wegen der Erbsache. Du weißt schon. Ob Hermann nicht doch einen Anspruch hätte auf sein Erbteil.«

»Und? Hat er?« Erstaunlicherweise brachte mich das Thema jetzt nicht mehr aus der Fassung.

»Wolfgang hat mir geraten, einen Vaterschaftstest zu erzwingen. Mit Emmas DNA. Aber ich hab ja gewusst, dass sie nicht von Hermann ist. Also hab ich es bleiben lassen.«

Nun entschlüpfte mir ein Lächeln. Ich hatte Alma zwar gestanden, dass Emma vermutlich einer Affäre mit Armando entsprungen war. Dass ich in derselben Nacht davor auch mit Hermann im Bett war, das hatte ich ihr aus verschiedenen Gründen nicht auf die Nase gebunden.

»Dabei wäre die ganze Zeit über genug DNA von Hermann persönlich zur Verfügung gestanden«, sagte Alma, ihrerseits mit einem Lächeln, das das meine gefrieren ließ.

»Ach? Wo denn? Du trägst doch nicht vielleicht eine Haarlocke von ihm mit rum?«

»Rückblickend gesehen ein Fehler.« Alma lachte schallend. »Nein. Auf der Gerichtsmedizin. Bei einer gerichtlich angeordneten Obduktion entnehmen sie jeder Leiche automatisch kleine Organproben. Oft auch Körperflüssigkeiten. Für diverse Untersuchungen, sagt Wolfgang. Und die werden auch asserviert. Aus diesen Proben kann natürlich auch die DNA extrahiert werden. Eine Vaterschaftsanalyse ist auf diese Weise viele Jahre lang möglich.«

»Echt? Und wieso kommt er da erst jetzt drauf, dein Wolfgang?«

»Weil er ursprünglich keine Ahnung hatte, dass Hermann obduziert worden ist. Über dessen Todesursache haben wir nie gesprochen. Wozu auch? Er hat es erst vor Kurzem erfahren.

Von Tereza. Sie musste ihm ja alles Mögliche erzählen, damit er sie gut vertreten kann.«

»Na dann«, sagte ich und tat möglichst cool. »Wenn dein Sohn ein Anrecht darauf hat, werd ich das wohl akzeptieren müssen. Beziehungsweise Emma. Sie ist es ja, die dann mit ihm teilen muss.«

Alma umarmte mich. »Na, dann wäre das ja geklärt. Du brauchst auch nicht zu befürchten, dass Emma gar nichts bekommt«, ergänzte sie zu meiner Erleichterung. »Sie ist und bleibt offiziell Hermanns Tochter, egal, ob Kuckuckskind oder nicht.«

Wir gesellten uns wieder zu den anderen und beobachteten, wie die Kinder zufrieden miteinander spielten. Hermann war zahm wie ein Lamm geworden. Sicher Wolfgangs Verdienst – oder Schuld. Wie immer man es betrachten mochte. Leicht würde sie es nicht haben mit ihm, aber das traf auch umgekehrt zu. Und so, wie ich Alma kannte, würde sie sich schon nicht unterkriegen lassen.

»Alles gut bei dir, Tereza?«, fragte Alma. »Noch einen Cocktail vielleicht?«

»Warum nicht«, lachte sie. Ihre Wangen waren nicht nur von der Sonne gerötet. »Ist wie Urlaub, was ich kann nicht leisten.«

Aber am Ende des zweiten Tages sagte sie, sie müsse nun endlich nach Hause. Den Garten gießen. Sonst wäre alles kaputt. Sie habe leider keine so tolle Sprenkelanlage wie Alma, die die Bewässerung automatisch regelt.

Obwohl der Tapetenwechsel und die freundschaftlichen Gespräche mit Alma Balsam auf meine Wunden gewesen waren, so war ich über den Aufbruch nicht allzu traurig. Es war auch anstrengend gewesen, vor allem wegen der Kinder. Sie durften nicht mit nassen Füßen ins Haus, weil das Flecken auf den teuren Fliesen hinterließ. Und Lucky mussten wir ganz vom Wasser fernhalten, was an Schwerarbeit grenzte. Am Abend, wenn Wolfgang zu Hause war, war Ruhe angesagt. Herumtoben und -schreien ein No-Go.

Alma war gerührt, als ich ihr zum Abschied das Bild schenkte, das sie bei ihrem Auszug widerrechtlich an sich genommen hatte. Ich trennte mich unschwer davon. Es war Hermanns Bild gewesen, von Beginn weg. Freilich hatte er damals ein hübsches Sümmchen bezahlt dafür, und sein Marktwert war in der Zwischenzeit gewiss noch gestiegen. Aber ideell war das Gemälde für mich ohne Belang. Almas Freundschaft bedeutete mir wesentlich mehr als ihr Bildnis. Wir gingen als Freundinnen auseinander und wünschten einander viel Glück in unseren weiteren Lebensentscheidungen. Das würden wir beide auch brauchen, so viel wussten wir auf jeden Fall.

29. Zu Hause

Tereza stürzte sich mit Eifer auf ihre heiß geliebten Pflanzen, während ich mit Emma und Lucky das restliche Areal des Gutshofs erforschte. Es war wie ein großes Abenteuer. Stöbern in vergangenen Epochen. Raten, was hier vor langer Zeit wohl gearbeitet worden war, aber auch, wie man die vielen Nebengebäude wieder zu neuem Leben erwecken konnte.

Als ob sie meine Gedanken lesen könnte, sprach Tereza am Abend genau dieses Thema an. »Was wirdest du machen aus Hof, wenn du hättest genug Geld?«, fragte sie. Sie öffnete eine Flasche Grünen Veltliner und schenkte uns beiden ein Glas ein.

»Auf jeden Fall nicht verfallen lassen oder wegreißen«, sagte ich. »Die Bausubstanz scheint mir in Ordnung. Renovieren und zweckmäßig adaptieren. Es kommt halt darauf an, was man künftig damit will. Eine Landwirtschaft betreiben. Einen Ponyhof. Nur wohnen. Ein Büro installieren.«

»Sollten wir sowieso reden ieber Zukunft«, seufzte Tereza und setzte sich zu mir. »Weil, Helene. Geh ich nicht mehr zurick in Villa. Kann ich nicht immer verstecken, weil vielleicht radeln Laite gerade an Haus vorbei, wenn ich fahr einkaufen. Ist mir zu viel Stress. Vielleicht hängt Phantombild von mir immer noch in Billa?« Mit einem einzigen Schluck leerte sie ihr Glas.

Das war eine vernichtende Botschaft. Allein die Tatsache, dass ich über Monate hinweg alleine zurechtkommen sollte, hatte mich Bange gemacht. Und jetzt würde das auf immer und ewig sein?

»Hast du ja selber gesagt nailich, dass Villa fir dich jetzt nicht mehr so attraktiv«, sagte Tereza und schenkte uns nach, denn auch ich hatte auf den Schock hin mein Glas leer gemacht.

»Ja, schon«, sagte ich. »Aber ins Moravec-Haus bringt mich keiner mehr hinein. Ich glaube nicht einmal, dass ich es erbe. Schließlich waren wir ja nicht standesamtlich verheiratet.«

»Hab ich auch gar nicht gemeint«, sagte Tereza. »Hab ich

gedacht, vielleicht känntest du vorstellen, hier, in meine Haus leben? Wenn Architekt richtet Nebengebaide her fir kleine Familie. Mit viel Licht, moderne Zimmer und Mäbel natirlich.« Sie setzte ihr Glas erneut an. Ihre Hände zitterten. Die Augen waren ängstlich auf mich gerichtet.

Ich sprang erregt auf. Kompletter Neuanfang. Ja! Das war es, was mich erlösen könnte. Die Vergangenheit auch räumlich hinter mir zu lassen. In völlig neuer Umgebung einen neuen Start hinlegen. Ich könnte die Villa verkaufen. Mit dem Geld ein Wirtschaftsgebäude für mich adaptieren.

Ich küsste Tereza. »Mit Freuden!«, rief ich. »Wir werden ein unabhängiges Leben im Dreimäderlhaus führen.«

Vor lauter Erleichterung kullerten Tereza die Tränen über die Wangen. Auch sie hatte riesige Angst ausgestanden, ihr restliches Leben in Einsamkeit verbringen zu müssen, wie sie mir gestand.

Wir fingen sofort mit Pläneschmieden an. Es tat so gut, wieder hoffnungsfroh in die Zukunft zu blicken.

»Ganz ohne Männer, Tereza. Du hast ja so recht. Das gäbe nur weitere Probleme!«

»Ach, sagst du jetzt. Wenn kommt Märchenprinz, du wirst wieder schwach.«

Ich wollte schon protestieren, doch plötzlich verfinsterte sich ihre Miene. Sie packte mich am Handgelenk.

»Ist mir egal, das mit Mann, Helene. Habe ich nur eine Bedingung. Iberleg gut, ob du kannst leben damit.« Sie sah mich unverwandt an. Das machte mich nervös, zumal ich keine Vorstellung hatte, worauf sie hinauswollte.

»Im Haushalt helfe ich sowieso mit. Den Umbau bezahl ich selber, keine Frage. Es würde auch nicht schaden, wenn du mir das Kochen beibringst«, stotterte ich. Ich wusste nicht, was ich sonst noch für einen Beitrag anbieten könnte.

Tereza ließ mein Handgelenk los und schlug mir mit der Rückseite ihrer Hand an die Brust.

»Papperlapapp! Alles unwichtige Zaig. Versprich mir nur eines: Bring mir nie wieder eine Kieberer in Haus!«

30. Epilog

Kieberer hab ich ihr keinen ins Haus gebracht, aber männerlos sind wir entgegen meinem ursprünglichen Vorhaben dennoch nicht geblieben.

Es fiel mir nicht schwer, mich von der Villa zu trennen und Baden den Rücken zu kehren, nicht zuletzt, weil der Makler ein hübsches Sümmchen für den Prachtbau generieren konnte. Der Käufer entschied sich, statt des Schwimmbeckens einen Naturteich anlegen zu lassen. Der Staat bezahlte mir den geschätzten Wertverlust der Immobilie, den der verwüstete Garten darstellte. Laut Makler war die Summe angemessen.

Wider Erwarten erbte ich Antons Haus doch, aber ich hab es den christlichen Polizisten vermacht. Ich wollte es nicht haben, es stand mir nicht zu. Ob sie es weiterverkaufen oder dort ihr Hauptlager aufschlagen wollen, ist mir egal. Ich verbinde mit diesem Platz keine positiven Erinnerungen.

Außer meiner Freundschaft mit Karl.

Er war geknickt, dass ich ihn nun nicht mehr regelmäßig besuchen käme.

»Ach, so weit ist es auch wieder nicht«, versuchte ich, ihn zu trösten. »In einer guten Stunde bin ich bei dir. Ich werde dich fix einplanen.«

Er sah mich traurig an. »Das klappt ein paar Wochen lang. Dann hast du dort auch deine Alltagsprobleme, und der alte Karl ist vergessen.«

»Du könntest in ein Heim in meiner Nähe ziehen«, schlug ich vor. Aber auch diesem Vorschlag konnte er nichts abgewinnen.

Nach Absprache mit Tereza packte ich ihn eines Tages ins Auto und brachte ihn zu uns. Es gefiel ihm, wie wir uns eingerichtet hatten. Ich habe mir die Stallungen zu einem Bungalow ausbauen lassen. Alles ebenerdig, großzügig, mit wenigen Mauern, dafür umso mehr Glas, um die wunderbare Weinviertler Sonne so lange wie möglich ins Haus zu lassen. Es ist auch noch ein Trakt für Emma vorgesehen, den sie später bewohnen kann, wenn die Pubertät mehr Freiräume für sie einfordert.

Den Ausschlag, dass Karl sich letztendlich dazu überreden ließ, bei uns einzuziehen, den hat Lucky gegeben. Er ist eben doch ein Hundeflüsterer, mein Karl. Wir haben ihm vorübergehend in dem für Emma vorgesehenen Bereich ein barrierefreies Zimmer eingerichtet. Zweimal täglich kommt eine Pflegerin ins Haus, den Rest erledigen Tereza und ich. Die beiden verstehen einander blendend. Selber Humor, Flirten ohne Ende. Manchmal hab ich den Eindruck, sie benehmen sich wie verliebte Teenager. Mir soll es recht sein.

Tereza ist im Haupthaus geblieben, wo sie noch immer das Küchenzepter schwingt, aber ich muss zu meiner Ehrenrettung sagen, dass ich mich so nach und nach auch fürs Kochen erwärmen kann. Sie zeigt mir wichtige Kniffe, lässt mich auch an ihren Herd, und zuweilen lade ich sie in mein Häuschen ein, wenn ich mich an ein neues Rezept wage. Meist ist es aus dem Internet. Mit Kochbüchern kann ich immer noch nichts anfangen.

Emma wird nicht aus der Küche verbannt, so wie ich als Kind. Sie soll sich einmal selbstständig verköstigen können, ohne auf Fertiggerichte oder das Wohlwollen der Gabis dieser Welt angewiesen zu sein. Dass beim Hobeln Späne fallen, damit kann ich gut leben. Ich habe keine teuren Fliesen verlegen lassen, sondern pflegeleichte Schiffböden und Naturkautschuk im Küchenbereich.

Emma lebt hier wie im Paradies. Beinahe täglich bringt sie Kinder zum Spielen mit. Den Fernseher braucht sie den ganzen Tag nicht.

Morgen fahren wir zu Alma. Die kleine Anna wird getauft, und ich bin ihre Patin. Geheiratet haben sie immer noch nicht. Aber es ist nicht der Ehevertrag, der die Hochzeit verzögert. Alma wollte nicht schwanger zum Traualtar schreiten. Wolfgang nimmt es angeblich gelassen. Hermann jr. hat es jetzt schwarz auf weiß, dass er Hermanns Sohn ist. Das berechtigt ihn sogar zu einer kleinen Waisenrente, die gottlob die Kassen des Staates belastet und nicht mein Bankkonto. Seinen Anteil an Hermanns

Nachlass wird er erhalten, wenn er achtzehn ist. Das finde ich auch fair. Wer weiß, was bis dahin noch alles passiert. Ich hoffe, dass Emma nicht in meine Fußstapfen tritt und sich lieber einen guten Job als einen Ehemann sucht, von dem ihr Glück abhängt. Auch meine Mutter hat sich wieder eingekriegt und mit Liselotte versöhnt. Das Geld ist natürlich futsch, aber wenigstens sitzt der Kroate seine Strafe ab. Er ist im Übrigen ein klassischer Wiederholungstäter – was Mama auch nichts nützt.

Neulich haben uns die Damen besucht. Ich hab geglaubt, ich trau meinen Augen nicht, als Mama auf der Fahrerseite aus dem Auto stieg. Sie macht jetzt den Führerschein. Mit vierundsechzig! Liselotte fungiert als private Fahrlehrerin. Die Frau muss Nerven aus Stahl haben. Vor lauter Bewunderung hab ich Mama versprochen, ihr ein Auto zu kaufen, wenn sie bei der Prüfung durchkommt. Sie hat vor Freude geweint!

Mamas jugendliche Umtriebigkeit hat mir auf jeden Fall eines gezeigt: Es ist nie zu spät, etwas Neues anzugehen. Ich werde eine Ausbildung machen. Nicht, weil ich es finanziell nötig hätte. Meine Witwenpension ist großzügig bemessen, wie ich nunmehr erkannt habe. Mein neuer Lebensstil verschlingt keine Unsummen, vom Verkauf der Villa ist auch nach dem Umbau einiges übrig geblieben, das ich in Fonds und Aktien angelegt habe. Aber ich brauche eine sinnvolle Beschäftigung abseits von häuslicher Tätigkeit, die auch mein Hirn fordert.

Ich schwanke zwischen einem Kurs im Bereich Innenarchitektur und Interior Design oder einer Grundausbildung zum Wein-Sommelier. Für beides bescheinigt Tereza mir Talent, und die Kurse werden großteils auch online angeboten. Vielleicht schnupper ich auch einfach in beides hinein.

Apropos Schnuppern: Weinschnuppern, das kann man im Weinviertel natürlich immer, auch ohne Expertise. Karl ist selig, wenn wir zusammen zum Heurigen fahren. Er fühlt sich wieder wie zwanzig, sagt er – und benimmt sich auch dementsprechend. Komischerweise lässt mich mein Hang zum Fremdschämen bei ihm in Ruhe. Ich lache über seine Witzchen, auch wenn man vom Nebentisch schon scheele Blicke wirft.

Nur einmal. Für einen kurzen Augenblick. Da stieg mir die Röte ins Gesicht, als er plötzlich so laut rief, dass es über den gesamten Heurigenbetrieb hin zu hören war: »Helene! Ist das nicht der Kieberer, der den Hundesarg öffnen ließ?«

Mein Blick schoss sofort zur Eingangstür. Der Mann war nur noch von hinten zu sehen. Lederjacke. Jeans. Aufrechter Gang. Dann fiel die Tür hinter ihm zu.

Am liebsten wäre ich hingerannt und hätte geschnuppert, ob es nach Zitrus und Erde riecht. Stattdessen hab ich nur mit den Schultern gezuckt. »Solche Typen gibt es wie Sand am Meer.« Karl war's zufrieden.

Mir hat die Begegnung allerdings einige schlaflose Nächte bereitet. Auf der einen Seite sehne ich mich nach ihm, das hab ich mir nach längerem Leugnen zugeben müssen. Wenn ich die Augen schließe, kann ich nicht nur sein Parfüm riechen, sondern auch seine Berührungen spüren. Mit all den seelischen und körperlichen Auswirkungen, deren eine Frau fähig ist. Andererseits fürchte ich eine persönliche Begegnung wie die Pest. Ist er mein Inspektor Javert und ich sein Jean Valjean? Wird er mich so lange verfolgen, bis ich für meine Taten gebüßt habe? Hat er mir die Leidenschaft etwa nur vorgemacht, um an mich ranzukommen? Was treibt ihn?

Mit diesen Gedanken und unbeantworteten Fragen werde ich wohl leben müssen.

Danksagung

Wie immer möchte ich hier an dieser Stelle all jene vor den Vorhang holen, die zum Gelingen dieses Romans wesentlich beigetragen haben.

An allererster Stelle geht mein Dank diesmal an die vielen engagierten Menschen aus der Buchbranche, die trotz widrigster Umstände nicht nur uns Autoren unterstützen und hinter uns stehen. Die es durch ihre unermüdliche Arbeit möglich machen, dass wir alle auch in unseren vier Wänden Unterhaltung, Bildung und Trost finden können. Unabhängig davon, wer oder was da draußen gerade tobt.

Danke an den Emons Verlag und seine MitarbeiterInnen. Bitte lasst auch weiterhin die Vielfalt in eurem schönen Programm zu!

Großen Dank schulde ich meiner Agentin Simone Hasselmann von der Literaturagentur Lianne Kolf, die meiner Ansicht nach ein Diplomatengehalt verdient hätte.

Ein herzliches Dankeschön ergeht an meine Lektorin Uta Rupprecht für ihr passgenaues Lektorat. Sie eint mit viel Geschick, was nach Karl Kraus Deutschland und Österreich trennt, nämlich die gemeinsame Sprache.

An alle Veranstalter von Lesungen, BuchhändlerInnen, BibliothekarInnen, Kulturverantwortliche: Bitte lasst euch nicht unterkriegen und gebt uns auch weiterhin die Möglichkeit, mit unseren Lesern persönlich in Kontakt zu treten. Zwischenmenschliches funktioniert online so schlecht.

Im Besonderen bedanke ich mich natürlich bei meinen LieblingsbuchhändlerInnen Herta Widhalm und Michael Lehner, die mir verlässlich die Rutsche für einen guten Buchstart legen.

Ein Danke auch den vielen Menschen, die bereitwillig auf seltsame Anfragen einer (ihnen zumeist unbekannten) Autorin eingehen und somit faktenbasierte Unterhaltung in der Fiktion möglich machen.

So haben A. Univ. Prof. Dr. med. Walter Rabl vom Institut für Gerichtsmedizin an der Uniklinik Innsbruck oder Mag. Josef Unterweger vom Bundesministerium für Arbeit, Soziales, Gesundheit und Konsumentenschutz (so hieß das Ministerium zur Zeit meiner Anfrage zumindest!) sicher auch anderes zu tun, als schräge Fragen zu beantworten. Oder Rechtsanwalt Mag. Thomas Lechner, dem ich bei jedem Roman mit komplizierten Erbrechtsfragen (hoffentlich nicht zu sehr) auf die Nerven gehe.

Ein riesiges Danke geht an meine treuen TestleserInnen: Anita, Dorli, Elisabeth, Irmi, Julia, Lisa, Lisi, Mitzi, Johann und Werner. Ich habe es euch diesmal nicht leicht gemacht. Ihr mir auch nicht. Aber so gebt ihr mir die Chance, zu wachsen (symbolisch – physisch ist das ja leider nicht mehr möglich ...) und dem Buch, ein Bestseller zu werden. ☺

Bussi an die lieben Eckel-Buam. Bitte, zu meinem und zum Wohle des Publikums: Bleibt mir treu!

Werner. Danke, dass du die Geduld nicht verlierst, wenn ich manchmal mehr Zeit mit meinen fiktiven Charakteren verbringe als mit dir.

Beate Ferchländer
DAS NUSSSTRUDELKOMPLOTT
Broschur, 256 Seiten
ISBN 978-3-95451-802-9

»Allergietod durch Nuss-Kuss« – ist es Zufall, dass Helene diese Schlagzeile genau dann entdeckt, als ihr Mann sie wieder einmal betrügt? Mit einem einzigen Kuss wäre sie ihn los, denn auch er leidet an dieser ungünstigen Allergie. Doch wie verführt man einen ignoranten Gatten? Als sich Helene daranmacht, ihren Mordplan in die Tat umzusetzen, muss sie feststellen, dass sie nicht die Einzige ist, die ihrem Mann ans Leder will ...

»Beate Ferchländer bekennt sich in ihrem Krimidebüt zu Komik und Essen.« Bücher Magazin

www.emons-verlag.de

Beate Ferchländer
DAS ZIMTSCHNECKENFIASKO
Broschur, 320 Seiten
ISBN 978-3-7408-0172-4

Eigentlich wollte Minnerl die verhasste Schulinspektorin nur ausspionieren, um ihrem neuen Roman mehr Leben einzuhauchen. Nun liegt sie tot zu ihren Füßen. Das passiert, wenn eine Lehrerin Krimis schreibt und es mit dem Recherchieren zu wörtlich nimmt! Als einige von Minnerls Kollegen dann auch noch kriminelle Ambitionen entwickeln, gerät die Sache vollends außer Kontrolle …

»*Leichte Kost, köstlich gewürzt mit schwarzem Humor und ziemlich giftigen Zimtschnecken. Die Schule als Mordsspaß.*« Kulturvernetzung

www.emons-verlag.de

Beate Ferchländer
STERBENSTÖRTCHEN
Broschur, 336 Seiten
ISBN 978-3-7408-0504-3

Hanna und ihre Schwestern haben eines gemein: ein schlechtes Händchen in der Wahl ihrer Ehemänner. Doch eine Trennung ist eine mühsame Prozedur. Als ihre sterbenskranke Mutter ankündigt, nur jenen Töchtern etwas zu vererben, die zum Zeitpunkt ihres Todes ohne Mann sind, kommt Bewegung in die Sache. Während Hanna noch zögert, die Scheidung einzureichen, stirbt der erste Schwager …

»*Eine wunderbare Krimikomödie mit Herz!*« Die Niederösterreicherin

www.emons-verlag.de